ハイエナ

杵峰 孫八

東京図書出版

ハイエナ —— 目次

1　プロローグ

横山大観が自然界の美を追究した霊峰富士の絶景。昭和61年ごろから、この景観を望む箱根の大観山付近のドライブインや店先の自動販売機荒らしが多発し、その手口は、石鹸水を流し込んだり、外国コインや偽造コインを投入したりして、自動販売機のコンピューターを誤作動させて釣り銭を盗むもので、東京都、神奈川県、山梨県、静岡県へと広域化していった。

2　謎の失踪

今では、都会のコンクリートジャングルの中で面影すら残っていない。区役所の案内表示板がなければ、この川が唱歌『春の小川』のモデルになったせせらぎだと誰が想像するだろう。この川の西側にＪＲ、私鉄、営団地下鉄が乗り入れる巨大ターミナル駅、そして道路を挟んで東側に警視庁青山警察署がある。平成8年2月18日の夕刻、二人の初老の男性が強行犯捜査係長黒岩警部補の下へ訪れた。男は、秋田訛りの言葉で「私は、秋田県雄勝町で課長をしていた小鳥遊《たかなし》忠範と申します。連れの者は東京にいる私の弟です。私の息子は駒沢大学を出て平成証券渋谷支店の課長代理をしています。息子が勤めている平成証券の倉持部長から『息子がお客さんから多額の金を預かったまま行方不明になっているから地元の警察に捜索願いを出してくれ』と電話があり、2月14日、上京し平成証券の本社に倉持部長を訪ねました。倉持部長の説明では、『優《まさる》は2月5日から6日にかけて、Ａさんから2億円、Ｂさんから1億円、Ｃさんから9千万円、Ｄ、Ｅさんから各1千万円、Ｆさんから９００万円を

2月6日までに返済するという約束の借用書を書いて借りたまま行方が分からない』とのことでした。家内の夢見が悪かったのと、娘の禮子が友達の伝で占い師に居場所を占ってもらって『暗い所で、物も食べられない、水も飲めない場所にいる』と告げられ、『優が殺されているのではないかと心配になり相談に来ました』と説明した。この時、黒岩係長は、母方の祖母が「戦争に行っていた母の兄が『お母さん』と言って夢枕に立った朝に戦死の通知がきた」という話をしていたことが脳裏をかすめ、もしや事件に巻き込まれたのではと憂慮し事情を聴取した。

3 クロス外取引

黒岩係長は、翌2月19日、平成証券株式会社渋谷支店長松山大輔を青山警察署に呼び出し事情を聴取した。その結果、同支店営業課長代理小鳥遊優は、

2月5日
午前8時30分ごろ　平成証券株式会社渋谷支店に出社。
9時50分ごろ　同僚の中田と西新宿のソニー生命の中谷慎二部長を訪ね、株式の売却代金916万円を届ける。
10時45分ごろ　小鳥遊を残して中田だけ帰社する。小鳥遊は、中谷に2月6日に指定口座に2割を加算して振り込む条件で900万円を借りて借用書を発行する。
午後0時20分ごろ　日進レンタカー株式会社恵比寿営業所でニッサン・サニー（袖ヶ浦55わ××××）を借

り る。

1時30分ごろ　渋谷のタワーレコード地下の喫茶店で大宅稔と会い、同人と、同人と親しい坂本佳子から各1千万円の2千万円をキッセイ薬品株式買付代金として預かり、小鳥遊優名義のお預かり証を発行する。

2時10分ごろ　港区南青山2丁目所在の株式会社エフ&ケイ代表取締役藤田憲太郎を訪ね、「2月6日に元金に2割を加算して返却する」という条件のお預かり証、印鑑登録証明書、住民票と引き替えに2億円を預かる。

2時20分ごろ　港区南青山6丁目の手島忍を自宅に訪ね、「2月6日に元金に2割を加算して返却する。お預かり人に生命保険の効力が発生した場合、手島忍を受取人に指定する」という条件のお預かり証を発行して1億円を預かる。

4時00分ごろ　渋谷区渋谷2丁目所在の株式会社ダイセン代表取締役岩谷祐輔を訪ね、「2月6日に元金に2割を加算して返却する」という条件のお預かり証を発行して9千万円を預かる。

の流れで、大宅、坂本以外の4人に対しては、

昨年12月初めごろから、今、十数人のグループでコンサルタント会社を設立準備中である。これは、大阪に本社がある株式会社キーエンスの滝崎社長が指示しており、キーエンスの株式を株式会社テイ&テイとキーエンス社長の同族が放出し、それを小鳥遊優とそのグループが設立予定のコンサルタント会社が買い取る。この株式を125%でチェースロンドンに売却する。この取引に参加しませんか。平成8年2月6日午前11時に小淵沢のゴルフ場でキーエンス側、コンサルタント会社、チェースロンドンの3社の調印式がある。

20％を出資者に渡し、5％をコンサルタント会社側が受け取る。

という概要の市場外クロス取引をしていることが判った。黒岩係長が松山支店長に「警察には届けましたか」と尋ねると、同支店長は「本社の倉持支店部長が担当しているので詳しいことは分かりません」と答えた。

翌2月20日、平成証券の倉持皓史支店部長に青山警察署へ出頭を求めた。黒岩係長が「警察には届けていますか」と尋ねたところ、倉持部長から「中央警察に相談しました」と曖昧な返答だった。そこで、黒岩係長が「中央警察の誰に相談しましたか」と追及した。倉持部長は渋々「秋田県の湯沢警察に捜索願いを出しただけです」と答えた。黒岩係長は「もし殺されていたら、どうしますか」と追及すると、倉持部長は返答に窮したので引き取ってもらった。

2月14日午前10時1分、東京交通安全協会駐車対策渋谷事務所の村山係員が東名高速東京インター脇の世田谷区砧公園1番地先パーキング「成城13」に駐車していたレンタカー（袖ヶ浦55わ×××）を発見し警告書を貼った。駐車料金の未払いが続いたので2月22日午後4時ごろ、成城警察署にレッカー移動した。成城警察署交通課から連絡を受けた黒岩係長らが臨場し車内を見分した。車内にあったコンビニの袋の中には「2月5日、小鳥遊の自宅付近にあるコンビニ『スリーエフ』で購入したツナ＆ハムサンドとボススーパーブレンドのレシート」が残され、車内は整然としていた。

4　多額詐欺事件の捜査

平成8年3月1日、黒岩係長は、多額詐欺事件の容疑で事件を知能犯捜査係に引き継いだ。3月12日、「証券会社外務員による多額詐欺事件」として青山警察署に警視庁刑事部捜査第二課、青山警察署等関係各署からなる共同捜査本部を設置し捜査を開始した。共同捜査本部では関係者から詳細に再聴取した。その結果、

藤田憲太郎は

小鳥遊優とは、平成3年10月ごろ、三和銀行青山支店の瀬川次長の紹介で知り合い、同じ秋田県人ということもあり、そのころから株の運用を依頼してきました。自宅の改修費用に充てるため、平成7年12月初めごろ、私の事務所で株取引の収支決算を依頼した際、「社長、実は大阪の優良企業の株で儲けられます」と持ちかけられ、同月中旬ごろ「大阪のコンピューター関連の優良企業でキーエンスという会社があり、その滝崎社長一族が株を放出することになりました。キーエンスの株を売った金で総合リゾート開発の会社を立ち上げます。キーエンスの一族が売った株を一旦私達が買い取ってそれを売ることで儲かるのです。この取引には、平成、大手証券会社、銀行、海外リゾートの投資もしている会社で新事業を始めます。平成の枠は5億となります。キーエンスでは、バリ島で総合リゾート開発をしてホテルやゴルフ場を作る予定です。バリ島にはゴルフ場が三つあり、うち一つは日本資本です。社長のところに設計をお願いするかも知れません」等と勧めてきました。そこで、バリ島の裏を取ったら本当のことでした。暮れの20日ごろには「社長、この前の話どうですか」、更に年が明けて1月22日ごろ、私の事務所で「キーエンスの株を買ってもらって売れば2割5分の儲けが出ます。社長が2割、平成が5分を手数料として頂きます。取引は2月5日です。2億出して下さい」等と熱心に勧誘されました。2月2日昼ごろ、「2月5日午後2時ごろお伺いします。現金を用意して下さい。真空パックのままでいいので」と念を押してきました。

2月5日午前11時ごろ、小鳥遊から「今、別の所にいます。2時ごろにはお伺いします」と電話が入り、午後2時10分ごろ事務所に来ました。そして、元金2億円に2割を加算して返却する条件の小鳥遊優名義のお預かり

証、印鑑登録証明書、住民票と引き替えに2億円を渡しました。2億円は、真空パックに入った1億円2個です。この時、小鳥遊は「これから小淵沢に行き6日の午前11時には取引を開始します。取引は小淵沢のゴルフ場のクラブハウスでやります。キーエンスの社長は、いつもヘリコプターで飛び回っている人でゴルフ場にもヘリコプターで来ます。6日の午後1時ごろには取引が終わり、その後コンチネンタルホテルで精算します。社長の所には、6日の午後3時か4時には2億4千万円を持って参ります」等と言い残して事務所を出て行きました。

手島忍は

小鳥遊優とは、平成5年9月上旬ごろ、三和銀行青山支店の瀬川次長の紹介で知り合い、平成7年5月ごろ、彼が推奨した株で900万円くらい損をしました。平成7年9月ごろ、私の事務所で「あまりおおっぴらに出来ない話ですが、そのうちに大きなチャンスがあります。その時お金を出してみる気はありませんか」と漠然とした話を持ちかけられました。平成7年11月ごろ「アクアスタジオの平沢さん知っていますか。平沢さんの話でキーエンスというコンピューター関連の株でいい話があります。キーエンスの社長は滝崎さんで、今度、役員の9割を交代させて新しい仕事を始めます。これに絡んで株の売買が行われます。売り主が直接買い主に売ることは出来ません。そこで、一旦、手島さんに買ってもらって、それを売ることになります。これは市場外取引ですから、金を預けてもらえば通常4日かかるところ、翌日には2割5分の利益が出ます。2割が手島さんの取り分になります。時期的に今のところはっきりしませんが、年明けになると思います」等の話を説明しておりました。

そして、平成7年11月から暮れの12月下旬にかけて、何回か私の事務所を訪ねては「今回のような話は滅多にありません。信頼できるお客様にだけ勧めております。平成証券の自分の枠は5億です。手島さん、1億くらいどうですか。この取引にはマイクロソフトも関係しております。取引は来年1月末か2月上旬になります」等と熱心に勧めていました。

年が明けて1月中旬ごろ、彼は「私は、キーエンスの滝崎社長から信頼されていて、2月末で平成証券を辞めることになっています。今回の取引がうまくいけば自分はキーエンスでポジションが貰えるようになります。この前、キーエンスの社長に会いました。若々しくてダイナミックな方でした。キーエンスでは新しく海外でのリゾート事業やバイオテクノロジー関連事業もやろうとしています」等、一生懸命に勧めていました。（そして、手島は手帳の「平成8年1月23日」欄を見ながら）彼が私の事務所にやってきて、他に出資する客として株式会社エフ&ケイ社長藤田憲太郎、小川一夫、株式会社ダイセン社長岩谷祐輔、ソニー生命の中谷部長らの名前をあげました。そこで、私は、出資は承諾するが、振り込みでは駄目かと念を押しました。

（更に手島は、手帳の「平成8年1月31日」欄を見ながら）小島遊が私の事務所に来て「現金取引になりました。手島さんが心配しないように1億円の生命保険に入りました。受取人は法定相続人になっておりますが、手島さんを指定しておきます」と説明しながら保険申込書と保険料の領収書を見せてくれました。この時、彼は「2月5日午後1時30分1億円受け取りに参ります。市場外取引ですから現金でお願いします。お金をお預かりした後は、小淵沢か八ヶ岳の方にある場所に行き、6日にそこで取引をします。手島さんにお金を渡す時間や場所については5日の段階で報告します」と説明して事務所を出て行きました。

平成8年2月5日午後2時20分ごろ、彼が私の自宅に1億円を受け取りに来て「遅くなって申し訳ありません」と謝ってお預かり証を書いた際に、「保険契約の際に実印は使っておりませんが、私の印鑑に間違いありません。ここ（お預かり証）に押しておきます」と説明して、お預かり証に実印と保険申し込みに使った印の2種類を押しました。さらに、生命保険契約申込書、保険料の領収書及び契約者情報スクリーン（基本情報）と書かれた紙を見せて、「まだ証書が出ていませんが、このとおり1億円の保険に加入していることは間違いありません」と説明しながら、お預かり証の右端と契約情報者スクリーンの右端を重ねて割印を押しました。さらに、「自分に何かあったらソニー生命の中谷さんに連絡して下さい」とつけ加えました。そして、本人の住民票、印鑑登録証明書、額面2千万円の生命保険証券等を見せて、「これも一緒に預かって下さい」と言ったのです。また、「明日は午後6時ごろまでに東京に戻り、芝のインターコンチネンタルホテルに行きます。そこで会合があるので6日はそこに泊まります。お金を渡す時間については6日の段階で連絡します」と説明したので、私は自宅の電話番号を教えました。私が現金を渡す際に「じゃあ、行ってきます。死にに行くみたいですね」と縁起でもないことを漏らしたので、思わず乗って来たレンタカーのナンバーをひかえました。

平成8年2月6日午後6時前後に小鳥遊の携帯に電話を入れましたが繋がらず、直ぐに切られてしまいました。かけ直しても留守番メッセージが応答するだけでした。インターコンチネンタルホテルにも宿泊の事実はありませんでした。

岩谷祐輔は

小鳥遊優とは、平成7年2月ごろ、三和銀行神宮前支店の石井次長の紹介で知り合いになり株の売買を始めました。自分は株の知識があまり無かったので彼の主導で取引をしてきました。合計9回の売買で50万～60万円の利益が出ました。9回目の取引で初めて損失が出ましたが、当初利益を出していたことから信用していました。

平成7年12月初めごろ、喫茶店で株の取引のことで世間話中に彼が「社長、ちょっと面白い話があるんです。大阪に本社があって、そのコンサルティンググループがその会社のオーナーから100億を超える規模で株を1回買って、それを外資系の銀行に売ることになっています。その取引の利ざやで25％稼げます。そのコンサルティンググループに社長が出資してくれれば、2～3日で社長に2割つけて返せます。私は、このコンサルティンググループに関係しています。社長、やるんだったら金を貯めておいて下さい。私一人で10億集める予定です。他にも何人かが資金を集める予定です」と儲け話を聞かされました。その後、取引の度にキーエンス社の話をし、その話の中で「これまで社長に話していた件はいよいよ実行される運びとなりました。当社（平成証券）は、そ

りました。

12月7日か8日、三和銀行神宮前支店近くの喫茶店で、「社長、この前の話ですが、やる気ありますか。やるんだったら幾ら出せますか。最低でも1千万円単位でまとめて下さい。現金取引です。取引は12月末か1月初めになります。平成でもこの話は一部の者しか知りません。デザインをやっている人もこの取引に関わっています」と勧誘されました。私が、キーエンス株のことかと尋ねると、彼は暗に認めました。

12月下旬ごろ、彼が私の事務所に来て、「社長、取引が延びました。1月末か2月初めになりました。そのころ大丈夫ですか」と念を押したのです。この時、私は、回せる金があればやると答えております。そのころ、彼から「社長、キーエンスの方でニュービジネスをやりたがっています。何かいい事業ありませんか。社長の会社をキーエンスの一部にして大きな流通会社というのはどうですか。キーエンスでは南の島でリゾート開発をする予定です。社長がホテルに安く泊まれるように話しておきますよ」等の電話もありました。

平成8年1月の初めごろ、電話で「社長、取引の場所は大体決まりました。キーエンスの本社か、山梨にあるキーエンス社長の別荘になる予定です」と連絡が入っております。平成8年1月30日ごろ、電話で「来週キーエンス株を買いに走るので金を準備して下さい。千万単位で出来るだけ多く用意して下さい」と催促してきたので、9千万円用意すると答えております。2月3日午後4時ごろ、彼が会社に来て「キーエンスの株を何百億も買うので、コンサルティンググループとチェースロンドン銀行の調印式のようなものを山梨県小淵沢にあるキーエンスの別荘でやります。当日、私は忙しいのでインターコンチネンタルホテルに泊まる予定です。調印式が終わり次第、預かり金は返済できるので9千万円プラス1800万円を私が会社に持参します」と説明していました。

2月5日昼ごろ、平成証券の社員二人が現金9千万円を会社に持って来ました。午後3時ごろ、彼から電話で「これからキーエンスの株を買うので9千万円を受け取りに行きます」と連絡が入り、午後4時ごろ会社に来たので現金を渡し、別れ際に「明日夕方までには9千万円プラス2割の儲けが出ますよ」と言われ、固い握手をしました。

大宅稔は

昭和63年4月から埼玉銀行の行員に勧められて平成証券渋谷支店で株の取引をするようになりました。当初の担当は江口さん、不動産にまで手を広げてバブル崩壊のあおりで傾きました。平成2年8月、当時持っていた株式を日本証券金融に持ち込み当時の相場の6割に当たる1千万円を借り入れしました。その2～3カ月後に担当者が小鳥遊優に代わりました。その後、仕事の都合で海外で生活をすることが多くなり平成証券の口座を承諾を得て「三鷹市下連雀3丁目○番○号坂本佳子」名義で開設しました。昨年12月初旬に小鳥遊と会った時に「マイナスになった分大丈夫か、後任が決まったら早く教えてよ」ときつい口調で言っております。今年1月10日アメリカから帰国すると、小鳥遊から「キッセイ薬品が動いています。手持ちの資金があれば買ったら」と勧められました。1月20日ごろ「2月初めの安い日にキッセイ株を買ったらどうでしょう」と打診されました。2月3日午後6時ごろ、小鳥遊と千代田線町屋駅前で待ち合わせ、ナイトパブに飲みに行きました。この店は以前平成証券に勤めていた女子職員が母親と切り盛りしていました。この時、小鳥遊は「会社は2月終わりごろで辞める。就職先は決まっていない。辞表は出しているが受理してもらえない」という話をしておりましたが、詳しくは聞いておりません。

2月5日午後1時30分ごろ、渋谷のタワーレコード地下の喫茶店で岡三証券の帯封輪ゴム等で100万円ずつ束ねた2千万円を岡三証券の茶封筒に入れて渡しました。その際に同席していた坂本佳子名義の口座開設用紙を作成し、小鳥遊に渡し、私名義と坂本名義の各1千万円の預かり証をそれぞれ受領しております。

中谷慎二は

小鳥遊優とは、平成3年7月ごろ保険の顧客を紹介してもらっていた三和銀行青山支店で、彼も株取引の顧客を紹介してもらっていたことから知り合い、一緒にゴルフをしたり酒を飲む仲になりました。平成7年10月ごろ、彼の顧客になり株式投資を始めました。彼は「平沢という実力のある人が株の裏取引の話を持ってきている」という話をしていました。彼は以前から「平沢さんは、奥さんと別れて若い女性と暮らしている。葉山に豪邸とクルーザーを持っていて、その豪邸は別れた奥さんにやってしまった。平沢さんの表の月収は500万円くらいです」等と羨ましがっていました。彼は平成7年9月ごろ、「中谷さん、11月に株の裏取引があります。必ず儲かります」という話をしておりました。その話が10月初めごろには「関西の上場企業を辞める役員が、株を裏で売りたいと言っている。私がお客さんから金を集めて株を買い、それを売って利ざやを稼ぐ。この取引で25％の儲けが出る。この株を買えば間違いなく2割儲かる。私は5％を報酬として貰うことになっている。この話は平沢さんという実力のある人が持ってきた話で、平沢さんが役員で乗りこむことになっている。全部で20億の取引になる。私も部長か取締役で連れて行ってもらえる」と、話が段々エスカレートしてきました。

平成7年11月ごろ、小鳥遊が私の承諾がないまま最高値の株を買ってしまったことから、彼を怒ったところ「元金は絶対に弁償しますから」と弁解しておりました。

年が明けて1月中ごろ、彼が「株の裏取引をする担保としてお客さんを受取人にして1億円の保険に入りたい」と生命保険の加入を申し込んできましたが、私はこれを一旦断っております。平成8年1月25日、「役員ともなると1億円の保険に入った方がいいと思う」という理由で1億円の生命保険に加入を申し入れてきました。

平成8年2月2日、小鳥遊は2年契約で1億円の生命保険に加入し、2年分の保険料は私が立て替えております。この日、私は彼に「奥さんとの関係をはっきりさせた方がいい」とアドバイスすると、「やり直せるなら、やり直したい」と答えておりました。また、「例の話は2月になった」と勧誘されましたが、きっぱりと断っております。

1月末ごろ、「正式に2月いっぱいで辞めることになりました」と会社に挨拶に来ております。この時、小鳥遊は「今、平沢さんが一緒に来ていて車の中で待っている」と言うので、私が挨拶に行くと言うと、彼は「今度改めて紹介します」と断り、「例の取引も来週月曜日、2月5日に決まりました」とも話しておりました。

平成8年2月5日午前10時40分ごろ、小鳥遊が若い社員と事務所に900万円くらいを持参しました。無断で株を処分したことを非難しましたが、他の者の手前もあったので彼に受領書を書いてやりました。彼は「前に話した大阪の株の裏取引は明日実行することになりました。中谷さんの株全部現金化しました」と言うので、私が「元金まであげて返せ」と苦言を言いました。すると、彼は「中谷慎二様　金900万円をお借りします。但し、平成8年2月6日、指定銀行口座に2割加算し振り込みます。平成8年2月5日　小鳥遊優」という内容の預かり証を書いております。この時、小鳥遊とゴルフの約束をし、同人から、

2月6～7日　インターコンチネンタルホテル

2月中旬ごろ　大阪に行く

2月下旬ごろ　1週間くらいロスに行く

と記載したスケジュールのメモ用紙を貰っております。別れ際に「レンタカー会社知らないか」と聞かれ、理由を尋ねると「これから平沢さんと小淵沢に行かなければならない。次に行く会社がもう少ししたら、車を用意してくれることになっているのですが」と答えております。

そして、その日の午後7時ごろ、小鳥遊から私に「今、平沢さんと調布のレストランで食事をしている。2月

11日のゴルフには是非平沢さんも入れて下さい」との電話が入っております。

平成8年2月7日午後10時ごろ小鳥遊の携帯に電話すると、若い女の声で「もしもし」と応答したので、私が「もしもし」と言ったところで電話は切れてしまいました。

瀬川直正は

小鳥遊優とは、三和銀行青山支店在職中の平成3年ごろから親しく付き合ってきました。弟のように思い、一緒に酒を飲んだり、ゴルフをしたりする仲でした。平成6年ごろ、彼から「妻と別居している」と家庭問題についても相談を受けていました。彼には、三和銀行の顧客を紹介していました。平成5年秋ごろ彼と青山の喫茶店で会った際に、「平沢はデザインやイベント企画などの世界で、腕一本で成功した人。日産のBe-1は平沢のデザイン。現在、豪邸に住み、クルーザーや外車を持っていて若くて仕事のできる実業家を知っている。その人は葉山の方に住んでいる。私のことを〈タカちゃん〉と呼んで可愛がってくれる」等と自慢話をしておりました。そのころ、小鳥遊から青山の喫茶店で平沢を紹介され名刺交換して「株式会社　アクアスタジオ　代表取締役　平沢彰」の名刺を貰っております。この時、平沢からは携帯電話の番号も教えてもらいました。平沢は「僕は、カルピスウォーターを考えだし、トヨタのセリカをデザインした」等の自慢話をしていました。話の様子では、トヨタのデザイン部長と懇意にしているような口ぶりでした。しかし、三和銀行青山支店に平沢の口座があるのは知りませんでした。

平成6年秋ごろ、小鳥遊に誘われて南平台のアクアスタジオのパーティに出席しました。芸能人石原小百合、南部百貨店社長鵜池雷太、作家の遠藤康成らの名士が多数来ておりました。この時、小鳥遊から株式会社アクアスタジオ代表取締役御厨啓三を紹介してもらいましたが、挨拶をしただけでした。

平成7年12月初めごろ、青山の居酒屋で小鳥遊に「実は会社を辞めようと思っている。今の支店長は良い人で、平成に不正があってバタバタしている時に、辞めて迷惑がかかるでしょうか」と相談され、辞めてどうすると尋ねると、「平沢さんから誘いを受けている。『600万円くらいの年収になるから来ないか』と誘われている。他人に喋ってもらっては困ると口止めされているので詳しくは話せない」と打ち明けたので、支店長に早く話した方がいいとアドバイスしました。

12月中旬ごろ、彼から転職先は大阪の上場会社だと聞かされました。そのころから、彼は週に2回くらい酒に酔っ払って深夜私の携帯に「タカちゃん、これから頑張ります」と電話してきて閉口しました。

年が明けて1月初めごろ、彼と青山の喫茶店で会った際に「平沢さん凄い。また、車買った。可愛い子いるし、平沢さんが羨ましい」と言い出したので、どんな仕事やるのかと尋ねると、「取り敢えず大阪に行って、バリ島かどこかの南の島のリゾート開発をする。何人かいて、今度一緒にやる仲間で証券会社出身は自分だけで、役員を辞めさせて、その後釜に自分が迎えられる。株の取引でまとまった金が入ってくる。現在の年収は500万円くらいだが、新しいところでは、年収3千万円くらいになる。平沢さんがフェラーリを注文していて、それを貰えることになっている。平沢さんにフェラーリの色は紫にしたらどうかと勧められている。会社が気に入らなければ辞めてもいいという条件です」と出来すぎた話をするので、どんな仕事か平沢からよく話を聞くように忠告しました。また、冗談だと思っていましたが、「もし、コンクリート詰めにされて海に沈められたら、線香の一本も上げて下さい」と言い出すので、馬鹿なこと言うなと言うと、「大丈夫ですよ」と笑っていました。

猪俣皓史は

私は小鳥遊と平成証券渋谷支店で後輩として勤務しています。彼から転職の話を聞いた具体的な日付を営業日報を見ながら話します。営業日報の活動計画の顧客欄に顧客名を記載しておりますが、昨年12月5日は顧客名を記載していないので、12月5日㈫、私は小鳥遊さんから「猪俣、話があるから聞いてくれ」と言われ、業界用語で前場という午前中の取引が終了した午前11時10分ごろ会社を出て五反田の東興ホテル2階にあるレストランに行きました。その店で小鳥遊は「実は平沢さんの仲介で仕事をすることになった」と切り出しました。11月7日にも小鳥遊から株の買い占めや転職の話は聞いておりましたが、具体的な話はこの日が初めてでした。小鳥遊は「銘柄が決まった。大阪のキーエンスだ」と前置きして、「ある会社が東証一部上場のキーエンス株を買い占める。購入したキーエンスの株を高く売ってくれる会社がある。融資してくれたスポンサーに何割かの利益をつけて還元する。この株を売買した利益の何割かを新会社設立の資金にする。新会社は、海外にリゾート地を開発するコンサルティング会社で、この会社設立のために銀行、証券会社、保険会社等の金融機関出身者が10名くらいいる。一人10億円集めることになっている。新会社は大阪に創る予定だが、皆が集めたお金は静岡に集められ、その場で行われる会議に出席する。自分は新会社の役員で迎えられ、年収が1億円くらいになる」という内容の話でした。私は、小鳥遊が言う平沢と面識はありませんが、仕事中に頻繁に平沢から電話が入っていたし、以前から彼は平沢の話をよくしておりました。会社からの帰りがけにもよく「今日は平沢と会うから先に帰る」等と話しておりました。

このような事情聴取が行われていた3月末の昼下がり、2億円を騙し取られた藤田憲太郎がデカ部屋に黒岩係長を訪ねて来た。お互いに目が合うや藤田は「黒岩さん、ちょっといいですか」と切り出し、「私は事情があって被害届を出せません。しかし、捜査には全面協力します。何なりとお申しつけ下さい。それから、小鳥遊は秋田県の後輩で食事に誘ったりして随分面倒をみてきたつもりです。差し支えなかったら、何で私を騙す気になったか聞いてもらえますか」と被害届は出さないが、捜査には全面協力する旨を述べた。この時、黒岩係長は、事件が明るみになると証券会社の信用は失墜し会社の命運にかかるので示談を働きかけ内々に揉み消すつもりに違いない、と確信した。

4月2日、共同捜査本部では詐欺被害者岩谷祐輔から告訴状を受理し、4月23日小鳥遊優に対し、

被疑者は、東京都渋谷区神南2丁目○番○号所在、平成証券株式会社渋谷支店の営業課長代理として、有価証券の売買及び募集並びに売出し等の業務に従事していたものであるが、自己の顧客と継続的な株取引をして信頼関係が厚いのを奇貨として、株式購入資金名下に金員を詐取しようと企て、平成7年12月ごろから、東京都渋谷区渋谷2丁目○番○号所在株式会社ダイセン代表取締役岩谷祐輔に対し「平成8年1月か2月に大阪に本社のあるキーエンスという会社の株を平成証券が買う。この株取引は、全体で25%の儲けになり平成証券の手数料として5%を貰い、出資者には、出資金の2割を加算して翌日返します」などと嘘を言い、同人をして誤信させ、平成8年2月5日午後4時ごろ、同人から現金9千万円の交付を受けたものである。

という詐欺容疑で逮捕状の発付を得て全国第1種指名手配、国際海空港手配を実施し、小鳥遊の追跡捜査を開始した。

小鳥遊優を岩谷祐輔に対する詐欺容疑で逮捕状を取り公開捜査に踏み切った後の5月23日、平成証券株式会社は弁護士を通じて、未だ示談していない大宅稔並びに坂本佳子の両名に対する2千万円の業務上横領事件を警視庁青山警察署に告訴状を提出してきたので、同日、同署は受理した。

5 平沢彰の内偵捜査

小鳥遊優は、犯行前に詐欺被害者等の顧客に対し「今度平成証券を辞めて平沢さんの誘いで大阪のキーエンス

の子会社に役員として転職する」等の言動を残し所在不明になっており、平成8年2月5日午前10時ごろ、西新宿所在のソニー生命保険の中谷部長を訪ねた際に「大阪の株の裏取引は明日実行することになった。これから平沢さんと小淵沢まで行かなければならない」等と告げており、同日午後7時ごろ小鳥遊の携帯から中谷の携帯に「今、平沢さんと調布のレストランで食事をしている。2月11日のゴルフには是非平沢さんも入れて下さい」と電話していること等から平沢が小鳥遊の最終接触者であり、本件に深く関与していることが窺われたので平沢の内偵捜査を始めた。

平沢彰の自宅は、相模湾を一望できる葉山の高級住宅街にあり、洒落た鉄筋2階建ての豪邸である。家族は、38歳の妻、8歳の長男、4歳の長女の4人家族である。

平成8年3月28日から1週間、家族でアメリカ旅行をしている。この旅行は、交通公社トラベランドが企画した「ラスベガスとウォルトディズニーワールドの旅」で同社玉川店に2月23日内金12万円を支払い、残金88万7500円の合計100万7500円を支払っている。

車両の保有状況は、

ポルシェ	品川34せ××××	現金購入	1976万3350円
アルファ・ロメオ	品川54ぬ××××	現金購入	538万円
ホンダ・ホライゾン	横浜34そ××××	現金購入	363万円
マツダ・ユーノス	横浜71め××××	マツダクレジット36回払い	278万円
ワーゲン・ゴルフ	横浜72て××××	現金購入	298万円
シボレー・タホ	横浜88た××××	現金購入	467万円

の6台である。仕事は「株式会社　アクアスタジオ　代表取締役　平沢彰」の名刺を使用しているが、平成3年から平成8年までの同社の平沢彰に支払われた給与総額は1580万6979円で、平成4年以降月額50万円であることが判明した。

共同捜査本部では、5月13日から平沢彰を追跡、尾行等して行動確認を開始した。平沢は、自宅を出ると横須賀インターから横浜横須賀道路を北進し、狩場インターで保土ヶ谷バイパスを左折し、新保土ヶ谷インターで第三京浜を北進し環状8号線を左折し、東急二子玉川駅前に至りビーンズ二子玉川の駐車場に駐車した。ビーンズ二子玉川を管理する不動産会社で賃貸借状況を調べた結果、平沢彰が、平成7年12月14日に敷金50万1千円を支払ってビーンズ二子玉川202号室の賃貸借契約を交わしていることを確認した。小鳥遊優の潜伏、接触場所ではないかと思われ行動確認を続けたが、小鳥遊は現れず平沢のセカンドハウスであることが判った。

その後の行動確認で平沢が世田谷区祖師谷3丁目のドウエル祖師谷に出入りするのを確認した。ドウエル祖師谷には本間律子（25歳）が居住しており、平沢の愛人であることを確認した。また、本間律子は赤色シトロエンを乗り回していた。この車を捜査した結果、平成8年2月24日にユーノス駒沢三越ワールドに注文し3月13日登録、3月15日納車し、3月18日同女は現金236万1150円を支払っていることが判明した。

更に4月30日、DUO東京世田谷トヨタ東京カローラ株式会社から「ワーゲン・ゴルフ　現金298万8998円」、妻名義で購入し、平成8年6月7日に有限会社マルカツから本人名義で「シボレー・タホ　467万5650円（手付金、二次手付金を含む）」で現金購入していることが判明した。

平沢の追跡尾行を重ねていた6月7日午後2時ごろ、平沢が運転するホンダ・ホライゾンが住宅街の路地を曲がった。跡を追尾し曲がったところに停車していたホンダ・ホライゾンから平沢が降りて来て、捜査車両を運転していた捜査員に向かって「どうして僕を尾行するのか」と抗議してきた。

6月19日、平沢は、黒木弁護士を伴って青山警察署を訪れ捜査員の似顔絵を示し、「平沢について何を調べているのか」と厳重抗議する一幕もあった。

6　関係者の取調べと関係箇所の捜索

本件詐欺事件については、当初から平沢彰が深く関わっていることが窺えたものの共犯者として立件するなどの裏付け資料の入手には至らなかった。平沢彰の行動確認を実施した結果、全く稼働事実がなく、犯行日の2月5日以降高級外車シボレー・タホなど2台を現金で購入しているほか、愛人本間律子（25歳）に外車シトロエンを誕生祝いとして現金購入で与えて、外国旅行・沖縄旅行・北海道旅行などしながら贅沢三昧の生活をしており、さらに過去の株取引で1億2300万円の実損を出しており、銀行捜査から3千万円の負債を抱えていることが明らかになった。

平成8年9月4日、平沢彰方、ビーンズ二子玉川202号室、本間律子方、小鳥遊優方の4カ所及び車両6台の捜索差押えを実施するとともに平沢、本間の両名に対する取調べを9月4日から9日まで実施した。

7　平沢彰の取調べ

平沢彰に警視庁本部に任意出頭を求め取り調べた結果、

1

本籍　神奈川県三浦郡葉山町下山口×××番地
住居　神奈川県三浦郡葉山町下山口×××番地の×
職業　無職（自称デザイナー）
平　沢　　彰
昭和32年4月26日生（39歳）
家族　妻　典子　昭和32年5月10日生（39歳）
長男　尋　昭和63年10月13日生（8歳）
長女　真理　平成4年6月9日生（4歳）

2

事実は、平成8年2月5日は1月20日ごろ小鳥遊優に頼まれた貸別荘に行くため、東名高速出口脇の砧公園近くのパーキングで待ち合わせた。この時、小鳥遊が誰かを騙して億単位の金を持って逃げることが十分に分かり、その逃走に協力してやるつもりだった。当日、携帯電話で連絡を取り合い、先に砧公園のパーキングに行き待っていたところ、30分くらい遅れて小鳥遊が袖ヶ浦ナンバーの車に乗って来た。小鳥遊はトランクから大きめのアタッシュケース2個とボストンバッグ1個を取り出してホンダ・ホライゾンの後部座席に積んだ。そして、小鳥遊を助手席に乗せて環八、甲州街道を経て途中ガソリンスタンドで給油、更にファミリーレストラン「デニーズ」で食事をした後、調布インターチェンジから中央高速道路に乗り小淵沢方面に向かった。車の中で小鳥遊から「前に借りていた５００万円を後で返します。携帯電話はもう使わない、皆が心配するといけないので適当に発信しておいて下さい」と頼まれ携帯電話を預かった。小淵沢インターチェンジで降り、車で10分くらいの所にある貸別荘に送って行った。貸別荘に着いたのは午後10時半ごろであった。そこで15分くらい小鳥遊と話をし、「これから何処へ行くの」と聞いたら、小鳥遊は「それは言えません」と答えた。その帰り、小鳥遊が「返済分です」と言って車の後部座席に紙袋を置いた。自宅に帰って翌日、その紙袋の中を見たところ、携帯電話機の充電器と帯封がついたままの100万円束が15束、1500万円が平成証券の紙袋に入っていた。その後、小鳥遊の携帯電話を頻繁に発信し、さも小鳥遊が発信しているかのように装って工作した。携帯電話機は3月5日、愛人の本間律子と北海道に行く途中で壊してフェリーから津軽海峡に捨てた。小鳥遊の逃走後は、彼から一度も連絡は入っていない。4月中旬ごろ、島根局消印の絵葉書が自宅に送られてきた。文字は全てワープロで印字されていた。それに「SEE YOU NEXT LIFE（来世で逢おう）」とあった。これは、僕が好きな言葉で小鳥遊に話したことがあるので、小鳥遊からの手紙だと直感した。以後、現在まで小鳥遊からの連絡は全くない。何処にいるのか判らない。

3

経歴は、昭和32年4月26日、北海道の紋別市で小学校の教員をしていた父平沢貞夫（65歳）、母平沢途（65歳）の二人兄弟の長男として生まれた。姉阿部定子は結婚し、世田谷区に住み学習塾を経営している。昭和47年4月、北海道立旭川西高等学校に入学した。昭和50年3月に東京芸術大学を受験したが失敗し、上京した。上京してから絵画の勉強を続けアルバイトしながら再度受験しようか、留学して絵の勉強をしようかと迷っていた。結局、留学することにして昭和51年2月フランスに行き、アカデミー・ジュリアン美術専門学校に入学した。更に6月にエコール・デュ・シュベリユール・ナショナル・デ・ボザールという国立美術大学に入学して絵画やデザインの勉強をし、絵の個展も開いた。しかし、卒業はしていない。

昭和55年12月に帰国し、その際、個展やデザインのアルバイトで得たお金が650万円くらいあった。帰国後は六本木にあった「インターナショナル・テキスタイル」という生地のデザイン会社に勤め生地を売る仕事をしていた。昭和56年9月、高校の同級生だった典子と結婚した。昭和56年冬に知人と原宿に「モードバンク」という洋服のデザイン会社を設立したが、４カ月くらいで辞めた。昭和59年、南青山の「ＳＵＤカンパニー」で婦人靴のデザイン関係の仕事をしていた。昭和60年4月26日、仕事で知り合った神戸の靴問屋「パンダ商事」の細川さんの協力を得て港区麻布台に婦人靴の企画・製造・卸の会社「ナイスインターナショナル」を設立して代表取締役になった。昭和60年ごろにはそれまで妻とこつこつ貯めた金が3千万〜4千万円くらいあった。自分にはそのうちの２５００万円くらいがあり、その金でオートバイを何台も買ったりしていた。昭和62年8月代々木にあった「……トラスト」という商品先取引の会社で「大豆」「小豆」「乾繭《かんけん》」「金銀」等の先物取引を始め、２年くらいの間に3億円くらいを儲けた。その時の担当者が「長田」という人だった。そのころ仕手筋の宮川という男に金を預けて8千万円くらい儲け、これを元手に東京製綱株の仕手戦で2億数千万円儲けた。昭和62年夏ごろ、先物取引で1〜2週間で3千万円くらい負けたことから先物取引をやめ、株を始めた。株は野村證券、大東証券、平成証券、三洋証券等で取引した。平成証券の担当者が小鳥遊だった。株を始めた昭和62年ごろは靴の仕事もうまくいかなかったことから麻布台の事務所を代々木上原のマンションに移して一人でデザインの仕事をやっていたが、「ナイスインターナショナル」は休眠状態であった。

そのころ、ニチメンホットラインの楢崎元社長から渋谷区南平台の「アクアスタジオ」というデザイン会社の社長御厨啓三を紹介され、その後アクアスタジオに出入りするようになった。そして、アクアスタジオの関連会社である「メガヘルツ」で空間やレストランのデザイン等のアイディアの仕事を手伝うようになった。また、御厨社長から「パートナーとして働いてくれ」と頼まれ「株式会社　アクアスタジオ　代表取締役　平沢彰」の名刺を使うようになり、給料は50万円くらい貰っていた。

平成４年12月、現在住んでいる自宅の土地１０５坪を６５００万円で購入し、翌年5月1日に葉山町一色××

××番地×葉山シーサイドテラス（マンション）へ引っ越した。平成5年8月に7千万円で自宅の建設を始め、平成6年5月に転居し住所を定めている。

平成5年8月に、以前から愛人関係にあった諏訪淑子と共に「ナイスインターナショナル」の事業部として彼女が5千万円を出資し下北沢に「ラベンダー」という生活雑貨、化粧品、バス用品等の販売店を出した。

そのころ、知人から紹介を受けた鶴田陽三が休眠状態であった「ナイスインターナショナル」でアパレル関係の仕事をしたいということで、店名を「プリズム」に商号変更登記するとともに共同代表取締役とした。しかし、鶴田が勝手に会社名義で借金したことが分かり、平成7年2月、平沢はプリズムの代表取締役を辞任した。

同じころ、「ラベンダー」の諏訪も平沢と肉体関係を持ち結婚の約束までしていたが、平沢に妻子がいることが判り、平成7年6月、「ラベンダー」を閉めて郷里の長野に帰った。この「ラベンダー」でアルバイトをしていたのが現在の愛人本間律子（25歳）である。平成7年10月ごろからアクアスタジオの仕事も減り出入りする回数も少なくなったが、今年9月から新しく自動車の開発関係の仕事を計画しており、そのメンバーの一人として働くことになっている。同じころ（平成7年10月）から愛人の本間律子には「音楽関係の仕事をしている。妻と離婚調停中だ」等と嘘をつき肉体関係になり、同年12月にビーンズ二子玉川202号室を契約し駐車場も借り、家賃は毎月両方合わせて20万円くらい支払っている。本間の毎月の生活費も20万円くらい出している。今年3月には本間に誕生祝いとして現金250万円を出して「シトロエン」を買い与えた。そして、毎日のように葉山の自宅から本間のマンションに通い仕事はしていない。

4 小鳥遊優との関係

平沢は、昭和62年12月に株式の取引をするため「大信販」の証券ローンを組んだ際に系列の証券会社として平成証券五反田支店を紹介され、その担当者が小鳥遊優であった。その後、自己の商品先物で儲けた3億円や「大信販」や「オリエントファイナンス」で融資を受け、それらを原資として株式の売買を始めた。野村證券は約3カ月、大東証券は約2年半の取引があったが、平成証券は小鳥遊が平成2年10月1日付で転勤後も取引を五反田支店から渋谷支店に移し、小鳥遊が逃走した2月5日まで取引していた。平沢本人は、小鳥遊とそれ程親しくないと供述しているが、株式は、小鳥遊を担当者として昭和62年12月から本年2月まで約8年近く付き合っており、更に平成証券渋谷支店から任意提出を受けた営業日報や関係者から平沢と小鳥遊の関係について聴取したところ、頻繁に株式の取引で接触していることが判明している。更に小鳥遊は平沢が勤務していたアクアスタジオのパーティにも平沢の招待で友人と連れで出席しており、平沢の自宅から押収した写真等にも平沢と小鳥遊がドライブに行った写真もあり、かなり親密な仲だったことが認められる。

5 和泉橋事件との関係

平沢は、今回の取調べにおいて「前にも同じような事件があって和泉橋警察署に呼び出され調書を取られた」と自ら供述した。和泉橋警察署に問い合わせ、当時の捜査書類を取り寄せ検討した結果、類似事件を認知し、平成3年2月17日に荒石修を多額詐欺事件で指名手配したまま未解決であり、当時の新聞各紙は3面トップで報じていた。

洋酒業界トップで未上場の「サントリー」（本社・大阪市）上場話を東京兜町周辺の投資コンサルタントがでっちあげ、「資金を貸してくれれば1日半で2割増しにして返す」などと会社社長ら3人から4億5千万円を騙し取っていた巨額詐欺事件が発覚、和泉橋警察署並びに関係署は警視庁捜査第二課の応援を得て共同捜査体制を敷き、17日までに投資コンサルタントの逮捕状をとり指名手配した。この投資コンサルタントは投資顧問業規制法に基づく登録をしていない、もぐり業者で、株価が低迷するなか、上場直前の未公開株で巨利を得たリクルート関係者のうまみを巧みに利用。被害者らも「儲かる」なら額が多い方が……と多額を預けており、バブル経済の「名残」に踊らされた事件だった。指名手配されたのは、港区芝、投資顧問会社経営、荒石修容疑者（30）。共同捜査本部の調べや被害者の話を総合すると、荒石容疑者は、投資顧問の客だった会社経営のAさん（51）に昨年11月7日、「私はサントリーの系列会社に入ることになった。極秘だが、サントリーは来年8月上場予定で、私を通せば未公開株を安く購入できる。もし、資金を用意してもらえれば、私がその未公開株を購入し、知り合いが2割増しで買い取ってくれると言っている。36時間後は2割増しで戻す」と持ちかけ、Aさんの社長室で会社の事業資金3億5千万円を騙し取った疑い。荒石容疑者はこのほか千代田区内の自営業者二人からも同じ儲け話で1億円を騙し取っており、山梨県などで取引があると言って4億5千万円を持ったまま行方をくらましている。荒石容疑者は被害者を信用させるため、昨年10月、サントリー幹部らが軽井沢で上場についての会合があったという架空話を作り上げ、その席に同席したかのように装っていた。さらに有力政治家などが計画に加わっているように見せかけ、「この話が発覚すると、リクルート事件に似た政財界がらみの大問題になるから」と被害者らに口止めしていた。

被害者らは、会社の金を下ろしたり、自宅を担保にして金を借りたりして集め、この儲け話にのったが、現金受け渡しの翌日になっても荒石容疑者は現れないので騙されたことに気付いた。関係者によると、荒石容疑者はディスコのボーイなどを経て数年前から兜町周辺の投資顧問会社に勤務、1年半ほど前に独立して中央区明石町で投資コンサルタントを続け、被害者Aさんら客に電話で株情報を流していた。しかし、株価の低迷で多額の借金を抱えた上、客から預かった株を勝手に売却するなどしてトラブルを起こしていた。共同捜査本部では、東京元赤坂のサントリー東京支社から上場話について事情を聞いたが、サントリー側は、発行株の9割以上は関連会社と社員の持株会社が所有しており、当面上場予定はなく、「こういう巨額詐欺事件が起きていると聞いているが、非常に迷惑している」（同支社広報部長）という。洋酒業界では「ニッカウキスキー」が一昨年9月に東証2部に上場。買い注文が殺到し、いきなりの高値をつけた。これをきっかけに、兜町では、業界最大手のサントリーの上場を期待する声が出始めており、荒石容疑者はこうした背景を熟知している被害者を対象に犯行を重ねた。

6 平沢と和泉橋事件とのかかわり

平沢彰と和泉橋事件との関係は、平沢の供述によると、荒石修が被害者らから現金を騙し取った時、被害者らに「何かあったら自分の居場所が分かる」と言って平沢の住所、氏名と連絡先を置いていたらしく、被害者から連絡があり、荒石が4億5千万円を騙し取って逃げていることが分かった。しかし、平沢は荒石とは株取引の関係で知っているだけで一度も会ったことがない。荒石との関係は、平沢は投資顧問会社4~5社の電話会員となり株情報を得ていたが、荒石はそのうちの1社の投資顧問会社「神戸リッチメイク」の社員であった。彼はそこを辞め、個人で投資顧問会社をやっていたが、平沢は彼が神戸リッチメイクを辞めてからも彼からの電話で株の情報を得ていた。当時、荒石から情報を得て平成証券で株の取引をしていたが、かなり儲けたので小鳥遊から「平沢さん当たり屋（株の情報屋）使っているの」と聞かれ、小鳥遊にこの荒石のことを電話で教えてやったことがある。荒石は小鳥遊と会っていたようだ。荒石が事件を起こす「平成2年」、平沢はアクアスタジオの関連会社「メガヘルツ」に出入りしていた。そのころ、サントリーが汐留跡地にビアー・レストラン「ジアス」（限定10カ月のみ営業）を計画中で、そのレストラン（建物）をメガヘルツが設計・デザインした。平沢もこのプロジェクトに少し携わっていた。サントリーは「ジアス」というビールを販売したが、このビールは、アクアスタジオが企画したもので、平沢が仕事に携わっていた時、サントリーの関係者に会う機会が度々あり、平沢がサントリーは上場していると思い株の話をしたら、サントリーの関係者から「うちは上場していない。上場すればとんでもない値がつくよ」と返ってきた。この話を荒石に話したら、荒石は「その話、使えますね」と答えていた。

7 共犯にならないように手助けしただけ

昭和62年12月、平沢が大信販渋谷支店に証券購入ローンを申し込んだ時、大信販から紹介を受けた担当者が平成証券五反田支店に勤務していた小島遊だった。小島遊は、昨年夏ごろから「サラリーマンは飽きた。汗を流して働くのが嫌になった。平成証券を辞めて不動産を動かしたりする仕事とか、保険代理店のような仕事をしたい」と漏らしていた。

平沢は、小鳥遊とは株の受け渡し等の関係でよく会い、色々な話をしていた。彼は次のように供述している。

昨年夏ごろ、小鳥遊が「株をやったりする人は欲が深いから、儲け話に飛びつく。皆、馬鹿だよね」という話をしました。この時、僕は「そういえば前にサントリーの上場話に引っかかった人がいる」という話題をあげ荒石の名前を出しました。僕は「絶対に言わないで下さい」と前置きした上で、「荒石が失踪する前に荒石の知り合いがやっていた渋谷の『蟻』という店で会ったことがある」と話したことから、荒石が顧客から4億5千万円を騙し取って逃げて今でも行方が分からず、その時、自分も警察に呼ばれて事情を聞かれた話をしたところ、彼はその話に興味を持って真剣に聞くので、荒石が逃走した事件のことを面白おかしく話してやりました。僕は、被害者に会ったりして事件の内容を詳しく聞き知っていたので話してやりました。例えば、被害者は荒石が軽井沢のホテルにいると言うので軽井沢のホテルに張り込んだが現れなかったことや、荒石が海外に逃走する工作として、航空会社に予約を入れ、自分の家の留守番電話に航空会社からのメッセージを録音させ、それを聞いた被害者が、荒石が逃走した後、成田に張り込みに行ったりしたこと等、色々話してやりました。だから、小鳥遊は荒石の犯行のことは相当詳しく知っている筈です。話の最中に小鳥遊から「荒石は4億~5億持って逃げたけど、平沢さんはそういうことをするならどうしますか」と尋ねられました。この時僕は、「4億~5億ばかりを持って姿を消すのは嫌だ」と答えたら、彼は「じゃあ、いくらくらいだと悪いことしますか。100億くらい集めたら一緒に参加できますか」と問い掛けてきました。僕は「それはその時になってみないと分からない、でもゲームにすれば面白いからアイディアは出すよ」と応じましたが、その時、まさか彼が実行に移すとは夢にも思いませんでした。

年が明けて今年になってから小鳥遊は「どういうふうにしたら逃げ切れるか」という話を始め、『イレイザー（アメリカ映画で、ＦＢＩの犯罪の証人を保護する映画で、証人の過去を消したり、消息を消したりする内容）』の話をしたりするので、彼に「それは新しい顔とか身分があればいいんじゃない」とか、「顔も名前も違うようにすればいいんじゃない」とか、「イレイザーみたいに死んだふりをすればいいんじゃない」等と思いつくことを教えてやったのです。すると彼は、「そうですね」と感心しながら一生懸命に僕の話を聞いていました。その後も1カ月に何回か会い、「ヤクザは普通の人間になるため浮浪者の名前や戸籍を買う」とか、映画『夜逃げ屋本舗』の話をしたり、更にはオウムの話を持ち出し、「指紋を換えれば先ず分からない」等の話をしてやりました。すると彼は、「何処に行けばやってくれますかね」と尋ねたのです。このように年が明けてからの話題は、「逃げ方、逃げる方法」が主となりました。

僕が「止めてよね、周りのお母さんとか家族を悲しませたり迷惑をかけたりするようなことは止めた方がいい」と忠告すると、彼は「平沢さんがそんなこと言うとは思わなかった」と少々期待外れのようでした。僕は「具体的な話は聞かないけど協力はするよ」と答えました。僕と会う度に彼は「ビジネスですよ」と答えていました。このビジネスというのは、彼に外国の『ハートブルー』という銀行強盗の映画や『ファミリービジネス』というマフィア映画の話をした時、僕が「これらは世間から見れば悪だが、彼らにとっては立派なビジネスだよ」と理屈を捏ねて悪を正当化するような話をしたことがあったからだと思います。そして、僕が「小鳥遊はいよいよやるな」と危険を感じたのは今年1月中旬ごろでした。小鳥遊から夜遅く電話で呼び出され、二子玉川の髙島屋か、その近くの喫茶店で会った時でした。彼は「平沢さん、何があっても驚かないで下さい」と切り出したので、僕が「もしかしていなくなるの」と尋ねると、曖昧な肯定の仕方で「うん」と頷いたのです。僕が「まさか止めてよね」と制すると、彼は「居なくなるのに、着替えの下着、貴重品、銀行の印鑑、通帳を全部引き出したりして身の回りを整理していなくなると怪しまれますよね。だから突然消えたように居なくなるのが一番いいですよね」と説明していました。更に彼は「結構、完璧ですよね。いいお手本がありますから」とつけ加えたのです。僕が「本気なの？」と念を押すと、彼は「実は、平沢さんにしか頼めないお願いがあります。平沢さんの知り合いで使っていない別荘を持っている人はいませんか。3～4人でちょっとの間使いたいんですよ」と頼まれました。この時、僕は小鳥遊の話を聞き、今までの二人の内密の会話内容から彼は「いよいよ荒石と同じようなことをやるのでは」と確信したのです。そこで「何時ごろからどれくらい借りるの」と聞くと、彼から「1月後半から2月上旬いっぱいでいいです」と返ってきました。すると彼は、「借りている間ずっとそこにいるわけじゃない。本当に使うのは、そのうちの何日か、借りたことは他言しないで、内密に借りてくれませんか。平沢さんの名前ではまずいですか」等と別荘の借用を依頼してきました。そこで僕が、「どの辺の別荘がいいの」と聞くと、彼は「小淵沢方面がいいですね」と応じたので、僕が「まさかだよね。それってオリジナリティがないよね」と苦笑すると、彼は「すみません」と苦笑いをしました。このオリジナリティの意味は、僕が彼に「荒石の顧客から大金を騙し取って逃走したのが軽井沢の別荘だったこと」を話していたので、彼は「同じ方面に逃げるのは芸がない」と思ったのだと思いました。僕が「予算と広さはどのくらいでいいの」と聞くと、彼は「3～4人が来る予定なので、そんな狭い所じゃなくて、別荘から別荘まで離れて静かな所がいいですね」と希望していました。続いて「期間はアバウトでいいの、せいぜい最後の日だけでも決めておかなければ、僕も期間を決めてこられない」と応じると、彼は「じゃあ、2月6日か7日にして下さい」と要望したので、2月7日まで借りることにしました。そのころ、小鳥遊は、騙す相手を〈契約物〉、実行日を〈集金日〉という自分なりの隠語を使っていました。そして、別荘を10日も借りる理由として「今のところ集金日がいつになるか分からない。1月末、2月4、5、6日になるか分からない。どっちにしろ2月8日の誕生日までにはケリをつけたい」と漏らしていました。また「10に絞れば多少金額が少なくて1億、2億でも構わない。10日間に全てを終えるように賭ける」と話しておりました。僕が彼に荒石の話とか犯罪の話とか色々教えたこともあり、彼も段々その気になり、「2月8日までに生まれ変わるんだ」ということを話しておりました。僕はこのころ、彼が「いよいよ契約者を騙して金を集め逃げるんだな」と薄々感じていました。そして、小鳥遊の話を全て聞いて知っていれば共犯になると思って、「僕は何をするか分からなくて協力するんだからね」と釘を刺しておきました。

僕は、本間律子と二人で1月20日、21日と苗場にスキーに行きました。その翌日の1月22日、以前「ラベンダー」をやっている時に表参道で取引をしていた店の近くに「リゾート物件とか貸別荘」の看板が出ていたの思い出し、そこに当たってみることにしました。僕は青山通り沿いのパーキングに車を停めて「レゾン」という店に入り、その店で応対に出た女性に「1月27日ごろから2月まで、小淵沢周辺で3〜4人で借りられる別荘ありますか。そこでミュージシャン関係者が何日か滞在するのでちょっと洒落た別荘があったら貸してほしい。マンションでなく一戸建てで家が離れて静かな所がいい」と希望を言いました。そして、パンフレットを見て小淵沢の貸別荘を予約しました。この時、期間を1日延ばし小鳥遊の誕生日の2月8日までにしました。また、会社名を「トイズファクトリー」と記入し、連絡先に本間律子の電話番号を記入しました。その時は、貸別荘の借用費用を持ち合わせていなかったので、1月26日に代金の支払いに行っております。申し込み用紙にトイズファクトリーと記載したことから受付の女性に「ミスターチルドレン」の関係者と間違われたらしく適当に話を合わせて嘘で誤魔化しております。立て替えた費用は後日、小鳥遊から貰っております。

僕は、小鳥遊が別荘を使うのは2月になってからだと言っていたので、彼に「最初に彼女と使わせてもらうよ」と断って1月29日か30日ごろの早朝、本間律子とホンダ・ホライゾンで貸別荘に行っております。深夜に律子を迎えに行き、中央高速を途中で休憩しながら小淵沢インターで降りました。料金所の係員にコンビニの場所を聞き近くのコンビニでおにぎり4〜5個、味わいカルピス、缶コーヒー5〜6本、液体石鹸、歯ブラシ2本、バスタオル等1万円くらいの買い物をしました。それから、貸別荘に向かいました。外は寒くうっすらと雪が積もっていました。貸別荘の入り口で3桁の暗証番号を押して鍵を取り出し部屋に入りました。外は非常に寒く部屋のガスストーブをつけましたが、それでも寒くてたまりませんでした。その後、二人で2時間くらい休憩し、貸別荘の周りを散歩したり、車で別荘の周囲の国道や林道を3時間くらい見て回りました。お昼は国道沿いのステーキハウスで食事をしました。ステーキハウスの隣にパン工房があり二人でパンを買って食べた記憶がありま す。夕方、貸別荘に戻ったら点けたままのガスストーブが故障しており管理人を呼んで直してもらいました。しかし、あまりにも寒いので泊まらずに帰りました。律子には、貸別荘に行くことについて、ここでミュージシャンの合宿をするため借りた、最初の数日は使わないから行ってみないかと嘘を言って誘っております。

1月28日、小鳥遊から電話があり二子玉川の焼肉屋で食事をしました。この時、話しぶりから本当にやるのではないかと心配になり、「まさか、奥さん泣かすようなことはしないよね」と諭しましたが、彼はちょっと切れている感じでした。その数日後、二子玉川の髙島屋1階の喫茶店「リバーサイド」で会った際、彼は「もうほぼ出来上がりました。完璧です。ここまで来たら後に引けません」と固い決意でした。彼に「世の中、その日になって壊れたり、ひっくり返ったりすることもいっぱいあるから、甘くみているとどんでん返しを食らうよ」と忠告しました。更に、その数日後、小鳥遊から「最後のお願いです。集金が終わるのが5日なんです。5日の日空いていますか。例の貸別荘まで連れて行ってほしいのです」と貸別荘に連れて行ってくれとせがまれました。僕は「多分大丈夫だよ。今、僕が全部知っていて協力すると共犯者になるので話は最後まで聞かないよ」と言って、彼を送ることを約束しました。この時、彼は「5日は多分午前中で用が足りる」と言うので、僕は「それでは中央高速に乗るので砧公園で待っている。途中で連絡を取り合おう」と約束しました。この時、僕は彼の話しぶりから「5日に顧客を騙して金を集め逃げる」ことが完全に分かりました。

小鳥遊が騙す相手は、それまでの話で億単位の大口の契約者が2～3人いる様子で、効率的に集金するため大口の客を狙いたいとも漏らしておりました。その中には「保険関係の人」とか「なんでも話を聞いてくれるお婆ちゃんと一晩付き合って契約が取れた」とか「カラオケまで付き合ったのに最初契約した金額だけでがっかりした」等の話をしていたので、これら3～4人を騙していることが判りました。

2月5日、自宅で小鳥遊からの連絡を待っていたところ、昼ごろ、彼から「午前中長引いてもう少しかかる」と電話が入りました。その後、午後3時か4時ごろに僕の携帯に電話があり、ホンダ・ホライゾンで自宅を出ました。何時ものように横横道路、第三京浜を通って用賀の東名高速脇の砧公園パーキングで待っていました。犬を連れていたので彼が来るまで砧公園を散歩させておりました。その間、小鳥遊から「一度家に戻ってから行くから待っていて下さい」とか「後、何分くらいで着きます」等の連絡が入り、僕が停めていたパーキングより4～5台後方にダークグレーの車両からパッシングしました。小鳥遊は「遅れてどうもすみません」と謝ってから、乗ってきた車のトランクから大きめ（60×40×15㎝くらい）のダークグレーの布地のアタッシュケース2個、黒色合皮のボストンバッグ（60×30㎝くらい）1個を取り出しホライゾンの後部座席に積み込みました。車の中で「これ全部お金なの」と聞くと、彼はニヤリと笑って「想像にお任せします」と答えました。この時、私は、確認はしておりませんが、アタッシュケースに1億円ずつ、ボストンバッグに数千万円は入っているだろうと思いました。また、彼は「長期出張です」と冗談ぽく呟いていました。そして、車に乗りこんだ時、「あの車どうするの」と聞くと、彼は「友達が取りに来るから大丈夫」と答えました。この時、小鳥遊の服装は、茶色の山型模様のセーター、グレーのスラックス、黒革靴にベージュのコートを手にしていました。小鳥遊は犬を見て、「この犬怖くないですか」と言いながら犬の臭いを気にして、寒いのに窓を開けていました。環八から甲州街道を通り甲州街道沿いのガソリンスタンドで給油し、更に中央高速道路調布インターを過ぎた街道沿いにある「デニーズ」で二人で食事をしました。この時、彼は誰かと携帯電話で「平沢さんも一緒にゴルフに連れて行って下さい」というようなことを話しておりました。食事を終え出発する前に彼が「以前、トラックを運転したことがある。自分にも運転させてくれ」と言うので途中まで運転させました。中央高速調布インターから中央高速に入り小淵沢方面に向かいました。途中30～40分くらいして初狩サービスエリアで休憩し缶コーヒーを買って飲みました。彼に代わって僕が運転し小淵沢インターを降りて10分くらいして午後10時30分ごろ貸別荘に着きました。車の中で彼は持っていた携帯電話をダッシュボードに置き「携帯電話は使わないから、皆が心配するから適当に掛けておいて下さい」と携帯電話を差し出したので預かりました。更に車の中で「これから何処に行くのか」はっきりした返事はせず、まだ決めていない感じでした。小鳥遊は「前に借りた分は後で返します」と言っていました。これは去年9月ごろ小鳥遊に株の売却代金8百数十万円から5百万円を貸していたものです。僕は、騙し取った金の中から返してくれるものと思っていました。

貸別荘に着き鍵のボックスから鍵を取り出し、別荘の中に入り、彼はアタッシュケースとボストンバッグを部屋に入れました。そして、部屋の中で「今後どうして連絡を取ればいいか」と聞くと、彼は「それは絶対に言えません」と拒絶したのです。彼と15分くらい話をして、帰るために玄関の所で靴を履いている時、彼はボストンバッグの中からビニールに覆われた手提げの紙袋を取り出していました。ボストンバッグの中には着替えも見えました。外で僕が車をUターンしていた時、小鳥遊が左後部座席のドアを開け、「これ返済分です。中に携帯電話機の充電器も入っていますから宜しくお願いします」と別れの挨拶をして座席に置いていきました。僕は彼と別れ、来た道を反対に向かい小淵沢インターから中央高速に入り八王子インターで降り、国道16号線を保土ヶ谷インターから横横道路に入り、翌2月6日午前2時ごろ自宅に着き、彼から貰った紙袋は自分のアトリエに置いて食事をして寝ました。

午前7時ごろ起きて紙袋の中を見たら、携帯電話の充電器と全部帯封のついた１００万円束15束、１５００万円が入った二重にした平成証券の茶封筒が入っておりました。この時、僕は1千万円も多いのは逃走の手伝いをした謝礼だと思いました。このお金は自分のアトリエの物入れの棚の奥に隠しておりました。アメリカ旅行に行く3月中旬ごろ、妻に本間律子との関係が再度バレ、「今年いっぱいはこれでやってくれ」と言って渡しております。ここ何年か毎月の生活費を50万~100万円渡していましたが、昨年7月ごろからアクアスタジオからの収入が振り込まれず生活費を妻に渡しておらず、今後も収入が見込めないことから、この金を「前から貯めていた金だ」と言って渡しました。

小鳥遊の携帯電話機はビーンズ二子玉川に置いていたり僕が持ち歩き、さも彼が発信しているかのように装って発信を繰り返していました。また、本間律子とビーンズ二子玉川にいる時、彼の携帯電話機に掛かってきたことがあり、律子に「もしもし」と応答させたこともあります。また、小鳥遊の留守番電話が「1416」であることが判り、留守番電話を聞いていたら小鳥遊に毎日のように「早く出て来なさい」とか、妹さんから「まだ警察に言ってないから電話頂戴」等の伝言が入っていました。そこで、小鳥遊を装って自宅に3~4回無言電話を掛けると、母親が出て「優かい」と言われたこともあります。発信は全て短縮で掛けました。

3月5日から15日まで僕は本間律子とホンダ・ホライゾンで北海道旅行に行きました。その途中、青森港でフェリーを待っていた際に車に積んでいたミニドライバーで小鳥遊の携帯電話機を壊し、青函連絡船から津軽海峡に捨てました。

2月9日に自分の携帯電話から小鳥遊の携帯電話に掛けたのは、その前日の2月8日に平成証券渋谷支店長から「小鳥遊の居場所を知らないか」と電話が入り、支店長から「平沢さんも小鳥遊に電話してくれ」と頼まれたのでポーズとして電話を掛けたのです。3月6日に電話したのは、携帯電話を壊した後どうなるかと思って電話しました。すると留守番電話に入ったので直ぐに切りました。充電器は北海道から帰って1~2日後、ビーンズ二子玉川の不燃物を捨てるゴミ箱に捨てました。2月5日、小鳥遊と別れた後彼から連絡はなく、行き先は全く分かりません。4月中旬ごろ島根県から民芸調の絵葉書が来ました。それは宛名も全てワープロ書きで文言はただ一行「SEE YOU NEXT LIFE」とありました。これは「来世で会おう」という意味で、サーファーが銀行強盗をやる外国の『ハートブルー』という映画のラストシーンに出てくる文句で、僕が好きな言葉であり、小鳥遊にもよく話していたので直ぐに小鳥遊からの絵葉書だと思いました。この絵葉書のことは妻も知っています。持っていると疑われるので破り捨てました。

8　本間律子の取調べ

1 スタンガンを購入と小淵沢で肝試しの場所の調査

平沢彰の言っていたことに疑問を持ち始め、9月5日、昼食を食べていた本間律子は急に涙を流し本人から言い始めた。

今年の1月か2月ごろビーンズ二子玉川で平沢さんから「今度、新しいバンドの合宿をやる。舞台であがらないように、合宿で肝試しをやるつもりだが、山の中だから暴漢が出た場合の護身用にスタンガンを買ってきてくれ」と頼まれ、水道橋のマンションかビルの一室に行き買い求め、これをビーンズ二子玉川で平沢さんに渡しました。時期は、具体的にははっきり覚えていません。その後と思いますが、平沢さんが来て、夜中に突然「合宿に使う別荘の下見に行こう」と誘われ、深夜2時を回っていたと思いますが、ホンダ・ホライゾンで出発しました。調布インターから中央高速に乗り小淵沢インターで降りました。この車中で平沢さんが案内図を見ており、その図面に「諏訪大社」と記載があったのを覚えています。明け方、別荘に着きましたが、この日は非常に寒く小雪が舞っていました。この別荘は、ログハウス風の新築の建物で、山の中にポツンと一棟だけがあり、プッシュボタンの暗証番号式の鍵箱から鍵を取り出して室内に入りました。何時間か寝た後、平沢さんが「肝試しの場所」を探すと言いだし、昼ごろからホンダ・ホライゾンで山道を夕方まで走りました。途中、平沢さんは森の中や崖下に降りて行ったりしていました。この途中、〈信玄の棒道の表示〉を見ました。甲斐大泉から小嵐間に抜け、小淵沢に近い中央高速八ヶ岳料金所に至る通称、信玄の棒道を通行しました。この時、平沢さんは、根拠はありませんが、スタンガンを持っていたような気がします。ビーンズ二子玉川でリュックの中にロープ、懐中電灯などを詰めながら、平沢さんがロープを結ぶ練習をしていたのを見ております。この荷造りしたリュックは、当日、別荘に持って行き置いてきたと思います。別荘地はハッキリ覚えていませんが、行けば分かると思います。

3月5日、平沢さんと北海道に行く船の上で携帯電話を壊しているのを見たことがありますが、捨てるところは見ておりません。この携帯電話はビーンズ二子玉川に置いてあったもので、平沢さんから「使ってはいけない」と言われていましたが、2〜3回使ったことがあり、夜、平沢さんがいる時に呼び出しがあり平沢さんの指示で「もしもし」と応答して直ぐに切ったことがあります。この携帯電話が小鳥遊さんの物とは知りませんでした。

2 引き当たり捜査

本間律子の案内と指示で引き当たり捜査等を実施した結果、

(1)　貸別荘は

港区青山3丁目所在の　株式会社　レゾン

の社有物件で、貸別荘の所在地は

所在地　山梨県北巨摩郡小淵沢町字岩久保○○番地

2階建てログハウス（物件番号S×－×）

管理人　山梨県北巨摩郡小淵沢町に住む

甲　斐　絹　代

であり、平沢が平成8年1月22日に

株式会社　トイズファクトリー（詐称）

平成8年1月27日から2月8日までの間

の契約をし、1月26日

借用代金　28万8400円

を支払っていることを確認した。

(2)　二人が立ち寄ったコンビニは

山梨県北巨摩郡小淵沢町○○番地　ローソン小淵沢店

ジャーナルから1月29日(月)午前6時41分（印字）

(3)　スタンガンの購入

平成8年1月31日、本間律子が

千代田区神田三崎町1丁目所在の

㈱日本広告通信　代表取締役　井上義夫

でスタンガン一丁（1996年1月31日エアテーザー、カートリッジ2個）を5万264円で購入して

いることを確認した。

9　誘拐事件の届出

多額詐欺事件捜査中の平成8年11月4日午後4時30分、平沢彰の妻典子が黒木弁護士、山見弁護士を伴って青山警察署に「不可解な誘拐事件」を届け出た。

9月25日午前7時5分ごろ、平沢彰方のインターホン越しに「警視庁捜査二課の者です。御主人いますか……」との呼び出しを受け、平沢は「『何も持たないでいい』と言われたので、何も持たないで行ってくるから……」と妻に言い残して自宅を出た。その時の服装は、白っぽいTシャツ、青っぽいズボン、スニーカー様の靴、所持金は数千円を裸のままズボンのポケットに入れていたようだ。

9月26日午前8時20分ごろ、捜査第二課橘川主任宛に妻から未帰宅の連絡が入り、午前10時ごろ、青山警察署共同捜査本部の捜査員が臨場したが、脅迫電話、無言電話等の架電はなかった。

9月27〜28日ごろ、未帰宅者方玄関脇の郵便受けに、カタカナ文字で記載されたワープロ印字の脅迫状（1通目）が投函される。

お宅の旦那を預かった。聞きたいことがあるだけなので安心せよ。話が終われば、無事返す。察に知らせると、いいことない。子供も危険になる。こちらの指示に従って行動せよ。従わなければ二度と旦那に会えなくなる。

10月7日午前、郵便受けにカタカナ文字で記載されたワープロ印字の脅迫状（2通目）が投函される。

そろそろ旦那を帰してあげる。お金はできるだけ多く用意しておけ。直ぐに出来ないことは判っているが、遅ければ、それだけ旦那も家に帰るのが遅れる。毎日、尻が痛い、歯が痛いとうるさいが、食べ物は与えている。ありがたく思え。お金貰えば、何もしない。時々、察来るが何も言うな。察には友達がいっぱいいるから、話すとバレる。その時、旦那、帰れなくなる。
10月12日深夜、自宅に男から脅迫電話が入電（1回目）。
男　奥さんですか。
妻　はい、そうです。
男　御主人を預かっている。お金5千万円用意しろ……。
10月16日午前、郵便受けにカタカナ文字で記載されたワープロ印字の脅迫状（3通目）が投函される。
10月18日夜、旦那の携帯電話を持ち、23時55分丁度に、車に乗って家を出ろ。湘南国際村を通り、国道に出て、鎌倉方面に走れ……菩薩像のある駐車場に車を停めて待て、エンジンを切って、ライトを消し携帯電話のスイッチを入れて、充電器と一緒に白い袋に入れ、3分経ったら紙袋を菩薩像の後ろ側に置いて、その場から車に乗って、速やかに立ち去れ。周りに察の気配、怪しい車がいた時は中止する。
奥さんは自分の携帯電話を買うこと。
10月18日深夜。
妻が上記脅迫状のとおり行動し、指定場所に携帯電話を置く。
10月22日深夜、自宅に男から脅迫電話が入電（2回目）。
男　お金いくら用意出来ました。
妻　えーと、1千万円くらいならどうにか用意出来ると思うんですが。
男　ふざけているよね、そんな端金で旦那の命と引き替えちゅうこと、もうちょっと、どうにかならないですかね。
妻　えーと、11月5日ぐらいまで待ってもらえたら……3千万円くらいできますけど。
男　ま、じゃあ暫く待ってやるから。

妻　はい。

男　どうにかし、してね。

妻　はい、あと主人からの手紙こないんですけど、本当に無事なんですか。

男　いま、ピンピンしているし、手紙も2〜3日中に必ず届くから安心しろ。

10月23日ごろ、妻が新規携帯電話（010－457－×××）を予約する。

10月26日、不明者の筆跡の封書（4通目）が郵送される。

心配をかけて申し訳ありません。不自由な立場ですが、元気です。お金を用意して下さい。色々処分しても構いません。兎に角早く……。

平成8年10月21日　平沢　彰

10月31日、カタカナで記載されたワープロ印字の脅迫状（5通目）が郵送される。

奥さん、この前は指示に従い偉かったな。携帯電話は確かに受け取った。奥さんが、察に知らせないか確かめただけだ……それにしても金を用意するのが遅すぎる。少ない、ふざけている……用意でき次第、旦那の携帯に録音しろ。今後は奥さんの携帯に電話する……察が動くと人質が邪魔になる。我々も意味のないことはしたくない。

同日深夜、妻の携帯に入電（3回目）。

11月5日に現金ができるのは間違いないかとの確認。

11月1日、カタカナ文字で記載されたワープロ印字の脅迫状（6通目）が郵送される。

金を受け取る時は東京まで来てもらう、車で来てもらうが、家を出て横須賀インターまでの行き方を3通り用意した、当日連絡するが間違わないように練習しておけ……今までの会話録音していないだろうな……テープがあったら捨てておけ。

11月2日、カタカナ文字で記載されたワープロ文字の脅迫状（7通目）が郵送される。

金は、1千万円ずつ紙袋に入れて、さらにビニール袋に入れ、ガムテープで固定する。それを白い紙袋に入れろ……紙幣に特殊な薬品、スプレーをするな……家の近くの怪しい車、オートバイ、警察らしき人影、ガス工事、電気工事、不審な電波があると中止する。車の前後やインターの周りも同じだ。我々は全てを監視する……金を受け取ったら6時間以内に解放する。警察は旦那は逃げたとしか思っていない、このままずっと逃げたことになるだけだ。……もっといっぱい金があると聞いていたが、ハズレだった。

11月5日午前0時16分、自宅の電話に入電（4回目）。

男　携帯通じないじゃないか。
妻　あ、そうですか。
男　馬鹿野郎、金できているだろう。
妻　今日、銀行が休みだったので明日確認します。
男　ちゃんと入れとけよ。

10　誘拐事件捜査本部設置

平成8年11月5日、警視庁青山警察署に刑事部捜査第一課、青山警察署等関係所属からなる誘拐事件捜査本部が設置された。

1　脅迫状の消印
○4通目　渋谷局　8－10－24　18－24（普通）
○5通目　所沢局　8－10－30　8－12（速達）
○6通目　渋谷局　8－10－31　8－12（速達）
○7通目　渋谷局　8－11－01　18－24（速達）

2　11月5日
7時30分　青山警察署鵜飼係長以下不明者宅に出発。
10時27分　妻典子、さくら銀行逗子支店で残高照会を行う（不明者名義残高1758万4228円、他に典子名義の定期預金700万円、普通預金200万円がある）。
11時35分　青山警察署に指揮本部開設。
40分　無線構築開始。43ＣＨ開局。神奈川県にリンク申し入れ。
40分　発信元調査依頼。
13時00分　捜査第一課特殊犯明石警部以下被害者対策班青山署出発。
05分　ＮＴＴドコモ逆探知セット完了。
35分　ＮＴＴ逆探知セット完了。
14時15分　被疑者所持携帯の最終発信は東京エリアと判明。
33分　神奈川県葉山署員被害者対策班として潜入。
〈入電〉の際はまず祖母を電話口に出し、時間稼ぎをするように指示。
15時13分　捜査第一課特殊犯明石警部以下被害者方に潜入。
自動録音機をセットする。

50分　神奈川県警吉永班長以下が被害者対策班として潜入。
50分　さくら銀行逗子支店のCD機は19時まで稼働。
16時05分　車の販売代金が入金されず、現在2千万円くらいしか用意できない。
15分　逆探知の同意文書NTTなどに送付。
37分　預貯金はさくら銀行1750万円、住友銀行200万円、郵便局800万円の計2750万円。
車（ポルシェ）の代金300万円は明日振り込み予定。
17時40分　神奈川県警特殊班被害者宅に潜入。
18時00分　トカゲAR300被害者方に潜入、被害者方の発信機を検索（被害者方2階に発信機がセットしてあったため）。
19時00分　さくら銀行逗子支店閉店。
11月6日
7時40分　長男登校、昨夜の投げ込みなし。
10時36分　脅迫状警視庁科学捜査研究所に持ち込み、鑑定依頼。
40分　被害者方向側の別荘を拠点として借り上げ。
12時15分　被疑者所持の携帯電話に妻典子のメッセージを入れさせる。
平沢ですが、主人は元気でおりましょうか、非常に心配しておりますので、連絡頂きたいんです。宜しくお願いします。
35分　トカゲ1、2、3指定コースを下見。
48分　被疑者所持の携帯電話の現在地（エリア）は、南麻布、広尾、恵比寿、代官山、南青山、西

麻布、神宮前、渋谷、道玄坂、雪が谷、池尻大橋、初台、神南。

52分　脅迫テープの解読結果。

40歳近い30代、アクセントは東京と違う、バックノイズはない。

13時54分　文書鑑定の結果、手紙は不明者本人のものと判明。

55分　不明者の濃鑑者の聞き込み。

14時30分　妻典子、長男迎え。

15時15分　ポルシェ代金３００万円が振り込まれる。

16時46分　妻典子の携帯に入電（５回目）、コール４回で断。

逆探知～ＮＴＴ白鬚ＩＧＳ（ＮＴＴ固定網から架電）。

17時01分　固定に入電。

妻　平沢です。

男　もう5日経ってんだぞ。

妻　はあ、あのー。

男　サツ動いてんの、分かってんの。

妻　いえー、警察には、あの。

男　5日も白い服で渋谷にきただろう、あんまり真面目じゃないから、事情分かってもらおうと、思うんで。

妻　あのー、来ていません。

男　明日、贈り物するから。それをよく見て考えな。

妻　えっ、何ですか。断。

58分　拠点に対しトカゲを隠すように指示。
18時00分　髙野主任他に対し不明者の愛人本間の行動確認指示。
55分　髙野主任他、拠点に潜入。
23時17分　行動確認中の愛人本間宅、声が聞こえる、人声かテレビか室内の灯りはついたまま。
11月7日
3時10分　愛人本間ゴミを出す。
33分　部屋の灯り消す。
7時30分　捜査員招集。
愛人本間方のゴミ回収するも特異な物発見できず。
50分　長男登校。
9時10分　被疑者所持携帯電話は、渋谷駅中心半径2・5㎞以内に所在する。
28分　入電（固定）。関係なし。
11時05分　愛人本間家を出る。黒色ハーフコート、黒ズボン、茶色バッグ。
20分　本間芦花公園で130円切符購入。
27分　本間上り電車に乗車。
37分　本間、桜上水で下車、駅前から架電～青山警察署捜査本部員への架電と判明、行確を打ち切る。
13時55分　被疑者の携帯電話の位置変わらず。
14時10分　入電（固定）～黒木弁護士から〈状況を知りたい〉との内容。
20分　本間、青山警察署に現着、事情聴取するも、被拐取者の所在は分からないとの言。
23分　指示～金の準備は妻典子の意向を尊重して準備してよい。証拠化と銀行の締めを徹底。

40分　妻典子、金策に出発～捕捉3、トカゲで身辺捜査。
45分　妻典子の携帯に入電、コール4回で電断～逆探知判明せず。
48分　妻典子、金策のため郵便局に入る。
15時02分　妻典子、金策のためさくら銀行逗子支店に入る
22分　固定に入電、関係なし（長男から）。
51分　妻典子の携帯に入電、関係なし。
16時15分　さくら銀行逗子支店2千万円は明日払い戻しとなる。本日の払い戻し金は1128万9千円、うち1千万円を身代金に充てる（郵便局780万円9千円、三和銀行150万円、住友銀行198万円）。
23分　固定に入電、関係なし（長男の友達）。
17時30分　現在まで不審物の投げ込みなし、郵送等なし。
19時40分　現金1100万円を指揮本部に持ち込み、アントラセン貼付、紙幣番号の撮影。
21時50分　現金に対して証拠化作業終了。
11月8日
7時30分　捜査員招集。
40分　被害者方周辺特異事項なし。
8時00分　不明者の愛人本間、昨夜から未帰宅。
9時45分　渋谷区内のウィークリーマンションに、不明者、本間前職時代の同僚名での契約者捜査を下命。
53分　証拠措置完了の現金1100万円を搬入。

58分　さくら銀行から2千万円は12時30分にできるとの連絡。
11時30分　ウィークリーマンションの契約事実なし。
57分　さくら銀行に金策に出発。
13時04分　さくら銀行から2千万円を払い戻し帰宅。
14時17分　被疑者所持の携帯電話（030－088－×××）の現在地は、渋谷駅中心の半径2・5km以内で昨日から移動なし。
30分　払い戻し金のうち1900万円の採証活動を拠点内で実施、昨日の分と合わせて3千万円を身代金とする。
15時29分　証拠措置500万円分終了。
40分　妻典子の携帯電話に入電、コール3回で断。
16時18分　証拠措置1千万円分終了。
37分　妻典子の携帯電話の留守番機能を解除する（コール4回で切り替わるため）。
17時08分　証拠措置1500万円分終了。
18時05分　証拠措置終了し、被害者宅に搬入。
35分　不明者の愛人本間帰宅。
19時20分　被疑者所持の携帯電話の留守番機能に、
平沢です。お金既に準備して連絡をお待ちしていました。えーと、連絡ありませんので、留守番電話に入れます。主人は無事でしょうか、どうしても主人と連絡をして話を聞きたいのですけれども宜しくお願いします。
とのメッセージを入れる。

〈コールなしで留守番機能に接続されたことから携帯電話の電源は断と求められる〉

21時52分　愛人本間宅、消灯。

11　被拐取者宅に薬指を送達

1　送達日時　11月9日午前9時55分

2　送達物

茶色中型定型封筒（12×23×5㎝くらい）封筒の上部には赤色マジックのようなもので赤線が引かれ「速達」扱い

○切手　500円1枚　100円5枚

○消印　市川　8年11月8日

○受付局　葉山　8年11月9日

○在中品

ア　透明ビニール袋

10・5×7㎝くらいで1×5㎝くらいのメモ欄のあるもの

イ　ビニール袋に在中の物

ビニール袋いっぱいに入る白色ガーゼ様の布に約2・8㎝大の血痕様のものが付着しているもの

ウ　脅迫文

白色A4判大の用紙にカタカナ文字で記載されたワープロ様の印字のもの

脅迫文の内容

オクサン　バカナコトシタ　ヤクソクマモレバ　ナニモシナイトイッタノニ　バレナイトオモッタンカ　アホ　コレデ　シバラクダンナ　カエサナイ

イチドウラギッタヒト　オレタチ　ニドトシンジラレヘンワ　モウイチド　チャンス　アゲルカラ

ヤクソクデケヘンケド　ダンナ　シンダラ　バケルイウテルカラ

オクサンシダイ　スグニ　サツ　テヲヒカセロ　ウロウロシテイルカギリ　ワレワレモ　ウゴカナイ　イママデノ　テガミ　スベテトリカエセ　ロクオンテープモダ　カネトイッショニモラウ　ナ

ケレバ　ダンナノイノチナクナル

サツ　イエニイタリ　マワリ　ウロウロシテイタリ　スルカギリ　キョウカライチニチオキニ　ユビキル　ユビナクナッタラ　タマキル　サツノウゴキ　スグニワカルカラ　ヘンナマネスンナ

サツハオクサンノミカタジャナイカラナ　ケイタイ　ツウジナイ　カネヨウイデキタカ　ヘンジモナイ　サツイエニイル　フザケルナハンセイシロ　コトワッテオクガ　メンドウナコトニナッタラ

オレタチハ　ハシタガネイラナイ　ヨクカンガエロ　ダンナノメンドウミルノアキテキタ　サイキン　ショウベンモラス　ブツブツヒトリゴト　ウルサイ　ワラワナクナッタ　オクサンモ　ダンナ

モウヒツヨウナイナラ　ルスデンニ　イレテオケ　ハナシカンタンデタスカル　コンゴノ　コウドウ　キヲツケロ　シロイフクシュミワルイ

3　捜査結果

○送達物を警視庁科学捜査研究所に持ち込み、血液か否かの緊急鑑定を実施した結果、人血で血液型はO型と判明した。

○血痕付着のガーゼには、末節から切断された薬指が包まれていた。

○指は、不明者の指紋と照合したところ、左環指と符号した。

4
鑑定処分許可状の請求と解剖

上記結果から、本件を検察官を介し、東京地方裁判所裁判官に鑑定処分許可状の請求をなし、その発付を得て、11月10日、東京医科歯科大学法医学教室教授医学博士支倉逸人の執刀で解剖した結果

○血の色、弾力性、チアノーゼの状態から生前に切断されたものと認められる。

○凶器は鋭利な包丁、短刀の類、カミソリではない。

○経過日数は2～4日

と判明した。

5
11月9日以降の捜査

11月9日、被拐取者の左環指が郵送されたことから、それまでの、不明者を被拐取者とする身代金目的誘拐事件を広域捜査として全国各警察本部長に対し関連情報の秘匿収集依頼を行うとともに、11月11日午前10時40分刑事部長から報道協定締結の申し入れがなされ、同日午後1時25分、在庁クラブ（七社会、記者クラブ、ニュース記者会）間で報道協定が締結された。

さらに被拐取者が「切断した左手の治療を受けている」ことが思料されたので、管下全警察署長を始め、関係所属に対し刑事部長名による各管内の病院、医院、診療所及び薬局、薬品店等に「被拐取者又は似寄り人相の者について11月4日以降、治療の有無」について調査回答を求める至急電報を発出し、捜査依頼を行った。

6
救急要請の捜査

誘拐事件捜査本部においても、東京消防庁各消防署、同出張所に対して救急要請の取り扱いについて捜査した。

11月12日、中野消防署員から、11月8日午前1時20分、中野総合病院から「左環指切断、当院処置不能、転送されたい」との119番通報を受けて救急出動した同署宮園出張所の救急隊長が「左環指切断の男を同日午前1時45分、東京医科大学病院に搬送した」旨の連絡を受けた。

東京医科大学病院において形成外科医師大塚清から事情聴取した結果「患者はディスプレイの仕事をし、電気旋盤機で指を切断した」と説明したので、同医師は、負傷部位を診たところ「左環指中節部から先が切断されており、骨を削って縫合する」等の処置を行った。患者の医療記録を記録する2枚綴りで1枚目が「外来診療申込書」2枚目が「外来診療録」の

受診者氏名欄に　山《ヤマ》　根《ネ》　明《アキ》　彦《ヒコ》

生年月日欄に　33　1　15

現住所欄に　長崎県長崎市浜町○－○

本籍欄に　長崎県

と本人がそれぞれ記入していた。

診療時「保険証はない、お金は友達から借りてきた。長崎に帰る」等話し、当日朝方、一人でもう一度来院したので、患部の消毒を行い、長崎市民病院宛の紹介状を書いて渡した。大塚医師に平沢彰の写真を示し「この写真の男は山根明彦と名乗って診療を受けた男に間違いない」旨の回答を得た。

また、刑事部鑑識課で東京医科大学から任意提出を受けた「外来診療申込書」から検出した指紋と平沢彰の右手中指指紋が符合した。

12　狂言身代金目的誘拐事件の捜査

1 通常逮捕

平沢彰が単独で来院していることから、現場指揮本部では、狂言誘拐事件であると断定し、11月13日午後3時30分、報道協定解除の申し入れを行い、同3時45分、同協定が解除された。午後5時から青山警察署署長室において、捜査第一課長、青山警察署長による異例の記者会見が行われた。

約10日間も平沢の虚言に振り回される結果となったが、この虚言の裏には、重大な事実が隠されている臭いがした。

しかし、自作自演の誘拐罪が成立する余地はない。妻典子が共犯関係になければ一項恐喝罪未遂罪が成立するが、刑法第251条により親族間の犯罪に関する特例が準用され、その刑が免除されることになっている。

結局、誘拐事件捜査本部では、架空の氏名を冒用して外来診療申込書を作成・行使した点を捉え、有印私文書偽造・同行使罪で通常逮捕するという苦肉の選択を余儀なくされた。

11月13日、東京簡易裁判所裁判官に逮捕状を請求し、同日、逮捕状の発付を得た。

11月14日、行動確認中の捜査員が、本間律子が午前4時50分ごろ甲州街道方面から徒歩で単独帰宅したのを確認し、午前5時5分ごろ、再び外出しようとしたのを、玄関先で呼び止め、午前5時10分任意同行を求め、午前5時32分青山警察署に到着した。

捜査第一課樋渡主任、青山警察署野中婦警の取調べに対し、

当初は、平沢の所在について「本当に知りません」と頑強に否認していたが、二人の熱意ある追及に屈し

「昨夜、私と平沢さんは、アクアスタジオの御厨さんを訪ねて相談しました。御厨さんは既にテレビの報道で狂言誘拐事件の事を知っていました。平沢さんに警察に自首するように勧めていました。御厨さんのマンションを出てから途中で、平沢と別れ自宅に一旦帰ってきました。私達は、新宿のワシントンホテル、ヒルトンホテル、東急キャピタルホテル等を転々としていましたが、今は赤坂のキャピトル東急ホテル548号室に『根』のつく名前で泊まっています」

と自供するに至った。

捜査第一課の捜査員、第二機動捜査隊の捜査員らが、11月14日午前11時37分、潜伏先のキャピトル東急ホテル548号室で平沢彰を有印私文書偽造・同行使罪で通常逮捕した。

本間律子の自供に基づき御厨啓三から事情聴取した結果、次のような説明を受けた。

11月13日午後11時ごろ本間から「近くにいる。会ってほしい」と電話があり、彼女と平沢が私のマンションに来た。マスコミで報道している狂言誘拐事件について尋ねたら「脅迫は自分がやったが、小鳥遊の詐欺事件はやっていない」と答え、さらに「小鳥遊事件は、警察の捏ち上げだ。黒木弁護士も信用できない。父親の自殺や事件のことが心配だ」等と縷々話していたので「警察に出頭するように」勧めた。何処にいるのかと聞いたら、ホテルを転々としていると言っていた。午前4時ごろ二人が帰ると言ったので、「出頭するように」と念を押して別れた。

13 預かったトランクの謎

報道協定を締結し全国の警察が捜査していた身代金目的誘拐事件が、実は自作自演の狂言誘拐事件だったとの捜査第一課長、青山警察署長の異例の記者会見を受け、テレビ、新聞等の報道機関は全国ネットで報道合戦に入った。伊達美由紀は、高校時代平沢典子と仲良しで、典子が平沢と結婚してからも交際を続けていた。11月14日付の『北海道新聞』で狂言誘拐事件の他、平沢彰を小鳥遊優の巨額詐欺事件でも警察が捜査していることを知った。

今年の6月か7月の深夜に平沢彰から預かったトランクが気掛かりになった。午後10時ごろ平沢彰から突然「今、倶知安にいる。頼みたいことがあるので訪ねたい」と電話があり、午前1時ごろ平沢彰が車で現れ「税務関係の書類が入っているから預かってほしい」と言って、鍵の掛かったトランクを置いて行った。翌15日になって何が入っているのか心配になり、典子の兄に「平沢彰から鍵の掛かったトランクを預かっている。気持ちが悪いから警察に届ける」と断って、知り合いの警察官に相談した。

伊達美由紀からの届出で旭川中央警察署の捜査員がトランクの中を確認した結果、トランク内には、「**1億円入りのビニール袋：2袋、2千万円入りのビニール袋：2袋、4千万円入りのビニール袋：1袋。合計2億8千万円**」が詰め込まれていることを確認し、警視庁の誘拐事件本部に通報した。同本部では現金2億8千万円在中のトランクを証拠品として回収した。

伊達美由紀は、トランクを預かる際に典子から美由紀に宛てたメッセージカード3枚に綴られた手紙を彰から託されている。その内容は、

1枚目　美由紀ちゃん、化粧品届きました。
どうもありがとう。
彰が急にそちらに行くことになったので持たせました。
お願いすることになってしまいますが、
どうか宜しくお願いします。

2枚目　詳しい話は彰から聞いて下さい。
突然こんな頼み事することになって
本当にごめんね。他に信頼できる人が思い当たらなくて
やっぱり美由紀ちゃんしかいないと思って
又、近いうちに会ったときゆっくりと話ができると思います。

3枚目　それじゃ体に気をつけて仕事頑張ってね
美由紀ちゃんへ

と記載されていた。

14　警察の取調べから逃げたかった

僕は、昨日「僕が11月8日に新宿の東京医科大学病院で嘘の名前を書き込んで治療を受けた」事実により、有印私文書偽造・同行使という罪名で逮捕されましたが、その事に間違いありません。

僕は、9月25日、理由があって妻と話し合い、僕を被害者とした「狂言誘拐事件」を起こしたのですが、自分で指を切り落としたのは、「狂言誘拐事件」を警察に「本物」と思わせるためにしたことです。僕が自分の指を切り落としてまで狂言誘拐事件を起こしたのは、「今年2月、平成証券の小鳥遊優という人が4億円の詐欺事件を起こし所在不明になったことについて、当時小鳥遊さんと付き合いがあった僕が9月4日から取調べを受けていますが、その取調べから逃げたい」という理由からです。僕は、9月25日、家を出てからは都内のホテルを転々として、僕の知り合いの「辻井洋輔」さんに頼み「家に嘘の脅迫電話」を掛けたりしておりました。何回か脅迫電話を掛けたりした後、妻と話し合って「ただ居なくなっただけでは迫力がない」と考え、僕自身の考えで「自分の指を切り落とし、切った指を自宅に郵送しよう」と思ったのです。

僕が指を切り落としたのは「11月7日午後10時ごろ」だったと思います。場所は、当時宿泊していた新宿にある「ヒルトンホテル1002号室」です。僕は、指を切り落とす前日、青山通りにある金物屋で「ナタ、ハンマー」など切り落とすための道具を買い、さらに「指を凍らせてから切断しよう」と思って「ドライアイス」も買いました。ホテルの部屋で指を切り落とす時には、僕の愛人である本間律子、脅迫電話を頼んだ「辻井洋輔」さんも居ました。

僕は、まな板の上にナタを固定し「左手薬指第一関節の先」を切り落としたのです。ナタの下に指を入れ、そのナタをハンマーで叩こうとしたのですが、何となく姿勢が悪くうまくいかないように思えたので辻井さんに頼んでハンマーで叩いてもらいました。指は、ハンマーで2回叩いてやっと切れました。ドライアイスで凍らせ指が硬くなっていたためだと思います。

切り落とした指は、解凍を待ってガーゼに包みビニール袋に入れたものを封筒に入れ、辻井さんに頼んで投函してもらいました。

その後、当然のことながら、切った指が強烈に痛み出し、また血も止まらなかったことから、一緒にいた本間律子がＮＴＴの１０４番で開業している病院を調べタクシーで中野総合病院に行きました。結局、その病院では手術できなかったことから、救急車で東京医科大学病院に運ばれました。

東京医科大学病院では、診察を受ける前に「診療申込書」のような書類を出され「必要事項を書いて下さい」と指示されました。僕は、さっき話したように、狂言誘拐事件の被害者ですから、本名を書くわけにもいかず、この時考えた「長崎県長崎市浜町」と嘘の住所を記入しましたが、番地は適当に書いたので覚えておりません。名前も「山根明彦」と嘘の名前を記入しました。僕を治療した医師は、最近、学会か何かで長崎に行ってきたばかりで、「君の住所の最寄り駅は」とか「住まいはどの辺」などと聞かれ慌てましたが、僕も過去に3度くらい長崎に旅行したことがあったので「長崎駅から歩いて10分くらいの所です」と適当に応じました。

15

警察を撹乱

私は、港区南青山6丁目で衣料品店を経営している辻井洋輔です。平沢彰とは、平成6年2月ごろ、催事販売の際に知人の紹介で知り合いになりました。昨年4月か5月ごろ平沢から突然、歌舞伎町の店に「下北沢のラベンダーという雑貨商品店を経営しているが、さようならセールに商品を回してくれないか」と電話があり、30万円分くらいの商品を出して協力しました。今年の10月11日か12日ごろの夜、平沢が突然歌舞伎町の店に訪ねてきて二人で近くの喫茶店に行きました。

そこで、平沢は「詳しいことは言えないが、僕は被害者なんだ。協力してほしい」と前置きして話し始めました。私は、過去に2～3回会ったことがあり、デザイナーで金回りがよさそうで、暗に日当を払うということも言っていたので、やれる事は協力すると承諾しました。平沢は別れ際に「明日午後1時ヒルトンホテルに来てほしい。小林ケンイチで呼び出してほしい」と告げました。翌日、指定された午後1時ごろヒルトンホテルに行き「小林ケンイチ」の偽名で宿泊している平沢と会い2階の和食店に入りました。その時、平沢は「自分は平沢組というヤクザの血統である。息子が誘拐され警察が家に来ている。それは、自分に跡目を継がせるため父親がしたのだと思う。子供を誘拐したことにより、自分に平沢組の跡目を継がせようとしている。僕はそれは嫌なんだ。そうしないためには、僕が誘拐されたことにしなければならない。そして、犯人は僕の命と引き替えに金を要求する。金を用意出来ない時は命をもらうという意味で、自分の指を切って自宅に送る。指を送ると警察や家族は驚き手を引く、それでも警察が手を引かないとなると、犯人は激怒して殺人まで犯したい気持ちになる。その後、僕自身が山で体を縛った場所を警察に連絡する。僕は保護されるが、その時、精神異常になったふりをする。そして、入院する。そこで弁護士が出て来て、警察がこれ以上かかわると、僕本人の人命に関わるので捜査をやめろと言う。さらに、この事件で警察内部の情報が漏れたことで、僕がこんな酷い目にあったことを盾にする。警察はこの件から手を引かざるを得ないだろう。そのためには、必ず指を切って家に送らなければならない」と縷々説明した。そして、さらに「僕が昔一度だけ一緒に仕事をした奴で、小鳥遊というのがいて、奴は証券会社の金を持ち逃げして行方不明になっている」等のことも言っておりました。この時、「芝居で警視庁に連れて行かれたことになっている。これは妻も知っている。弁護士と相談しながらやっている。辻井さんには100％迷惑を掛けないから協力してくれ」等と懇願され、私は平沢の話をすっかり信用してしまい、さらに、〈手伝料100万円〉を貰って引き受けたのです。具体的には、10月12日午後8時か9時ごろヒルトンホテルから私の車に平沢を乗せて、関越自動車道の花園インターで降り、熊谷バイパス沿いにあるレストラン「馬車道」に入りました。時刻は午後11時か午前1時ごろになっていたと思います。平沢から脅迫文を書いたノートを見せられ「このように電話してくれ」と頼まれました。その脅迫文は「奥さん旦那を預かっている。心配するな。5千万円用意しろ。生きている証拠に手紙を書かせる」という内容でした。店の中で私はノートを見ながら何十回も練習しました。1〜2時間くらいして店を出て公衆電話を探していたら大きな駐車場のあるスーパーの前に公衆電話がありました。二人で電話ボックスの中に入り、ノートを開き練習した内容の脅迫電話をしました。この時、平沢は「コーヒー缶の蓋と底をくり抜いたもの」を取り出し、それを受話器に取り付けビニールテープで固定して脅迫をさせたのです。脅迫電話は5秒か10秒くらいだったと思います。その後、私達は関越自動車道で東京に戻り、平沢を二子玉川付近で降ろし、自宅へ帰ったのは午前4時か5時を回っていたと思います。

後日、ワシントンホテルに呼び出されました。この時、平沢は、ワープロを使って文書を創っていたように思います。平沢に「今日は、葉山に連れて行ってくれ」と頼まれました。私は、平沢を私の車に乗せて、首都高速から横浜横須賀道路を通り葉山に行きました。葉山に着くと平沢はスーパーの前から自宅に電話しましたが、全く会話がなく、「合図しているのだ」と説明しました。その後、3分くらい走行して道路上に車を停めて降り、10分くらいかけ二人で山の頂上まで歩きました。暫くして平沢の奥さんが車でやって来ました。二人は、

〈妻〉　弁護士が300万円追加してくれと言っている。

〈平沢〉もう1回ストーリーの組み直しだ。

実家と姉の所に連絡して金をできるだけ用意しろ。

〈妻〉　3千万円くらいにしかならない。

等の会話をしておりました。この時、平沢が奥さんに「携帯電話を持ってこい」と言ったので、奥さんは一旦自宅に戻り携帯電話を持って戻って来ました。私達は、その場に2時間くらいいたと思います。二人の話が終えると、私は平沢と私の車で東京に戻りました。それから数日後、今度はセンチュリーハイアットホテルに呼び出されました。この時は店が終わった後で行ったので午後9時ごろだったと思います。「もう一度葉山へ連れて

行ってくれ」と頼まれたので、やはり私の車で葉山まで連れて行き、以前行った時に停めた道路上に駐車しました。平沢は一人で車から降りて、どこかへ行きました。おそらく家に行ったのではないかと思いますが分かりません。私は1時間くらい車の中で待っていたのですが、戻ってきて、鎌倉に行きモスバーガー店に入りました。そこで、平沢はノートを再度見せ、「熊谷で電話した内容の文面をもう一度言ってくれ」と頼まれました。私は店を出た後に鎌倉駅前の公衆電話から、同じ文面を見せられながら平沢宅に脅迫電話を入れました。この時は空き缶は使用しておりません、使用したのは熊谷の時だけです。脅迫電話を終えてから平沢を玉川付近で降ろして自宅に帰りました。

その数日後、おそらく11月に入ったころと思われますがセンチュリーハイアットに呼び出されました。ホテルから渋谷に来て渋谷公会堂近くに車を停め、やはりボックス型の電話ボックスから、どこの場所の喫茶店「菩提樹」か分かりませんが、「菩提樹に電話するから、『中野さんいますか』と言ってくれ、いないはずだから『いない』と言われたら切ってくれ」と頼まれました。私が「どういうことなの」と尋ねると、平沢は「渋谷からどこかに連絡を取った記録を残す為だ」と答えました。その後、平沢は私が店を出している南青山6丁目付近まで来て、午後4時か5時ごろ、タクシーで表参道まで行きデザイナー森英恵の店の真向かいにある公衆電話ボックスに行き、そこで平沢からノートを見せられ平沢がダイヤルし、私はノートを見ながら「奥さん、白い服着て渋谷に行くだろう、馬鹿野郎、ふざけるな、明日は贈り物するから、それを見てよく考えろ」とドスのきいた声で脅迫しました。電話を終え表参道で別れる時、平沢は「明日指を切る。消毒液、ナタも買った」と言ったので、私が「俺が立ち会ってやるから」と応じると、平沢は「じゃあ明日連絡する」と言って別れました。

この間、私は平沢から狂言誘拐事件の話を聞いた時から実際に指を切ると痛いだろうし、出血も大変だろうと思っていました。そこで、麻酔を使ってやれば大した事は無いだろうと思って友人である東京大学病院外科医師山之上卓治医師に電話で相談してみました。その時、平沢のことを「ヤクザ者の子供が誘拐されて指を切ってくれる医師を知らないか」と尋ねると、山之上から「医師法違反になる。そんな医師はいない」と拒絶されました。私は、何とかして平沢の力になりたい一心からアドバイスを受けようと思って「是非一度会ってくれ」と頼み込みました。11月上旬ごろ、新宿のパークハイアットホテルで、私と、山之上、平沢、本間の４人で食事をした時、指を切る時はどのようになるかを尋ねました。山之上は「出血多量になりショック死する場合もあるので止めた方がいい」と説明しておりました。結局、平沢は指を医者に切ってもらうことを断念し、自分で切る決心をしたのです。

その翌日、平沢から「夜10時ごろヒルトンホテルに来てくれ」と電話があり、その時刻ごろ、ヒルトンホテルの10階か11階の部屋に行きました。平沢は、ドライアイスで左手薬指の部分を凍らせており、室内には、まな板、ナタ、トンカチ等の工具類が準備してあり、本間律子も一緒でした。この時、平沢は痛みを和らげるためかなりの量の痛み止めの薬を飲んでおりました。私が平沢に「本当に切るんですか」と確認すると、「うん、今日切る」と答えました。私は、平沢が指を切った後にショックで気絶するのが心配で、何を手伝えばいいのか聞きました。平沢は私に、**「千葉県内まで行って封筒を投函してくれ」「工具類、刑事事件、精神病に関する本も捨ててきてくれ」**と指示しました。本間は、１０００円分の切手を買ってきて、中封筒に貼り準備していました。その封筒の宛先は「葉山町○○平沢典子」とワープロ文字で印字してありました。私が部屋に入り20～30分くらい経ってから指を切ることになり、私がテーブルの上にバスタオルを敷き、その上にまな板を置きました。まな板の中央部には、指を差し入れる金具がセットしてありました。これは平沢が入念に計画し作ったものだと思いました。平沢は、左手薬指を金具をセットされた所に置き、指の上にナタの刃を当てました。私は、ナタの峰の部分をトンカチで1回叩きました。骨に当たったのか途中で止まってしまいました。もう一度叩いたら指がポトリと切れて落ちました。この時、あまり出血はなく、平沢も痛がる様子はありませんでした。平沢は、指を切り落とした後、ガーゼに包み、ビニール袋に入れてから封筒に入れました。私は、平沢の指示どおりに、指が入った封筒、工具類、10冊くらいの本を詰め込んだ紙袋を持ってホテルを出て私の車で千葉県内に向けて走りました。

京葉道路の市川インターで降り本八幡の江戸川に行き、誰も見ていないのを確認してナタ、トンカチ等の工具類や本を詰め込んだ紙袋を川に投げ捨てました。投げ捨てた場所は、京葉道路近くで工事用の柵があり、近くに釣り具屋の看板があった所です。それから、郵便ポストを探しながら車を本八幡方面へ２〜３分走行させた所に特定郵便局があり、その前のポストが目につき、車を停めてポストの右側投函口に薬指の入った封筒を投函しました。その後、自宅に帰ったのですが、家に着いたのは午前1時か2時ごろだったと思います。

11月12日昼ごろ、平沢から「南青山の骨董通りの入り口で待ち合わせて、ホテルのチェックインをしたいが」と電話があり、私は車で約束場所まで行き、平沢を乗せて赤坂方面に向かいました。平沢は車の中から電話でキャピトル東急ホテルに予約を入れました。そして、私はフロントに行き平沢から渡されたメモを見ながら「京都市左京区木屋町　根本明　電話番号」等を記入し、平沢から預かっていた紙袋から保証金20万円を取りだし支払い、５４８号室にチェックインしました。その時、平沢は「サツは２００人くらい動いているらしい。サツを攪乱するためには、今日は電話する必要がある」と呟いていました。

その日の午後9時ごろ平沢から「店の近くに来たから」と電話があり、私が迎えに出て、平沢は私の車に乗りこむなり「携帯電話を捨ててくるので茨城まで行ってくれ」と指示しました。私は平沢の指示どおりに常磐自動車道路を茨城方面に向けて車を走らせました。途中平沢は「局番が０３０から０４０に換えられる所まで行く」ということで電話しながら「おかしいな、おかしいな」を連発しておりました。その間、本間律子から「今日、警察に尾行された」という内容の電話があり、平沢は「緊迫しているから電話をしないように」と指示しておりました。結局、局番変更はできず、福島県内の勿義インターで降り、６号線からいわき市まで行ったのです。途中でラーメン屋に立ち寄り常磐道湯本インターから東京方面に車を走らせました。平沢はパーキングエリアに立ち寄った時に「警察の捜査を攪乱するため携帯電話のスイッチを入れたままにしておく」等と言いながら車から降りて、その南側の山を登り外に出て、道路を挟んだ小さな杉林の中に入り「ビニール袋に入れた携帯電話」を土の中に埋めました。そして、再度、パーキングエリアの中に入り公衆電話から埋めた携帯電話に架電できるかを確認しておりました。

東京に戻って霞ヶ関インターで降り、平沢の指示で平河町に行き「最後のサツの状況を確認したいので電話してほしい」と指示され、ノートに書いてある文面を見て平沢が持っていた携帯電話から自宅に「指1本だけじゃ足りないのか、ふざけるな、馬鹿野郎、本当に旦那の事を考えているんだったら、手を引かせろ」とドスのきいた声で脅迫電話を入れました。この時間は、午前4時か5時ごろだったと思います。場所は、平河町2丁目バス停付近でした。

その後、平沢は「金を取りに行こう」と言って駒沢公園に行くように指示しました。駒沢通りから公園近くに行き、陸橋の下に車を停め、車から降りて平沢の後に続きました。私達は、土砂降りの雨の中をずぶ濡れになって歩きました。平沢は公園の灌木の中を捜し小さな紙袋を取り出しました。その後、平沢を赤坂の日枝神社の所まで送りました。平沢は、車から降りる時に「はい、これ」と言いながら紙袋を差し出しました。中にはさくら銀行の封筒にバラで100万円くらいが入っていました。結局、私は、狂言誘拐事件を手伝って平沢から200万円を貰っております。その夜、テレビのニュースで平沢の狂言誘拐ニュースを知って驚いた次第です。

16 女の意地と賭け

私は、北海道の高校を卒業後、地元の信用金庫に就職、昭和56年6月に結婚を理由に退職し、その年の9月に平沢彰と結婚しました。この度、狂言誘拐事件の妻を演じたことは間違いありません。今回の狂言誘拐事件の経緯は夫彰が「今年2月、平成証券の小鳥遊という人が4億数千万円の詐欺事件を起こし、その後主人と会った日から行方不明になっている」という理由で警視庁捜査二課の取調べを受けていました。夫が警察の捜査から逃れるために自ら考えやったものです。私は、夫からこの事件について「僕は関係ない。本当に知らないんだ。知っているると嘘を言ってしまった。僕が嘘を言わなければ帰してもらえない。信じてもらえない。関係ないのに逮捕されることがある」等と悩む日が続いていました。私自身の常識の範囲で「そんなことあり得ない」と疑念をもちました。しかし、ある理由から「夫を信じてみよう。賭けてみよう」と決意し、夫が言うとおりに狂言誘拐事件の妻を演じてしまったのです。

ある理由について話します。昨年（平成7年）8月ごろ、結婚以来初めて夫の財布の中から「一枚の女性の写真」を見つけたのです。その女性が今回夫と狂言誘拐事件を演じた本間律子さんです。今まで、優しい、浮気などしない夫だと信じ切っていた私の心にひびが入ってしまったのです。夫は私に「仕事で使う写真だ」と必死に弁解しました。しかし、私は女の直感で「浮気相手」だと確信しました。私は夫に「その女と別れて」と強く迫りました。夫も「別れる……」と固く誓ってくれたので一旦は信じました。その後11月ごろ、夫の部屋から今度は夫と彼女が一緒に写っている写真を見つけてしまったのです。私は「必ず別れる」という約束を反故にされ、裏切られ、妻としてのプライドが崩れ落ちてしまいました。今まで信じ合ってきた明るい家庭が急に暗くなり険悪な雰囲気になってしまいました。寝るときも別々だったり、この時から夫婦生活もなくなりました。夫を許せなくなり、思い悩み離婚を考えたこともありました。子供達の前では努めて普段どおりに振る舞うようにしましたが、子供達が寝付くと言い争いが絶えませんでした。そして師走になり、夫は「少し離れてみる方がいいかも知れない」と言い残して、ビーンズ二子玉川の賃貸借契約を結び、自分の荷物を移して半別居生活が始まりました。私は、夫がマンションを借りて別居することに対し「そんなに本間さんと居たいなら……」と諦めの心境になり、妻として女として落ち込んだ生活が続いたのです。年が明けると夫が家に帰ってくる日も徐々に増え、私としては、出来れば夫に本間さんと別れてもらってやり直したいという気持ちが芽生えてきたのです。3月になると夫は彼女と別れるからと寄り添ってきたのです。私は、悩みに悩みました。夫の甘い言葉を信じていいのだろうか。夫を許せるだろうか。しかし、子供達の行く末を考え、不安が交錯する中、夫を「もう一度信じてみよう。夫の言葉に賭けてみよう」という心境に達しました。そして、これを機会に「自分を変えよう」と決心しました。それまでは、夫のことに疑問を持ったり、私がおかしいなと思ったことはストレートに自分の意見を言ったり、必要でないことや、間違っていると思ったことを止めさせました。夫は、私のそういうストレートな点があまり好きでなかったようでした。これからは夫を信じて、「あまり意見を言わないようにしよう」と決心したのです。そのようなわけで、今年の4月から6月にかけて、夫は庭に2億数千万円もの纏まった現金を埋めたり、さらにその現金を旭川にいる親友の伊達美由紀さんに預かってもらったりしたのです。この時、私は夫に「どうして纏まったお金があるの、今まで何処にあったの……」と追及しましたが、夫の「今まで働いた金だ。今まで株で儲けた金だ。取引先に預かってもらっていた……」等の説明を信じようと思ったのです。夫を更に追及しなかったのは、再び家庭が壊れたり、夫が出て行ってしまうことが怖かったからです。

今年6月ごろ、夫は誰かにつけ狙われていると心配し探偵社に調査を頼んでおります。その結果、夫を尾行していたのは警察であることが判り、私も夫から聞いて知っておりました。このころだったと思いますが、ラベンダーの諏訪さんから夫に「警察が平沢さんの事を調べに来た」と連絡があったと聞き、私も不審に思い、夫に「何を聞いたり、調べたりしているの」と聞いたら、夫も「何だろうね」と不思議そうな顔をしていたのを覚えております。

そして、9月に入り、警視庁捜査二課の夫への取調べが始まったのです。私は、夫が警察に取り調べられることが不安で、夫に対して、何で調べられたのか尋ねた結果、小鳥遊さんの件で調べられていることが判ったのです。夫は警察の取調べに対し「本当は別荘に行っていないけど警察には『行った』と嘘を答えてやった。そう言わないと帰してくれない。警察はやっていないことを『やった』と言って逮捕する……」等と心配しておりました。この時、私は「何故そんなこと言うのか、何も無ければ逮捕されるわけがない」と思い、その旨を強く言おうとしましたが、前にも話した理由から、夫を信じるしかないと思ったのです。取調べの後半ごろ、夫は急に元気がなくなり、食欲もなく、私はもの凄く不安でした。警察の取調べが終わったころだったと思います。夫から狂言誘拐の話を持ち出されたのです。私は「何故そんなことまでして……」と理解が出来なくなり、夫に考え直すように必死で説得しました。しかし、夫は「こうするしかないんだ」と強い意志で、私には止めさせる力はありませんでした。夫は狂言誘拐事件のシナリオを「身代金5千万円を要求する。車を売ったり、親から金を集めてくれ。弁護士と一緒に警察に届けろ。狂言誘拐事件を本物に思わせるため、指を切って送る。警察の動きや人数を連絡しろ。脅迫文も送る。数カ月したら、精神的におかしくなったようなふりをして解放されたようにして出てくるから……」と打ち明けたのです。正直言って、このころの夫の考えや、実際に自分の親や警察を騙して、更には自分の指を切断してまでもして警察の捜査から逃れようとする行動に対し、私自身が理解できなくなり、もうどうすることも出来なかったのです。私は夫に指示されたとおり狂言誘拐事件の妻を演じてしまいました。

17 プロポーズされ結婚を信じていた

私は、狂言誘拐事件で平沢彰さんと行動を共にしていた本間律子です。短大卒業後、株式会社ＪＣＢに就職したのですが、仕事が性に合わず1年半くらいで辞め、アパレルや雑貨店等を転々として、平成6年6月ごろ、世田谷区下北沢の生活雑貨店「ラベンダー」に店員として勤めました。この会社は、今回狂言誘拐事件を起こした平沢彰さんが社長で、社員の諏訪淑子さん他アルバイトの多田祐子さん、大塩由紀子さん、深川美紀さん等が勤めていました。この店は、平成7年6月ごろ閉店になり、社長の平沢さんの誘いで、平沢さんが以前から勤めていた渋谷区南平台にあるアクアスタジオ（社長御厨啓二）に勤め、この会社の仕事をしておりました。給料は、平沢さんから貰っていたので、この会社は御厨さんと平沢さんの共同経営だと思っていました。この会社には、井深紘さん、浅井美代子さん等が働いており、フランス人デザイナーも一緒に仕事をしておりました。私は、平成7年10月ごろ平沢さんと肉体関係を持つようになり、そのころから会社を辞め全く働いておりません。会社を辞めてからは、平沢さんから会社の給料と同額の20万円を月々貰ってきました。生活費の他に誕生祝いにフランス製乗用車シトロエンをプレゼントしてもらったり、北海道や沖縄等に度々連れて行ってもらっておりました。昨年9月30日から10月14日までは、ビーンズ二子玉川２０２号室に仮住まいをしておりましたが、10月14日以降は現在のアパートで暮らしております。私の恋人平沢彰さんが「自分の指を切り落として、脅迫文と一緒に郵送したり、脅迫電話をしたりして狂言誘拐事件を起こし、病院で偽名を使って治療を受けた」ことは始めから知っておりました。狂言誘拐事件に関係した人は、平沢さんが以前社長をしていたラベンダーの取引先の社長辻井洋輔さんです。辻井さんは、年齢35歳くらい、身長１７３㎝くらい、肥満の男性です。辻井さんの役目は、平沢さんの自宅に脅迫電話を掛けたり、平沢さんの指を切り落とすのを手伝ったり、切り落とした指と脅迫状を一緒に入れた封筒を千葉県内から郵送したりしたことです。平沢さんは辻井さんにお金を払って頼んだと話しておりましたが、支払った金額は分かりません。

私は、平沢さんが偽造した脅迫状を渋谷でポストに投函したり、指を切断する時に使ったドライアイスを買ってきたり、脅迫状を創るために使ったワープロを二人で買いに行っております。また、平沢さんの話では奥さんも初めから狂言誘拐事件のことは知っておりました。平沢さんが誘拐されたという「9月25日」以降の10月にも何回か奥さんと連絡を取り合ったり、私の赤色シトロエン第品川77み×××号を運転して自宅に帰ったりもしておりました。平沢さんからは、奥さんと別れ一人で住んでいると聞かされ信じ切っていました。平沢さんの狂言誘拐事件を知ったのは、今年の9月25日です。平沢さんは、平成証券の小鳥遊という人が起こした詐欺事件のことで、今年9月ごろから警察で取調べを受けましたが、それ以前の6月ごろから誰かに見張られているということで、その確認のため探偵に調査を依頼しました。平沢さんは、警察に取調べを受け始めてから「僕は詐欺事件に関係ないんだ」と説明しておりましたが、段々と神経質になってきました。また、会う方法、場所について殆ど平沢さんが指定してきました。その一つは「深夜知らない男の声や女の声で私の所に〇〇〇〇〇〇〇番に電話して下さい、小林という名前で呼び出して下さい」という電話が掛かり、そこへ電話すると、喫茶店か何か音楽の聞こえる店のようでした。小林という名前で呼び出すと平沢さんが電話口に出る。そして待ち合わせ場所を決めたり、近くまでシボレーかゴルフで迎えに来てくれました。もう一つは事前に暗号を決めておき、「私の部屋に電話が掛かり、応答して、プッシュホンの『プップッ』という音がすると平沢が近くに来ているということで、私が外に出て住宅街を歩いていると私の周囲に警察がいないことを確認して近寄ってくる」という方法でした。このようにして会った場所は近くの公園、レストラン「デニーズ」、ファミリーレストラン等何店かあります。

私に電話を掛けてきた知らない女の人について尋ねると、平沢さんは「姉貴に頼んだ」と答えております。知らない男は、声の感じから北海道在住の網走日韓さんではないかと思います。また、自宅の電話は使うな、連絡する時は外に出て公衆電話を使うように固く指導されておりました。

この狂言誘拐事件の計画を聞いた「9月25日」、「プップッ」方式で接触しました。この時、私は前のアパートに住んでいましたが、午前6時ごろ平沢さんがやって来て、近くの住宅街で接触してから、二人で電車を乗り継いで横浜山下公園前の「ニューグランドホテル」に行き、偽名でチェックインしました。この日から警察に捕まるまで、新宿のニューシティホテル、ホテルライフ、センチュリーハイアットホテル、東京ヒルトンホテル、ワシントンホテル、パークハイアットホテル、三軒茶屋のビジネスホテル白岡、瀬田のシャトー玉川、目黒のワトソンホテル、赤坂の東急キャピトルホテル等のホテルを転々としておりました。色々の偽名でチェックインしております。全ての偽名は思い出せませんが、小川武史、小林健一、伊藤隆、根本明等です。横浜のニューグランドホテルの部屋で狂言誘拐事件の計画を聞いたのです。平沢さんは狂言誘拐事件をやる理由について「小鳥遊の詐欺事件には関係ない。警察が僕を疑っているので疑いを晴らすためにやるんだ。僕が誘拐されれば、僕だって狙われている立場にあるんだと思われるし、そうすれば僕を疑っている警察の捜査ミスになる。今日から誘拐されたことになっているので暫く会えなくなるかも知れない」と縷々説明し、この事は平沢さんの奥さんも知っていることだと話していました。奥さんとは、その後も連絡を取っておりました。平沢さんには、姉の阿部定子さんから借りた携帯電話０１０－４５５－×××に奥さんから電話が掛かってきたこともありました。これらのホテル代は、平沢さんが支払っており、ニューグランドホテルに泊まった時には封筒に入った１００万円くらいの現金を見ております。平沢さん宅に脅迫電話を掛けたり、脅迫状を郵送したのは辻井さんです。また、平沢さんが指を切断する時には金槌を使って手伝っておりました。平沢さんが泊まっている部屋で何度か辻井さんの姿を見ております。実際に脅迫電話を掛ける現場は見ておりませんが、そのころ辻井さんは携帯電話０３０－08－８６５０２を持っており、会話の中で「電話は掛けてきた」と話しているのを聞いております。脅迫状は、平沢さんがワープロを使って創ってからポストに投函しておりました。日時は覚えておりませんが、私も渋谷で２回くらい投函しております。この時は、封筒に指紋が残らないように封筒の両端を指で挟むようにして投函しました。この時、使ったワープロはワシントンホテルに泊まっている時、平沢さんと二人で新宿のヨドバシカメラに行き買ったものです。買った日ははっきり覚えていませんが、10月上旬ごろだったと思います。ワープロのメーカーはサンヨー製で値段は３万円くらいだったと思います。また、ホテルを転々としている時、平沢さんは古いタイプのナショナル製のワープロも肌身離さずを持ち歩いていましたが、このワープロは今回の事件では使っておりません。

平沢さんが指を切断したのは11月7日の午後10時ごろから11時ごろの間でした。指を切断することは平沢さんが数日前から話しておりました。当日、午後6時ごろヒルトンホテルに行きました。部屋には、平沢さんが一人いて、部屋の隅にはまな板、ナタ、金槌が準備してありました。午後7時ごろ平沢さんに「痛み止めにするドライアイスを買ってきてくれ。買い方はアイスクリームを買って、明日の朝まで保たせるようにと言えば多めにドライアイスを入れてくれるから」と教えられました。新宿西口のミロードの近くにアイスクリーム屋があったので、「バニラチョコクッキーのアイスクリーム2個」を買って、女の店員に「明日の朝まで」と注文するとボール型ドライアイス一掴みくらいを入れてくれました。ドライアイスを持ち帰ると、平沢さんはタオルにドライアイスを包んでから、凧糸みたいな紐で縛った左薬指をその中に入れて凍らせました。午後10時ごろ辻井さんがやって来ました。部屋のテーブルの上にバスタオルを敷き、その上にまな板を置いて、その上にドライアイスで凍らせた左薬指を置き、平沢さんが辻井さんに「やってくれ」と指示しました。辻井さんが手元にあったナタをその指の上に当て、その上から金槌で叩きました。一度では切れませんでしたが、2〜3度叩いて指を切断しました。指が凍っていたため血は出なかったようですが、直ぐにガーゼのような包帯を薬指に巻いていました。そして、辻井さんが切断した指をガーゼに包み、更に小さなビニール袋に入れ、既に準備していた脅迫状が入った封筒に入れ、この封筒を持って部屋を出て行きました。後で聞いた事ですが、この封筒は千葉県市川市のポストに投函したという事でした。

平沢さんは、指を切り落とした際には凍っていたので出血せず痛みも感じなかったようでした。1〜2時間経過した8日午前1時少し前になって痛みが出てきたらしく「病院を探してくれ、この近くじゃまずい、遠すぎても駄目だ、中野辺りがいい」等と言いだしました。ホテルの電話から104案内に電話して「救急病院を探している」と尋ねると「救急センター」を案内してくれました。更に救急センターに電話で中野付近の救急病院を聞いて、中野総合病院を教えてもらいました。私が、中野総合病院に電話すると女性が応対しました。私が「指を切ってしまった。これから治療に行っていいですか」と聞くと相手の女性は切った状況を尋ねてきました。私が適当に機械で指を落としましたと説明すると来院を承諾してくれました。

私達二人は直ぐにホテルの前でタクシーを拾って中野総合病院に向かいました。病院に着くと、平沢さんから「律子は戻っていろ」と言われ、私は病院に入らずタクシーでホテルに引き返しました。平沢さんは、午前3時ごろホテルに戻ってきて、「長崎の住所で山根明彦という偽名で治療してきた。医者に『また、来てくれ』と言われたのでもう一度行って来る」と話しておりました。その日の午前9時ごろ一人で病院に行き戻ってから、長崎の住所を書いたので長崎の病院に紹介状を書いてくれたと話しておりました。

11月13日になって平沢さんが狂言誘拐事件を起こし、切り落とした指を偽名を使って治療した件で指名手配になったことをテレビのニュースで知りました。平沢さんは指名手配になったニュースを見てから脅迫文を作成したワープロと、もう一台の2台のワープロを足で踏みつけたりして壊しました。

今後の相談のため目黒区東山の御厨啓三さん宅に行くことにしました。目黒川の手前でタクシーから降り少し歩いてから、平沢さんは壊した2台のワープロの本体や蓋の部分を順次川の中に投げ捨てました。先程、刑事さんを案内して投げ込んだ場所を指示して調べてもらったところ、川の岸寄りにワープロが沈んでいるのを確認しております。この場所は刑事さんに調べてもらった結果、目黒区青葉台1丁目○番○号目黒川の緑橋の下流28・8mの地点であることが判りました。また、ワープロは「三洋電機製　パーソナルラップトップワープロ　SWP－NS35　製造番号1661０391」であることが判りました。

私が、御厨さん宅から帰宅したところ、刑事さんに同行を求められ取調べを受け、平沢さんがキャピトル東急ホテルに宿泊していることを白状し、平沢さんは警察に捕まりました。

18

5千万円の謎

私は、平沢彰が犯した狂言誘拐事件に協力した実姉阿部定子です。私は、今年の８月28日から現在住んでいる駒沢マンションに娘二人、息子一人の４人で暮らしております。今年の６月中旬ごろ当時住んでいた新宿区中井の家に実弟の彰が突然大金２千万円を持ってきてくれました。彰に貰った金は、１００万円束で20束ありました。その全てに帯封がついていましたが、銀行名は忘れました。彰は、１００万円束で１千万円単位の束２個を紙袋に包み黒色リュックに入れて持ってきました。このお金を一旦銀行に入金し、前夫の阿部彬と離婚していた私は、この金でマンションを買うことにしたのです。渋谷の不動産屋でマンションを探しました。

その後、７月初旬の午前1時ごろ彰は前触れもなく中井の家にやって来て、３千万円を前と同じようにして持ってきたのです。この時、彰は「この金は表に出ると良くない金だから。コーディネイトしてくれた凄い人から正規の金ではなくポケットマネーとして出ている。こういうのは業界の常識だ。1千万円は使っていいから、残りは預かってくれ」と言って、突然大金を置いていったのです。

そして私の記憶では、今年９月11日午前1時ごろ、彰が突然「今日、現金３００万円を葉山の家に持ってきてくれ」と電話してきたのです。その時、「弁護士費用５００万円も用意して届けてくれ」と頼まれました。翌日、あさひ銀行麹町支店で５００万円を下ろし、麹町にある黒木明生弁護士の事務所で現金５００万円を弁護料として支払いました。その後、３００万円を準備し、塾が終わった午後11時ごろ、高田馬場駅前でタクシーを拾って葉山に向かい、午前1時ごろ彰の家に着きました。2階の部屋で現金３００万円を渡しました。この時、彰は「詐欺事件で警察の取調べを受けている。何とか証券の人がお客さんから多額のお金を騙し取って失踪したことに関して事情聴取を受けた。黒木先生に相談したら、まだ逮捕状が出ていないので事情聴取だけで法的には全く問題ない」と説明してもらいました。そして「警察の取調べが厳しく、このままでは逮捕されるかも知れない。そうなると、先ず、マスコミに名前が出て新聞、テレビ等で大きく報道される。尋と真理が学校に行けなくなる。無実の罪を晴らし家族を守りたい。力を貸してくれないか」と懇願されました。この時、私は、彰は実の弟で可愛かったのと、弁護士までバックにいるなら大丈夫だと思って全面的に協力することにしたのです。彰は、「少し経ってから家を出て誘拐されたことにする。最悪の場合は精神病にもなる」と話しておりました。そして、携帯電話を用意するように頼まれたのです。塾生に頼んでPHSの携帯電話を用意して、彰の指示どおり駒沢公園のチケット売場の灌木の茂みの中に現金100万円と一緒に隠しました。約30分後に彰から電話が掛かり、会うなり凄い剣幕で「こんなPHSなんか使えない。ドコモの携帯電話を用意してくれ。盗聴されるから他人名義にしてくれ」等と怒鳴られました。そこで、大学時代の友人に電話で携帯電話の名義を貸してもらうようにお願いしました。最初は、離婚した主人の恋人から電話を盗聴されているからあなたの御主人名義の電話を買ってほしいと無理を言ってお願いしました。すると、自分の弟や身内に頼んだらと断られたので、身内では盗聴された時にバレる恐れがあるからと無理矢理にお願いしました。20～30分後に彼女からOKの電話が掛かってきたのです。私は「取り敢えず4カ月間名義を貸して下さい。その後は名義変更します。通話料を引き落とすため御主人名義の口座を開設して下さい」とお願いしました。暫く経ってから彼女から携帯電話機とキャッシュカードが送られてきました。これは、ドコモでバイブレーター付き、留守番電話機能付きで最新式のものでした。10月27日午前1時ごろ、彰から「携帯電話、ワープロ、現金200万円を持って駒八通りを歩け」と指示され、平成3年ごろ彰からもらった旧式のワープロ、着替えの下着等を持って自宅を出て、自宅近くの神戸屋というパン屋の前から駒八通りを歩いていたら、彰が乗った車が現れたのです。私も彰の車に同乗して駒沢競技場近くのアイソトープ研究所の前に停まった車の中で渡しました。この他にも、私の家で義妹典子に100万円を渡したり、現金600万円を彰の口座に振り込んだり、2回に亘って紙袋に入れた現金100万円束を駒沢公園のチケット売場の灌木の中に隠す等して弟彰が犯した狂言誘拐事件に協力しております。

19　二人共殺しているかも知れない

私は、神奈川県足柄下郡真鶴町に妻や子供達と暮らしている37歳の会社員です。平成8年1月中旬ごろ中野駅近くのテレホンクラブに行き女性からの電話を待っておりました。この時私が電話を取った相手が、不倫相手の阿部定子さんだったのです。その直後、中野駅前のサンプラザ前で待ち合わせ、近くの洋食店で二人で食事をとりました。彼女は私の好みとは逆の目が細い女性でしたが、洒落たベレー帽を被っていました。彼女は駒沢のマンションに住んでいて塾の先生をしていると話しておりました。食事が終わり別れる時に携帯電話番号をメモ用紙に書いて交換しました。私達は知り合ってから月に1回平均くらい密会を重ね、食事をしたりホテルに行き肉体関係を持ったりしておりました。

平成8年10月29日ごろ彼女から電話で呼び出され、駒沢公園近くの神戸屋というパン屋の前で待ち合わせました。この時、彼女に「弟が近くまで来ているので会ってほしい」と頼まれました。私は乗ってきたベンツを近くの住宅街に停めて、彼女の案内で寿司屋のような店の2階の座敷に入りました。部屋には彼女の弟、平沢彰が一人で待っておりました。私が自己紹介し、彼女が弟ですと紹介するなり、平沢はいきなり一人で喋りだしました。「6〜7年前の詐欺事件と今回の証券会社社員の詐欺事件に自分の名前が出て疑われている。犯人の小鳥遊ともう一人の男は面識はないが株の売買で話したことがある。捜査二課の××という鬼刑事がこの事件を捜査していて、その刑事は、やってもいないのに犯人にしてしまう。最初、誰かに後をつけられているのに気付いて、私立探偵を雇って調べたら刑事が尾行していた。最初、誰かに付けられている時、護身用にスタンガンを買った。自宅にあったスタンガン、スコップ、ロープは未使用のもので警察で調べたが証拠にはならないはずだ。私を尾行しているのは、東京、埼玉、神奈川の警察の車ということが私立探偵の調べで分かった。捜査一課と二課が動いている。このままだと証拠品をデッチ上げられ犯人にされてしまう」等と一気に捲し立てたのです。この時、私が「一課が動いていると殺人事件じゃない」と口を挟むと、平沢は「そうなんですよ。強姦事件でも容疑者がマスターベーションで出した精液を被害者の膣に入れるようなことを平気でする」と喋り、さらに、「ロッキード事件を担当した有名な弁護士に相談したら『被害者にならなければならない』とアドバイスを受け、その先生と相談して狂言誘拐事件をやっている最中です。9月下旬に葉山の自宅から拉致されていることになっている。弁護士が雇っている者が自宅に脅迫電話を掛けている。弁護士先生から『食べ物も控えて頬が痩けるくらいに痩せ、下着も代えるな』とアドバイスを受けている。仕上げとして、自分の指を自宅に送り暫くして気が触れたふりをして、グリコ事件の社長のようにフラフラの状態で警察に保護される計画です」と説明した。私は驚いて、「何故そこまでやる必要があるのですか。証拠が無ければ警察に逮捕されてもいいじゃないですか」と反論しました。平沢は「有名なデザイナーなので逮捕されるだけで不名誉なことだ」と弁解しました。私が「指を切り落としたら、社会復帰した時ヤクザと間違えられますよ」と諭しました。平沢は、さらに「どの指を切ればいい」と質問してきたので、私が「薬指あたりが一番使わないかな」と応じると、平沢は、自分の左手の薬指を曲げて「こんなデザインになりますよ」と言いながらその手を見せたのです。その後、平沢は「実は、指を切ってくれる人知りませんか。例えば、潜りの医者とかインターンの人知らないですか」等と執拗に尋ねるので、私は「ヤクザでも自分で指を詰めれば罪になるのに、他人の指を切るような人いませんよ」と反論しました。それでも平沢は、「誰かいたら紹介して下さい」と懇願しておりました。私は平沢の話が馬鹿らしくなって、「そんなに指を切りたければ半紙を切るような裁断機で自分でやった方がいい」と言い残して立ち上がりました。彼女との別れ際に「弟にあまり関わらない方がいい、二人共殺しているかも知れない」と強い口調で忠告しました。

20 絶句し、涙を流しながらの案内

本間律子は、平成7年10月ごろから平沢彰と愛人関係になり、生活費として毎月20万円の援助を受けるなど行動を共にしていたが、平沢の逮捕と同時に彼女に任意出頭が求められ取調べを受けていた。彼女は「以前（9月5日）話せなかったことがある」と前置きした上で、「この日、車で別荘地を抜けた林道に入った時、平沢さんが車から降り斜面を下り林の中に入って行き、暫くして出て来ると、木の枝にスーパーの買い物袋のような物を結びつけていたことがあります」と申し立てたため本間律子の案内で引き当たり捜査を実施した。11月21日午前8時00分、捜査員が捜査用車両品川54み×××号で青山警察署を出発し、午前8時40分本間律子方近くの甲州街道上で待ち合わせ同女を捜査用車両に同乗させ、「スーパーの買い物袋のような物を結びつけた所に案内してもらう」旨を告げると、「調布インターから小淵沢インターまで行って下さい」旨申し立て、同女の案内により引き当たり捜査を開始した。午前8時55分、調布インターから中央自動車道に入り、午前10時35分、小淵沢インターチェンジを出る。小淵沢インターチェンジを出ると「この前行った別荘にするか、それとも斜面の場所にするか」旨を告げたところ、「斜面の方にします。右折して真っ直ぐ行って下さい」と申し立て案内したので、小淵沢インターチェンジを出た突き当たりのT字路の交差点を右折し八ヶ岳高原ライン有料道路方向に向かった。このころから同女は元気がなくうつむきかげんになる。

午後0時50分ふれあいの郷鎖止めの林道に至り、鎖を外して進行した。午後0時55分、この道でいいのか確認すると同女は「はい、途中でUターンしましたからこのまま行って下さい」と申し立てた。午後1時、林道を進行し林道を走行中のカーブミラーのある右カーブ（死体発見現場）付近にさしかかり通過した時、案内人本間律子は斜面を見つめながら涙ぐんでいた。午後1時10分、さらに林道を進行し八ヶ岳第一支線の標識のあるY字路

の手前で涙を拭きながら同八ヶ岳第一支線の標識を指示して「この先のカーブでUターンして下さい」旨申し立てたので、同Y字路をUターンし元の道を引き返した。午後1時15分、約１００m引き返した。前記カーブミラーのある場所で「この先のカーブの所がそうです」と申し立てたのでカーブミラーの手前で車両を停車させ、「ここで間違いないか」と確認したところ、本間律子は「多分、この斜面を入って行きました」と説明した。よって、「じゃあ、写真を撮るからそこに立って」と申し向けると「嫌です」と言いながら泣き出し、写真の撮影を断った。

本間律子が案内した場所は「長野県諏訪郡富士見町境広原○○○番地　国有林」であり、林道から十数メートル入った地点には、周囲と明らかに異なる盛り上がった部分があったため、同所を検土杖で検査したところ検土杖の先端の土は強い腐敗臭がした。このため、捜査員が同所を掘ったところ、地表から約90㎝地点から「人の頭骨部分」を発見した。人頭骨が出てきたことを告げると、本間律子は「やっぱりあったんですか」と絶句してその場に泣き崩れた。

1

死体発見

人の頭骨部分を発見したことから東京簡易裁判所から検証許可状の発付を得て、11月22日午前10時20分から、林野庁長野営林局諏訪営林署次長陣内敏夫の立ち会いで人頭骨発見場所の検証を実施し、同所から「頸部にロープを巻かれている男性死体」を発見した。

遺体の発見状況は、上向きになり、茶色セーター、緑色長袖シャツ、白色半袖下着シャツ、黒色ズボン、バックル付きベルト、白色と緑色縦縞模様トランクス、灰色様靴下姿で右手は胸部に置き、左腕は体側に沿ってあり、頸部には、長さ１５７㎝、幅約９㎜の布紐が一周し、一重結びされていた。

この日は、山梨県・長野県境の八ヶ岳山麓上空は多数の報道ヘリが飛び交い、狂言誘拐事件に対するマスコミの報道合戦も佳境に入っていた。

2　解剖結果

11月22日午後5時00分から午後8時20分までの間、慶應義塾大学医学部法医学教室で司法解剖が実施され、死因は、絞頸による窒息死の可能性が高いと思われるとの結果がでた。死因に対する所見は、死後変化高度（全身腐敗し灰白色、淡褐色を呈し、頭部、顔面、左右上肢を消失、軟部組織及び骨を露出しており左右前腕部下半分及び足部は皮膚を全て消失し骨を露出している）、これによって、確定はできないが頸部に索溝と思われる陥凹部があり、甲状軟骨左右上角の骨折が見られること。凶器は頸部に巻かれたロープで可能。胃内容物は１２２㎖（淡褐色混濁、泥状）、固形物として未消化の椎茸様のもの、椎茸以外の茸、肉片様のもの、緑色菜片が原形を残していた。

21　悟り

平成8年11月22日、本間律子は捜査第一課樋渡主任、青山警察署野中婦警に対し、自ら本当の事を話し始めた。

私は、昨日、刑事さん達を、今年1月29日平沢さんに新人バンドの肝試しをやるため下見すると説明を受けて連れて行ってもらった場所に案内しました。山の中に斜面になっている林の中を掘り起こしたような所がありました。その場所を調べた結果、人間の死体が出てきたそうです。この死体は行方不明になっている小鳥遊優さんで、平沢さんがそのようにしたに違いないと思います。それは、いくつかの理由があるからです。

これまでも話したように平沢さんとは、平成7年10月ごろ肉体関係になり、それ以来月々20万円の生活費をもらって生活してきました。私としては、平沢さんの愛人というより、将来結婚できると信じていました。それというのも、深い関係になる前の昨年6月ごろ平沢さんにプロポーズされていたからです。当時、私は、平沢さんは葉山の自宅に一人で住んでおり、奥さんとは別居状態で既に離婚届を出していると聞かされていました。葉山の自宅には2回泊まりましたが、平沢さんが言うとおり一人で生活しているようでした。また、平沢さんは当時上映されたアメリカ映画『フォレスト・ガンプ』に出てくる、非行に走って死んでいく女「ジェニー」の名前を使って奥さんをジェニー云々と呼んでおりました。自分の身の上話として、「僕は、幼いころ両親を亡くし施設で育った。小学校6年のころモスクワの音楽学校に留学した。中学校は旭川で高校になってからニューヨークの音楽学校に行き、高校卒業後はフランスの音楽学校に入学、新人賞を受賞したことがある。当時、交際していた女性が癌になったので医大に進学したが死んでしまったので中退した。死ぬ時に安楽死させようと思い、医大からモルヒネを盗み、捕まって3カ月くらい刑務所に入った。その後、耳が悪くなったのでフランスの田舎に引っ込み耳を治してから、ルノーに勤めデザインの仕事を覚えた。その後、帰国してから靴の会社を作ったり、品川浜町のスタジオで流行の音楽バンドのプロデュースをやっている。作詞、作曲もやっている。ジェニーも施設育ちで、ヤクザの男との間に二人の子供がいて、ヤクザは死んでしまい、子供が施設に入れられては可哀そうなので結婚してやった。中学校のころ旭川の里親に引き取られた」等と話していました。そんな身の上話に同情し、また、一緒に居る時には細かく気を配ってくれる等の優しさに心を引かれるようになったのです。

行方不明になっている小鳥遊さんは「年齢35歳くらい、身長１７３㎝くらい、少し太っている感じ、金縁か銀縁の眼鏡、丸っこい顔の人」です。これまで2回会っております。私の印象としては「いかにもお喋りの営業マン」という感じを受けました。最初に会ったのは、平沢さんがラベンダーを閉めるという話が出た、平成6年冬ごろでした。平沢さんと私の他アルバイト社員3名で代官山のレストランで食事をしながらラベンダーの運営のこと等を話し合っていました。この時、偶然、小鳥遊さんは平沢さんと会ったらしく、私達の席に同席することになったのです。平沢さんと小鳥遊さんの関係は、小鳥遊さんは証券会社の人で平沢さんは株の取引客と聞かされました。小鳥遊さんは、平沢さんのことを、フランスの学校に行った、ルノーのデザイナーだ、凄く立派な人等と「ヨイショ」するようなお世辞を並べておりました。

2回目に会ったのは、月日は定かではありませんが、今年1月か2月ごろの午後2時ごろか、夕方でした。会った場所は、渋谷のタワーレコードです。当日、平沢さんは私とビーンズ二子玉川の部屋にいて、平沢さんが、これから人と会うと言うので、二人でポルシェに乗って渋谷に行き、車を宮下公園の駐車場に駐車しました。駐車場から歩いてタワーレコードまで行き、平沢さんは人と会うため地下の喫茶店に入って行きました。私は、一人で1階のCDコーナーで時間を潰していました。30分くらいして平沢さんが上がってきて、その後から小鳥遊さんがついて来ました。小鳥遊さんは私が一緒だったことに気付き、「小鳥遊です」と私に挨拶をしてタワーレコードの正面玄関から出て行きました。この時、小鳥遊さんの服装は覚えておりませんが、背広姿だったと思います。私達はポルシェに戻りました。平沢さんは手にしていた、厚さ10㎝くらいのベージュ色の紙袋を見せながら、小鳥遊に返してもらったと話しておりました。この時、私はその厚みから1千万円くらいの現金を返してもらったのだと思いました。小鳥遊さんと会ったのはこの2回だけです。

平沢さんから「実は小鳥遊の上司に呼ばれた。小鳥遊はお客の金4億くらいを持ち逃げしたらしい。居場所を聞かれたが僕は知らない。僕だって年中小鳥遊と会っているわけじゃない」等と迷惑話をしていました。

その後、9月4日から数日間、私や平沢さんは警察の事情聴取を受けました。その内容は、小鳥遊さんがお客のお金を持ち逃げして所在不明になっていることに関し、平沢さんの生活状況、関係、小鳥遊さんについて知っていること等でした。この事情聴取の後、平沢さんは「小鳥遊のことで警察に犯人扱いにされた。僕は小鳥遊とは関係ない。借りた小淵沢の別荘のことも聞かれたが、あれは新人バンドの合宿に借りたものだ。別荘に行ったのは1月29日に下見に行った時と、別荘に置き忘れた免許証を取りに行った時だけだ」等と話しておりました。このころ、私は、全面的に平沢さんを信用しており、平沢さんの言動に疑問を持つことはありませんでした。

私は、つい先日まで平沢さんを全面的に信じて、私なりの行動を取ってきました。しかし、警察の方から聞かされたことや、自分なりに考えた末に、これまで平沢さんに聞かされたことは「全て嘘」だということが判りました。

平沢さんが自分の身上関係について、全くの出鱈目の話をしていたことですが、これは私を騙すためにしたことで事件とは直接関係ないことです。

先ず、初めに、学校の野外授業や新人バンドの合宿の為と称して茨城県に下見に行こうとしたり、小淵沢に実際に別荘を借りて、新人バンドの肝試しの為と嘘をついて別荘付近を下見していました。学校の野外授業の下見の話があったのは、昨年12月クリスマスの夜のことでした。野外授業の話は数日前から平沢さんの口から出ていた話です。この夜は、ビーンズ二子玉川の部屋で二人でクリスマスパーティをやりました。夜中になって平沢さんが、野外授業の下見に行こう、と言いだし、ホンダ・ホライゾンで出かけました。平沢さんは、栃木か茨城の茂木辺りに行くと言っており、高速道路を走っておりましたが、1～2時間走って千葉県の暗い山の方へ来てしまいました。平沢さんは、「分からなくなった、今日は止めた」と言って下見を中止し家に戻って来ました。

平沢さんは、今年1月27日から2月8日まで小淵沢の別荘を賃貸契約しましたが、これ以前の今年1月中旬ごろ、「新人バンドの合宿のため別荘を借りる、場所は富士山近くがいい」等と話しておりました。1月中旬になってから、平沢さんが「小淵沢の別荘を予約した。連絡先を律子の所にした」と言っておりました。今になってみると、何故連絡先を私の所にしたか不思議でなりませんが、当時の私には問題にするようなことではありませんでした。その翌日ごろ、小淵沢の別荘の取次会社から電話で、シーツは4人分でいいですかとの問い合わせがありました。私は、多分、平沢さんが予約したものと思い、確認もせず適当に返事をしておいて、後で平沢さんに電話で連絡を取っております。そして、1月29日、この別荘を下見に行ったのです。

次に別荘や肝試しの場所の下見の状況について話します。下見は、当時、私が住んでいたドウエル祖師谷から平沢さんのホンダ・ホライゾンで出発しました。前回お話ししたとおり、平沢さんが運転していたホンダ・ホライゾンのナンバープレートをマスコミ対策のため付け替えたと話しており、付け替えたところは見ておりませんが、私が座っていた助手席の足元にナンバープレートが置いてあったのを見ております。調布インターから中央高速に乗り、１００㎞から１２０㎞のスピードで走り、途中サービスエリアに立ち寄ったような気がしますが、はっきり覚えておりません。そして、小淵沢インターを出たのです。お腹が空いていたので料金所でコンビニを教えてもらいローソン小淵沢店に立ち寄って、おにぎりや煙草、山梨県の地図等を買いました。前回刑事さんに調べてもらって、この時間は、午前6時41分であることが分かりました。

その足で別荘に行き、着いたのは午前7時ごろだったと思います。別荘に着いてからの行動や、肝試しをやる場所の下見については、9月11日と26日に刑事さんを案内し調書にしてもらっております。平沢さんと実際に下見した場所は、この他に観音台、川岸に沿った場所、別荘地を入った山林の斜面になった所がありました。このコンビニのビニール袋で目印をつけた場所については前回（9月11日と26日）はお話ししておりません。特に、別荘地を入った斜面になった所です。その理由は、先程も話したように平沢さんや私は、小鳥遊さんが大金を持って所在不明になったことで警察の事情聴取を受けました。私はあくまでも平沢さんを信じていたものの、心の隅に、平沢さんのこの山林の斜面での不可解な行動が気になりました。平沢さんが小鳥遊さんを殺して埋めたのかとも思いましたが、そうなると、当時の私には、どうしても話す事が出来ないことでした。この山林の斜面になった所に行ったのは、私達が「カントリーキッチン」で食事した午後3時ごろより後のことです。この店のことは前回お話ししておりますが、その店を出て有料道路方向に戻った左側にある別荘地に入って行き、緩やかな坂道を何キロか進んで別荘地を抜けた所に鎖止めしてある林道に突き当たりました。平沢さんは車から降りて行ったかと思うと、その鎖のどちらかの端を直ぐに取り外しました。そして、車を走らせ、かなり奥まった所のY字路の場所でUターンさせて戻った一つ目のカーブの所に車を停めました。そして、平沢さんは車から降りて、運転席側の斜面になっている林の中に入って行きました。私は助手席に乗ったままだったので、平沢さんが林の中で何をしているかは見ることができませんでした。4～5分くらいして平沢さんは出てきました。車に戻り何処から出したか見ていませんが、直ぐの斜面の道路端の道路に沿って生えている小枝のような所に、白い紙か、スーパーの買い物袋のような物で御神籤を結ぶようにして2カ所に目印をつけていました。この時、私は何でこんなことをするのかと思い、尋ねると、肝試しの時の目印にするんだと応えておりました。

それから、そのまま別荘に戻り、一休みしてから東京に帰ってきたのです。平沢さんが借りた別荘については、新人バンドの合宿をやるため等と話しておりましたが、今になって考えてみると、そんな新人バンドの合宿自体が無いことで、そうすると別荘を借りての肝試し話が全て嘘になってしまいます。この斜面になっている林の中に入って行き何かしたことや、目印をつけていたことが不可解に思えて仕方がなかったのです。

私がこの事を話す気になったのは、平沢さんの色々な嘘が出てくるに従って、もしかして平沢さんが小鳥遊さんを殺してあの場所に埋めたのではと考えると、恐ろしくなり先日、刑事さんにお話しした次第です。

昨日、刑事さん達を案内して調べてもらったところ、平沢さんが目印をつけていたと思える場所から十数メートル離れた所に掘り返したような跡があり、その場所を刑事さんが掘ってみたら、人間の死体が出てきたと聞きました。この場所は、長野県諏訪郡富士見町境広原〇〇〇番地の国有林内であると教えてもらいました。

私は、2月初旬ごろビーンズ二子玉川202号室で、帯封のついた1万円札束が詰まった紙袋を見ております。このお金の出所についても不可解です。この日は、前日か前々日に会う約束があって午後5時ごろこの部屋に行きました。平沢さんは不在でしたが、部屋の鍵は二人がそれぞれ持っていたので、私が先に部屋に入って待っていました。部屋に入ったところダイニングのテーブルの上に紙袋が立てて置いてありました。その紙袋はベージュ色で文字が記載され、40×35×10㎝大くらいで、何となく覗いてみると袋の口は開いたままで、中に帯封の付いた1万円札が入り口までぎっしり詰まっていました。私が見た感じでは1億円くらいの金額だったと思います。そこへ、平沢さんが帰って来ました。平沢さんは、私がその金を見たからか、その金は著作権協会から貰った金だ。税金対策のため振り込みでなく現金で貰った金だと自慢しながらリビングの押し入れにしまい込みました。その翌日か翌々日、私が部屋にいると遅れてやって来て、似たような紙袋を半分に折りたたんだのを持っていました。平沢さんは、この金も著作権協会から貰ったと説明しただけでリビングの押し入れにしまっております。

平沢さんが話している著作権というのはCDの作詞、作曲と説明を受けたことがあります。しかし、平沢さんは作詞、作曲をした形跡がないこと等からこの話も嘘で、結局、その大金の出所は、小鳥遊さんを殺して奪った金ではないかと疑いを持ってしまうのです。

22　一旦、半落ち

11月18日付で取調官が刑事部捜査第一課警部太良権蔵に、補助者に警部補宮本大典、巡査部長古橋雅夫に交代した。

平成8年11月19日

午後1時51分　平沢彰を総務部留置管理課留置場から出場させ同課第39号調室において手錠を外し椅子に腰掛けさせて取調べを開始した。平沢は左指治療部分のガーゼをいじるような動作を時折しながら取調官の質問に答えていた。狂言誘拐事件の動機となった平成証券の小鳥遊優の多額詐欺事件については無言で答えなかった。

午後3時00分　取調官が平沢に不安なことはあるかと質問すると「心配事は家族の事です。僕はもう」と項垂れて下を向き答えたが、以降は、小鳥遊との関係は「いいえ」と否定するか無言で答えなかった。

午後3時30分　小鳥遊の所在について質問すると「だから僕、知りません。生きているのか死んでいるのか。何処へ行ったのか」と答えたので、取調官が「生きている死んでいるなんて聞いていない」と申し向けると下を向き無言で何も答えなかった。

以降同様な質問には一貫して「知らない事は知りません」と答えるか、項垂れて何も答えなかった。

午後4時30分　夕食のため取調べを中断し午後4時34分、平沢を留置場に入場させた。

午後6時01分　平沢を留置場から出場させ前記調室において手錠を外して椅子に腰掛けさせた。

取調官が平沢に弁護士に連絡した理由について尋ねると「家族のことが聞きたかった。子供のことが一番気になる」と答えた。取調官が「お前、家族に対する責任は大きいよ。話を聞こうか」と申し向けると「でも知らないことは知りません」と答えた。取調官が平沢の財産収支状況についての資料を示し「どうだ」と問い質すと「間違いないです」と答えたので、「金の説明をしてみろ、出来ないだろう、平沢」と申し向けると「はい」と小声で下を向き答えた。更に小鳥遊の失踪の事実との関係について質問すると「やっていない事はやっていません。知らないことは知らない。どうなってもいい」と答えた。

午後7時00分　取調官が平沢に「もう一度考えてみろ」と申し向けて2分間退出した。その後、平沢の性格について会話を交わした後、平沢は「姉に預けた金は5千万円なのに3千万円、自作、自演の誘拐は妻や姉は知らないと言い切った。僕が巻き込んだから妻や姉は入らなければいいと思った」と供述した。

狂言誘拐の原因について尋ねると「僕がやってしまった新たな容疑が浮かんできて」と答えたので、「本当に家族が可愛いなら早く処理しろ」と申し向けると「でも僕はやっていません。やっていないからやっていないです」と答えた。

取調官が平沢に「伊達に預けた2億8千万円は小鳥遊の金だろう」と質問すると「やっていないことはやっていない」と小鳥遊の詐欺事件との関係は終始否認した。取調官が平沢の供述に対し「何で嘘つくんだ」と質問すると項垂れ下方を向いて無言で答えなかった。取調官の「どうすればいいんだ、平沢」の問いかけに、下を向いて「知っていたら答えます。知らないです。知らないことは知らないです」と答えて平沢は眼鏡を外して鼻を拭いた。午後11時35分取調べを終了し午後11時38分、平沢を留置場に入場させた。

平成8年11月20日

午前8時37分　平沢を前記留置場から出場させ前記調室において手錠を外し椅子に腰掛けさせ、暫くの間、平沢は左指の治療部分やその他の雑談をしていた。

午前9時25分　弁護人と接見のため、取調べを中断して平沢を留置場に入場させた。

午前10時08分　平沢を留置場から出場させ前記調室において手錠を外し椅子に腰掛けさせ取調べを再開した。

取調官が平沢に「お前は2月5日に小鳥遊と砧公園で会っているだろう」と質問すると「はい、会っています」と答えた。

さらに、その理由について尋ねたところ「お金を交換するためです。3億2千万円です」と答えた。さらに、交換した理由について質問すると「僕は意味が分からないけど小鳥遊に頼まれて交換しただけです」等と答えた。交換した3億2千万円はどうしたと質問すると、平沢は「自宅に持ち帰って自宅のもう一つの地下室に置きました。もしかして、地下室を工事するかもしれないので、お金は車のシートカバーにくるんで犬小屋の下に埋めました」と答えた。
取調官が女房はその事を知っているかとの質問には「4月ごろ掘り起こした時に聞かせました。妻には色々の株で儲けたと言いました」と答えた。さらにその金をどうしたと質問すると「旅行鞄に入れてクローゼットの奥に保管した。6月20日ごろ友人の伊達さんに預かってもらった」と答えた。取調官が平沢に向かって、「お前小鳥遊を殺しているんじゃないのか」と質問すると、下を向き無言で何も答えなかった。再度、同様な質問を受けると「だから、僕殺していないですよ。殺した言うけど、僕そんなことしてないですよ」と答えたことから、やってないなら、やっていないという証明をしてみろ、と申し向けると項垂れ何も答えなかった。取調官が平沢に、よく考えろと申し向けると「はい」と小声で返事した。午後4時53分、夕食のため取調べを中止して、午後4時55分、平沢を留置場に入場させた。

午後6時15分

平沢を留置場から出場させ前記調室で手錠を外し椅子に腰掛けさせ取調べを再開した。取調官が平沢に腹を据えろ。腹を据えていないのかと問いかけると「腹据わってますよ。でも分からないことは分かりません。やっていませんから」と答えた。その後、家族の話題になった際に「会いたい、女房と暫く会っていない、ちょっとでいいから会わせて下さい」と涙ぐんだので、お前が精算しなければ駄目だと申し向けると再び涙ぐんだ。取調官が平沢に事件について上申書を書いたらその事について質問するからと申し向けると「決断がつきません。話せそうもありません。約束は出来ませんが何とか」と答えた。午後11時29分、取調べを終了して平沢を留置場に入場させる。

平成8年11月21日

午前9時20分　平沢を留置場から出場させ前記調室において手錠を外し、椅子に腰掛けさせてから取調べをするも特異な言動はなく、午前10時05分、平沢を留置場に入場させた。

午後1時03分　平沢を留置場から出して前記調室において手錠を外し、椅子に腰掛けさせて午後1時05分、取調べを再開し、平沢の治療経過について暫く雑談した後、平沢に自己の意思に反して供述する必要がない旨の供述拒否権を告げた後、有印私文書偽造・同行使被疑事件についての調書を作成した。午後4時23分、前記調書の作成を終了し平沢に読み聞かせたところ、平沢は「分かりました、私の目でもう一回見せて下さい」と申し立て調書を閲覧した。午後4時29分、署名、指印した。午後4時39分、夕食のため取調べを中止し留置場に入場させた。

午後5時44分　平沢を留置場から出場させ前記調室において手錠を外し椅子に腰掛けさせてから午後5時45分から取調べを再開し、平沢の指の治療について雑談し、平沢の余罪である同人が所有していたホンダ・ホライゾンに装着したナンバープレート窃盗被疑事件について取り調べたところ「1月29日、本間律子の家に行く途中、港北インター付近の適当なナンバーを探した」と供述し、午後6時30分から同35分の間、同所の見取図を作成し提出した。午後6時40分から同7時00分の間、ナンバープレートを窃取した窃盗被疑事件について上申書を作成し提出した。前記ナンバープレートの処分先の見取図を作成した。

その後、取調官が小淵沢の別荘に何回行ったと質問すると「3回行ってる。律子と1回、2月5日とその中間に犬を連れて1回、律子と行ったのが初めて」と答えたことから、あと1回行ってないかと質問すると「行ってません」と答えた。午後7時35分、取調べを終了し平沢を留置場に入場させた。

平成8年11月22日
午前8時59分

平沢を留置場から出場させ前記調室において手錠を外し椅子に腰掛けさせてから取調官がお早う、どうだよく眠れたかと声をかけ、暫くの間、嗜好品等について雑談をする。

取調官が、1月29日、律子と別荘に行っただろう、その時はどうしたと質問すると「ナンバーを盗んで一般道を行って調布インターで中央道に乗り小淵沢で降りて料金所のおじさんにコンビニを聞いたら『右へ行けばローソンがある』と教えてくれた。そこで、おにぎり、菓子パン、カフェラッテ、味わいカルピス、タオル、山梨県の地図等買った」と答え、さらに「ローソンを出て地図を見ながら別荘に行きました。中に入って、寒く寝不足だったので暖房をつけた。1回外に出て散歩して帰った。おにぎりを食べて2階でCDを聞いて仮眠した。ドライブに行った。最初の目的は、僕の趣味で雑誌に出ていたそば屋に行った。休みだったのでログハウスのような所でステーキを食べたと思う」と答えた。それから何処へ行ったと質問すると「食事後もドライブした。信玄の棒道を行ったらホテルのマークがあり、入ろうと思ったらやっていなかった。戻って黄色の進入禁止のドアを開けて入って行った。山道を行って国道に出て戻ると棒道の看板があった。そこで、説明文を読んだ。内容は、武田信玄が戦いの為に切り開いたという意味のことが書いてあった」と答えた。それからと質問すると「林道をゴチャゴチャ走った。スキー場のマークがある所、鎖がある所で鎖を外した。鍵はなかった。簡単に外れた。そこに入って行ったら、これ以上進めない細いところまで来たのでUターンした。鎖を外して中に入ってから2回車を降りた。一人で斜面を下って行った。目印をしてコンビニのビニール袋をちぎって結んで木の枝に付けた。横ちょに飛び出した木」と答えたので、何で結んだとビニール袋をちぎって結んだ理由について質問すると「その時律子に嘘を言って、皆で肝試しをしてサバイバルゲームで遊ぶ、多少真実味を出すために結んだ」と答えた。「帰りにナンバープレートは付け替えたのか」と質問すると「付け替えていないと思う」と答えた。

取調官が平沢に2月5日の状況はと質問すると「横横、第三、二子玉川、ビーンズ二子玉川、砧に着く。午後4時30分ごろビーンズ二子玉川に寄り30分くらいして午後5時00分ごろ部屋を出て砧公園に行った。午後5時15分ごろ砧公園に着いた」と答えた。さらに待ち合わせの場所の連絡はと質問すると「僕、家を出て小鳥遊に電話している。2月3〜4日ごろ砧公園で会う約束をしている。この前の連絡で小鳥遊はこの日集金出来ると言っていた。漠然と5〜6億円と思っていた。遅いから連絡を入れ砧公園のパーキング脇で待っていた。僕が先に着いて待っていた」と答えた。

午前10時40分、取調官がそれからと質問すると「車で向かっていると聞いたのでマクドナルドを曲がったらハザードを点けてと言ったと思う。小鳥遊は直進してUターンして僕の車の後ろに停止した」と答えたので、さらに供述を促すと、平沢は両腕を机につけて暫く口を閉ざした後「黒木先生からその件については言わなくてもいいと言われている。僕の直接の容疑でないから、そう言われたのです。そのことに関してはこれ以上話したくない。また、大嘘つきになるから」と答え「さっき話した家を出て多少時間はずれているけど砧までは事実ですよ」とつけ加えた。その後、平沢に真実を供述するように促したところ「うん、うん」と返事はしたが、「食事してもいいですか。ですから黙秘します」と答えた。昼食のため取調べを中断し、午前11時35分、平沢を留置場に入場させる。

午後0時35分

平沢を留置場から出場させ前記調室において手錠を外し椅子に腰掛けさせ午後0時37分、取調べを再開した。平沢は取調官に「今日何曜日ですか、長くいる覚悟でいる」と話し始め、暫く雑談する。午後1時08分、小便のため中座する。取調官は平沢に、お前、小鳥遊を殺したのかと質問すると「ピンポン、ブーとも言えない。出来たら僕黙っていたい。本当に太良さんご免なさい」と答えたので、法って何だと質問すると「分からない。難しすぎる」と答えたので、人間のルールだと言うと「出来れば逃げたいと思っている」と答えた。午後3時04分から午後3時10分の間、留置人健康診断のため一時留置場に入場させる。受診後、平沢の結果を尋ねると「異常ありませんでした」と答えた。その後、平沢の実母の話題になり取調官が「あんなりっぱなお母さんに申し訳ないじゃないか」と申し向けると「死にたい、恐怖心があるのです」と答えたので、どんな恐怖心だと質問すると「漠然としています。よく分かりません」と答えた。取調官が平沢に小鳥遊殺害について質問すると「全部分かっているんですが、どうしても言えないのが自分でも腹が立っています」と答えた。取調官が「2月5日に持って行った物は」と質問すると、平沢は「登山ナイフ、ロープ、スコップ、ワーキングブーツ、カッパを車に載せていた」と答えたので、スコップはと質問すると「持って行っていません」と答えた。小鳥遊の乗車位置について質問すると「小鳥遊は助手席、現金は後部」と答えた。小鳥遊の車はと質問すると「砧公園」と答え、さらに「運転は小鳥遊と途中から交代し、調布から双葉の間を交代した」と答えた。砧公園に小鳥遊が持ってきた現金はと質問すると「トランク2個、茶とグレー、ビニールで被紙袋でグレー色っぽいもの3袋、中くらいの黒色ボストンバッグ1個、現金は確認していないがホライゾンの後部に置いた」と答え、当日の小鳥遊の服装について「茶色のセーター、黒っぽいズボン、銀縁の眼鏡、靴は分からない、時計はしていたと思う」と答えた。小鳥遊と会って食事はしたかと質問すると「デニーズだけです。私が払っています。そこで煙草を10本くらい吸った記憶があります。食事中に小鳥遊が誰かに電話していた。『11日のゴルフコンペに平沢さんという人も一緒に行く』と言っていました」と答え、さらに双葉サービスエリアで立ち寄った状況について質問すると、平沢は「10分くらい休憩した。煙草を買った。運転を交代し僕が運転しました」と供述した。午後4時53分、夕食のため取調べを中断して平沢を留置場に入場させた。

午後6時09分

平沢を留置場から出場させ前記調室において手錠を外し椅子に腰掛けさせて、午後6時10分、取調べを再開し、取調官が平沢に有印私文書偽造・同行使被疑事件について聴取した。

その後、小鳥遊との関係について「小淵沢に行き人が通っていない場所をマーキングして地図を作った。この地図は小鳥遊に渡した。2月3日だと思う。この地図の目的は2～3年小鳥遊が金を隠す場所です。地図を渡した場所は、二子玉川の菩提樹店内です。店内において小鳥遊は、『集金はスムーズにいった。今後一緒に仕事をやっていく。迷惑を掛けない。当日、キャンセルがなければ10億くらい集まる』と話していた。この時、僕の名前を使われた。むかつき頭にきたと今でも思っています」と話した。

午後7時15分

「僕が、今、悩んでいることは、2月5日の小淵沢のこと。2月5日小淵沢に行った直後のこと。この二つの話です。今まで勇気が要りました。これは凄く大事な勇気が要ることです」と供述し、

午後7時44分

「別荘にいく直前、小鳥遊は小便したいと言っていた。小鳥遊は別荘は初めてで、別荘に入ると直ぐトイレに行った。彼は別荘ではトイレしか入らず、小鳥遊の希望で小淵沢駅に行き、そこで小鳥遊に全部の金を渡した。小鳥遊はメルセデスのワゴン車に乗った僕の知らない男

と会い、僕とは駅で別れ、その後は連絡が取れません」と供述したことから、取調官が小鳥遊の携帯電話はどうしたと質問すると「話せません」と答えた。取調官が10分間考えてみろと申し向けた。

午後8時34分
平沢の希望で小便をさせる。

午後9時15分
「僕はやりました。大変申し訳ない事をしました。悔やんでも、悔やんでも仕方ない事です。心から説明する勇気がないので24時間頂いて心の整理をつけて話します。2月5日、別荘には行っておりません。車の中に3億5千万円くらいありました。残りは別荘に置きました。小鳥遊とは最後まで行動しました。私が小鳥遊を殺しました。いかなる状況や経緯については後日話します。私は小鳥遊をある事情があり殺しました。その状況は24時間後に整理して話します。今は気持ちが楽になりました。前の件についても関係しているし、後日話します。小鳥遊一人じゃない」と供述した。午後9時50分、就寝のため取調べを終了し、午後10時05分、平沢を留置場に入場させた。

平成8年11月23日

午前8時27分
平沢を留置場から出場させ調室において手錠を外し椅子に腰掛けさせた。

午前8時28分
取調補助者宮本警部補が入室し、平沢と正対の椅子に腰掛け、平沢に食事はできたかと話しかけると「できました」と応え、悪い所はないかと体調のことを聞くと「指のみで他はありません」と答えた後、取調べを開始した。昨日、言ったように、肝試しの時、鎖の所から入って、目印をつけた所に埋めたと言ったねと質問すると「はい」と答えた。小鳥遊を殺した時間と場所を話せるかと質問すると「はい、今日は言えます」と答えた。取調官が平沢に時計はいつもしているのかと質問すると平沢は「しています。よく分からないですが」と答えた。それでは、2月5日小淵沢に着いたのは何時ごろだと質問すると「午後10時半ごろだと思います。1時間くらいでもう一度小淵沢インターに戻っています。借りた別荘から5㎞」と答えたので方位的に分からない、町中か山の中かと質問すると「山の中、別荘地の上、別荘地を登りきった林道」と答えたので、林道の何処だと追及すると平沢は「林道があって、だから、小鳥遊と揉めた場所は別荘の全然手前の小淵沢インターの手前」と答えた。林道まで一緒に行ったんだろうと質問すると「その前僕たち口論になって、林道まで行った時は死んじゃってた」と答えた。何処で絞めたと質問すると「別荘に行ったんです。別荘に行かないとそこ通れないから、別荘に行ったんです」と答えたので、殺した場所はと質問すると「国道」とだけ答えたことから、何号線の国道と質問すると「何とかアルミあるんですよね」と答えたことから、何とかアルミと聞き直すと「うん、会社」と答えた。別荘からどのくらい離れているのと質問すると「別荘から1・5㎞くらい、国道の手前の角の所に何とかアルミ会社がある。別荘に行くときもそこが目印」と答えたので、工場か会社かと質問すると「分かんない、大きなプレハブ、何とかアルミと書いて大きな看板で、幅50㎝くらい、長さが5～6mくらい、確かアルミと書いてあった。国道は小淵沢インターの真ん前を横切っている国道です」と答えたので、さらに車幅は広いのかと質問すると「国道の脇に車を寄せてちょっと話していて、僕が運転していて、助手席に小鳥遊」と答えた。そこで話をしていて、結果的にそこで殺したんだなと質問すると「はい」と項垂れた。殺害の方法を言ってみな、簡単に、と申し向けると「最初、突然、言い争いになって、小鳥遊に頼まれたスタンガンを小鳥遊が持っていたんですよ」と答えた。小鳥遊がスタンガンを持っていたのかと質問すると「そうです。買ったのは僕、買いに行ったのは律子」と答えたので、スタンガンを何で小鳥遊に渡したのと質問すると「小鳥遊は護身用に欲しいって」と答えたので、頼まれていたのかと質問すると「もともと」と答えた。車の中、降りてと質問すると「車の中、菩提樹で会った時、地図や何かと一緒に僕が渡していたスタンガンです。ちょっと口論になって、言い争いになって小鳥遊がスタンガンを取り出したので、小鳥遊の腹を一回殴りました。そのスタンガンを取り上げて」と答えたので、細かい話はいいから、結果的に殺してしまったという事かと質問すると「だから最終的には僕は後ろにあった……」と答え一旦言葉を切ったので、さらに後ろって何だと質問すると「後ろ、車の後ろの席にあった、ロープで」と答えた。ロープってどのくらいの太さと質問すると「そんなに太くないです。小指くらいのロープで、小鳥遊の首に巻いて、互いに」と答えて一旦言葉を切った。それからどうしたと質問すると「車の中、車の外なんか出ないですよ、二人とも滅茶苦茶興奮して、その時、僕も小鳥遊に首絞められて、後で喉が痛くJRの代々木病院行って診てもらっています」と答えた。それから何処かに行っただろうと質問すると「だから頼まれて地図を作った林道のお金の隠し場所」と答えたことから取調官が平沢に、別荘、殺した場所、埋めた所とか図面を書いてくれと申し向けると「はい」と答えて承諾した。

平沢に準備していた上白紙とボールペンを渡すと平沢は見取図を書き始め、約10分を要して見取図1枚を書き上げたことから、表題を小鳥遊さんを殺して埋めた場所の図面と書くように助言したところ「僕は隠さず話します。昨日約束したとおり一気にいきたいです」と答え、表題を記入した。さらに名前を書いてと申し向けると「正式な文章と名前を書いて住所書いてはんこ押す作業は、別にはんこを押さないというわけじゃないですから」と答え、署名、指印を拒んだので、さらに名前を書けばいいじゃないかと申し向けると「後でもいいですか」と言うも署名だけし指印は拒否した。取調官が説得すると「住所、氏名、指印を押せば正式なものになりますよ、ですから地検から戻って来た後という事になります」と答えた。地検から帰ってきたら間違いないなと質問すると「間違いないです。早くすっきりして、早く拘置所に行きたい」と答えた。

午前8時50分

取調官太良警部が平沢に、お早うと声をかけながら入室した。宮本警部補が太良警部に平沢が見取図を書いた経緯を説明した。取調官が平沢に作成した見取図を示しながら、今まで話した事を教えてくれ、ロープでいいのかと凶器について質問すると「はい」と答えた。さらにスタンガンは使っていないなと質問すると「使っていない」と答えた。取調官が使用した形跡がないもんな、とどめはさしたのかと質問するも平沢は何も答えず、考えている様子であった。埋めた場所は律子と行った所かと質問すると「そうです」と答えたことから、前もって掘っておいたな、穴掘っておいただろうと質問すると「そうです」と答えた。被害者小鳥遊が殺害される際に着用していた靴について、履いていた靴はと質問すると「靴はね……」と答えて言葉を切り考え込んでいる様子を示した。片足しかなかっただろうと質問すると「1回降ろしたんですよ」と答えたので、さらに何処で降ろした、降ろした理由はと質問すると「死んじゃったし、ここまで走って降ろしたんです。降ろして1回、僕休みたいなということで帰っちゃおうかと思ったんです」と答えたので、取調官が小鳥遊が履いていた靴について靴はどうしたんだと再度質問すると「だから、この時履いていなかったかも」と平沢は作成した見取図に埋めた場所付近を指し示した。さらに取調官が見取図の死体を一旦降ろした場所付近に「一旦死体を降ろした場所」と記入するように説明したところ平沢は記入した。車の中で殺したことに間違いないかと質問すると「間違いない」と答えたので、殺

午後3時30分

人・死体遺棄で聞くから、地検から帰ってきたら上申書を書かせるからと申し向けると「はい」と答えた。この地図、昼から使うからはんこ押しておけと申し向けると「はい、絶対後ではんこ押します、これは」と答えた。

取調官が平沢に、それでは2月5日小淵沢に着いたのは何時ごろだと質問すると「午後10時半ごろだと思います」と答えたことから10時半というのは何か根拠があるのかと質問すると「だから、僕、10時半と答えたのは、食事が終わった時間とか色々考えて10時半ごろかなと思った」と答えた。取調官が9時45分には着いているぞと申し向けると「結構早い時間ですよね、7時半に給油して、食事して走って」と答えた。小鳥遊が携帯電話を入れたのは、午後7時46分、中谷にと申し向けると「それなら、20分くらいして8時丁度くらいに店を出て、1時間45分くらいかかっている」と答えた。犬も居たのかと質問すると「居た」と答えたことから居たことに間違いないな、今何処にいると質問すると「横浜の警察犬訓練所」と答えた。取調官が平沢に、2月5日の小鳥遊の服装について、小鳥遊の服装だけどと質問すると、「茶色っぽいセーター、一課の時に書いたのと同じ」と答えたので、もう全て分かっているから嘘は言うなと申し向けたところ「はい、嘘は言いません」と答えた。さらに取調官が弁護士に話すのかと質問したところ「なんか、9時半ごろ来ると言っていましたが、僕は弁護士に弁護して下さいと言います」と答えたので「そこで弁護士に話すべきだよ」と申し向けたところ「はい」と答えた。午前9時27分、弁護人の接見のため一旦取調べを中断し午前9時32分、留置場に入場させる。

平沢を留置場から出場させて調室において手錠を外し椅子に腰掛けさせる。午後3時32分、取調官太良警部が入室し平沢に正対して椅子に腰掛ける。取調官が平沢に小鳥遊を殺害する時に使ったロープはどんな物だと質問すると「3mくらいのものです。登山用ザイルですがキャンプ用にも使うものです」とはっきりした口調で答えたので、上申書書けるねと問いかけると「私が事実やったことなので書けます」と答えた。

午後3時40分

平沢は自ら上白紙一枚にボールペンを使用して、平沢が小鳥遊優を殺害した上申書を作成した。午後3時55分、平沢は取調官に対し「場所は地図に書いたとおりです」と申し立てて、午前中に作成した前記見取図一枚に指印し、さらに小鳥遊優殺害の上申書にも署名、指印した後提出した。

取調官が平沢にロープは何処の店で買ったと質問すると「3年以上前にアウトドアの店で買ったものです。殺す時使ったロープは一見して青っぽい物です」と答えた。取調官が今の話を調書にするからねと申し向けるとともに供述拒否権について再度説明したところ、平沢は「はい、お願いします」と申し立てた。

午後5時10分

平沢に録取した調書を読み聞かせた後、内容を閲覧させたところ署名指印した。

上申書

神奈川県三浦郡葉山町下山口××××－×
無職
平　沢　彰
昭和32年4月26日生（39才）

私は、平成八年二月五日午後十時過ぎころ、山梨県の中央自動車道小淵沢インターから出たすぐの道路わきにホンダホライゾンを停め、助手席に座っていた小鳥遊優さんをロープで首を絞め、その場で殺しました。

小鳥遊さんの死体はこの場所から五～六キロ離れた別の図面に書いた山林の中に前もって掘っておいた穴に埋めたことは、私のやったことに間違いありません。

小鳥遊さんを絞め殺したロープは登山用のもので長さは三メートル位のもので、太さは小指大位です。

小鳥遊さんを埋めた場所は、本年一月二十九日、私と本間律子の二人で行った時、目印として、コンビニの袋を小枝に結んできた所です。

ですからその場所は、本間律子に聞いていただければ判ります。

平成八年十一月二十三日
平　沢　彰　指印

警視庁青山警察署長殿

上申書

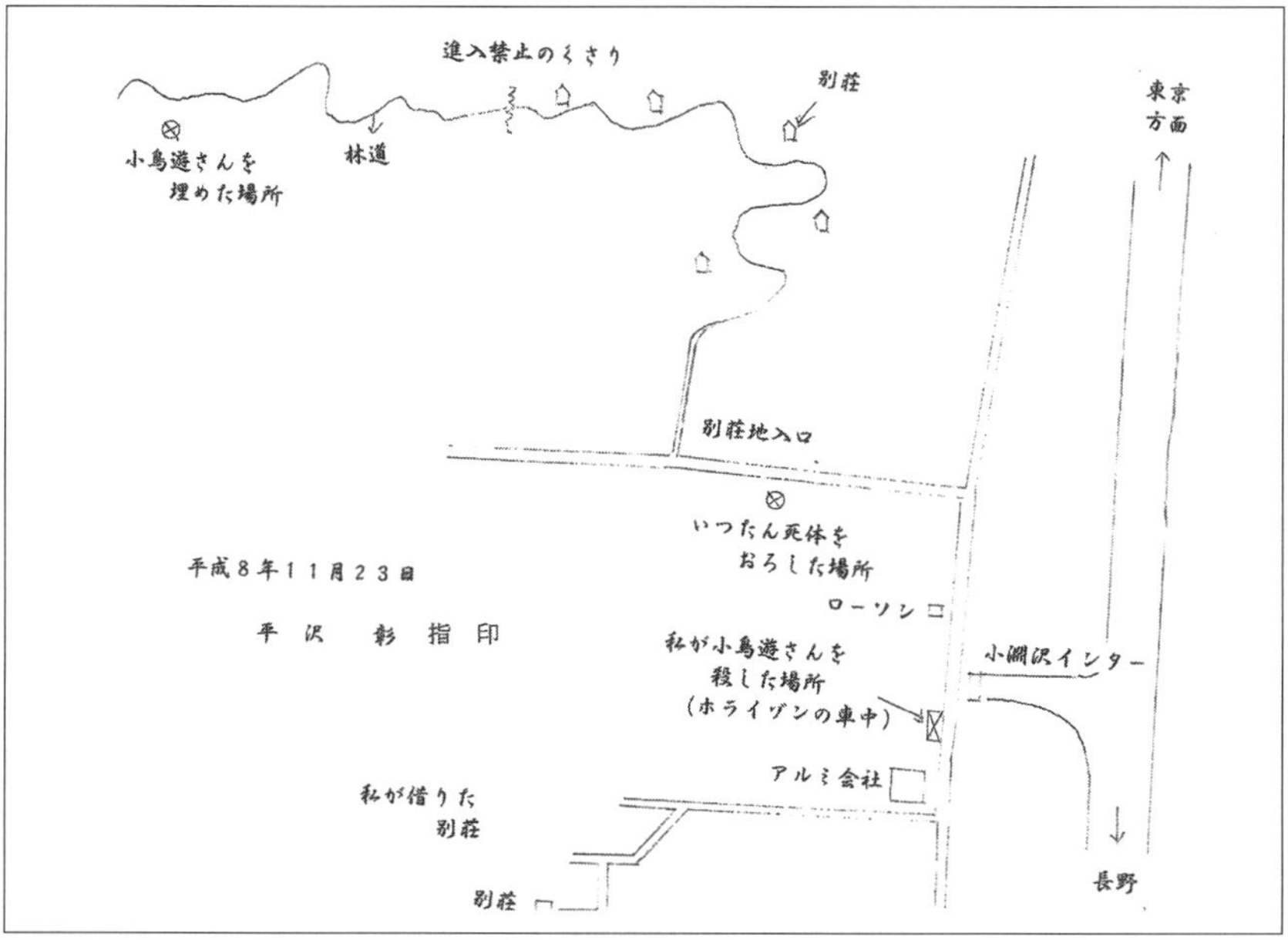

私が小鳥遊さんを殺害した場所と埋めた場所の地図

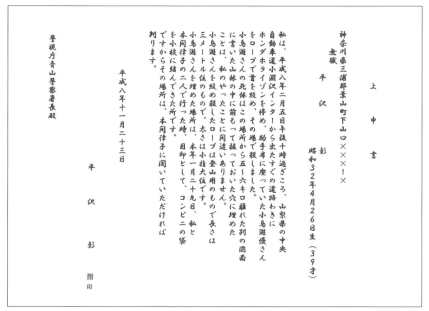

供述調書

本籍　神奈川県三浦郡葉山町下山口×××番地
住居　神奈川県三浦郡葉山町下山口×××番地の×
職業　無職
指名　平　沢　彰
昭和三十二年四月二十六日生（三十九歳）

右の者に対する殺人並びに死体遺棄被疑事件につき、平成八年十一月二十三日警視庁総務部留置管理課第三九号調室において、本職はあらかじめ被疑者に対し自己の意思に反して供述する必要がない旨を告げて取り調べたところ、任意次のとおり供述した。

一　私は、平成八年二月五日午後十時過ぎごろ、付き合いの長い平成証券に勤めていた
小鳥遊　優　さんを
山梨県の中央自動車道小淵沢インターの出口を出たすぐのところの道路脇に私の車であるホンダ・ホライゾンを停め、その中で小鳥遊さんをロープで絞め殺し、小鳥遊さんの死体をそのまま車で運び、小淵沢インターから
約五～六㎞離れた
山林の土の中に埋めたことは私のやった事に間違いありません。私が一人でやった事です。これから今話した件について話したいと思います。

二　まず小鳥遊さんとの関係について話します。私が小鳥遊さんと初めて知り合ったのは今から十年くらい前のことです。小鳥遊さんは当時平成証券に勤めており

大信販渋谷支店

というノンバンクに仕事の関係で出入りしていました。

当時私が株取引をやる為に融資を受けたのが、この大信販だったのです。

大信販渋谷支店の指定証券だった関係上、小鳥遊さんと知り合うようになったのです。その後の小鳥遊さんとの交際状況は後で話します。

三

それでは、小鳥遊さんを殺した本年二月五日のことについて話します。

この日、私は世田谷区にあります砧公園で会っています。待ち合わせた経緯についてはいろいろありますが、それは後で話します。

砧公園には、私は自分の車ホンダ・ホライゾンで行きました。

私は、小鳥遊さんと携帯電話で連絡をとりながら午後6時過ぎごろ砧公園の近くにあるマクドナルドの近くで落ち合いました。この時小鳥遊さんは袖ヶ浦ナンバーの車で来ました。私の車には、私が飼っていたアイリッシュセッター雌犬を乗せていました。

小鳥遊さんが持ってきた現金を小鳥遊さんが積み替え、小鳥遊さんを助手席に乗せ、私が以前借りておいた山梨県の別荘に向けて出発しました。この時、私の車のナンバープレートは、何処で付け替えたか忘れましたけれども、今年一月二十九日、第三京浜港北インター出口の近くの駐車場に停めてあった車から盗んだナンバープレートを私の前部ナンバープレートと取り替え走っています。出発後、私は調布インター近くのガソリンスタンドで軽油を給油し支払いはビザカードでしています。

取り敢えず、食事をしようと思い、調布インターの先にあるデニーズに立ち寄りました。このレストランの中で小鳥遊さんは、携帯電話を使っていました。私が覚えているのは

平沢さんという人もゴルフに行くことになりましたのでよろしくお願いします

と言っているのを覚えています。
中央道調布インターを入り、八王子を抜け小淵沢方向に行き、運転は、デニーズから小鳥遊さんが、確か双葉というパーキングエリアだったというように記憶していますが、ここまで小鳥遊さんが運転しているのです。その後は、小鳥遊さんを殺すまで私が運転しております。
小淵沢インターを出たのは
　午後十時近いころだったと思います。
双葉パーキングエリアで停まった時、私達は缶コーヒーを買い一ぷくしました。その間、小鳥遊さんは公衆電話で二〜三件電話しているようでした。小淵沢インターを出て左に曲がり別荘に行きました。別荘で一旦荷物を降ろし、途中で話がもめていたので外で話をしようということになり車で出かけました。もめた話は後で話します。アルミ会社のようなところを通り国道を走りました。
左側が廃品置き場か駐車場のようになっている路肩に車を停め、話をはっきりさせようとして口論となり、私は小鳥遊がスタンガンを出したので、私も応戦しようとして、私の車の後部の床にあったロープを左手で取り、両手で握り小鳥遊の首に押しつけました。お互いにもみ合いになりましたが、私は小鳥遊さんの話に頭にきていたものですから、最終的に一回ロープを首に巻きつけ、ロープが交差する形で両手で左右に思いきり引き絞め殺しました。
その後、私は、小鳥遊さんがほんとうに死んだかどうか確認するために、私は小鳥遊さんの
　ホッペタを叩いたり
　肩を叩いたりゆすったり
　腕の脈があるかどうか
確認しています。

その後、私は、死体を棄てようと思い、本年一月三十一日ごろ私が掘っていた穴に小鳥遊さんを埋めました。埋めるとき、小鳥遊さんの首に巻いたロープはそのままにしていました。
小鳥遊さんが履いていた靴は脱いであったのか、それとも小鳥遊さんの死体を降ろすときに脱げたのかよく分かりません。私が靴を脱がせた記憶はありません。

四　私が小鳥遊さんの死体を埋めた場所について説明します。この場所は本年一月二十九日に本間律子と一回来てコンビニでくれるようなビニール袋を小枝に目印としてつけた場所からなだらかな斜面を下ったところです。
周りは林になっていて、勿論電気もありません。ですから車の前照灯をたよりに埋めています。そんな訳で本間律子に聞いてもらってもこの場所は分かります。

平沢　彰　指印

前同日

右のとおり録取して閲読させたところ誤りのない事を申し立て署名指印した。

警視庁青山警察署派遣
警視庁刑事部捜査第一課
司法警察員
警　部　太　良　権　蔵　印

代筆者
警視庁青山警察署派遣
警視庁刑事部捜査第一課
司法警察員
警部補　宮　本　大　典　印

立会人　警視庁青山警察署派遣
警視庁刑事部捜査第一課
司法警察員
巡査部長　古　橋　雅　夫　印

23　窃盗事件の捜査

平沢彰は、窃盗事件（ナンバープレート盗）容疑で平成8年11月25日午後4時25分、逮捕状により逮捕され、同人の自供、引き当たり捜査、犯行再現の実況見分等の裏付け捜査を経て、同年12月5日に起訴された。

窃　盗　事　件　逮　捕　状　請　求　捜　査　報　告　書

みだしの事件については、当署に捜査本部を設置の上、被疑者を有印私文書偽造・同行使被疑事件で逮捕、取調べ中であるが、左記窃盗被疑事件について被疑者に対する逮捕状の請求をなし、その発付を得て強制捜査をする必要が認められるので、次のとおり報告する。

記

1　被疑者の本籍、住居、職業、氏名、年齢
本籍　神奈川県三浦郡葉山町下山口×××番地

住居　神奈川県三浦郡葉山町下山口×××番地の×
職業　無職
氏名　平《ひら》沢《さわ》彰《あきら》
昭和32年4月26日生（39歳）

2　被害者の住居、職業、氏名、年齢
住居　神奈川県横浜市都築区折本町×××番地×
職業　会社役員
氏名　香《か》月《つき》紘《ひろし》
昭和25年5月15日生（46歳）

3　事案の概要
被疑者は、平成8年1月28日午後7時00分ごろから同月30日午後2時55分ごろまでの間、神奈川県横浜市都築区折本町○○番地月極角田駐車場において同所駐車中の香月紘（46歳）所有の自家用普通乗用自動車「第横浜34の２１９０号」（トヨタマークⅡ、平成4年型、白色）に取り付けてある前部ナンバープレート1枚を窃取したものである。

4　捜査の端緒
内偵捜査による
(1)　多額詐欺事件の捜査
平成8年2月5日、平成証券株式会社渋谷支店営業課長代理小鳥遊優が自己の顧客3名に対し「平成8年1月か2月に大阪のキーエンスという会社の株を平成証券等の金融筋が買収する。この株取引は全体で25%の儲けになり平成証券等は手数料として5%を受け取り出資者に2割を加算して翌日返します」などと騙し、現金3億9千万円を詐取し、他の顧客3名からもキッセイ薬品株購入の名目等で2900万円を横領した事件で平成8年4月23日、詐欺罪で逮捕状の発付を得て全国に指名手配して、警視庁青山警察署に警視庁捜査第二課、青山警察署等からなる共同捜査本部で追跡捜査中である。

(2) 被疑者の行動確認及び取調べ

被疑者は、右小鳥遊優が現金3億9千万円を詐取し、現金2900万円を横領した平成8年2月5日、右小鳥遊と最終接触者であり多額詐欺事件に深く関与していることが認められたので、被疑者の行動確認を行ったところ、所有車両4台を有し、これを交互に乗り回している状況が認められた。

平成8年9月4日から同18日まで警視庁本部で取調べを行った際、被疑者は「前にも和泉橋署で同様な事件の関係者として呼ばれて迷惑した」旨を供述した。

(3) 和泉橋警察署事件の検討

和泉橋警察署から資料を取り寄せた結果、別添チャートのとおり「未公開株（サントリー）購入出資金名下詐欺事件」が未解決で、同事件の犯行手段、手口は平成証券事件と極めて酷似していた。そこで、和泉橋警察署で受理した事件の資料を仔細に検討した結果、被疑者は平成3年1月21日の取調べに「平成2年10月28日から同31日までの間に自己の所有車両ホンダ・レジェンド（第品川33む2724号）のナンバープレートが盗まれたが、11月20日にそのナンバープレートが自分の車の屋根の上に置いてあった」旨を供述しているが、告訴人赤坂峯雄が盗難にかかっている期間の11月9日午後6時ごろ被疑者が当時使用していた該ホンダ・レジェンドに盗難にかかった筈の該ナンバープレートを装着しているのを目撃している。

以上のことから被疑者は当時から自己車両のナンバープレートを盗難にかかったと嘘の届出をし、自己の犯行を隠蔽するため被疑者がナンバープレートを取り換えていることが窺え、ナンバープレートを取り換える癖があることが認められた。
（平成3年1月21日付平沢彰、同月18日付赤坂峯雄の供述調書参照）

5　捜査の経過

(1)　ナンバープレート盗難に関する捜査

被疑者は、当時、

○ホンダ・ホライゾン　第横浜34そ××××号
○ポルシェ　第品川34せ××××号
○アルファ・ロメオ　第品川54ぬ××××号
○マツダ・ユーノス　第横浜71め××××号

の4車両を保有し、これを交互に使用していた。

なお、前記記載のとおり、被疑者の車両ナンバープレートを取り換えていることも考えられるため、被疑者の主な行動範囲である東京都及び神奈川県下についてナンバープレート盗難の有無について捜査を実施した。その結果、本件多額詐欺事件が発覚する直前の平成8年1月31日、神奈川県港北警察署に前記被害者香月紘が「平成8年1月28日午後7時00分ごろから同30日午後2時55分ごろまでの間被害者の住居近くの月極駐車場に駐車していた自家用普通自動車（トヨタマークⅡ）第横浜34の××××号の前部に取り付けてあったナンバープレートが盗まれた」と届け出ていることが判明した。なお、被害場所は、被疑者が上京の際に常に通行する道路脇の駐車場でもあった。

（平成8年1月31日付被害届、同年10月31日付実況見分参照）

(2)　被疑者の逮捕（有印私文書偽造・同行使）

被疑者は、平成8年9月25日午前7時5分ごろ、自宅に来た警視庁捜査二課の者と名乗る者に呼び出され所在不明になった。９月27～28日ごろに至り自宅に「旦那を預かった……察に知らせると、いいことない……」等と記載された脅迫状が投函された他、10月12日深夜には「５千万円用意しろ」と身代金要求の脅迫電話が架電され、更に10月16日には被害者の妻が、被疑者が使用していた携帯電話を指定場所に置くように指示され、同妻が応じたところ、以後の連絡を同携帯電話の録音機能に録音するよう指示された。10月31日深夜には、「11月５日に現金ができるのは間違いないか」と架電がなされるなどの動きがあったので、11月４日午後４時30分ごろ妻が弁護士を同道し青山警察署に届け出たことから身代金目的誘拐事件が発覚し捜査を開始した。

11月９日午前９時55分ごろ、被疑者方に速達便として郵送された茶色中型封筒を開封したところＡ４判白色用紙にワープロ様のカタカナ文字で「奥さん、馬鹿なことした。約束守れば何もしないと言ったのに……今までの手紙全部取り返せ、録音テープもだ。察、周りウロウロしている限り、今日から１日おきに指切る、指無くなったら、玉、切る……」という内容の脅迫文とガーゼに包んだ末節から切断した指を送りつけてきた。同指の指紋を対照した結果、被疑者の左手環指であることを確認した。

被疑者は、その前11月８日午前１時45分ごろ、救急車で新宿区新宿６丁目○番○号東京医科大学病院に搬送され、縫合等の治療を受けたが、その際、同病院の外来診療申込書に「長崎県長崎市浜町○－○山根明彦昭和33年１月15日生」と架空の住所、氏名、生年月日等を記載し、切断状況については「工作機械で指を落とした。指はバキュームで吸い取られた」と説明していた。右外来診療申込書から検出された右手中指の指紋が被疑者の指紋と一致したことから本件身代金目的誘拐事件は、被疑者の自作自演による狂言であると断定し、「山根明彦を名乗り右外来診療申込書に異名を記入した」事実を捉え有印私文書偽造・同行使の被疑者として逮捕状の発付を得て11月14日潜伏先のホテルで逮捕した。

(3) 被疑者の愛人の取調べ

被疑者の逮捕に伴い、被疑者の愛人を取り調べた結果、同女が本年1月29日ごろ、被疑者運転の車両（ホンダ・ホライゾン）に同乗し山梨県北巨摩郡小淵沢町の貸別荘に行った際に、同車助手席足元にナンバープレートが置いてあったのに気付き、被疑者に「何、これ」と尋ねたところ、被疑者は「マスコミ対策やスピード違反を免れるためナンバープレートを取り換えている」旨を説明している。

（平成8年11月8日付本間律子供述調書作成）

(4)　被疑者の土地勘

被疑者は、平成8年6月7日、被害場所から図測２００m離れた神奈川県横浜市都築区川向町○○番地、有限会社マルカツ（輸入車販売代理店）において自家用普通乗用自動車（シボレー・タホ）第横浜88た××××号を購入しており、犯行現場付近に土地勘を有する。

(5)　被疑者の自供

右事実に基づき被疑者を取り調べた結果、「本年1月29日午前0時過ぎごろ、第三京浜港北インター近くの駐車場にホンダ・ホライゾンで行き、この駐車場に駐まっていた乗用車前部ナンバープレート1枚（横浜34以下不明）をマイナスドライバーで取り外し盗んだ」旨自供し、上申書及び犯行場所の略図を作成し提出した。

（平成8年11月21日付平沢彰作成上申書、略図参照）

6　本件を被疑者の犯行と認めた理由

(1)　被疑者は、自動車のナンバープレートを盗んだことを自供し上申書を作成している。

(2)　被疑者が自供した犯行場所である駐車場であると認められる所に本年1月29日ごろナンバープレート（第横浜34の××××号）の盗難事実がある。

(3)　被疑者の愛人本間律子が本年1月29日被疑者使用車両であるホンダ・ホライゾン（第横浜34そ××

××号）の助手席で取り外されたナンバープレートを目撃している。

(4) 被疑者の関与が認められる平成2年11月発生の本件類似事件（和泉橋事件）においても犯行の隠蔽を謀るためかナンバープレートを工作した事実が認められる。

7 強制捜査の必要性

被疑者は、平成8年9月、別件多額詐欺事件の重要参考人として警視庁本部において取調べを受けた直後に失踪し、その後、偽装身代金目的誘拐事件を起こし、自己の左手環指を切断しその治療に際し、架空名義の外来診療申込書を作成した事実で有印私文書偽造・同行使事件の被疑者として逮捕勾留中であるが、現在の勾留事実について釈放された場合、右被疑者の特異行動等から勘案し、逃走、証拠隠滅のおそれが認められるため、右窃盗事実につき逮捕状の請求をなし、その発付を得て強制捜査により事案の真相究明をする必要が認められる。

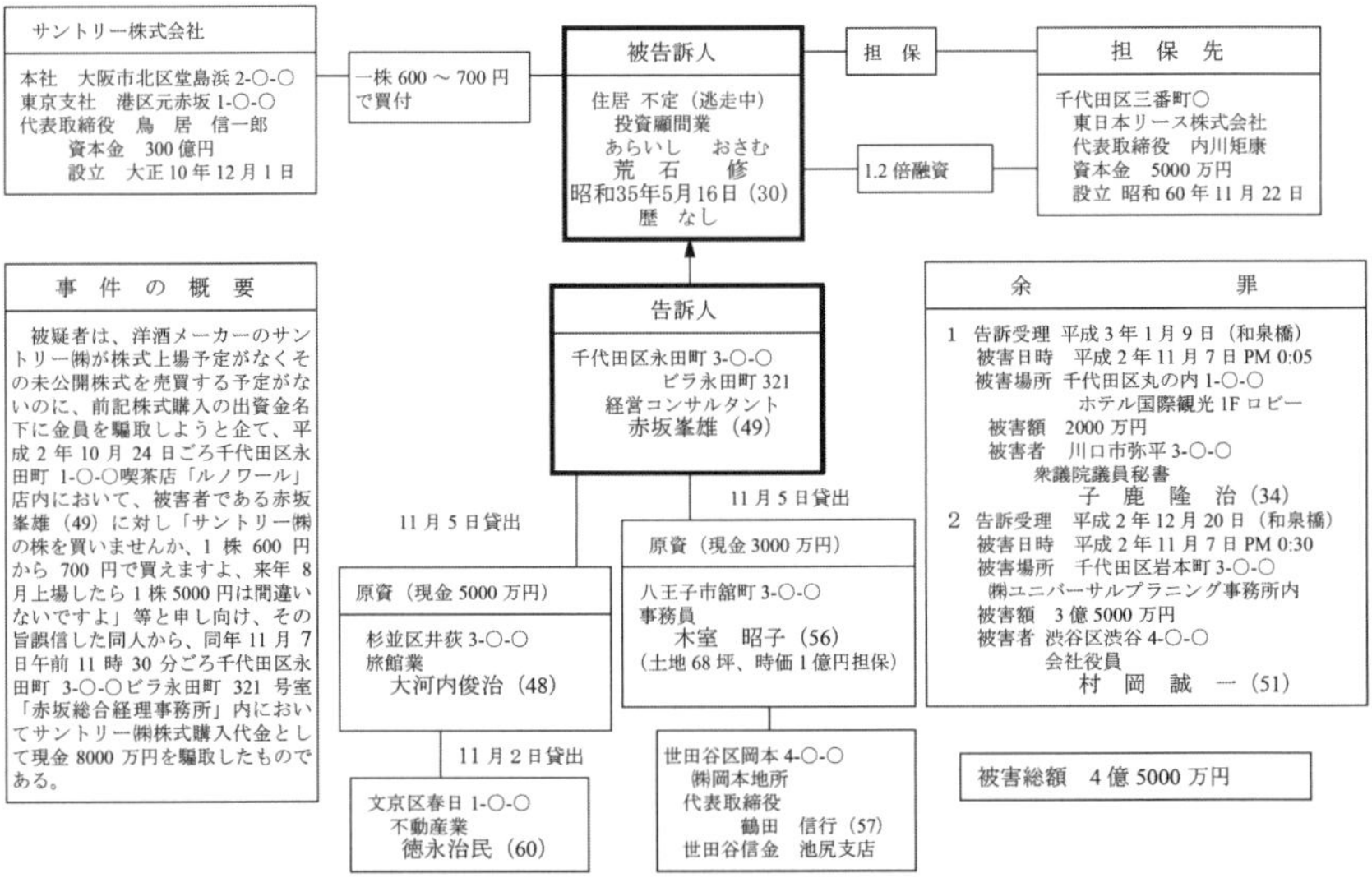

未公開株（サントリー）購入出資金名下詐欺事件

平成3年1月21日　捜二、和泉橋、番町

24 「証券会社社員強盗殺人・死体遺棄事件」特別捜査本部の開設

1 死者の衣類から特定

対面した両親、妹、別居中の妻等の近親者は、変わり果てた遺体を前にして身元を確認することはできなかった。

小鳥遊優が常連客として通っていたスナックのママ高千穂絹代は、青山警察署に事情を聞かれた際に「長袖のポロシャツ、緑色っぽいズボン、丸首シャツ、緑っぽい格子が入ったトランクス、黒色革製ベルト、グレーっぽい靴下」の6点を見せられ、見覚えがないかと聞かれトランクス以外は分からないと答えた。しかし、緑っぽい格子の柄のトランクスは、昨年2月14日のバレンタインにお店のお客様にあげるために買ってきた中の2枚です。バレンタイン前に渋谷の丸井ヤング店で同じ柄の色違いを2枚1組にして買ってきてお客さんにプレゼントしております。何故、小鳥遊さんにあげた物を覚えているかというと、私の店に来るお客さんは比較的年配の人が多く地味な柄を、小鳥遊さんと弟には派手な柄を選んだからです。サイズは小鳥遊さんにLサイズを、弟にMサイズをプレゼントしました。

と供述した。絹代の実弟も姉の供述どおり同じ柄のトランクスをバレンタインのプレゼントとしてもらっており、デザインは三宅一生のものでしたと信憑性の高い証言をした。

2 歯科医師による歯牙の見分

東京医科歯科大学特任教授医学博士鈴木和男に死体の歯牙写真と生前の小鳥遊優の写真との比較見分を依頼した結果、「写真の歯牙と死者の歯牙は同一人と求められる」との見分結果を得た。

3 DNA鑑定

警視庁科学捜査研究所及び帝京大学医学部法医学研究室にDNA鑑定を嘱託し、小鳥遊優の両親の血液と比較するため、DNA鑑定のうち、「MCT118型」「ミトコンドリアDNA型」の方法で鑑定を実施した結果、99・997％の確率で小鳥遊優と合致した。

4 血液型の鑑定結果

小鳥遊優の血液型：AB型　　小鳥遊優の父親の血液型：A型　　小鳥遊優の母親の血液型：AB型

であり、被害者小鳥遊優の死体であるとして矛盾しない。

とのことから、発見された遺体は被害者小鳥遊優と断定するに至り、平成8年12月3日午後5時00分「偽装身代金目的誘拐に伴う有印私文書偽造・同行使事件捜査本部」を「証券会社社員強盗殺人・死体遺棄事件特別捜査本部」に改め捜査を推進することとなった。

25 証券会社社員強盗殺人・死体遺棄事件で逮捕

平成8年12月6日午前9時30分、警視庁総務部留置管理課において、平沢彰を強盗殺人・死体遺棄罪で通常逮捕した。平沢は一転し、弁解録取書に記載のとおり犯行を否認した。

弁解録取書

住居　神奈川県三浦郡葉山町下山口×××番地の
　　氏名　平　沢　彰
　　　　　昭和32年4月26日生（39歳）

本職は、平成8年12月6日午前9時33分ごろ、警視庁総務部留置管理課において、右の者に対し、逮捕状（甲）記載の犯罪事実の要旨及び弁護人を選任することができる旨を告げたうえ、弁解の機会を与えたところ、任意次のとおり供述した。

一　只今、逮捕状を読ませていただきましたが、私は小鳥遊さんを殺してもいませんし、埋めてもいません。

二　弁護士については、今までどおり黒木弁護士にお願いしたいと思います。

平　沢　彰　指印

右のとおり録取して閲読させた上、読み聞かせたところ誤りのないことを申し立て署名指印した。

警視庁青山警察署
司法警察員
警部　高　階　俊　夫　印

と逮捕事実を否認した。そして、その後の取調べで、「『黒木先生と山見先生に強盗殺人は死刑か無期懲役だ。黙秘して書類には署名するな、指印も押すな』と指導を受けました。私の判断で黙秘し署名、指印を拒否します」と仔細な供述をせず、調書にも応じず、二勾以降も頑強に否認を続けた。

余談ではあるが、弁解録取書とは、司法警察員は、自ら被疑者を逮捕したとき、または逮捕された被疑者を司法巡査から受け取ったときは、直ちに、犯罪事実の要旨及び弁護人選任権を告げたうえ、次に弁解の機会を与えなければならない。この弁解の機会の付与は、被疑事実そのものについての弁解のみならず、逮捕に対する不服の申述の機会を被疑者に与えることであり、この手続きが行われたことを証明するために弁解録取書に記載しなければならない。通称弁録とも呼称する。

26　犯行日時の裏付け

平沢彰は、平成8年2月5日㈪午後10時過ぎごろ小鳥遊優をロープで絞め殺したと自供している。2月5日、平沢と小鳥遊の携帯電話の架電状況は、

15時51分　小鳥遊　↓　平沢　1分19秒　17時44分　小鳥遊　↓　平沢　50秒
18時20分　小鳥遊　↓　平沢　38秒　18時22分　平沢　↓　小鳥遊　47秒

となっており、平沢と小鳥遊は携帯電話で連絡を取り合って砧公園で落ち合ったことが窺える。

二人は、砧公園で落ち合った後、小鳥遊が集金してきた4億1900万円が入ったアタッシュケース2個、ボストンバッグ1個等をホンダ・ホライゾンの後部に積み、小鳥遊を助手席に乗せ出発した。

午後6時56分、調布市布田1丁目○番○号ニチメンエネルギー株式会社調布インターSSで軽油28・5ℓを給油し代金2021円は平沢彰名義のビザカードで支払っている。

その後、調布インターの先にある調布市白糸台1丁目○番○号デニーズ府中白糸店に立ち寄り、ハンバーグ茸ソース、照り焼きハンバーグ肉ジャガセットを注文し、午後7時50分、二人分の飲食代金２９７１円とクロレッツガム、ブラックブラックガム代金２０６円を支払った二人連れの客が該当すると思料される。

また、店を出る直前の午後7時48分に小鳥遊の携帯電話から中谷慎二に架電されている。

小鳥遊優の胃内容物の鑑定結果が、「**１２２㎖（淡褐色微濁、泥状）固形物として未消化の椎茸、椎茸以外の茸、ガム、緑色菜片が原形をとどめ、食事後数時間以内**」がでており、妻美沙子が「生前夫優はガムを飲み込む癖があり、クロレッツガムかブラックブラックガムを噛んでいた」と証言している。

27　出社予定と新聞の確認

平成証券株式会社渋谷支店勤務の村山隆司は、小鳥遊優と平成証券に同期入社し、入社当時から比較的親しい間柄で、彼の結婚式にも出席しているし、一緒にゴルフに行ったことも何回かある。村山が渋谷支店に営業課長代理として着任した時、彼の後任を任され、着任時から仕事の引き継ぎをしていた。

今年1月末ごろ、引き継ぎを完了しようと思って小鳥遊の都合のいい日を尋ねたところ、彼は、卓上カレンダーを見せながら「2月5日、6日、7日は小淵沢に行くけど、2月8日は一旦会社に戻って来るから、2月8日か、その次の週に引き継ぎをしよう」と話していました。この時、小鳥遊が私に見せた卓上カレンダーには、

2／5、6、7：小淵沢　　2／9、10、11、16：大阪　　2／20～2／26：ロス

と記載されていました。

小鳥遊は「小淵沢に行く」と言っておきながら「小淵沢が何処にあるか知らない」と言うので、関東周辺の地図を持ってきて広げ「小淵沢はここだよ」と教えております。小鳥遊に「小淵沢に何しに行くの」と尋ねると、彼は「キーエンスの新規事業の研修に行く」と答えています。

2月5日、私は、小鳥遊は小淵沢へ行くため休みを取っていると思っていました。当日の朝、彼が出勤してきたので、今日は休みじゃないのと聞くと、彼は、何か時間を気にして慌てていた様子で「中谷さんとこは俺が行くから、後藤さんとこはお前行って」と頼まれました。

2日後の2月8日、本社の大脇指導役と一緒に横浜市鶴見区にある彼のマンションに行ったら鍵が掛かってい て入れませんでした。一旦、会社に戻って小鳥遊の私物を調べるとマンションの鍵らしき物があり、電話で秋田の父親の承諾を得て、マンションの中に入ると、居間のテーブルの上に「2月5日の朝日新聞の朝刊、夕刊」が置いてあり、外の新聞受けに2月6日から2月8日までの新聞が溜まっていました。

28 車を貰った御礼に140万円を貰う

平沢の友達の網走日韓は、旭川市二条通8丁目左〇号三条旭川ビル2階で、亡父の仕事を引き継ぎ貸画廊有限会社「まりも」を経営し、同じビルの3階でアーチェリーショップも経営している。

私は、本年6月ごろ平沢彰が所有していた車を貰いました。平沢は、現在、神奈川県葉山町に奥さんと子供二人の4人家族で立派な家に住み、外車などを保有しデザイナーの仕事をしている男で、両親は旭川市内で暮らしています。私が平沢から貰った車は、「**車名：ホンダ、車種：ホライゾン、ナンバー：第旭川33ち×××号、塗色：濃緑色**」です。今年の6月ごろ、突然、平沢が私の画廊にやって来て「車を新しく買った。下取りに出そうとしたが、安く見積もられたので旭川の実家に置いてこっちで使おうと思う。飛行機で来れば、こっちで使える」等話した事から話が弾み、結果的に私が車を貰うことになりました。平沢が画廊に来たのは営業時間中で昼過ぎごろ一人で来たと思います。この話を聞いて、私はその当時、交通事故を起こし自分の車は処分しており、自分用の車がなく不自由していたので、平沢に「それなら売ってよ、私が乗るから売ってよ。君のお父さんもこの車使わないだろうから売ってほしい、今お金ないけど、お金できたら払う」と頼むと、平沢は「いいよ、乗ってくれ、だけど名義変更してくれ」と名義変更を要求してきました。私は、名義変更というと所有者の名義が変わるだけだと思っていましたが、ナンバーを見たら横浜ナンバーから旭川ナンバーに変わっていたので驚きました。横浜ナンバーが格好よかったと思って少しがっかりしました。

私ははっきり覚えていませんが、当日か翌日に平沢から「これを」と言って現金140万円の入った封筒を渡され「買ったことにすれば会社の経費で落とすことができる。このお金を僕の銀行口座に振り込んでほしい」と依頼されました。私は、一銭も使わず、ホライゾンを名義変えし現在まで使用していたのです。平沢から指定された銀行口座は、都内にある銀行の支店でしたが、銀行支店名、口座番号等は覚えていません。私が、現金140万円を振り込んだ金融機関は旭川信用金庫旭川支店で6月のことだったと記憶しています。

私は、今考えると、他人にお金を出してもらって、ただで100万円以上の車を手にする事自体がおかしいことだと思っています。しかし、その当時は、平沢を100%信用していたので不審には思いませんでした。

私が平沢に現金を振り込んだと報告の電話をした時、平沢は「証券会社の人が詐欺事件を起こし何億かの金を持ち逃げし行方不明になっている。居なくなる前に僕の名前を出して失踪した。捜査線上に僕の名前が出て困っている」というような内容のことで相当に悩んでいました。

私は、車を貰った手前、平沢が帰る際に旭川空港まで送って行きました。この平沢の彼女も一緒だったかは覚えていません。2年くらい前に平沢から「秘書の本間律子」と紹介されたことがあります。

車を受け取った時、車内にはせんべい屑があったり、犬の毛が落ちていたり、犬臭かったりで車内を掃除したような形跡はありませんでした。このようなわけで、ある程度掃除をして使用していました。貰った段階では、荷物という物はなく、紙屑のような物だけで、家内が掃除した際に捨てています。

平沢から車を貰ってから換えた物はタイヤを雪道用タイヤに交換した程度で改造等はしていません。この車の名義変更は、平沢が家族を連れて旭川へ帰省した8月下旬ごろでした。もっと早く名義変えをしようと思っていましたが、平沢の住民票などの書類のやり取りが遅くなってしまいました。名義変えに必要な書類として譲渡証明書、印鑑登録証明書、住民票がありました。車を手にしてから1週間くらい後に平沢の自宅に譲渡証明の書類を郵送し、平沢からも1週間くらい後に印を押した譲渡証明書、印鑑登録証明書、住民票等が郵送されてきたので車屋に依頼し名義変更の手続きを取りました。しかし、書類に不備があり1回で名義変更が出来ませんでした。このため平沢が家族で帰省した際に車屋に依頼して名義変更したのです。

私達が知り合いになったのは、確か平沢がフランスへ絵の勉強に行ったころだったと思います。当時、今の画廊は、亡くなった兄が経営していたギャラリー喫茶でした。この店に出入りしていて面識があった程度でした。平沢がフランスから帰国後に開いた絵の個展から友達として付き合うようになったのです。平沢が個展を開いた場所は、当時実母が経営していた貸画廊でした。平沢の結婚式の発起人をやったこともありました。北海道では、結婚式に招待するという形を取らずに、発起人という形を取った者が、招待客を披露宴に招待するのです。私が平沢から指名を受け発起人をやったのです。

平沢は、6～7年前には、旭川市長選挙に南部百貨店社長の鵜池雷太（事件当時参議院議員）という人を担ぎ出そうとして、鵜池さんを旭川に連れて来たこともあります。この計画は南部百貨店の撤退等があって印象が悪いということから計画倒れになりました。しかし、私はこの時「平沢は凄い奴だ」という印象を持ちました。2年くらい前、平沢が代表取締役を務めていたアクアスタジオというデザイン会社のパーティに招待された時、招待客の中に鵜池雷太、芸能人石原小百合等の有名人がいて「平沢は、やっぱり大した奴だ」とすっかり信用してしまいました。

当時の事を本間律子は次のように供述している。

今年の6月17日、18日ごろに平沢さんと一緒にホンダ・ホライゾンで北海道旭川市に行っております。その時、ホライゾンの荷台にジュラルミンケースが積んであるのを見ております。ジュラルミンケースは、60×40㎝くらいの大きさでした。また、ホライゾンは旭川市の網走日韓さんに渡し、私達は旭川から飛行機で帰って来ました。この出発の日は、葉山の「音羽の森」というホテルに鍛冶早苗という偽名で宿泊し、旭川では旭川グランドホテルに吉田誠という偽名で宿泊しています。ただいま、宿泊申込書の写しを見せてもらって、葉山の音羽の森ホテルのチェックインが6月16日午後9時ごろ、チェックアウトが6月17日午前2時23分。旭川グランドホテルのチェックインが6月18日午前3時13分ごろ、チェックアウトが6月18日午後5時11分ごろということが判りました。北海道に行くことを聞いたのは「6月15日の夜」だったと思います。このころ、平沢さんは「証券会社の小鳥遊さんが大金を持ち逃げしたことで、誰かが僕を陥れるために尾行している」等と心配し、私立探偵に調査を依頼しました。その結果、尾行しているのが警察だということが判ってからは「このままでは犯人にされてしまう。別件で逮捕されてしまう」等とかなり落ち込んでいました。私に対しても「尾行されないように注意しろ」等と気を配るなどかなり神経質になっておりました。そして、6月15日の夜、平沢さんから「税金対策の書類を持っていると所得税法違反か何かで捕まってしまう。この書類を隠さなければならないので明日、北海道に行く」と打ち明けられたのです。以前二人でお茶を飲みに行った葉山のホテル音羽の森にチェックインしたのです。午前2時か3時ごろ平沢さんから近くまで来ていると電話が入り、チェックアウトの手続きを取りホテルを出ると、平沢さんがホテルの入り口までホンダ・ホライゾンで迎えに来ていました。私は助手席に乗り、そのまま出発し高速道路を使って青森に向かいました。青森からフェリーで室蘭に向かったと思います。室蘭から旭川に向かう途中で何処かに電話していました。旭川グランドホテルの前で、平沢さんは「僕は、この書類を預けてくるから先に寝ていていいよ」と言ったので、書類の預け先は決まっていたようです。平沢さんが帰ってきたのは、私が一眠りしたあとの夕方ごろだったと思います。ホテルをチェックアウトしてホライゾンで網走さんの画廊に向かったのですが、その時、出発する時には確かに後部荷台にあったジュラルミンケースはなくなっていました。ホライゾンは網走さんにあげる話がついていたらしく、長居はせず網走さんに旭川空港まで送ってもらい、旭川空港から午後7時ごろの飛行機で東京に帰ってきたのです。警察の人に多額の現金が入っていたという大きなトランクを見せてもらいましたが、このトランクは見たことがありません。

捜索差押許可状によりホンダ・ホライゾン（第旭川33ち×××号）を差し押さえ、平成8年12月9日午前10時25分から同日午後3時05分迄の間、検証許可状により検証した結果、

助手席の下からライター1個、10円玉1個、緑色ビニール袋1袋、松の実1個、ジュースの上蓋1個、紙片2点を発見した。

セカンドシート背もたれ部分に3×2㎝大のチューインガム様のものが付着していた。

サードシート運転席側（右側）背もたれ部1カ所、サードシート助手席側（左側）背もたれ部分と座席にそれぞれ2カ所の計3カ所から、血液の反応を示す陽性反応が認められた。

運転席側（右側）セカンドシート座席の前端から6㎝右端16㎝の所に縦約38㎝横約40㎝大の範囲において尿反応を示す陽性反応が認められた。

という検証結果が出ている。

29 現金2億8千万円の流れ

平成８年11月16日、高校時代の同級生伊達美由紀から押収したトランク内の現金２億８千万円。

１　１億円パック詰め２個　２億円
○２億円の状態
　１００万円の日本銀行の帯封束を10個重ねて１千万円の大帯封にそれぞれ
　日本銀行
　　７・８・14（１パック単位）
　７・８・15（１パック単位）
と丸印が押されたもの10束がビニールでパックされたもの（いずれも旧券）
２　パックを一部破棄した中に４千万円が在中のもの
○４千万円の状態
　１００万円の日本銀行の帯封束を10個重ねて１千万円の大帯封にそれぞれ
　日本銀行
　　７・８・14
と押されたもの４束が一部破棄されたビニールでパックに在中されているもの（いずれも旧券）

前記押収にかかる２億８千万円は、全て１千万円単位の大帯封付で、一部の現金を除いてビニールパックの状態である。更に、その他の4千万円についても「日本銀行7・8・14」の丸印が押されていることから、ビニールパックを一部破棄した在中の現金と同一のものと推定された。被害関係者の中でビニールパックの状態で被害にあったのは、「**藤田憲太郎の2億円（住友銀行青山支店）**」「**手島忍の1億円（三和銀行青山支店）**」であり、押収された現金2億8千万円はビニールパックの状態並びに大帯封の丸印の日付などから同人らの被害金と思料された。

各関係する銀行に対し、前記伊達美由紀から押収した現金の写真を示して聴取した。

「**被害者藤田憲太郎が2億円を払い戻した住友銀行青山支店**」において同店副支店長古賀幸雄に聴取したところ、

○客に渡す現金については、当日、本店より受け入れているが、客に渡す際に帯封年月日、紙幣番号などは控えていない。

○本店から受け入れる現金については、億単位の場合、日本銀行パック詰めの状態が多い。

○現金のパック詰めは、本店・支店ともやっておらず全て日本銀行で行っている。

○2月5日に同店の顧客である「**株式会社エフ&ケイ　代表取締役藤田憲太郎**」の定期預金の解約代わり金の中から2億円の現金を同社に届けている。

○2月5日に本店から2億8千万円を受け入れ、うち、1万円券については2億2千万円でいずれも旧券となっている。

○藤田憲太郎に渡した2億円は日本銀行の帯封真空パック2個であったものと思われる。

旨の内容であった。

被害者手島忍が1億円を払い戻した三和銀行青山支店において同店次長大坪邦夫から聴取したところ、

○客に渡す現金については、当日、本店より受け入れているが、客に渡す際に帯封年月日、紙幣番号などは控えていない。
○本店から受け入れる現金のうち、客に渡す現金が億単位の場合は、日銀の帯封の1億円パックの可能性が高い。
○当日、本店から現受けした現金は、1万円札のみであり、いずれも旧券である。
○本年2月5日に客の手島忍が現金1億円の払い戻しをしており、支店内の接客室で渡しているが、日本銀行の1億円パックと思われるも、断定はできない。

旨の内容であった。
住友銀行本店総務部において、総務部次長鶴崎辰郎他2名らから聴取したところ、
○各支店からの翌日分の現金の配送は、依頼は各支店ともオンラインにより概ね午後3時10分ごろまでに入力され、午後3時30分ごろにデータを打ち出して集計し、午後4時30分ごろにファクシミリで日本銀行に依頼する（月曜日は金曜日になる）。
○日本銀行からの現受けは、午前9時前後に到着するように現金輸送車で取りに行き、一旦本店に戻った後、各支店のコースに仕分けして午前9時45分ごろ出発する。
○青山支店への現送は、青山コースと言っており、概ね日本銀行から現受けした分を届ける。
○本年2月5日、日銀から現受けした1万円券は、「**27億円（新券4億円、旧券〈日銀封〉23億円）**」で青山支店に現送した1万円券は「**2億2千万円**」である。
○以上の理由から、青山支店に現送した2億2千万円は「**日銀封の旧券（1億円の真空パック）2個**」の確

率が高いと考えられるも断定はできない。
旨の内容であった。
三和銀行本店総務部次長牟田治夫から聴取したところ、
○2月5日に日銀から現受けした1万円券は「**31億円（新券〈造幣局発行〉13億円、旧券〈日銀封〉18億円）**」で青山支店に現送した1万円券は、1億8千万円である。
○青山支店に現送した1万円券の内1億円は、真空パックの状態のままと思われるが断定はできない。
旨の内容であった。

平成8年11月20日、日本銀行本店発券局総務課副調査役吉牟田正から聴取したところ、
○各金融機関本店からの毎日の現金受領は、夕方現受けし、現金送達朝9時ごろに各銀行の現金輸送車が取りに来て現送するが、日本銀行（以下日銀）が製造した帯封及び紙幣番号などは一切記録を取っていない。
○各金融機関から現受けした現金は、機械にかけて鑑査（偽札でないか、札が古くなっていないかの見定め）の後、40台くらいの機械で束《そく》（100万円束の帯封を巻いたもの10束に大帯封を巻き1千万円）の状態にする。
○1台の機械で全ての紙幣を1日約400束こなしており、平均1万6千束を製造し、そのうち1万円の束は1万3千束（1兆3千億円）製造している。
○100万円束に帯封をかけ、更に1千万円束の大帯封の状態にして、10束を1億円の真空パックにしてい

る。100万円束の帯封には、10桁のナンバーを打刻しているが製造年は表示されていない。

〈ナンバー解読例〉1081408012の場合

1はチーム名、08は作成月、14は作成日、08は日銀本店、012は機械番号。

1千万円の大帯封には「日本銀行　7・8・14　発10」の製造年月日を示す丸印を押している。

○真空パックは、1千万円束を横2束・縦5束に並べてパックしており、内側に、

D1万円券

100

百万円

本店

7・8・14　E　1D（この部分のみスタンプ印）

日本銀行

の縦長の紙を貼り付けている。

○出来上がった真空パックは、金庫に納められ、概ね先に作られた順に各金融機関本店などの要求によって現送される。

○現在時の一番古い真空パックの製造年月日のものは、平成8年5月下旬ごろのものがあり、常時4～6カ月分がストックされていて、現送されているのが実状である。

○各金融機関本店などから、端数の金額の要求がない場合は、全て真空パックの状態で現送する。

○日銀発券局で製造する1億円の真空パックは、全て旧券であるが、他に印刷局から来る新券があり、この場合は、日銀が受けた日付を紙幣番号で記録している。

○印刷局から来た新券は、1千万円単位の真空パックとなっており、更に10束の二重真空パック（完封と呼

んでいる）となっている。
○印刷局から来た新券も４～６カ月分が常時ストックされている。
○本年２月５日に住友銀行本店及び三和銀行本店から要求があり、払い出した1万円券とその内訳は、「**住友銀行：27億円〈新券４億円、旧券〈日銀券〉23億円〉**」「**三和銀行：31億円〈新券13億円、旧券〈日銀券〉18億円〉**」であり、旧券の場合は、平成７年８月14～15日付製造のものであり得るが、記録を取っていないため断定はできない。

旨の内容であった。

前記のとおり、詐欺共犯容疑者平沢彰が伊達美由紀に預け、同人から押収した2億８千万円の現金は、いずれも日銀の帯封がある現金であり、真空パックの状態及び製造月日並びにその流れなどから詐欺被害者藤田憲太郎と手島忍の真空パック詰め現金である可能性が高いと思料される。

30 アリバイ工作

1

平沢彰は、小鳥遊優から携帯電話（０３０－８００－××××）を奪い３月５日ごろ、津軽海峡に捨てるまでの間、小鳥遊の携帯電話を使用し、２月６日午前９時31分平成証券渋谷支店に９秒間架電したのを皮切りに、

○着信　２月７日午後10時54分　　中谷慎二が架電し、本間律子が平沢の指示で「もしもし」と応答

○着信　2月9日午前10時21分（11秒）して2・5秒で断
○着信　2月13日午後6時19分（13秒）平沢から発信
○発信　2月16日午後4時19分（13秒）110番（神奈川県警）
○発信　2月17日午後2時56分　平沢から発信
○発信　午後2時57分　北海道天気予報
○発信　午後6時17分（7秒）　110番（神奈川県警）
○発信　午後6時17分（15秒）同　上
○発信　2月29日午後4時08分（13秒）同　上
○発信　3月4日午後5時26分（57秒）三和銀行大谷裕巳

のとおり小鳥遊優を装って発着信を繰り返している。

2 オウムの林が潜伏している

巌木正徳（38歳）は、婦人服販売会社に勤務していた昭和56年ごろ、服に似合った靴の製造を依頼するため西麻布にあった「メビウス」という会社を訪ね担当者の平沢彰と知り合った。

平沢が一生懸命に仕事をしていたという様子はなく何故会社を辞めたのかと疑問に思う程でした。その後暫くして平沢が「ナイスインターナショナル」という靴の製造・卸の会社を設立しましたが、ここでも情熱を持って仕事に打ち込む姿勢は見られず、結局不渡りを出して潰してしまいました。その後、代々木上原のマンションの一室を借りて潰した会社の整理をしていると話していました。マンションの部屋はワンルームで、室内には机とキャビネットが置いてあるくらいで、帳簿等があるわけでもなく、本当に会社の整理をしているとは思えませんでした。そして私に対して「砂糖の先物で儲かって負債5600万円は返した」等と自慢しておりました。事実、駅で待ち合わせした時、株の新聞5〜6部を束にして部屋に入ったことがありました。平沢は株に関する話として「年間20万株を動かしている。何人かで株をやっている」等の話をしていましたが、実際に株に関する書類等は見ておりません。話の中で、太陽酸素の株は必ず上がると言っていたのを思い出し、その株を買って20万〜30万円儲かったことがあったので、平沢がかなりの株をいじっていることは間違いないと思っていました。

アクアスタジオには、平成6年から昨年まで5回くらい遊びに行っています。確か最初に行った時は、御厨社長を紹介されておりますが、その後平沢が社長になった経緯は全く知りません。私と平沢のプライベートな関係は映画を観たり食事をしたりする程度で、一緒に旅行に行ったり金の貸し借りはありません。平沢の家には、平成3年ごろ深沢に高価なマンションを借りていた当時、ツーリングの後で部屋に行き食事を2〜3回ご馳走になりました。

今年の5月か6月ごろだったと思います。場所は私が住んでいるビルの近くにある喫茶店でした。平沢は「今、警察で調べを受けているけど冤罪なんだ。みんなおかしいと思っているが無罪に向かっている」と話し始めました。私は、この時、唐突な話だったのでその辺の事情を尋ねると、「今年2月、小鳥遊が詐欺事件を起こし行方不明になっている。その件で疑われている。4年前も調べられたし、二つの事件とも僕が関わってるんだよなあ。だから調べを受けている」等と縷々説明しました。その話を聞いて、平沢はもの静かな男で犯罪を起こすようには思えなかったので冤罪という言葉が馴染んだのです。そして、平沢に冤罪だったら手伝うよと約束したのです。その後、暫く連絡はありませんでしたが、今年の9月初めごろ平沢から「ビルの下で車を停めて待っているから来てくれないか」と電話があり、下に降りて行ったのです。平沢は外車でグレーのジープ型のブロンコかエクスプローラのような大きな車を目黒通りに頭を横浜方面に向けて待っていました。私が、助手席に乗りこむと、平沢は車を発進させ、世田谷区等々力方面に向かい、第三京浜、横横道路を通り逗子で降りて葉山の平沢の自宅に向かいました。着いたのは午後1時半ごろでした。平沢方に至る坂道に差し掛かった時、平沢に「誰か見ているかも知れないので背もたれを倒して見えないようにしてくれ」と指示するので、事情を呑み込めない私はいいなりになったのです。そして、自宅に招き入れられ、キッチンに通されテーブルに着いて話が始まりました。

平沢は「警察の家宅捜索を受けたけど何も出なかったよね。典子さんに向かって捜索時に盗聴器をつけられた。警察は何をやっているか分からない。詐欺事件の主犯格にされそうだ。僕は無実だ。でも起訴されそうだ。刑事は凄い調べ方をする。黒木弁護士は何もしてくれない」等と独論が始まり、典子さんに向かって「電話したか、何かやってくれる話をしてくれたか」と聞いていましたが、話題は、御厨社長に紹介された黒木弁護士の話になり、黒木弁護士は凄いと言うなり、黒木弁護士が「指一本切るくらいの覚悟がなければ逃げられない」等と助言した内容でした。典子さんは「無実だったらそこまでしなくていいんじゃない」と心配そうに応えておりました。この時、私は賛同するわけにもいかず、盗聴器とか尾行があるんだったら何か手を打たないと、と相槌を打ちました。弁護士先生は「居なくなった方がいい、4カ月くらい居なくなって病院に担ぎ込まれた方がいい。警察に何処かへ連れ去られたと思わせれば取調べも慎重になる。発見されてから弁護士が警察に怒鳴り込む」等と助言している。あと、先生が言うには「オウムがいいから警察に電話して警察が確認に来るようにしろ。平成証券にも電話しろ」とのことだったので、完全に偽装誘拐をやることと偽電話を掛ける筋書きが弁護士と協議の上決まっているのだと思いました。そして、平沢は私に向かって「電話してくれる」と誘拐事件の片棒を担ぐことを要求してきました。私は、偽装誘拐は犯罪になると思って「誘拐は止めてくれ」と反対したのですが、平沢は「弁護士がアドバイスしてくれたんだ」と弁護士の言葉として頼み込むので、以前会った時に約束したこともあり渋々引き受けたのです。

偽電話を掛けることを承諾したその場で、平沢から妻典子さんも同席の上、平成証券の電話番号を記載したメモを受け取りました。オウムへの電話方法は、オウム110番の電話があるから調べて近日中に電話してほしいと頼まれました。

この偽電話の目的について平沢は「オウムの逃走犯人が平沢方に隠れていると通報すれば、警察が必ず調べに来る。その時、家中全部調べさせて平沢の所在不明をアピールさせるための手段」というものでした。また、平成証券に対する電話は「小鳥遊と東京駅で会った。小鳥遊から借金の申し込みを受けているが、会社の方で注意してもらいたい。これから関西方面に向かうとのことで今来れば捕まえられる」等と小鳥遊の存在を証明する偽電話でした。

私は、これらの偽電話をするだけで平沢の冤罪を少しでも手助け出来たらと思って実行に移したのです。当時、平沢に騙されているとは夢にも思いませんでした。私は、平沢の指示されたとおり公衆電話から電話しております。平成証券に電話したのは、平沢の家に行った1週間くらい後の9月中旬ごろになります。最初に電話したのは、オウム110番で、番号については平沢の自宅から典子さんに駅まで送ってもらった時、駅前交番の掲示板にオウム追跡の手配書があり、そのポスターにオウム110番の電話番号が載っていたのでメモして帰りました。そして、10月8日にタイに旅行に行くための渡航申請の旅券手続きで行った有楽町の交通会館からの帰りの午後4時ごろ、有楽町駅前の公衆電話から電話しました。電話で応対した相手は若い感じの男性で「私は元信者です。逃走犯の林泰男の居場所を聞いた。それは、葉山の平沢方にいる。私の名前は言えない」等の内容でしたが、あまり上手く言えなかったと記憶しております。

次にオウム110番した翌日、平沢から電話で「あまりよく伝わらなかった」と言われ、再度頼まれて平成証券渋谷支店に電話しております。電話に出た人は係長と言っておりましたが名前は覚えておりません。電話の内容は「私は、小鳥遊さんを知っている者ですが、借金を申し込まれて困っています。会社の方で注意してもらえませんか。今、東京駅で小鳥遊さんと会って4時半くらいの新幹線で関西に行くと言ってますよ。今だったら間に合うと思います」です。そして、その日の午後7時ごろ葉山警察署に電話しオウムの係に回してもらって、「私はオウムの信者ですが、逃走犯の林泰男の潜伏先が判った。葉山町の平沢の自宅だ。私の名前は言えない」と一方的に喋り電話を切っております。

その後、9月下旬ごろ碑文谷のレストランデニーズで偽装誘拐事件の片棒を担ぐように頼まれましたが、この時はきっぱりと断っております。

3 泥棒に手帳の日程表を盗まれた

松林千畝（38歳）は、目黒区碑文谷2丁目○番○号碑文谷コーポ２０２号室で建築物を設計する、株式会社M&Aプラニングを経営する1級建築士である。

平沢彰とは、神奈川県三浦郡葉山町の平沢邸を設計してから時々食事をしたりして付き合ってきましたが、私と平沢との出会いは、平成4年10月5日に友達が平沢家の設計の話を受けて紹介されたのが始まりです。平成5年3月16日に平沢家の設計をし、それからは平沢は、当時私が勤めていた事務所や私が独立したあとも会社に顔を出すようになったのです。当時、平沢はアクアスタジオの御厨社長と行動を共にしていたので、社長に信頼の厚い男だと思っていました。

今年6月16日の日曜日に一度、家族で平沢の家に遊びに行ったことがあります。その時、平沢から「平成証券の小島遊が犯した詐欺事件の疑いが自分にかけられている。誰かに尾行されているので探偵を使って調べたら警察だった。この事件は冤罪だ」等の話が出ましたが、私は冗談だと思って軽く聞き流していました。しかし、その話がしつこく続くので私も日本の警察は信頼できるから真実を話せば判ってくれるよと諭しました。しかし、私も気になり、私の知り合いに国会議員の秘書がいるから相談してみようかと提案すると、平沢は二つ返事で「頼む」というので友人を通じて議員秘書に会って相談することにしました。

今年6月21日、私と平沢、それに私の友人の3人で元総理の議員秘書の所に行き、平沢を紹介し話を聞いてもらったことがあります。この時、平沢は一方的に小鳥遊の詐欺事件のこと、更にタイトル名は覚えていませんが本を1冊出して、「事件は冤罪」等と言うだけで何の要求もしておりません。

そのころ、日時は判りませんが、平沢がぶらりと会社にやって来て「2月5日はここにいたっけ」と私達に聞いたので、私が手帳を見なければ判らないと応えたところ、その時は帰りました。その数日後、再度平沢が事務所に来て同じ事を聞いたので、私は、手帳の2月5日の日程表とスタッフの日程表を見合わせて、「平沢」とメモしてないから無理だろうと答えております。ちなみに、3月の記事用紙を見ると、平沢が来た日は「平沢」とメモしております。その後、平沢は会社に来て二人で近くの喫茶店「プリンス」に行きました。この時、平沢は「警察の取調べからの帰りだ。もう逃げるしかない。俺は冤罪だ」等愚痴をこぼしていました。

今年の9月19日の夜、会社に泥棒に入られました。泥棒は土足で事務所の流し台の窓を無理矢理室内へ押し、部屋に入り「**レターケースから現金4万円。机の脇にある小引き出しの中から仕事関係の名刺や葉書、コーヒーメーカーの水差し、菓子入りバスケット、私の毎日の日程を書いている手帳の今年のマンスリー欄が1年分、1月から6月までの日程表**」等が盗まれていました。

4 日付を書き加えた領収書

10月10日ごろ本間律子は、ヒルトンホテルの平沢の部屋にいた。

指を切り落としたばっかりで一緒に居てやろうと思って泊まっていました。前の晩に言われたか、その日に言われたかはよく覚えていません。平沢さんに「2月5日は律子と僕は一緒に居たことにしよう。薬局に行って風邪薬を買って日付のない領収書をもらい、この領収書に〈2月5日〉と記入してから律子はそれを黒木弁護士に渡してくれ」と後で嘘の日付を記入した領収書を偽造する計画を持ちかけられました。また、平沢さんは「2月

5日は、律子が借りるマンションを探しに不動産屋回りをしたことにしよう。2月5日は調布のガソリンスタンドで給油したことになっているので調布近くにしよう」と申し出たので、私が調布辺りじゃ部屋は探さないでしょう。つつじヶ丘辺りがいいんじゃないのと言って、結局、つつじヶ丘周辺で探すことにしたのです。

薬局で薬を買うことについては、2月中旬ごろ平沢さんはＪＲ病院で診てもらって急性気管支炎だったと聞いております。平沢さんは「そのころ咳き込んだので薬を買ったことにしよう」と言っておりました。この時の症状は病院に行く前の1～2週間前から急に咳き込むような咳をしていたので風邪でもひいたのかと思っていました。この咳も病院に行った後、数日で治ったように思います。

そして、この嘘の領収書を作るためにホテルを出たのは昼過ぎの午後1時か2時ごろだったと思います。この時、私は黒色ジャケットを着ていて、平沢さんは黒革ジャンパーを着ていたと思います。食事でもしてからということで、ヒルトンホテルから渋谷の並木橋まで来て一旦タクシーを降りましたが、近くに青山警察署があったので、私が、青山警察署が近すぎてまずいんじゃんと言って、再度タクシーを拾って中目黒駅前まで行きました。近くの日本そば屋で食事をし、喫茶店で時間を潰しました。それからタクシーで京王線つつじヶ丘駅前まで行きました。着いたのは午後4時ごろになっていたと思います。先ず、不動産屋を探そうということでつつじヶ丘駅近くのビルの2階にある不動産屋の前まで来ました。この不動産屋は場所を確認しただけで中には入っておりません。その不動産屋が入っているビルの入り口に「藤建企画」という看板が出ていました。

その近くで薬局を探していたら、1件の薬局が見つかり店の近くまで来た時、平沢さんに「僕はここで待っている。そこで風邪薬のコンタックを買って、領収書は日付を入れないで貰ってきて」と頼まれ、私は一人でお店に入りました。その店には20歳くらいと30歳くらいの二人の女店員がいました。コンタックを買ってから「領収書を下さい、日付は入れないで下さい」とお願いすると30歳くらいの女店員が接客してくれました。領収書が中々見つからなかったらしく二人で探していたようです。そして、30歳くらいの店員に日付のない領収書を作ってもらいました。この領収書は手元にありますから提出します。ただいま提出した領収書には「平成8年2月5日」と日付が入っておりますが、これは後で喫茶店で平沢さんが書き加えたものです。領収書には所在地、店名等のゴム印が押してあり「**東京都調布市つつじヶ丘3丁目○番○号　タウンドラッグ**」であることが判りました。

風邪薬を買って日付のない領収書を貰った後で近くの喫茶店に入りました。店に入った時間は午後5時か6時ごろになっていたと思います。店内は、カウンターとボックスがあり、私達は奥のボックスに座りました。この店は、40歳くらいのおばさんが一人でやっている感じで他に店員はいなかったようです。二人で向かい合って座り、私がコーヒーとモーニングケーキを平沢さんがアイスコーヒーを注文しました。飲み物が出ると、平沢さんは、黒色のボールペンを出して先程の領収書の日付欄に〈8、2、5〉と日付を書き加えました。それから領収書を裏返しにして「2月には苗場に行ったよね」と言いながら「aller a ski RESERVE 0257-89-××× NAEBA PRINCE MILD POKET　世03－3324－×××」という文字を書きました。最初の行はフランス語で「スキーに行く予約」という意味で、これは私達二人で「今年2月20日、21日苗場プリンスに宿泊」のスキー旅行に行っていますが、平沢さんは「2月のことを書いておけばもっともらしくなる」ということでした。また、「マイルドポケット」の電話番号は、苗場に行く際に平沢さんが飼っていた犬「パスカル」を預けたペットショップの店名と電話番号です。

その後、自分が飲んでいたアイスコーヒーのストローを使って、その領収書の上にコーヒーを一滴、二滴と垂らして引き伸ばし「これで本物らしい」と満足そうに話していました。この様子を見ていて、私は2月5日付の古い領収書らしく見せるために工作しているのだと思いました。そして、平沢さんは「じゃ、これ黒木弁護士に渡してくれ、渡せなかったら手紙で送ってくれ」と私に手渡したのです。

5 僕2月5日はここにいたよね

徳川直子（27歳）は、株式会社アクアスタジオ社長御厨啓三の秘書をしている。元アクアスタジオ社員平沢彰にアリバイ工作のようなことを言われた。

平沢彰は昨年（平成7年）11月ごろ、会社を休みがちで社長から解雇されております。しかし、平沢は御厨社長に内緒で、予め会社に居る私に電話を掛けて社長の留守を狙って会社に出入りしていました。

今年の4月ごろ平沢から電話が掛かり「御厨さんいるか」と確認したので私が居ないわよと応えると、暫くして午後1時ごろだったと思います。平沢が車に乗って一人でやってきました。平沢は会社に入ってくるなり、玄関や窓の鍵を全部かけてから外から覗くことも出来ないミーティングルームに私を呼んで、「僕は警察に疑われているんだけど2月4日、5日が怪しいんだけど、僕この日ここ（アクアスタジオ）に居て徳川さんと話をしていたよね」と心配そうな顔をして聞いたのです。私は、2月4日、5日のことは覚えていないので、何でその日に拘るのと尋ねると、平沢は私に向かって「2月5日は、小鳥遊が大金を持ったまま居なくなった事件があった日なんだ。僕も疑われて困っているんだ。何か証拠が欲しい」と説明しておりました。さらに平沢は「僕、思い出したんだけど2月5日はここに来ていたよね」と念を押すように言ってきました。それでも、私は2月5日のことを覚えていなかったので、覚えてないんだけどと応えると、「じゃ、その時、徳川さん居なかったんじゃない。でも、僕ここに顔出しているんだ」と慌てた様子で2月5日のことに拘っておりました。これまでこのような平沢の慌てようは見たことがなく、かなり困っているという印象を受けました。私が2月5日のことを覚えていないことを感じ取ると、平沢は、これまで小鳥遊とアクアスタジオで二人きりで会っていた事に話題を変えてしまい、私に「知っているよね、小鳥遊がアクアスタジオに来た時、僕と小鳥遊はお客と証券マンの間柄で、ヒソヒソ話や怪しまれるような行動はしていないよね」と言ったのです。この時、本当は、平沢は小鳥遊さんとミーティングルームを使ってヒソヒソ話をしているのをこれまで何度も見ていたので、違うと言い返したかったのですが、平沢があまりにも平沢の言う通りの答えを求めていたので、つい、そうだねと相槌を打ってしまいました。そうしたところ、平沢はホッとした表情になって「じゃあ、もし警察に聞かれたら、小鳥遊と僕が話している時、徳川さんも加わっていたことにしてくれる」と頼み、私に、警察に事情を聞かれた時にはヒソヒソ話をしていなかったと嘘の証言をしてほしいと頼んできたのです。私は、強盗殺人になるとは思ってもみなかったので、嫌と言えず、つい、分かったと承知してしまったのです。

私は、平沢が言っている2月5日のことが気になって、秘書室に戻りマッキントッシュのパソコンを叩き今年2月のスケジュール表の画面を出してみました。私がパソコンに入力してある2月のスケジュール表の画面を出したのは、そのころ既に会社を辞めていた平沢には関係ないことですが、私自身の2月5日のことを思い出す手がかりが欲しかったからです。平沢が働いていた当時は手書きのスケジュール表だったので、平沢は「この中に僕の名前を埋め込むことできる」と尋ねました。私は可能であったことから、出来ますよと答えたところ、平沢は「コピーすること出来る」と聞いたので、何日の日と聞くと、平沢は「1月から3月までのスケジュールを全てコピーしてくれ」と頼むので、今年1月から3月までのスケジュール表3枚をコピーして渡しました。この時、私は働いてもいない会社のスケジュール表が何で必要だろうと思って、何でコピーが必要なのと尋ねると、平沢は「僕も1月から3月までのことが分からなくて、昔の事を思い出したくて必要だ」とチンプンカンプンなことを言っていました。

31 放漫経営で会社を倒産させる

長田今朝夫（46歳）は、法政大学在学中の昭和47年4月から神戸市長田区所在の株式会社パンダ商事に入社し経理課員として勤務していた。会社は合成皮革婦人靴製造販売を業としており、昭和55年ごろ社長が細川茂雄さんに交代した。長田は、昭和63年12月に一身上の理由で退社した。

パンダ商事には、従業員が30名くらいおり、東京、フランス、パリ等で流行したり、その兆しのある靴を製造販売することが中心でした。しかし、会社としては、オリジナリティの低価格の婦人靴を販売したいという願望と、またそれには、東京に進出して足場を固めたいという意向がありました。

このような情勢の中、昭和60年ごろ「**今度、東京で婦人靴のデザインを手がけている平沢彰という人と一緒に東京で会社を設立して商売する**」ことが役員会に諮られ、東京進出が決まったのです。この時、細川社長の平沢に関する話では、「**高校卒業後、フランスの国立美術学校で絵の勉強をしていて、東京の婦人服メーカーのデザインをしている者**」と説明があったように記憶しております。当時、私はパンダ商事の経理課員として細川社長から、東京の会社設立の準備金や資本金を送金するように指示され順次送金しております。東京に設立する会社は、細川社長と平沢さんが話し合って決めたのです。

本　社　港区麻布台3－○－○　飯倉カムフィーホームズ1階
屋　号　株式会社ナイスインターナショナル
資本金　2千万円
設　立　昭和60年4月23日
役　員　代表取締役　平沢　彰
　　　　代表取締役　細川茂雄
　　　　取　締　役　向田幸彦
　　　　監　査　役　長田今朝夫

等でした。向田取締役は、パンダ商事の得意先でパンダ商事に出資している共同経営者です。ナイスインターナショナルの実質的な経営者は、細川社長と平沢さんでした。同社は、設立当時から婦人靴の卸を目的としていたので、ショールームはありましたが、一般の小売りはせず小売店のバイヤー相手の商談場所として使われていました。

私がパンダ商事の経理課員としてナイスインターナショナルや平沢彰の取引口座に資金を送金したのは、当時パンダ商事の取引銀行からナイスインターナショナルや平沢彰の口座に送金するパターンで、送金する時は細川社長の指示に基づいております。

第一勧業銀行原宿支店の平沢彰名義普通口座に

昭和60年3月8日　　１２０万円
昭和60年3月29日　　50万円
昭和60年4月6日　　３８２万６３００円
昭和60年4月20日　　１００万円

住友銀行青山支店のナイスインターナショナル名義の普通口座に

昭和60年4月23日　　2千万円

東京三菱銀行代々木上原支店のナイスインターナショナル名義の普通口座に

昭和62年10月2日　　３６０万円
昭和62年10月30日　　１４８万７７０８円
昭和62年11月26日　　１２００万円
昭和62年11月27日　　94万９６３２円

が振り込まれております。これとは逆に、

住友銀行青山支店ナイスインターナショナル口座から第一勧業銀行長田支店パンダ商事名義当座預金に

昭和60年5月17日　1004万4500円
昭和62年4月17日　200万円
昭和62年5月20日　100万円
昭和62年7月17日　100万円

が振り込まれておりますが、その経緯は、最初の1004万4500円は、設立資金として2千万円を振り込んだ後、パンダ商事の資金繰りのため送金させたものです。なお、ナイスインターナショナルには、パンダ商事から婦人靴の商品で約1千万円か2千万円が売り上げとして発送され一部売掛金として残っていたのですが、帳簿がないので詳しくは分かりません。

パンダ商事からナイスインターナショナルの口座に振り込み送金したのは、昭和60年3月8日から昭和62年11月27日まで9回に亘り「**合計4456万3640円**」となり、ナイスインターナショナルからパンダ商事に返済されたのは、昭和60年5月17日から昭和62年7月17日まで4回に亘り「**合計1404万4500円**」となります。

32　ナイスインターナショナルをプリズムに社名変更

鶴田陽三（49歳）は、昭和56年、株式会社アルコの協力で原宿に一軒屋を借りて株式会社クリエイトサンプリング（サンプル制作会社）を設立した。

1年くらい後の昭和57年3月ごろ、元同僚の多久義彦が、デザイン関係の仕事をするから2階に部屋が空いていたら貸してほしいと訪ねてきました。多久はテキスタイルの会社を始め、その時、デザイナー平沢彰を紹介されました。多久は、2〜3カ月後に別の物件が見つかったらしく2階から出ていきました。その後、平沢が私の会社に顔を出すようになり付き合うようになりました。平沢は昭和57年7月ごろ、洋服屋を始めたらしく、私の会社に「サンプルを作ってくれ」とサンプルの注文にきました。この時、彼の依頼どおりサンプルを10点くらい作り西麻布1丁目の会社に届けてやったことがあります。その後7年くらい音沙汰はありませんでした。

平成元年6月ごろ、平沢から突然「何かいい仕事ないですか」と電話が掛かってきました。私は、この当時サンプル会社をやっており、仕事も順調で業界にも名が売れる程になっていたので、それを聞きつけて私の所に仕事を頼みに来たのだと思いました。当時、ニチメンホットラインの元社長の楢崎さんが、ある事情で私の会社に間借りしていた関係で、平沢のことを楢崎さんに話し紹介したのです。楢崎さんは、アクアスタジオの御厨社長と面識があり、親しかったらしく、平沢をアクアスタジオの御厨社長に紹介する段取りになったのです。そして、楢崎さんが平沢を御厨社長に引き合わせ、平沢はアクアスタジオで働くようになったのです。この件が縁で私もアクアスタジオの御厨社長と知り合いになりました。

次に平沢と株式会社ナイスインターナショナルを設立した経緯について話します。平成2年ごろ私が経営していたサンプル会社を他社と合併し事業の拡大を狙ったのですが、結局、吸収されてしまい自分の会社を手放すことになったのです。その後、平成3年8月ごろまで小金井の自宅でサンプルを扱う仕事をしておりました。しかし、私もこのままでは生活も厳しいことから、もう一度会社を興して再起を図ろうと思って休眠会社を探していたのです。

平成3年10月ごろ、平沢から「私が以前やっていたナイスインターナショナルという会社が休眠状態のままになっている。二人で興してみませんか」と持ちかけられました。私は、会社を手放し金もなかったことから、資本金を出さずに会社を興すことが出来れば、こんなに良い話はないと思い、平沢と二人で会社を興すことに同意したのです。私達は取り敢えず、事業年度の納税滞納分15万円を税務署に払い、役員登記変更届を出し会社を興したのです。この時の役員は、「**代表取締役：平沢彰、取締役：鶴田陽三、取締役：平沢典子、取締役：鶴田なおみ、監査役：松田三夫**」の5名でした。会社は興しただけで、私と平沢は別々の仕事をしておりました。平成5年6月ごろ、御厨社長の了解を得たから、アクアスタジオの2階の部屋にナイスインターナショナルの事務所を置き本格的な経営を始めようという話になりました。この時、平沢は諏訪淑子、中村益義の三人でラベンダーを下北沢2丁目に設立して、化粧品雑貨店をやっておりました。その後、平沢は社名をナイスインターナショナルからプリズムに変更してイメージチェンジを図ろうと提案しました。私は、異議がなく平成6年3月1日付で社名の商号変更及び役員の変更登記を行ったのです。社名は株式会社プリズムに変更し、役員は「**代表取締役：平沢彰、代表取締役：鶴田陽三、取締役：井深尋、監査役：野中毅郎**」の4人に変更しました。この役員の井深については、平沢がアクアスタジオの社員で外注スタッフだった関係で参加させたもので、役員といっても登記上の役員であり、仕事はしていないし、勿論、役員報酬は支払っておりません。

プリズムに商号変更してからの業務は、ラベンダー事業部とナイスインターナショナル事業部に分け、株式会社プリズムとして再スタートしております。私は、アクアスタジオの2階でナイスインターナショナルの仕事を一人でやり、平沢はラベンダー事業部の仕事を仕切っておりました。事業部を分けた理由は、私の方から平沢に決算時に独立採算制にしようと持ちかけ事業部制にしたのです。その理由は、私の会社の経理を担当していた税理士にラベンダーの決算資料が滅茶苦茶だから、事業部制にして独立採算にした方がいいとアドバイスを受けていたからです。

約1年半は、この状態で経営してきましたが、平沢に、ラベンダーの経営状態が苦しくなり、出資者の諏訪淑子が店を辞めたいと言っていると打ち明けられました。そして、ラベンダーを辞めると同時にプリズムの経営も手を引きたいと言い出し、鶴田さんが会社を続けたいのであれば、３００万円で買い取ってほしいと要求してきました。私は、急に会社を辞めるわけにもいかないので３００万円で会社を買い取ることに同意したのです。但し買い取りに当たって平沢と話し合って、

ア　債権債務は各事業部ごとに精算する。
イ　保証金については全額諏訪淑子に返済すること。
ウ　ラベンダー事業部は、平成7年3月31日をもって閉鎖すること。
エ　今後一切、株式会社プリズムとしての取引は行わないこと。

という内容の合意書を取り交わしたのです。その後、アクアスタジオを出て神宮前に事務所を移して独立して経営を始めたのです。私達が共同経営していた間、平沢に役員報酬は一切支払っておりません。

次に、今回の被害者である小鳥遊優について話します。私が、小鳥遊と初めて会ったのは、アクアスタジオの2階で仕事を始めてしばらくした平成6年4月ごろだったと思います。平沢から事務所で「平成証券の小鳥遊さんです」と紹介されました。その後、小鳥遊と、アクアスタジオで会ったことはあまりありません。平沢に誘われてお茶飲みや、食事に行った場所に小鳥遊がいたことが3回くらいありました。

1回目は、平成6年5月ごろ、平沢に誘われて渋谷区桜ヶ丘のヒルポートホテル2階にある喫茶店「ボンボヤージュ」にお茶飲みに行った時に、小鳥遊が先に来て待っており、3人でお茶を飲んだことがあります。この時、平沢は小鳥遊と会う話は何もしておりませんでしたが、二人の会話から待ち合わせしていた感じでした。二人の会話内容は覚えておりませんが、小鳥遊が「20×30㎝大くらいで厚さ3㎝くらいの青色封筒」を手渡したの

を覚えております。この時、私は、封筒の大きさ、厚さから判断して札束だと思いました。小鳥遊は、何も説明しないで封筒を渡しましたが、平沢は予め分かっているような感じでした。この時の会話内容はよく覚えておりませんが、生命保険の話になったのが印象的でした。小鳥遊が私に「現在保険に入っていないのであれば、知り合いの保険屋を紹介します。生命保険に入っていれば後で融資を受けられるメリットがある」というような内容でした。私は、この時、平沢は私が生命保険に未加入であることを知っていたので、小鳥遊は私に保険の勧誘をしたのではないかと思いました。私達は、喫茶店に30分くらいいて別れました。

2回目は、2週間くらい後に「今、日本生命の人を、先日のホテルに連れて来ております」と電話があり、一人で会いに行くと、小鳥遊が日本生命の女性と待っており、その女性から生命保険の詳しい説明を受け、後日加入することを決めて別れております。

3回目は、その3カ月くらい後に会社が終わった後で平沢に食事に誘われて、平沢の車で途中渋谷駅付近で小鳥遊を拾い3人で環七沿いの駒沢陸橋付近にあるステーキレストランに行ったのです。この時、特別変わった話は出なかったのですが、小鳥遊が大ジョッキで生ビール2~3杯を飲んだ後、酔っ払っていたのか知れませんが人間が豹変したようになったのです。昼間と違い自信に満ちたような態度になり、会社に対する不満や金儲けをしたような話になったのです。この時、私は、小鳥遊という人は酒を飲むと人間が変わりブローカーみたいになる男だという印象を持ちました。

平沢の言動及び性格について話します。平沢は、私と出会った当時は純朴でユーモアのある人間でした。しかし、私と付き合いがなくなるころになると、御厨社長の悪口を言ったり、社員の悪口を言ったりするようになり人が変わってしまいました。平沢が私に対して真面目に接していて、彼を信用していたことは事実です。しかし、アクアスタジオでの評判は悪く、辞めていく社員も引き継ぎに「平沢には気をつけろ」と言い残したと聞いております。

33 来年は働かないつもり

御厨啓三（49）は、株式会社アクアスタジオという商品などの企画をする会社の代表取締役をしている。

以前、私共の会社で働いたことのある平沢彰のことについてお話しします。平沢から聞いた彼の経歴は「**フランスで絵の勉強をしていて、フランスの自動車メーカー『ルノー』のデザイナーをしていた**」「**フランスの服飾デザイナー、ジャンポール・ゴルチエとオンワード樫山の間に入って代理人のようなことをやっていた**」「**父は小学校の教師である**」等と話しておりました。平沢からこの話を聞いた時は、金回りの良さを現実に見ているし、淡々とした口調から特に不審にも思わず信用していました。

平沢が最初に私の会社に現れたころの平成2年から同5年ごろ迄の間には、コンセプターのはしりとして、私はテレビ番組数本に審査員として出演していたもので、平成2年に平沢が私の所に働きたいと来た時には、私はコンセプターとして知られた「御厨啓三」の下で仕事がしたいのだなと思っていました。

私の知る限り平沢は、常に金回りが良かったと深く印象に残っています。平沢は、最初メガヘルツを辞めた平成3年ごろ、確かそれまで乗っていたホンダ・シビックからポルシェに乗り換え、その後平成6年から8年にかけて、ホンダ・ホライゾン、ユーノス、シボレー・タホと次々に車を所有していました。

また、土地、家屋は現在住んでいる葉山町の土地を坪120万円くらいで購入し、7千万～8千万円の家を建てて所有していました。この他、平成3年ごろ、一旦アクアスタジオを辞めて再び働くようになる平成5年6月ごろ迄の2年間、定職についていない様子で、時々アクアスタジオを訪れ遊びに来ておりました。デザイナーを職業とする人には、実際何人かの資産家がおり、ブラブラ遊びながらデザイナーの仕事をしている人を知っているので平沢の金回りの良さに違和感を覚えませんでした。株で運用し蓄財した話は最近になって知ったものです。

しかし、何年か前、北海道旭川の彼の実家に行った時、家は新しかったのですが、父親が小学校の教師ということを聞き、初めて平沢の金回りの良さを不思議に思ったのです。

私から見た平沢の性格は、第一に頭が良い男ということです。これは学問が出来るという意味ではなく、心理的に距離を置いて話をする、具体的に、これ以上話をして悪い場合は引いてみるとか考えながら話をするなど、非常に上手に話をするものを持っているという意味です。次に我慢強い部分もある性格ということです。

例えば、何か交渉をする時、相手と何時間も話し合って相手が音を上げるまで話をしたり、聞いたりする我慢強さがありました。更に、ある部分で綿密な計画を実行する性格を持ち合わせていることです。私が知る範囲では、女性を口説く時、具体的には本間律子さんを愛人にしようとした時、「有名なミュージシャン佐野元春から平沢彰に宛てた偽造の手紙」を彼女に示して自分を誇示するような行為を作為的に綿密にする等などです。平沢の虚言癖について、平沢は「日産のBe-1、ＰＡＯ、フィガロ等は平沢がデザインした」と吹聴していたことは、最近になって知りましたが、昭和61年にアクアスタジオでデザインコンセプトしたもので、平成2年にアクアスタジオに来た平沢がデザインしたというのは矛盾があります。

平沢を知ったのは、平成2年7月ごろ会社の関係で以前から交友のあった株式会社ニチメンホットラインの楢崎社長から、フランス帰りで面白い男がいるから会ってくれないかと頼まれました。その後数日して楢崎社長が会社に二人の男を連れてきました。一人は平沢彰でもう一人は鶴田陽三という男でした。鶴田は楢崎社長と仕事上の付き合いがあり、平沢は彼の知り合いでした。楢崎社長は平沢を「フランス帰りのデザイナーで御厨さんに興味があるから連れてきた」と紹介しました。この当時、会社には20名くらいのデザイナーやプランナーがおり、デザイナーとして雇う気はありませんでした。しかし、私の頭の中に、私の片腕となって金銭管理、人事管理をするマネージメント専門が必要だという考えが潜在的にありました。そして、その時、顔付き、態度等から直感的にマネージャーとして使えるのではないかと感じて、マネージャーとして働かせることにしたのです。マネージャーとしての具体的な仕事は、私と一緒に企業回りをして契約を取ることでした。平沢が働き始めて何日もしないうちに、他の社員達との折り合いが悪くなりました。その原因は、以前から社員に信望のあるマネージャーがいるのに、新人の平沢をいきなりマネージャーにしたことへの不満や、平沢が、自分はフランス帰りなので200万円くらいの給料を貰いたいと吹聴しており、他の社員の顰蹙を買ったのです。そこで私は、アクアスタジオの関連会社メガヘルツで働かせることにしたのです。メガヘルツは、他の広告会社、レコード会社と共同出資して設立した空間プロデュースの会社です。そのころ、メガヘルツは、中央区汐留の跡地に建てられたサントリービールの「ジアス館〔ビアーレストラン〕」営業中の時期でした。その後、サントリーのジアス館のプロジェクトが終了して間もなくの翌平成3年春ごろ採算が取れず閉鎖しております。そのころ、平沢はアクアスタジオに戻ってきましたが、他の社員との不仲が原因で自分から辞めております。その後平成5年6月ごろ、再度当社で働くようになりました。

私が代表取締役を務めている株式会社アクアスタジオで契約社員として働いていた平沢彰について、平沢が一旦退社した後、再度働くようになった平成5年6月ごろからの平沢の勤務状況について話します。平成5年に入り不景気のあおりを受けて当社の仕事も減ってきました。社員のリストラ等を断行したのですが、私は会社の経営状態を考慮して、以前当社に勤めていた当時からポルシェなどを乗り回しお金に困っていないように見えた平沢の資金力を期待して、資産を持っている平沢を加えれば資金繰りに困った時、何らかの資金援助をしてくれるだろうと考え、更にもう一つは平沢のマネージャーとしての手腕を認めていました。そこで、平沢に、給料が払えるかどうか分からないが月給50万円で仕事を手伝ってくれ、会社の資金が足りない時、契約相手から入金されるまでの間一時的に資金を立て替えてくれと言って、平沢の資金力を当てにして再びマネージャーとして入社してくれるように頼みました。その時、平沢に「会社の経理を全て君にまかせるよ」と言って会社の経理一切を任せる決心をしました。私としては「経営が苦しい会社を平沢に任せてしまいたい」という本音もありました。実際に平沢が、自分の資金を会社の為に立て替えていることを知っていたので、その行為に報いるため「株式会社アクアスタジオ代表取締役」の名刺を使用することを了承したのです。昨年11月ごろ、私は平沢を退職させた後、秘書の徳川を通じて、平沢の立替金を精算するように指示したところ、今年に入ってからの立替金が４８０万円あることが判りました。私と、徳川に払った給料以外は平沢のお金だと思います。その額ははっきりしませんが、数百万円になっていたと思います。

昨年10月ごろ、平沢はスケジュールに合わせて出勤して来なかったりしてマネージャーの仕事を一切やらなくなってしまいました。その原因は、本間律子さんとの恋愛が激しくなってきたのだと推測しております。去年11月に入ったころ、私の方から一方的に「もう来なくていい、私一人でやるから、終わりにしよう」と言って平沢を辞めさせました。私の言葉を聞いて平沢は何の反論もしないで、どういう意味か分かりませんが「来年は働かないつもりなんですよ」と言いました。私は、この時、蓄財した金がいっぱいあるんだなという程度にしか思っておりませんでした。

今年の4月か5月ごろ、当社に自動車製造販売事業の新規プロジェクトが持ち上がりました。去年11月、平沢を一方的に辞めさせてしまった経緯から、私の心の中で「あんな辞め方をさせてしまった。平沢は車が好きだから新規プロジェクトの外注スタッフとして組み入れてやろう」という気持ちが起こりました。新規プロジェクトは、財界人である株式会社コロナの三波社長の音頭で神戸市民と1千人くらいを雇用して市内に自動車会社を設立して、1年間に1万台の自動車を製造販売するという震災復興事業の中でアクアスタジオが企画部門に参加するものです。はっきりとした日時は忘れましたが、5月に入ってから平沢に電話したところ、平沢もこのプロジェクトに参加したいということになりました。5月29日になって平沢が会社に現れ、そのまま渋谷のコロナ本社に行き、この準備プロジェクトに加わりました。

今年の9月に入ってから私は当社で警察の係官から平沢の件で事情を聞かれました。その内容は、当社に出入りしていた小鳥遊という証券マンが大金を持ち逃げした事件があり、何年か前にも似たような事件があって平沢が両方に関与しているというものでした。私は警察の係官から聞いて驚愕し、社内か近くのレストランで平沢に事件の関与について問い質したところ、平沢は「昔も今回と同じような事件が起きて、その時僕はアイディアを与えてやった。馬鹿な野郎がいて本当にやっちゃったよ」と答え、昔の事件は関与していないが、シナリオを書いてやったようなことを言ってました。そして、今回の事件については「僕とは関係ない。無実だよ」と答えました。私が、無実であれば証明すればいいじゃないかと言うと、平沢は「自分に係わる人物はみんな行方不明になったり、連絡が取れなかったりして証明出来ないで困っている」と答えました。何年か前にも警察に呼ばれ事情聴取を受けたが、今回も無実だと強調しておりました。そして、私は、平沢が金回りの良いことについて、お前何でそんなに持っているんだと尋ねたところ、平沢は「20代の時に蓄財した、お金に困った事はない。その時の金を株などで資金運用して蓄財している」と答えました。私が、株で資金運用したなら銀行口座で証明すればいいじゃないかと言うと、平沢は「株の明細や銀行のデーターがないので警察の人を信用させることが出来ない」と答えて、普通であれば銀行口座を開けば簡単に証明できるのに不可解なことを言っておりました。そのころは平沢の言う事を信用して疑う気持ちはありませんでした。そこで、アクアスタジオの黒木顧問弁護士を紹介しました。

今回の被害者、小鳥遊優のことについて話します。私が小鳥遊と会ったのは去年の7月か8月ごろでした。確か会社に居た時、平沢と小鳥遊が一緒に会社にやって来ました。平沢は、会社に居た私の姿を見るなり少し慌てた様子で、バツが悪そうに「証券会社の小鳥遊さん」と紹介したように記憶しております。この時、平沢は「まさか、私が会社に居るとは思わず、偶然居たので慌てたふうで」私に対応出来ない様子でした。つまり、平沢は、私に内緒で会社で小鳥遊と会おうとしていたのだと思いました。その後、10月になって140名くらいの著名人を招待して「北海道の蟹パーティ」をやった時に、小鳥遊が来ていたことを秘書の徳川から聞いております。

34
クビになっちゃった

徳川直子（27歳）は、平成7年3月、株式会社アクアスタジオに入社した。彼女が入社した当時、平沢は会社のマネージャーとして働いていた。

マネージャーの仕事は、社長と一緒に企業を回り商品開発のプロジェクトの依頼を受け契約をしたり、会社の経理等をする仕事です。経理面では、会社の経理に関する出納や帳簿をつけたりすることですが、私が見る限り平沢は帳簿をつけず領収書だけを溜め込んでいました。会社の経理を依頼している唐津公認会計事務所が困るほど杜撰でした。昨年9月ごろから特に理由もなく会社を欠勤することが多くなり、同年11月に社長が退任させた経緯があります。私が平沢と一緒に仕事したのは、昨年3月ごろから同じ年の11月ごろ迄の間です。その間、平沢が親しく付き合っていた人達について話します。平沢は、今回の事件で被害者になった小鳥遊さんと非常に親密な関係にあったと思います。小鳥遊さんは私が入社する前からアクアスタジオに平沢と一緒に出入りしていた人で証券会社の社員であることは知っていました。社内で小鳥遊さんを昨年9月ごろから11月ごろ迄の間に毎月2〜3回は見ております。小鳥遊さんが平沢を訪ねて来た時、二人で1階のミーティングルームで何かヒソヒソ話をしていて、私がお茶を持って行くと二人は急に話を止め、お茶を出した後また話し始めるなど、私に話を聞かれないようにしていました。私は、その時、小鳥遊さんが証券マンなので、株の話でもしているのだろうと思っていました。小鳥遊さんがアクアスタジオに来る時は、大体背広にネクタイ姿でした。小鳥遊さんが来る時は、必ずと言っていいほど御厨社長が不在の時でした。小鳥遊さんは歩いてアクアスタジオに来て、二人きりで5分くらいミーティングルームで話してから平沢の車で出かけており、何か会社が二人の待ち合わせ場所のような感じでした。平沢さんの愛人、本間律子さんについて話します。平沢さんは、葉山町に奥さんと子供がいる一方で、本間律子さんと親しく付き合って愛人関係にありました。昨年6月ごろ平沢さんから「好きな人ができた」と聞いて、私がどんな人と尋ねると、「ラベンダーという店でアルバイトしている子だ」と教えてくれました。その後、当社の「七夕の会パーティ」に出席する途中、会社に立ち寄った時に紹介され、この時、初めて本間さんを知りました。そのころ、平沢さんが「株式会社アクアスタジオ　本間律子」という名刺を勝手に作っていました。後で判ったことですが、平沢さんは本間さんに自分の金を給料と偽って渡しておりました。彼女は「平沢さんは奥さんと6月1日に離婚届をだしている。奥さんは鎌倉の方に住んでいる。だから私達は結婚できる」と喜んでいました。その後、10月5日、会社のミーティングルームや庭を使って北海道の蟹パーティを開いた時、その前日に彼女を連れて来てパーティの準備の手伝いをさせていました。

10月5日のパーティを境にして平沢は頻繁に仕事をすっぽかし始めました。このような状況が続き、私は見かねて10月下旬ごろ、御厨社長に対し「会社を立て直そうとしている矢先、相手（企業）から信用されないような行動は困ります」と意見を述べました。社長も「そうだね。仕事より女の方が楽しいね」と言って、諦めていた様子でした。そして、11月中旬ごろ社長と二人で昼の中華ランチを食べに行った後で、平沢は私に「クビになっちゃった。景気悪いからな、これから御厨さん一人でやるんだって、徳川さんも一緒にクビだってよ」とふて腐れた様子でした。

平成7年10月31日午後1時ごろ、当時会社の経理面もやっていた平沢が1階の秘書室に入ってきました。暫くして小鳥遊さんがやってきました。平沢は小鳥遊さんの顔を見るなり、セカンドバッグを私の机の上に置いて隣のミーティングルームに二人で入って行きました。10分くらい経ってから平沢が秘書室に戻って来て、「徳川さん、あんた、大金持ったことないでしょう」と言いながら、10×17×20㎝大くらいの封筒を私に手渡しました。その封筒は白地にグリーンの柄が入ったもので、私が封筒を受け取って中を見ると、1万円札ばかりの帯封がされた百万円の束が5個横に重なっていました。この現金について平沢に尋ねたところ、「支払いがあるから

1日だけ預かってくれ」と言われたので、一旦預かりました。翌日、平沢が「昨日のお金ちょっと出してくれる」と言ったので、現金の入った封筒を差し出すと、30万円を数えて、先に取り出した200万円と合わせて230万円を差し出しました。平沢は「支払いがあるだろうから、この金で払い込んでくれ」と言い残して、残り270万円は封筒に入れて持って行きました。この日付は翌日、タクシーで支払いに回りその領収証が11月1日になっているので10月31日に間違いありません。

35　我々は固い絆で結ばれている　君をリッチにしてやるよ

堀内隆治（38歳）は、昭和52年山梨県甲府市内の高校を卒業し、ホンダ技研に一時就職したが、オートバイ好きだったこともあって、東京都内のオートバイ販売店や甲府市内のオートバイ販売店で働くなどして、平成5年12月から保険の代理店業をするとともに、その傍ら自動車整備のアルバイトもしている。

平沢彰と知り合いになったのは、昭和60年3月以降のことです。私のオートバイ仲間が死んだのが昭和60年1月で、その年ということで覚えております。当時、私は、「久保モータース」というオートバイの販売修理店の手伝いをしていて、久保モータースのオートバイを展示してあった所が、東京都港区麻布台の飯倉交差点にあった喫茶店「ライダーズサロン風靡」の店先や店内だったのです。平沢は、その近くにあった「ナイスインターナショナル」という靴関係の会社の代表をしていて「ライダーズサロン風靡」によく出入りしておりました。平沢もオートバイが大好きであったことから、すぐに友達になり、私もナイスインターナショナルの事務所に遊びに行ったり、平沢を含めたナイスインターナショナルの社員達とオートバイでツーリングしたりしました。

平沢は、知り合った初めのころは、オートバイ以外に、700万円でドイツ大使館員から買ったというブルーメタリックのポルシェに乗っておりましたが、昭和63年秋ごろからは、ホンダ・レジェンドを乗り回しておりました。

当時、平沢が付き合っていた女性は、「菊地清子」というスタイリストをしている人でした。平沢は「僕の彼女が」と言って、私に髪の長い、160㎝くらいのスラッとした美人の女性を紹介してくれました。後で、私が、「奥さんがいるのに彼女がいていいの」と言うと、平沢はニヤッと笑っていました。平沢は、その菊地さんという女性に50万円で新車のオートバイを買ってやったことがあります。平沢は自分のことを「フランスの美術大学を出ている。ルノーに何年か勤めていて、車のデザインをしていた。メンズビギというブランドの服飾デザイナーをやっていた。歌手の白井貴子のマネージャーをしている」と言っておりました。白井貴子のことについては、平沢は「プロダクションの事務所の方から、中村あゆみと白井貴子とどちらのマネージャーをするかと言われて、白井貴子をとったけど、中村あゆみの方が売れて失敗した」と言っており、「白井貴子」のマネージャーという肩書のある名刺をもらったことがありました。当時は平沢を信用しておりましたが……。

また、平沢がフランスに行っていたことについては、ナイスインターナショナルに遊びに来る家具屋のイタリア人がいたのですが、そのイタリア人と平沢が外国語で話していたので、私が平沢はイタリア語も話せるのかと思ったところ、平沢が「相手がフランス語を話せる人だからフランス語で話していた」と言うので、フランス語を話すことができ、やっぱりフランスに行っていたのは、本当のことだと思いました。

平沢の当時の仕事については「婦人靴のデザイナーをしている。自分がデザインした靴を売るための会社がナイスインターナショナルで、自分がその代表をしている」と言っておりました。そのナイスインターナショナルは、飯倉にあるマンションの1階にあり、平沢と知り合った関係で、私もナイスインターナショナルの事務所に出入りしていて、そこの社員の丸金さんや後藤さんと知り合いになり、丸金さんや後藤さん達ともツーリングをしたこともありました。そのころの平沢の友人には「ライダーズサロン風靡」に出入りしていた「金本巌」という朝鮮の人がいました。また、「ライダーズサロン風靡」の店長をしていた星野さんも平沢の友人の一人でした。そのころ、オートバイのことで気の合った平沢は、私に「オートバイの販売店でもやろうか」と持ちかけたことがありました。それで、平沢と私は、色々計画を練ってみましたが、平沢が一生懸命に利益率や販売方法を研究してくれたものの、私の方が金銭的な資金力や経営的な手腕がなかったことから、私自身が乗り気になれなくて、結局、この話はボツになってしまいました。

私は、平沢と知り合って1年くらいした昭和61年4月初めごろ、平沢から現金８００万円を借りたことがあります。これは、私の知り合いから、赤坂でゲーム喫茶をやらないかと誘われ、その資金として1千万円あれば足りると聞いていたことから、平沢に「金を貸してくれ。ゲーム喫茶を開きたい。ゲーム喫茶の売り上げが上がればリベートを出すことができる」と言って、平沢から８００万円借りたのです。平沢は、この８００万円について「東京銀行で支店長決裁で借りた金だからなるべく早く返してくれ」と言っておりました。不足の２００万円については、平沢から、私をナイスインターナショナルの社員ということにして、給料明細書を作ってもらい、さらに、金を借りるために積立の定期預金が必要ということで、第一勧業銀行飯倉支店に月額５０００円の積立定期預金の口座も平沢に頼んで開いてもらいました。その第一勧業銀行飯倉支店から、私が２００万円を借りました。ゲーム喫茶を始めて、初日は客も大入りで50万円くらいの売り上げがあったのですが、その次の日から30万円、20万円、10万円と日が経つに連れて売り上げが伸びず、地元のヤクザにカスリ（上前をはねる）15万円を取られたり、ゲーム機の基盤の取り換え、客の飲食代金の支払いなどで3週間くらいで運転資金も底をついてしまいました。またこの間、３人いた従業員のうち一人は先に辞めると言ったのです。その従業員には退職金として少し払ったものの他の二人の従業員には給料も払えない状態でした。そこで、私は平沢から金を借りようと思ってナイスインターナショナルに行ったのですが、「イタリアへ出張中」ということで会う事はできませんでした。その夜、等々力の平沢の家に行き奥さんに借金を申し込んだのです。すると、奥さんは「直ぐ用意することはできない。貯金の500円玉しかない」と言って部屋の奥に行き、「広告紙に棒のように包んだ長さ25～30㎝くらいの棒状のもの1本」を持ってきて玄関先で、「10万円くらいある」と言って貸してくれたのです。私は、棒状に包まれていた500円玉10万円くらいを一人の従業員に払ったのです。もう一人の従業員には、後で必ず払うからと我慢してもらっていたのです。

結局、私は、ゲーム喫茶を仲介した者は暴力団関係者で、この男と暴力団員風の男に脅されて怖くなり、店の譲渡書にサインし印鑑を押す羽目になってしまいました。そして、東京サミットがあったその年の5月中旬ごろ、「恐ろしい東京から逃げる」ようにして山梨へ帰りました。

平沢から借りた800万円については、帰郷後の昭和61年5月ごろ、実兄の名前で100万円借りて、直接、ナイスインターナショナルの飯倉の事務所まで行って平沢に手渡しして返しました。

翌年昭和62年秋ごろ、甲府商工信用金庫南西支店で700万円借りて、三菱銀行代々木上原支店のナイスインターナショナル代表取締役平沢彰名義の口座に振り込み送金して残金を返済しております。その日付が昭和62年10月19日であることは警察の方に調べてもらっております。

次に、私が知っている平沢の株や商品取引についてお話しします。私は昭和61年5月に山梨に帰った後も、平沢とはオートバイ仲間として付き合っておりました。時々、平沢と電話したり、平沢のいる東京に出向いたこともありました。昭和62年の秋ごろで、私が平沢に700万円を返済する前でしたが、電話で平沢が、「僕は、今、株をやっているんだ」と言ったのを聞いており、このとき、初めて平沢が株をやっているということを知りました。それまでは、平沢との会話の中で株の話が出たことはありませんでした。その後、商品先物取引もやっているようなことを聞きましたが、平沢からは「そんなに多くの額の商品先物をやっているわけではない」と聞いております。商品先物取引で平沢が儲けた話を一つ覚えております。それは、平成元年になってからだと思いますが、平沢から「砂糖の先物取引にわずかな金を投資したことがある。それが大きくなって80万円くらいの儲けが付いて返ってきた」ということを聞かされた記憶があります。この話より大きな儲けの話を平沢がしていたという覚えはありません。その他、時期まではよく覚えていませんが、「俺の友達は、株に１００万円投資して、1億儲けたことがある」などと言っていたのを聞かされたことがあります。このように平沢からは、平沢以外の人が1億の金を儲けたという話は何度か聞いたことがありますが、平沢は自分自身がどれくらい儲けているのかということは殆ど言わないのです。それで、私が「平沢さんはどれくらい儲けたの」と聞くと、平沢はいつも話をはぐらかして教えてくれないのです。これまで、平沢が言う株の銘柄のいくつかについて、新聞の株式欄をよく見るのですが、値下がりしているように見えましたので、本当に儲かっているのかと疑問に思ったこともあります。平沢が株をやり始めたという話を聞いて間もなくのころ、平沢から「お前も株やらないか」と誘われて、平沢の話に乗って、平沢に80万円送金して投資してもらったことがあります。警察の方の調べで、昭和62年11月17日に私の名前で三菱銀行の野村證券の口座で、その口座の中の「ヒラサワアキラ」宛に80万円送金されていると聞いておりますが、その80万円の送金は、私が平沢の誘いに乗って株投資のために送金したものに間違いありません。平沢から最初に勧められた銘柄は〈合同製鋼〉という会社の株で、私の記憶では2〜3週間で5万円くらいの儲けが出たはずです。当時、平沢から電話で「5万円儲けたけど、手数料引くと3万円くらいしか残らない」と言われた記憶があります。それで、引き続き、平沢の勧めに従って株に投資することにしましたが、次に平沢が勧めた銘柄は〈アラヤ工業〉という株で、平沢は「大証一部上場で車輪のリムを作っている。アラヤ工業が値上がりしそうだからやったらどうか。必ず儲かるよ」と言ってきたのです。アラヤ工業の株は、その後、平沢からの電話連絡で「2〜3週間後に急上昇して20万〜30万円の利益が出た」と聞いております。その元金と利益については、そのまま平沢に預けておりましたが、その利益分で「サバンナＲＸ７」という中古の車を25万円で売ってもらったり、私が、前に、第一勧業銀行飯倉支店で借りていた２００万円の借金の一部に十数万円を充ててもらいました。元金については、30万円くらい残ったはずですが、平沢は「〈何とか汽船〉という1千株で

30万円くらいの株を買うのに回した」と言っておりました。

その後の運用がどうなったかについては、よく覚えていませんが、平成元年の春から夏の間ごろは「〈ナビックスライン〉という東証一部上場の商船会社の株を1000株買ってある」と言われております。その後付き合いをやめたのでどうなっているのか分かりません。

私が、平沢の誘いに乗って、平沢に送金していたころ、平沢は、ナイスインターナショナルの事務所を飯倉から代々木上原のマンションに移していました。昭和62年12月中旬ごろ、私は、オートバイの仕事の関係で上京し、その時、代々木上原駅前のナイスインターナショナルの事務所に立ち寄っております。この事務所には、他の社員は全て退職しており、平沢一人しかいなくて、机の上には、株の情報紙が置いてあり、平沢が株の新聞を見ながら、電話をオンフックにして、電話機のスピーカーから流れてくる株の情報を聞いておりました。平沢が電話する際に、プッシュホンのボタンを押すのを見ましたが、電話番号の頭が「06」で始まる電話番号だったので、つなぎっ放しにしていると金がかかるなと思いました。電話から流れる声を聞いていると、投資顧問会社の情報のようで、関西弁で話しているのが聞こえました。このとき、平沢は〈NTT〉の株を買ったようなことを言っていたような記憶があります。

兎に角、平沢は、靴関係の仕事というよりも株の勉強ばかりしているように見えました。この日、平沢から、クリスマスプレゼント用のアクセサリー2~3個をもらって帰りました。

次に平沢の代々木上原の事務所を訪ねたのは、昭和63年の春と夏の間ごろだったと思います。平沢が事務所の机をくれると言うので、その机を取りに行ったのです。このときまでに、平沢からは「東日本建設の社長の弟を知っている。その人から株の情報が入ってくる」と聞かされたり、「リズム時計や色々の株を買った資金は信販会社などのノンバンクから借りたけど、それでも利益が出る」というようなことを言っていて、「会社をやるより株の方が儲かる」などということを言っておりました。

　このころ、平沢は靴の業界誌の表紙のデザインをやっているという話は聞いていますが、ナイスインターナショナルの方の靴のデザインや販売は全くやっていないように思いました。相変わらず、平沢から具体的な儲けの数字を聞き出すことはできませんが、株や先物取引で損をしたという話も聞きませんでした。平沢は「ナイスインターナショナルの取引先が金を払ってくれなかったんだ。1億円くらいあった。それでポルシェを売ったり、スポーツの会員権を売ったり、色々やって何とか始末したんだ」と言っていたのです。いつごろ、どのような理由で1億円もの焦げ付きが生じたのか詳しいことは聞いていません。

　私は、昭和63年秋ごろ、当時、平沢が住んでいた等々力のマンションに遊びに行ったことがありました。このとき、平沢の奥さんにも会いましたが、奥さんのお腹は相当大きくなっていて、妊娠中であることが分かりました。このとき、平沢は、悪い方法で金儲けすることばかり考えていたように思いました。平沢は「無線雑誌に、自動販売機から釣り銭を盗むという記事があるが、どんな方法で盗むのかな」とか、「株の情報を得るために盗聴するという方法はないか」などと、犯罪になるような方法で金を手に入れるような話ばかりしておりました。このようなことを話しているうちに、平沢は「堀内君とは親友だ。固い結束がある」というようなことを話の随所にちりばめて話し、ついには「君をリッチにさせてやるよ」という殺し文句を言ってきたのです。この一連の話を聞いて、当時の私は、平沢との間で固い友情で結ばれていて、平沢のことを兄貴のように慕い、平沢の言うことならば何でもやってあげたいと思うくらい感動していました。その日、私は、平沢に対する厚い友情を感じながら山梨に帰りました。

　ところが、それから1年くらい経った平成元年の夏ごろ、テレビで『ウォール街』という映画を観ていて愕然としました。この映画は、マイケル・ダグラスという男優が仕手株のボス役を演じていて、共演はチャーリー・シーンで証券マンを演じていました。ストーリーは、仕手株のボスが、証券マンに裏情報を流すように仕向けて、そのボスは大儲けするのですが、それが犯罪であることが明るみになった時点で、ボスは身を引いてしまい、必然的に証券マンが罪を被る形になるというものでした。その中で、仕手株のボスが証券マンを誘い込んでは信用させるために言った言葉が、「我々は同志だから、固い結束がある、君をリッチにしてやるよ」という決めの台詞で、これは、私が、平沢の等々力のマンションに遊びに行った時に言われた言葉と全く同じ台詞だったのです。私は、『ウォール街』という映画で観たとおりの言葉を平沢から言われ、結局、平沢のことを兄のように慕い、本当に平沢のために何でもやってやろうという気持ちになってしまったということは、つまり、私がチャーリー・シーンが演じた証券マンみたいな立場に立たされていることだと思うようになりました。そして、このまま平沢と付き合えば、平沢のために何か悪いことをさせられて、その罪を最後には私に被らせられるんだと思うようになりました。そう思うと、一気に、平沢が信用できない人物になってしまい、その後、平沢から「会おう」という誘いの電話があったのですが、「もういいです」と応えて一方的に電話を切ってしまいました。それ以降、音信不通です。

36

人相が激変していた

菊地清子（36歳）は熊本県出身で、現在アメリカ合衆国ニューヨーク市に在住し会社員をしている。

昭和57～58年ごろ東京でスタイリストの仕事をしていました。その際、業者から洋服や靴などの貸し出しを受けて仕事をしていました。SUカンパニーのベイサージュという靴の評判がよかったので、同僚に店に連れて行ってもらい、店にいた平沢彰を紹介されました。以後、仕事に使用する靴の貸し出しを受けるため平沢の店に出入りするようになりました。平沢の店には、2～3カ月に1回くらいの割合で行き、スパゲティなどの食事をご馳走になるなど親切にしてもらいました。

昭和60年ごろから平沢の「飾り気のない性格、やさしさ、アーティストな面」などに惹かれて肉体関係をもつようになりました。当時の平沢の話では**「祖父が旭川の裏ヤクザ者で、父は教師をやり、母は看護婦をしている」「平沢はフランスパリの美術大学に留学した。そのとき、フランス人の恋人ができたが死んでしまった」「大学を辞めて車のルノーに勤めていたが、両親の願いで帰国した」**などと言っておりました。昭和60年ごろから1年間くらい付き合っていました。そのころ、二人きりで、バイクで箱根や伊豆そして河口湖などに連れて行ってもらいました。時々、ナイスインターナショナルの社員などとツーリングに行くこともありました。

昭和60年ごろには、京都の木屋町や、神戸へ靴の仕入れにも一緒に行きましたが、有名なホテルなどに宿泊することなく、質素なホテルを利用し、食事も贅沢でなく、お金もある様子ではありませんでした。

平沢は、独身だと言っていたので、私の部屋に呼び手作りの食事をご馳走したこともありました。このような交際を続けていましたが、1年経ったころ、事務所に行った時、机の上に平沢の自動車運転免許証があり、世田谷区等々力……と分かったので、平沢の自宅を訪ねました。住所地に行ってみるとドイツ大使館の知人から安く買ったと言っていたポルシェがあり、ドアをノックすると平沢の妻が出て来たので驚きました。平沢も部屋の奥から出て来て、外で話し合いました。奥さんがいるのに独身だと嘘をついていたことを詰問すると、「実は女房の親もヤクザの親分でフランスから帰国後ヤクザの義理で結婚した」と弁解しておりました。私は、騙されたと気付き友達に相談しましたが、私にしてみれば、〈別れたい〉と思いつつも情にほだされ、ずるずると半年くらい逢っていました。以前からの〈アメリカで暮らしたい〉という夢を実現するため、昭和61年10月に別れ、翌年2月にアメリカニューヨーク市に渡りました。平沢から「昭和60年ごろ、セイコーの腕時計1個、誕生日に靴1足、カメラ1台」のプレゼントを受けております。私が、ビザの書き換え、自動車運転免許証の更新のためアメリカから帰国した際に平沢と3回会っております。

最初は、平成2年5月に平沢が成田まで車で迎えに来てくれました。この時は、渋谷で食事して2時間くらいで別れました。

2回目は、平成4年10月24日ごろ帰国しましたが、平沢はポルシェで成田まで迎えに来てくれました。柿の木坂の寿司屋で食事をしましたが、この時、平沢の顔付きが激変していたので驚きました。

3回目は、平成8年10月25日に帰国しましたが、電話が通じず会えませんでした。

37 実家の新築

平沢途（65歳）は、小学校教員を定年退職した夫貞夫（65歳）と北海道旭川市で暮らす平沢彰の実母である。平成3年に現在夫婦が住んでいる家を新築した際に、本当は土地の購入代金、家の建築代金は全て息子の彰から貰ったり借りたりしたものです。その総額は4千万円くらいになります。

昭和62年2月には長女の定子から「彰が会社で不渡りの手形を掴まされて困っている」という電話相談があり、主人と相談して富良野信用金庫旭川北支店限度額の650万円の融資を受け、そのうち500万円を彰の口座に振り込んでおります。彰は、送ってこない月もありましたが、毎月、12万5000円を札幌銀行の私名義に振り込み、返済してくれていました。平成2年11月ごろから金回りがよくなっていたようでした。富士銀行碑文谷支店の私名義の口座を確認したところ、

平成2年11月8日　50万円
11月19日　210万円
11月28日　80万円

平成３年３月29日　４２０万円

の合計７６０万円が彰から入金されております。土地建物売買契約書で確認したところ、

契約日：平成３年５月８日　　売買代金：１１００万円

で契約日に１００万円、残り1千万円は５月15日に支払っております。

家を建てることが決まった平成３年春ごろ、彰が旭川に帰って来た時、帯封のついた１００万円束10束1千万円を借りております。そして建築代金の送金について彰は「１１００万円もの大金をキャッシュで振り込めば税法上うまくなく、何かいい方法はないか」と相談してきたので、私は実姉橋本春子の息子橋本真雄名義の札幌銀行旭川支店の口座に振り込むことにし、平成３年５月８日にナイスインターナショナルの口座から札幌銀行旭川支店の橋本真雄名義の口座に１１００万円が振り込まれております。その前日の平成３年５月７日に富士銀行碑文谷支店の私名義の口座に４００万円が入金されており、１５００万円が送金されたことになります。自宅の建築は、彰の同級生が常務取締役を務める菅原組が請負い、平成３年７月26日に、

本工事	２２５０万円
追加工事	２００万円
消費税	73万５０００円
合計	２５２３万５０００円

で契約し、７月29日に地鎮祭をし、８月５日に着工しております。支払いは、

平成3年9月18日　537万5千円
11月29日　300万円
12月25日　1千万円
平成4年4月30日　436万円
6月22日　200万円
平成6年4月26日　50万円

となっております。この他に芝張り工事をやってもらい「**平成4年11月24日：21万6300円**」を出金しているので、「**支払合計：2545万1300円**」になります。菅原組への支払いは「**平成3年11月25日：住宅金融公庫から1千万円**」の融資を受け、平成3年春、彰から貰った現金1千万円と、これに足りない分は、彰が富士銀行碑文谷支店の私名義の口座に600万円を何回かに分けて入金しており、それを支払いに充てております。

夫貞夫の退職金の使い道や、彰が新しく葉山に家を建てるために一旦私に送った後、送り返し、親から借りたことにした経過等について話します。夫は平成4年3月31日付で向陵小学校を最後に定年退職しました。北海道教育庁から退職金2417万3370円が富良野信用金庫旭川支店の平沢貞夫名義の口座に振り込まれました。この退職金から長女定子のマンション購入資金の一部に900万円を貞夫名義で中井支店定子名義の口座に振り込んでいます。この金は、後日返してもらって彰の狂言誘拐事件の身代金として平成8年10月31日、1千万円をさくら銀行逗子支店平沢彰名義の口座に振り込んでおります。

平成4年11月20日前後に、彰から「今度家を建てる時には、税法上親からお金を借りたことにしておくといい。税金が安くなるということだ。また、300万円は親から貰っても税法上は贈与にならないと聞いている。だから1500万円くらいを送っておくので、僕が家を建てる時に送り返してほしい。ただ、自分が親に送って、親から送り返せば、税法上直ぐに見せ金であることが判るので、誰かに口座はないか」というような内容の電話連絡がありました。私も、家を建てる時に税務対策は誰でもやっていることであり、彰の言うとおりだと思いました。北海道銀行旭川支店に長女の阿部定子名義の口座があったので、これを利用することにしたのです。嫁の典子から平成4年11月25日、５００万円から振込手数料を引かれた４９９万９２７９円と同日、阿部定子名義で1千万円が振り込まれたのです。同年12月4日、１５００万円を出金し、北海道銀行旭川支店で平沢貞夫名義で定期預金しました。更にこの金を送り返したのが、平成5年8月30日ですから数日前に彰から電話があったと思います。定期預金を解約し利息を含めた１５２６万４６８５円を士別信用金庫旭川支店に持ち込み第一勧業銀行六本木支店の平沢典子名義の口座に振り込みました。この時、北海道銀行旭川支店で担当者に解約理由をしつこく聞かれたので士別信用金庫旭川支店から送金したのです。最後に、彰が平成2年夏ごろからアクアスタジオに勤めた後、持っていたと思われるお金についてまとめてみました。

○平成2年11月以降、私達が住んでいる家を新築したり、また近くの土地を買うなどのため、彰から借りたり貰ったりしたお金は「**３９４０万円**」。
○平成4年末から平成6年にかけて彰が葉山に家を建てるために使ったお金は、詳しくは知りませんが、警察で調べて全部で「**約1億2千万円**」。借入金の残金が、現在4千万円あるそうですから彰が実際に持っていたお金は「**約8千万円**」になります。
○平成8年6月ごろ、同級生の伊達美由紀さんに預けていたお金が「**2億8千万円**」。
○警察の調べで彰が株とか先物で取引して損したお金が「**約1億4千万円**」あり、これを合計すると「**約5億5940万円**」になり、更に彰は趣味で高級外車やオートバイを何台も購入したりしていたので、ざっと計算しても約5億２９４０万円を持っていたことになり、親としても驚いています。

以上の供述から裏付け捜査を実施した結果、平成3年5月16日札幌銀行旭川支店の平沢途名義の普通口座に橋本真雄から730万909円の振込入金があることが判明した。札幌銀行旭川支店で橋本真雄名義の口座振込送金した振込先銀行を捜査したところあさひ銀行等々力支店であることが判明し、同支店において取引伝票を捜査したところ、平成3年5月8日札幌銀行旭川支店橋本真雄名義の普通口座にナイスインターナショナルから1100万円振り込みの依頼書を確認した。ナイスインターナショナルは、当時平沢彰が経営していた会社であり、橋本真雄は平沢の従兄弟である。

しかし、警察の事情聴取に橋本真雄（33歳）は、江別市に居住していて旭川に住んだこともないし、自分として全く身に覚えのない事です。私は、口座を開設する時は、住居地近くにしており、出先で口座を開設することはありません。また、この口座は母も知らないと供述している。

38 葉山の豪邸の新築

平成4年12月10日、葉山の宅地約105坪（348・64㎡）を神奈川県逗子市桜山4丁目所在の興和地所株式会社の仲介で6500万円で購入するが、手数料、登記代、司法書士代、印紙代、消費税を含めて総合計は6952万6578円となる。この時、明治生命保険相互会社（日榮ファイナンス株式会社が債務保証）から5千万円を借入する。平成4年11月24日、融資金5千万円の他、預貯金の中から1946万6578円を支払っている。平成8年11月現在の債務残高は1899万4340円である。

設計を担当したのは株式会社ワールド建築設計元社員の松林千畝（38歳）である。平成5年4月13日に基本設計図Ⅰ（設計図）を作成し、成富設計の鹿島健夫に基本設計Ⅱ（設計図）を5月29日に完成させて施工会社に設計図を渡した。平成5年8月28日、地鎮祭が行われ新築工事が竣工した。基本設計料は３００万円で、平成5年4月13日に１００万円がワールド建築設計の口座に振り込まれ、残りの２００万円は新築工事完了後に完済している。

施工は、株式会社タンポポ建設が平成5年8月に施工費用税抜き５５８２万５２４４円の見積もりを出し、施工料５７５０万円で平成5年8月26日に着工し、平成6年5月28日に竣工している。支払いは、平成5年8月31日に９００万円、平成5年12月27日に２３００万円、平成6年8月25日に２５００万円が同社の銀行口座に振り込まれている。

39　平沢彰の資産など及び本件犯行後の現金使途状況

1 平沢彰の資産などについては

平沢については、元平成証券株式会社渋谷支店営業課長代理小鳥遊優の多額詐欺事件の共犯容疑者として小鳥遊優の逮捕状発付後、内偵捜査したところ、平沢は高級外車を含む車両を5台所有しており、更に北海道の実家の土地の共有及び自宅の土地購入・家屋新築の資産を有していることが判明した。

所有車両については購入先における聞き込み捜査、土地及び家屋新築については法務局に対する捜査関係事項照会書の回答書及び不動産業者並びに建築設計業者に対する聞き込み捜査、預金（負債）関係、及び株・証券会社・先物取引については銀行・証券会社・先物取引会社に対する捜査関係事項照会書の回答書により、それぞれ判明した。

2 平沢の犯行後の行動確認と現金使途状況

(1) 平沢の行動確認と車両購入使途金の判明
平沢を多額詐欺事件共犯容疑者として、行動確認を実施中**「家族で海外旅行に行った事実」「愛人本間律子と同女に外車を買い与えた事実」「都内にマンションを借りていた事実」「更に高級外車などを購入した事実」**などが判明し、旅行会社、車両販売店、不動産業者の聞き込み捜査で特定した。

(2) 平沢の妻典子に対し生活費を渡した事実の判明
平沢の妻を任意取り調べたところ**「本年3月中に1年分の生活費として1500万円」**を受け取った旨を供述し、残金の**「1284万円」**を押収した。

(3) 平沢宅などに対する捜索と押収物件による使途金の判明
捜索差押許可状の発付を得て、捜索を実施したところ、被疑者宅などから**「平成7年11月2日から平成8年7月17日までの間の買い物・高速料金・ガソリン代などの領収証・レシートなどが貼りつけられたノート3冊、探偵社、弁護士などに支払った領収証」**などを押収し、本件犯行後から平成8年7月17日までの領収証などのうち、クレジットカード使用による買い物などを除いて現金出金として計上した。

(4) 旅行費用及び新車購入などの使途金の判明
平沢の愛人である本間律子(25歳)を任意取り調べたところ**「交際を始めてからの旅行先(宿泊先)」「プレゼントとしてシトロエンを買ってもらったこと」**等を供述し、更に被疑者の行動確認などから**「家族海外旅行、新車購入事実」**などが判明し、車両販売店の聞き込み捜査・宿泊先ホテル、旅館などからの電話聴取により特定した。

(5) 平沢の友人伊達美由紀に対する預け金の判明
平沢を有印私文書偽造・同行使(狂言誘拐事件)で逮捕後マスコミ報道されたことで友人の伊達美由紀

(6)　平沢の姉阿部定子に対する使途金の判明

平沢の姉である阿部定子を任意取り調べたところ、弟彰からは「**6月10日ごろに自宅マンションの購入費用として2千万円、7月初旬ごろに預かり金として3千万円を受け取り、預かり金の一部を弁護士料、平沢の逃走資金、偽装誘拐事件の身代金の代金として使った**」旨を申し立てた。

が平沢から「**現金2億8千万円**」を預かっていた旨を申し立て、同現金の任意提出を受け、押収した。

3 平沢の使途金として裏付け捜査未了のため計上できなかったもの

(1)　妻典子が購入した外車ワーゲン・ゴルフの代金
(2)　アメリカ旅行などを除く旅行に要した飛行機代、フェリー料金などの交通費
(3)　旅行先における宿泊代金以外の使途金
(4)　銀行口座などによって収入・使途先・引き落としなどが判明しているもの以外
(5)　領収証・レシートなどに無い使途金

4 結論

概算で計算したところ、平沢が本件犯行により強取した現金は「**4億1900万円**」であるが、生活費、預け金などを含めた使途金が「**3億6011万965円**」となり、使途不明金は「**5888万9035円**」であった。

なお、生活費、預け金のうち、押収した現金は「**2億9284万円**」であった。

平沢彰の資産状況一覧表

犯行前の資産				
年　月　日	内　訳	資　産	負　債	備　考
平成３年３月20日	アルファ・ロメオ購入	5,386,470		購入先裏付け
平成３年３月28日	ポルシェ購入	19,763,350		同　上
平成３年５月４日	旭川実家の土地購入(半分共有)	—		購入金額1,100万円
平成３年７月30日	ホンダ・アコードインスパイア購入	3,196,620		
平成３年11月７日	ホンダ・アコード購入	3,174,567		購入先裏付け
平成４年11月24日	土地購入	69,466,578		仲介料・登記費用含む
平成４年11月24日	土地購入資金（明治生命）		50,000,000	日榮ファイナンス保証
平成６年３月25日	ホンダ・ホライゾン購入	2,230,000		購入先裏付け アコード下取り140万円
平成６年６月20日	住宅金融公庫借入		26,400,000	
平成６年６月20日 ７月21日	明治生命繰り上げ返済	28,800,000		
平成６年８月25日	自宅建築資金（最終）	63,500,000		設計料含む
平成７年３月31日	マツダ・ユーノス購入(月賦)	2,785,640		購入先裏付け
	合　計	198,303,225	76,400,000	

預金関係				
預金関係	項　目	預金残高	借入金残高	備　考
平成８年１月末合計	預金合計	17,831,660		
平成８年１月末負債	マツダクレジット		1,541,800	
	明治生命		19,557,846	日榮ファイナンス債務保証
	住宅金融公庫		21,350,959	
	合計	17,831,660	42,450,605	
平成８年11月末合計	預貯金合計	5,849,760		
平成８年11月末負債	マツダクレジット		948,800	
	明治生命		18,994,340	
	住宅金融公庫		20,996,050	
	合計	5,849,760	40,939,190	

39　平沢彰の資産など及び本件犯行後の現金使途状況

株・商品先物取引損益金				
取引期間	項　目	益　金	損　金	備　考
昭和62年９月17日～平成８年２月５日	株取引		102,566,586	野村證券、大東証券、平成証券
昭和62年11～12月	先物（岡地）損金		27,000,000	担当者　成富謙次
昭和63年１～10月	先物（富士商品）損金		2,296,980	現フジフューチューズ
合　計			131,863,566	

平成８年２月５日以降の使途状況				
年　月　日	摘　要	強奪金	使途金	押収金
平成８年２月５日	小鳥遊より強奪	419,000,000		
３月18日・６月９日	シトロエン、シボレー購入		7,036,800	
３月頃	妻典子へ生活費		15,000,000	12,840,000円押収
６月９日～14日	所沢探偵事務所		1,493,500	
６月18日	伊達美由紀預け金		280,000,000	２億８千万円押収
６月18日	網走日韓ホライゾンの振込金		1,400,000	
６月20日	黒木弁護士着手金		2,000,000	
６月下旬～７月上旬頃	姉定子渡し・預け金		50,000,000	
２月５日～８月８日	家族・本間律子旅行費用		3,180,665	
	合計	419,000,000	360,110,965	292,840,000
	使途不明金		58,889,035	

被疑者平沢彰の平成２年末までの収支状況一覧表

年　月　日	収支内容	支出金額	収入金額	備　考
昭和56年２月	㈱友貿易から給与		約1,500,000	月15万円×10カ月
	洋服生地の図案のアルバイト		約1,500,000	被疑者供述
昭和56年末～57年春	モードバンクから給与		約1,250,000	月25万円×５カ月
昭和57年春	メビウス開店資金	約2,000,000		被疑者供述
春～58年秋	メビウスからの給与		約6,300,000	月35万円×18カ月
	コムトの灰皿デザイン料		約500,000	被疑者供述
昭和57年頃	アコード購入	約700,000		被疑者供述
昭和58年頃	オートバイ購入	約650,000		CBR・被疑者供述

昭和58年頃	シビックシャトル購入	約1,500,000		被疑者供述
昭和59～60年中旬	アポロからの給与（1年半くらい）		約4,500,000	月25万円×18カ月
	コムトの婦人服のマージン料		約2,700,000	月15万円×18カ月
	コムトのダイレクトメールアルバイト料		約2,000,000	約２年間分
	パルのダイレクトメールのデザイン料		約1,500,000	年間50万円×１年半
昭和59年４月４日	関興パークハイツ契約(家賃、駐車場)	576,960		契約先裏付け
	～60年12月30日	1,881,000		家賃73,000円 駐車代26,000円振込
昭和59～平成元年	月刊誌の表紙のデザイン料		約3,600,000	５万円×72カ月(フットウエアープレス)
昭和60年４月	ナイスインターナショナル出資金	約2,000,000		被疑者供述
	同上開店設備金	約2,000,000		被疑者供述
～62年春	同上の給与		約12,000,000	月50万円×24カ月
	同上の賞与		約4,000,000	100万円×４回分
昭和60年頃	原美容院のデザイン料		約1,000,000	被疑者供述
	原宿Ｔシャツのデザイン料		約600,000	被疑者供述
	シビックシャトル売却金		約800,000	被疑者供述
	ポルシェ119SC購入金	約7,500,000		被疑者供述
	サバンナRX7購入金	約800,000		被疑者供述
	オートバイ購入金	約1,300,000		FZR1000被疑者供述
	オートバイ購入金	600,000		RBG250被疑者供述
昭和61年４月	堀内隆治貸付金	8,000,000		堀内隆治供述
昭和61年７月	堀内隆治返還金		1,000,000	堀内隆治供述
昭和61年	フランス旅行費	不明		妻典子　調べ
昭和61年７月10日	オートバイ購入	約910,000		購入先裏付け　ヤマハFZR400
昭和61年11月６日	オートバイ購入	約195,000		購入先裏付け　ヤマハYSR50
昭和61年末現在	年間預金入金額	1,922,642		家族全員分の口座
昭和62年２月27日	妻アウトビアンキージュニア購入金	1,950,000		購入先裏付け及び被疑者供述

昭和62年３月30日	オートバイ購入金	595,590		オートバイ盗難（ヤマハYSR50）で保険で購入
昭和62年頃	オートバイ売却金		約300,000	ヤマハFZR400被疑者供述
昭和62年10月19日	堀内隆治返還金		7,000,000	東京三菱代々木上原ナイス口座振込
昭和62年11～12月	岡地商品取引損金	27,000,000		取引先裏付け
昭和62年12月28日	東山経済研究所投資顧問料	1,500,000		顧問会社裏付け
昭和62年頃	ポルシェ119SC売却		約4,500,000	被疑者供述
	オートバイ売却金		約400,000	FZR1000被疑者供述
昭和61年１月～63年３月	妻典子給与		7,047,069	㈱ナガタから　銀行口座
昭和62年末現在	年間預金出金額		2,015,004	家族全員の口座
昭和63年頃	オートバイ購入金	約800,000		ヤマハ600被疑者供述
	オートバイ購入金	約600,000		ヤマハ200被疑者供述
昭和63年１～10月	富士商品先物取引損金	2,296,980		取引先裏付け
昭和63年３月３日	姉阿部定子借入金		3,500,000	姉定子供述、銀行口座
昭和63年３月10日	神戸リッチメイク入会金	300,000		顧問会社裏付け　６月10日分含む
昭和63年５月７日	ホンダ・レジェンド購入金	3,020,000		購入先裏付け　残金1,390,080円月賦
昭和63年10月頃	妻アウトビアンキージュニア売却金		1,200,000	被疑者供述及び車歴
昭和63年末現在	年間預金入金額	1,900,970		家族全員分の口座
平成元年頃	オートバイ購入金	約700,000		CR500被疑者供述
平成元年頃	オートバイ購入金	約500,000		XLR250被疑者供述
平成元年５月10日	実父貞夫の車両購入	1,988,370		購入先裏付け　ホンダ・アコード
平成元年12月28日	グリーンテラス等々力契約金	794,110		契約先裏付け　駐車場代含む
	～平成３年３月まで家賃、駐車代	約3,900,000		156,000円×25カ月
平成元年末現在	年間預金出金額		830,751	家族全員の口座
平成２年頃	オートバイ売却金		300,000	ヤマハ600被疑者供述
平成２年頃	オートバイ売却金		300,000	CR500　被疑者供述
平成２年９月	星野智之借入金		2,500,000	キャンピングカー試作費用　星野供述

平成２年11月中旬	星野智之返還金	2,750,000		星野供述
平成２年11月８日	実母平沢途へ	500,000		銀行口座
平成２年11月19日	実母平沢途へ	2,100,000		銀行口座
平成２年11月28日	実母平沢途へ	800,000		銀行口座
平成２年末現在	年間預金入金額	5,579,395		家族全員の口座
平成２年末か３月初	芹沢重人貸付金	3,000,000		芹沢重人供述
昭和56～平成２年	生活費概算	約20,000,000		年間200万円×10年
	合　計	約115,111,017	約74,642,824	

被疑者平沢彰の平成３年から平成７年までの収支状況一覧表

使途月日	使途内容	支出金額	収入金額	備　考
平成３年３月９日	クリスティ深沢入居契約(家賃55万円)	5,318,383		家賃30万円 ３年５月１日～４年４月30日を前納
	～平成４・12まで	約5,850,000		25万円×12カ月＋55万円×９カ月
３月頃	絨毯購入	800,000		阿部定子供述
３月頃	カメラ購入	800,000		阿部定子供述
３月20日	アルファ・ロメオ手付金	1,000,000		購入先裏付け
３月28日	ポルシェ購入	19,763,350		購入先裏付け
３月29日	～平成８年３月27日車検、整備等	1,877,205		購入先裏付け
３月29日	実母平沢途へ	4,200,000		銀行口座
平成３年１～３月12日	有限会社ゼンシンからの給与		1,191,600	銀行口座
平成３年４～７月５日	アクアスタジオからの給与		15,006,979	銀行口座
平成３年４月10日	アルファ・ロメオ残金支払い	4,386,470		購入先裏付け
平成３年春頃	新築家屋費用	10,000,000		実母途供述
５月８日	実家新築費用	11,000,000		橋本真雄口座
７月30日	実父貞夫の車両購入代金	3,196,620		下取り価額不明
11月７日	アコード（ホンダオブアメリカ）購入	3,174,567		ホンダクリオ申し込み平成３年５月23日
12月中旬	北海道旅行（諏訪淑子）	不明		諏訪淑子供述
平成３年頃	オートバイ購入	500,000		XLR250

39　平沢彰の資産など及び本件犯行後の現金使途状況

平成３年頃	オートバイ購入	1,500,000		カワサキZZR1100
平成３年末か４月初	芹沢重人返還金		3,300,000	芹沢重人供述
平成３年12月末	年間預金残高入金額	14,599,489		家族全員の口座
平成４年11月24日	土地購入（明治生命借入金残金支払い）	19,466,578		明治生命借入金５千万円
12月24～29日	北海道旅行（御厨啓三）	不明		御厨啓三供述
平成４年末現在	年間預金残高入金額	10,199,063		家族全員の口座
平成５年１月７日	葉山シーサイドテラス賃貸契約	1,209,600		契約先裏付け
	～平成６年５月31日	3,520,000		22万円×16カ月
３月中旬	山中太郎貸付金	1,500,000		安田増穂供述
４月13日	家屋新築基本設計料振込	1,000,000		設計業者裏付け銀行口座
８月31日	家屋新築支払い金振込	9,000,000		設計業者裏付け銀行口座
11月頃	ラベンダー出資金	15,000,000		被疑者供述
12月27日	家屋新築支払い金振込	23,000,000		建築業者裏付け銀行口座
平成５年12月末現在	年間預金残高出金額		24,294,688	家族全員の口座
平成６年３月25日	ホライゾン購入（下取り車両有り）	2,230,000		購入先裏付け
	～平成７年11月９日修理、整備	391,980		購入先裏付け
６月頃	鵜池雷太と北海道旭川へ	不明		本間律子供述
？	家屋新築設計支払い	2,000,000		設計業者裏付け
６月20日	明治生命借入金繰り上げ返済	10,000,000		ローン返済裏付け
７月21日	明治生命借入金繰り上げ返済	18,800,000		ローン返済裏付け
８月25日	家屋新築支払い金振込	25,500,000		住宅金融公庫借入2,640万円
８月31日	家屋新築支払い振込	9,000,000		〃
11月２日	投資顧問料	240,000		ヤマダ投資顧問株式会社
11月４日	ハイム吉田家賃、敷金など	300,000		契約先裏付け75,000円×４
12月頃	御厨啓三と北海道へ	不明		御厨啓三供述

平成６年12月末現在	年間預金残高出金額		2,253,876	家族全員の口座
平成７年５月〜	アクアスタジオへ貸付金	7,000,000		被疑者供述
不明	アクアスタジオから返還金		2,200,000	被疑者供述
平成７年６月６〜12日	北海道旅行（本間律子）	不明		本間律子供述
７月13日	北海道１泊旅行（本間律子）	不明		本間律子供述
８月頃	本間律子の洋服購入	100,000		代官山（マルセラサンス）
８月25〜27日	石垣島旅行（本間律子）	不明		本間律子供述
９月21〜22日	沖縄旅行（本間律子）	95,400		ルネサンス沖縄聴取（航空券往復不明）
10月12〜15日	北海道旅行（本間律子）	不明		本間律子供述
11月２〜４日	妻典子子供と宮崎県旅行	98,037		コテージヒムカ電話聴取
11月24〜25日	家族２泊旅行	34,200		ホテルEXDエクシード電話聴取
12月14日	ビーンズ二子玉川賃貸契約費用	501,000		明友不動産裏付け
12月30日	山形県酒田市本間律子送り届け	13,180		ビジネスホテル「アルファワン酒田」電話聴取
12月31日〜１月４日	北海道帰省（家族）	不明		カーフェリー・航空往復料金不明
11月３日〜２月１日	レシート、領収書	209,685		押収したレシートなどの裏付け
11月９〜10日	伊豆１泊旅行（本間律子）	67,334		東府屋旅館電話聴取
平成７年12月末現在	年間預金残高入金額	15,478,513		家族全員分の口座
平成３〜７年	生活費概算	約12,000,000		年間300万円×4年
	合　計	約275,920,684	44,947,143	

被疑者平沢彰の本件犯行後の現金使途状況一覧表（２月中）

使途月日	使途内容	支出金額	収入金額	備　考
平成８年２月５日	小鳥遊優より強奪金		419,000,000	
２月６日	買物・高速代金	32,854		領収書・レシートなどで確認

2月7日	同上	28,811		同上
2月7日	眼鏡購入（本間律子含む）４本	287,988		同上
2月8日	買物・高速代金	21,150		同上
2月10日	買物	98,874		同上
2月12日	高速代金	600		同上
2月13日	買物	77,570		同上
2月14日	駐車料	2,100		同上
2月15日	買物、病院代金	36,067		レシート、領収書
2月16日	同上	29,894		同上
2月17日	高速代金	5,380		同上
2月19日	食事（木曽路）	13,802		同上
2月20日	苗場スキー（本間律子）	29,458		電話聴取（JTBクーポン28,600円分他現金）
2月22日	買物	7,142		領収書・レシートなどで確認
2月23日	買物	2,472		同上
2月23日	家族アメリカ旅行内金支払い	120,000		JTB玉川髙島屋店聞き込み
2月24日	河口湖スキー・アリンコ・家族	36,200		裏付け捜査
2月26日	買物他	8,804		領収書・レシートなどで確認
2月26日	本間律子の口座に振込	2,100,000		銀行裏付け（シトロエン購入代金）
2月27日	買物	5,867		領収書・レシートなどで確認
	合　計	2,945,033		

被疑者平沢彰の本件犯行後の現金使途状況一覧表（３月中）

使途月日	使途内容	支出金額	収入金額	備　考
平成８年３月４日	駐車代	300		領収書・レシートなどで確認
3月5日	律子と北海道旅行（ホライゾン）	不明		電話聴取裏付け捜査
3月5日	家族は航空便	不明		
3月6日	ビーンズ電気代	8,767		領収書・レシートなどで確認

3月6日	旭川グランドホテル(本間律子)	12,613		電話聴取裏付け捜査
3月7日	律子の友達野口和子を呼び寄せ	不明		航空料金不明
3月7日	富良野プリンスホテル(律子・野口)	不明		
3月8日	同上	41,000		電話聴取裏付け捜査
3月9日	ペンション(山のどくそん)(律子・野口)	不明		
3月10日	同上	36,000		電話聴取裏付け捜査
3月11日	旭川グランドホテル(律子・野口)	不明		
3月12日	旭川グランドホテル(律子・野口)	21,677		電話聴取裏付け捜査
3月13日	本間律子の友達野口航空便で帰京	不明		航空料金不明
3月13日	家族航空便で帰宅	不明		航空料金不明
3月13日	稚内全日空ホテル(平沢・律子)	20,628		電話聴取裏付け捜査
3月14日	平沢・律子帰宅(ホライゾン)	不明		カーフェリー料金不明
3月18日	本間律子シトロエン購入	261,150		210万円を出金・残金分
3月18日	高速代金	1,150		領収書・レシートなどで確認
3月19日	駐車代金	900		同上
3月20日	高速代金	1,150		同上
3月20日	家族アメリカ旅行残金支払い	887,500		JTB玉川髙島屋店聞き込み捜査
3月21日	高速代金	900		領収書、レシートなどで確認
3月26日	東京空港駐車料金	1,400		同上
3月27日	ポルシェ車検代金	341,142		聞き込み捜査
3月27日	ビーンズ電気代他高速代金など	26,380		領収書・レシートなどで確認
3月28日	高速代金・食事など	26,050		同上
3月28日	家族アメリカ旅行出発	不明		電車利用成田へ、備考張り込み
3月中旬	妻典子に生活費として	15,000,000		9月5日12,840,000円押収
	合　計	16,688,707		

被疑者平沢彰の本件犯行後の現金使途状況一覧表（４月中）

使途月日	使途内容	支出金額	収入金額	備　考
平成８年４月４日	家族アメリカ旅行から帰国	不明		（電車で帰宅）尾行張り込みで確認
４月９日	高速代金	1,650		領収書・レシートなどで確認
４月11日	高速代金	3,300		同上
４月12日	ホンダクリオ	25,327		同上
４月12日	高速代金	700		同上
４月15日	高速代金	850		同上
４月16日	高速代金	2,050		同上
４月17日	高速代金	1,150		同上
４月18日	東京ガス	1,220		領収書、レシートなどで確認
４月26日	高速代金、ガソリン代	8,168		同上
４月27日	高速代金	3,000		同上
４月28日	ガソリン給油	2,002		同上
	合　計	49,417		

被疑者平沢彰の本件犯行後の現金使途状況（５月中）

使途月日	使途内容	支出金額	収入金額	備　考
平成８年５月１日	高速代金	1,150		領収書・レシートなどで確認
平成８年５月３日	同上	1,650		領収書・レシートなどで確認
５月７日	同上	1,850		同上
５月９日	同上	1,850		同上
５月13日	同上	1,600		同上
５月14日	同上	1,650		同上
５月15日	同上	3,000		同上
５月17日	シボレー購入手付金	10,000		聞き込み捜査
５月17日	高速代金	200		領収書・レシートなどで確認
５月21日	買物・駐車代金	1,050		同上
５月24日	シボレー購入２次手付金	500,000		聞き込み捜査
５月24日		4,000		領収書、レシートなどで確認

5月25日	ビーンズ電気代金など	7,527		同上
5月26日	高速代金	700		同上
5月27日	同上	700		同上
5月28日	テニス代金・高速代金	1,050		同上
5月29日	高速代金	1,500		同上
5月30日	買物・高速代金	72,906		同上
5月31日	高速代金	600		同上
	合　計	612,983		

被疑者平沢彰の本件犯行後の現金使途一覧表（6月中）

使途月日	使途状況	支出金額	収入金額	備　考
平成8年6月1日	高速代金	1,200		領収書・レシートなどで確認
6月2日	同上	4,200		同上
6月3日	高速代金・食事代	33,070		同上
6月4日	高速代金	1,150		同上
6月5日	同上	2,620		同上
6月6日	シボレー残金支払い	4,165,650		聞き込み捜査
6月6日	高速代金	1,200		領収書・レシートなどで確認
6月7日	高速代金	3,000		領収書、レシートなどで確認
6月8日	同上	250		領収書、レシート
6月9日	所沢探偵事務所着手金支払い	100,000		同上
6月9日	高速代金	250		同上
6月10日	同上	4,000		同上
6月10日	ホンダクリオ	7,430		同上
6月11日	高速代金	1,150		同上
6月12日	高速代金、町役場・駐車代金	8,810		同上
6月13日	高速代金・ガソリン代	3,676		同上
6月14日	高速代金・ダイヤモンドホテル	5,572		同上
6月14日	所沢探偵事務所振込金	1,393,500		領収書・レシートなどで確認
6月15日	高速代金	2,750		同上

6月16日	本間律子宿泊費	20,298		電話聴取裏付け捜査
6月16日	高速代金・食事代	3,377		領収書・レシートなどで確認
6月17日	同上	7,100		同上
6月17日	北海道へホライゾン処分	不明		カーフェリー代金不明
6月18日	網走日韓へホライゾン振込金渡し	1,400,000		網走日韓の供述
6月18日	伊達美由紀へ現金預け	280,000,000		伊達美由紀供述、11月16日押収
6月18日	旭川グランドホテル	23,000		電話聴取裏付け捜査
6月18日	買物（旭川空港内）	6,585		領収書、レシートで確認
6月19日	帰京は航空便	不明		航空料金不明
6月19日	帰京は航空便	不明		航空料金不明
6月19日	高速代金・買物	6,667		領収書・レシートなどで確認
6月20日	黒木弁護士着手金	2,000,000		同上
6月20日	高速代金・他（ダイヤモンドH）	4,829		同上
6月21日	高速代金・食事代	16,186		同上
6月22日	高速代金	2,100		同上
6月23日	同上	1,150		同上
6月24日	高速代金・他	13,154		同上
6月25日	買物	57,102		同上
6月26日	同上	11,635		領収書・レシートなどで確認
6月27日	同上	8,406		同上
6月28日	同上	21,335		同上
6月29日	高速代金	350		同上
6月29日	高速代金・入場料	5,230		同上
6月中に	姉阿部定子渡し金	20,000,000		姉阿部定子の供述
	合　計	309,347,982		

被疑者平沢彰の本件犯行後の現金使途状況一覧表（7月中）

使途月日	使途内容	支出金額	収入金額	備　考
平成8年7月初旬	姉阿部定子預け金	30,000,000		阿部定子の供述

7月1日	高速代金・買物	48,018		領収書・レシートなどで確認
7月2日	同上	17,996		同上
7月3日	高速代金	250		同上
7月4日	買物	10,538		同上
7月5日	同上	837		同上
7月6日	ガソリン給油	1,895		同上
7月7日	駐車代金	1,030		同上
7月8日	買物	1,255		同上
平成8年7月9日	食事他	18,316		領収書・レシートなどで確認
7月10日	高速代金	750		同上
7月11日	買物他	14,007		同上
7月12日	高速代金・テニス	1,250		同上
7月13日	高速代金・買物	7,028		同上
7月14日	テニス代	800		同上
7月15日	高速代金、映画、テニス他	36,250		領収書、レシートなどで確認
7月16日	高速代金他	7,754		同上
7月17日	高速代金	250		同上
7月18日	富士急ハイランド(本間律子)	不明		
7月19日	ホテルハイランドリゾート	28,325		電話聴取裏付け捜査
	合　計	30,196,549		

被疑者平沢彰の本件犯行後の現金使途状況一覧表（8月中）

使途月日	使途内容	支出金額	収入金額	備　考
平成8年8月5日	沖縄県宮古島旅行(本間律子)	不明		往復航空料金不明
8月8日	宮古島東急リゾート	270,294		電話聴取裏付け捜査
8月13日	家族北海道旅行（シボレー・タホ）	不明		往復フェリー料金不明
平成8年8月28日	帰京	不明		
	合　計	270,294		

収支合計金額８月末

月　別	支出合計金額	収入金額	使途不明金	押収金額
平成８年２月中	2,945,033円	419,000,000円		
３月中	16,688,707円			
４月中	49,417円			
５月中	612,983円			
６月中	309,347,982円			
７月中	30,196,549円			
８月中	270,294円			
９月５日				12,840,000円
11月16日				280,000,000円
	360,110,965円	419,000,000円	58,889,035円	292,840,000円

阿部定子に渡した現金の使用状況

年　月　日	預け金	使用状況	備　考
平成８年６月初旬	20,000,000円		マンション購入資金として
この頃		20,000,000円	マンション購入代金支払い
平成８年７月初旬	30,000,000円		姉定子に預け金
この頃		10,000,000円	阿部定子マンションリフォーム代金など
９月11日		5,000,000円	黒木弁護士弁護費用として
９月12日		3,000,000円	平沢彰へ自宅届け
10月27日		2,000,000円	世田谷区駒沢路上で平沢彰へ
不明		1,000,000円	自宅に来た平沢典子へ
		3,000,000円	世田谷区駒沢公園で平沢彰へ
11月16日		6,000,000円	狂言誘拐事件身代金として振込
合　計	50,000,000円	50,000,000円	

40　平沢彰並びに妻典子の総所得解明捜査報告書

捜査の方法は被疑者平沢彰並びに被疑者の妻典子の供述により稼働歴が判明したことから両名名義の銀行口座に振り込まれた勤労所得の解明捜査。

1 平沢の供述による昭和60年以降の稼働歴並びに所得について

昭和60年から昭和62年の間

昭和60年4月26日に設立。「**港区麻布台3丁目○番○号㈱ナイスインターナショナル**」の代表取締役に就任し、婦人靴の製造・卸販売業とし、昭和62年春ごろ経営不振から事実上休止する迄の間、手取りで毎月50万円の所得、賞与として給料の2カ月分を受け取っていた。

昭和62年ごろから平成2年ごろ迄の間

特に正業としての稼働歴はなく、昭和59年ごろから平成元年ごろ迄の間アルバイトとして「**台東区寿3丁目○番小島ビル6階　㈲ゼンシン**」から依頼された同社発行の月刊誌『フットウエアープレス』の表紙のデザイン作成料として毎月4～7万円のデザイン料を受け取っていた。

平成2年ごろから平成8年迄の間

平成2年ごろ「**渋谷区鉢山○番○号㈱メガヘルツ　代表取締役御厨啓三**」に入社し、プロデューサーの肩書で稼働し4カ月の間に1回50万円ずつ3回受け取る。

平成３年ごろ「**渋谷区南平台〇番〇号㈱アクアスタジオ　代表取締役御厨啓三**」に移りプロデューサー的な仕事を担当し、毎月50万円くらいの給与を受け取る。

平沢の供述を基に同人名義の銀行口座について給与振り込み事実の有無について裏付け捜査をした結果、「**住友銀行青山支店の平沢彰名義普通預金口座**」に株式会社アクアスタジオ名義で平成３年４月２日から平成８年７月25日迄の間「**月平均：約52万６０００円、合計：１５８０万６９７９円**」の給与支払い事実を確認した。

平沢が供述するその他の稼働先からの振り込み事実について裏付け捜査を実施した結果、「**第一勧業銀行原宿支店平沢彰名義の普通預金口座**」に㈲ゼンシン名義で昭和62年２月から平成３年12月迄の83回にわたり「**毎月：５万～７万円、合計：５０４万９５９９円**」の表紙デザイン料の振り込み事実を確認した。

平沢の妻典子の稼働歴について聴取した結果「**渋谷区神宮前〇番所在㈱ナガタ産業**」に稼働していた事実が判明した事から平沢典子名義の銀行口座への昭和60年以降の給与振り込み事実について裏付け捜査を実施した結果、次の給与振り込み事実を確認した。

昭和60年１月から昭和63年３月迄の間

第一勧業銀行六本木支店平沢典子名義普通預金口座。

昭和63年４月から平成３年８月迄の間

東京三菱銀行渋谷支店平沢典子名義普通預金口座に㈱ナガタ産業名義で78回にわたり「**毎年１７２万６２８１円から２４９万８８６７円までの金額で、合計１５１６万３９７７円**」。

2 捜査結果

平沢彰、妻典子の供述した稼働経歴から両名名義の銀行口座に対するそれぞれの勤務先、副業先から給与振込みについて昭和60年以降平成8年迄の間の勤労所得は解明されたので年度別に総所得として計上した結果、

昭和60年度	232万6280円
昭和61年度	276万5055円
昭和62年度	321万8867円
昭和63年度	277万1956円
平成元年度	298万4716円
平成2年度	315万5472円
平成3年度	499万1759円
平成4年度	0円
平成5年度	425万6320円
平成6年度	598万1870円
平成7年度	276万8260円
平成8年度	80万円
勤労所得合計	3602万5555円

であることが解明できた。

3 平沢彰の「**㈱ナイスインターナショナル**」「**㈱メガヘルツ**」の所得について平沢彰並びに妻名義の銀行口座への給与振り込み事実が存在しないことから供述を基にして推定所得として、

昭和60年から62年迄の間

(1) 株式会社ナイスインターナショナルからの所得として毎月50万円の手取り所得として計算して賞与として給料の2カ月分として昭和60年5月分から昭和62年4月までの所得として計算した場合「**昭和60年度：600万円**」「**昭和61年度：800万円**」「**昭和62年度：200万円**」となる。

(2) ㈱メガヘルツからの所得として、4カ月に1回50万円を3回受け取った計算で「**平成2年度：150万円**」となる。

以上算出した金額を推定所得として計上し、勤労所得と合算した金額を昭和60年度から平成8年度迄の全所得合算額とすると「**5352万5555円**」となることが推定できた。

41　探偵社の裏付け捜査

1 埼玉県所沢市4丁目○番○号株式会社所沢探偵事務所代表取締役牟田雅彦から事情聴取した結果、業務内容は顧客の依頼により、調査委任契約書を交わし、男女関係の調査、家出人の所在捜査、信用調査関係の調査探偵業務を行い、顧客に調査結果を回答することである。

○平沢彰からの調査依頼
日　　時　平成８年６月９日
調査依頼者　平沢彰
調査の目的　平沢彰の車を追尾する者の身元調査

○調査依頼
同社従業員成毛典之が面接し平沢彰から調査依頼を受けたのは、
日時　平成８年６月９日午後３時
場所　逗子駅近くの喫茶店「珠屋」
状況　２５０ccくらいのオフロードのオートバイで来て、「私の車の跡をつける車がある。車種は特定できない。明らかにつけられているから車種を特定してほしい」と依頼。平沢が車で出発する前日に「明日何処に、どの道を通って行く」という感じで連絡することも決めた。

○調査委任契約書
調査着手日　平成８年６月９日
調査依頼事項　追尾（素行）
調　査　日　数　７日
調査手数料内訳
追尾調査　１４５万円
消　費　税　４万３５００円

合　計　　　　　　　　　　１４９万３５００円
着手金　　平成８年６月９日　　　　　　10万円
残金（振込）　平成８年６月14日　１３９万３５００円
報告場所　　逗子「珠屋」

2

神奈川県横浜市三ツ沢区沢上町三ツ沢第二ビル２０２号室自営業北島信夫から聴取した結果、親会社である株式会社所沢探偵事務所の依頼で二人の調査員を使って平沢彰の仕事を請け負った。

調査費用　１日５万円
調　査　員　深川末男　31歳　　犬走兵三　28歳
　６月10日の尾行　犬走　　６月11日の尾行　深川　　６月12日の尾行　犬走
６月13日の尾行　犬走　　６月14日の尾行　犬走

3 結果

６月10日、犬走は、平沢が自宅からシボレー・タホを運転し渋谷区内のアクアスタジオに着くまで尾行した。平沢が中華料理店に行った隙に、白色カローラ（品川77み×××）がシボレー・タホの後方に停車したのを発見、その後、運転席から中年の男性１名が降りて平沢の車の中を覗き込んでいるのを目撃した。この男は、再度、車に戻り助手席の中年男性と話しているのを目撃した。犬走は、中年の男性が平沢の車を覗き込んでいる場面と助手席の男と話している場面を各１枚、写真撮影した。

探偵社の場合は、費用の関係から二人一組で行動することは殆どなく、探偵社が尾行に中年男性を使うことは考えられないことから「つけているのは警察ではないか」と報告している。

このことから、平成8年6月19日、平沢彰が黒木弁護士と青山警察署に抗議に来た際に提出した似顔絵は探偵が撮影した写真を基に作成したものと思料される。

42 嘘つきだが優しかった

木枯らしを遠くに聞いて、本間律子はベッドの中で独り寝の寂しさを感じていた。億万長者の青年実業家で音楽家の妻。私は、玉の輿だ。そう思うと、毎日が心ときめき、寝ても覚めても日の出の太陽のような夢に満ち溢れていた。思い出すと、昨年8月末に平沢と新婚旅行気分で沖縄、石垣島を訪ねた3日間の豪華な旅。10月中旬ごろの北海道旭川、函館を旅した3日間、11月の静岡県伊東の宿、山中湖キャンプ、今年に入って新潟県苗場や北海道富良野でスキー、8月初旬の沖縄、宮古島への4日間の贅を尽くした旅。

そして、25歳の誕生日にはシトロエンというフランス製高級外車を気前よくプレゼントしてもらったこと。平沢が運転するポルシェの助手席に乗ってドライブしたこと。ドライブの途中、首都高速で渋谷を過ぎて東京タワーを左手に見てから間もなく、左斜めに見える〈白っぽい建物〉を指差して、〈あのコンチネンタルホテルに○○が泊まっているよ〉と外国のミュージシャンの名前をあげて説明してくれたことなどが走馬燈のように思い出された。

大富豪の妻という甘い希望に酔って、人を二人も殺して大金を奪った極悪人の汚い金に踊らされていた自分が情けなく、全てが邯鄲《かんたん》の夢だったと気がつき、絶望と哀しさが交錯し涙が止まらなかった。

嘘つきだけど、私には優しかった。

そして、平沢彰は、平成8年12月27日、強盗殺人罪並びに死体遺棄罪で起訴された。

43 弁護人の交代

平成8年6月20日、黒木弁護士は警察の捜査に対する抗議料として平沢彰から200万円、同年9月11日、弁護料として平沢の実姉阿部定子から500万円を受領している。また、狂言誘拐事件の手助けをした辻井洋輔は葉山の山頂で、平沢の妻典子が平沢に追加弁護料として300万円を請求されていることを告げている現場に居合わせている。

そして、（黒木弁護士は）誘拐事件の捜査中の11月7日午後2時10分、被害者対策中の緊迫した被害者方に「状況を知りたい」と架電している。読者は、これが弁護活動なのか、狂言誘拐事件の指南なのか理解に苦しむと思う。

平成8年12月7日の取調べで、平沢彰は「**私は、小鳥遊優さんを殺害して現金を奪い、死体を山林に埋めたことについて一昨日まで色々話してきましたが、弁護士の黒木さん、山見さんから『強盗殺人は、死刑又は無期懲役だ。事件のことは黙秘しろ。署名指印は拒否しろ』と指導を受けました。私の判断で署名指印は拒否します**」と申し立て頑強に否認を続けた。

平成8年12月25日、弁護人として新たに「**弁護士徳田恒夫（昭和18年1月2日生）、弁護士宮本国男（昭和25年12月2日生）、弁護士不破恒一（昭和17年5月21日生）**」の3名を弁護人に選任する。

平成9年1月16日、平沢彰の弁護人である黒木明生、山見正一の両弁護士は退任した。

また、平沢彰は「**私、平沢彰は、私の弁護活動に携わる弁護人の選定及び弁護人に対し支払うべき弁護料の決定を、私の妻、平沢典子に委ねます。平成9年1月7日　平沢彰　指印**」の内容の委任状を提出している。

平沢彰は、留置場の中で自分のノートに弁護士のイラストを描いている。その絵は、舌を出した狐顔の者が背広、ネクタイ姿で左手には手提げ金庫を提げ、右手には書類を持っている。狐顔の左側に縦書きに「私が弁護士です。」右側に「西暦２０２０年までには何とかしますよ。キツネに見えますか?」と添え書きがしてある。

44

小鳥遊優に対する詐欺並びに業務上横領事件の送付について

被告人平沢彰に対する強盗殺人・死体遺棄事件については、被害者小鳥遊優を被告訴人とする業務上横領罪での告訴状が受理されていることから、平成9年3月13日、被告訴人は、告訴人に対し「出資者には、２割の利益を加えて出資を還元する」旨を告げているが、その供述経過には、被告訴人の真摯な態度・意思がうかがわれ、欺罔《ぎもう》行為が認められない、この点を裏付けるものとしては「**本件には被告人平沢彰が深く関与している**」「**被告訴人は、事件当日、消費者金融から50万円の融資を受けている**」「**被告訴人は、集金後、実際に殺害されている**」「**被告人平沢彰が、実際に被害金の一部を隠匿していた**」等の事実があり、被告訴人自身も告訴人らに利益を還元できると信じていたと認められる理由から、犯罪不成立として送付した。

余談ではあるが、司法警察員は、告訴又は告発を受けたときは、刑事訴訟法第２４２条、第２４３条により、事件が罪とならず、或いは犯罪の嫌疑がないと認めた場合でも検察官に送付しなければならない。

しかし、東京都渋谷区内で発覚した事件を秋田県湯沢警察署に捜索願いの届出をして、２億円と1億円の被害者と示談し事件を内密に処理することを企図した平成証券株式会社は、小鳥遊優の両親に対し殺害された小鳥遊優の生命保険金を請求する民事訴訟を起こした。

45
凶器（8㎜ロープ）の捜査

死体の頸部に巻かれていたロープ（直径8㎜、長さ152㎝、ピンク色系）を押収した。

1 平沢彰の供述

平成8年11月23日の取調べで「私は小鳥遊優さんの首をロープで絞め殺しました」と自供し、そのロープの購入先は「世田谷区の駒沢公園入り口のビルの2階にある登山用品店で買った」と供述し、見取図を作成提出した。右供述に基づき捜査した結果、同人が図示した店は〈世田谷区駒沢4丁目○番○号アウトドア専門店［花果山］店長吉野伸一〉であることが判明した。店長から事情聴取した結果、同店で扱っているロープは〈フランス、ベアルー社製〉のもので、株式会社ロストアロー社から仕入れ、扱っているロープは切り売り用〈8㎜ロープのロール〉のみで、同ロープは2年前1994年モデルで現在も売れ残っている。参考として右ロープの任意提出を受けた。同ロープは、色等から本件ロープとは、一見して異なることが明白である。同店保管の予約注文ノートから「平成6年10月21日、平沢彰、03−3464−×××、10:00~6:00」の記載があり、平沢が右日付の日に「キャンプ用タープテント」と予約している事実が判明した。更に、平沢方から押収した「平沢及び家族がタープテントをバックに写した写真」を示したところ、「写真に写っているタープテントは、同店で販売したものと同種のもの」との回答を得たので平沢は前記ロープの他タープテントを購入していることが判明した。

2 平沢彰宅から押収したレシートの捜査

平成8年9月4日、平沢のセカンドハウスとして愛人と利用していた「世田谷区玉川3丁目○番○号ビーンズ二子玉川202号室」を令状に基づいて捜索した際〈ノート3冊（統計と印刷され、平沢彰と記名がありビニールファイルに入ったもの）〉を発見、差し押さえた。同ノート3冊は大学ノートであり、レシート、高速道路の領収書等が貼付されていて、その中の1冊には、平成8年2月から同年6月までのものが貼付されている。

⑴ ロープレシートの捜査

右押収のレシート、領収書を分析したところ、「96年2月2日BIG OAK（ビッグオーク）」発行レシート中に〈ベアルー　8×40　8400円〉と印字された商品がロープであることが判明、更に同時に購入した商品として、同レシートには「**NAコウショウドヘッド　2300円　Pファイアブリッツ　850円　BD OVAL2個1520円　ショセキ　777円**」が印字されている。

⑵ ビッグオーク二子玉川店におけるロープの捜査

右レシートからビッグオークは、「世田谷区玉川3丁目○番○号玉川高島屋西館1階ネイチャーストアビッグオーク二子玉川店B館　店長天野直樹」であることが判明した。なお、同店は平沢の前記セカンドハウスから図測65mの直近に位置している。

同店は、客に商品を販売した際はレジから打ち出されたレシートを手渡しているが、店側には客に手渡したレシートと全く同じレジロールが残っている。

同店において、そのレジロールを見分したところ、平沢からの押収レシートと、日時、商品等全て合致する記録を発見、平沢方から押収したレシートが同店で発行されたものであることを確認した。

同店において該レシートを示した上、「ベアルー　８×40　８４００円」について聴取した結果、同ロープは〈フランス、ベアルー社製、山岳用（ランド）ロープ、８㎜×40ｍの束売り、１９９５年モデル、ドライ（撥水）加工のもの、商品名フューシャ（ピンク色）売値８４００円〉であり、販売年月日は「平成８年２月２日金曜日午後３時33分」であることも確認した。

該ロープは、平成７年９月５日、埼玉県鶴ヶ島市脚折○○○、株式会社ロストアロー社から１束だけ入荷していることが判明した。

３ レシートに印字されている他の購入物品の捜査

○ＮＡコウショウドヘッド（２３００円）は、ナショナル製、黄色頭用ベルト付ライトであり、平成８年11月19日、平沢方で押収している。

○Ｐファイアブリッツ（８５０円）は、キャンプスタック製のチューブ式着火剤であり、同店にも同種の在庫がある。

○BD OVAL（７６０円　２個　１５２０円）は、ブラックダイヤモンド社製のオーバルというタイプのカラビナ（登山用具）であり、平成８年11月19日、平沢方で押収している。

○ショセキ（７７７円）は、株式会社「山と渓谷社」が出版している、登山やキャンプに関する知識本であり、平成８年９月５日、愛人の本間律子方から押収している。

４ 該ロープの卸元の捜査

該ロープをビッグオーク二子玉川店に卸した「株式会社ロストアロー」に赴き聴取した結果、

○同社は、登山用品の輸入代理店で、フランスベアルー社のロープを扱っているのは国内で、ロストアロー社1社のみである。
○ロストアロー社とベアルー社の関係は密接で、また国内唯一の輸入代理店ということもあって、ロストアロー社と取引のない小売店が、ベアルー社のロープを販売することはない。
○8㎜ロープの種類は、ノーマルタイプとドライタイプの2種類があり、ドライタイプは、30mのものと40mのものの2種類である。
○色は、ピンク系、ブルー系、グリーン系の3種類である。

5 各業者に対する本件凶器（ロープ）の提示

本件被害者の（死体）の頸部に巻かれていたロープを「**ビッグオーク二子玉川店：主任中谷篤志**」「**株式会社ロストアロー：広報担当西信行**」に示し意見を求めたところ、両名から、平成7年9月5日入（出）した〈ベアルー社製、8㎜×40m、ドライ、1995年モデル、フューシャ（ピンク色系）、ランド（山岳用）〉である旨の回答を得た。

6 凶器（ロープ）の鑑定嘱託

警視庁科学捜査研究所に対し、平成9年1月21日「**①ロープ：1本（長さ152㎝のもので、死体の首に巻かれていたもの）**」「**②ロープ：1本（ベアルー社製1955年モデルピンク系のものでドライ〈撥水〉加工してあるもの）**」「**③ロープ：1本（ベアルー社製1995年モデルピンク系のものでドライ〈撥水〉加工していないもの）**」の異同について鑑定嘱託した結果、

(1)　①②③のロープは、いずれも太さ8㎜で同一色調の繊維で作られ、材質はナイロンである。
(2)　①②のロープは、同種類である。
(3)　③のロープは、ドライ加工されていないものである。

との鑑定結果を受けた。

7 ロープの鑑定依頼

フランスベアルー社に対し、平成9年2月26日、送付したロープ②③について「**⑴ベアルー社であるか否か、⑵ロープの材質、⑶ドライ加工の方法**」について鑑定依頼した結果、平成9年3月6日、ベアルー社から、

(1)　②③のロープはいずれもベアルー社製、1995年モデル、太さ8㎜で、同一色調、同一繊維で作られている。
(2)　材質は、ナイロンであり、②のロープはドライ加工されたもの、③のロープはドライ加工されていないもの。
(3)　③のロープは、芯の数が7本で構成された「切り売り」のものである。
(4)　「束売り」のロープ（長さ30m、40m）ランドについては、芯の数が6本で構成されている。

旨の回答を得たことから、本件凶器であるロープの製造元を鑑定するため製造元に鑑定を依頼することにした。

フランスベアルー社に対し、平成9年3月11日、被害者の頸部から採取したロープ「**直径8㎜くらい、長さ152㎝、ピンク色系から鑑定のため切断した長さ10㎝のロープ**」をフランスベアルー社に送付し「**⑴ベア**

ルー社で製造されたものであるか否か、⑵製造したものであれば、製造年月日、名称、形式、⑶日本国内における輸出先」について鑑定を依頼した。

余談ではあるが、証拠品を鑑定のため切断する場合、切断状況を撮影した写真を添付した〈鑑定のためロープの切断状況報告書〉を作成し切断の経緯を明らかにすることになっている。

ベアルー社から平成9年3月17日「**1995年モデル8㎜ロープ、ランド（山岳用）、ドライタイプピンク色系、束売り**」との回答を得た。

8 ロープの鑑定嘱託

フランスベアルー社から回答を受け、更に警視庁科学捜査研究所において凶器（8㎜ロープ）がランドであるか否かを鑑定嘱託中、平成9年3月19日、

⑴　ロープの太さは、約8㎜である。

⑵　芯部分、平織り部分の材質はナイロン製である。

⑶　芯部分は、白色繊維左巻きに捩られているもの6本が使用されている。

⑷　芯の周辺は、ピンク、赤、青、紫、黒の5色の繊維で平織りされた布で覆われ、折り方、紋様も一致する。

⑸　凶器のロープと対象資料のロープは同種のロープである。

との鑑定結果を得た。

46 ロープを結ぶ練習をしていた

本間律子は、平沢がビーンズ二子玉川の部屋で、リュックサックにロープやスタンガン、懐中電灯等を詰めていた様子を見ていた。

この状況を見たのは、スタンガンを買って平沢さんに手渡した日から考えると、私が彼の部屋に居た「2月2日深夜ごろから2月3日の朝方」だと思います。ダイニングルームの椅子に座り、その周りには、ロープの束、カラビナという金属製で楕円形の輪、スタンガン、赤色の懐中電灯、リュックサック等が置いてありました。平沢さんはロープを一部解いてから「山と渓谷社発行の『ロープワーク』」という本を見ながらロープを手に取ってみたり、自分のウエストに1回巻いて、カラビナにロープを通して、その端を手で持ち上げるような格好をして、「こうやると、体が持ち上がるんだよ」などと説明したり、ロープを結ぶ練習をしたりしていました。その時、私は、平沢さんの側に寄って覗いたり、また、テレビのある部屋でテレビを観たりしていました。平沢さんは、ハサミか銀色の折りたたみ式ナイフを使って、解いたロープの一部を切り取って、自分のウエストに巻いたりしていました。切り取ったロープの長さは、測ったわけではありませんが、私が両手を広げた幅の2倍くらいはあったと思います。ただいま私の両手を広げた長さを測ったところ「1・6m」でしたので、そのロープは「2mか3mくらい」だったと思います。

47　未公開株式（サントリー）購入出資金名下の巨額詐欺事件

1 捜査二課等による捜査

平成元年末に最高値3万8915円を付けた日経平均株価は、年が明けると釣瓶落としに下落、8月2日にイラク軍がクウェートに侵攻し全土を制圧。この影響で東京市場は、円相場、株式、債権ともトリプル安になり、中東情勢で急落続きの東京市場で3年7カ月ぶりに一時2万円台の大台を割った。所謂、バブル経済がはじけ日本経済が混迷する中で未公開株式（サントリー）購入資金名下の巨額詐欺事件が発生した。また、平成天皇が即位する大嘗祭を11月20日に控え警備で東京都内は特別厳戒態勢期間中であった。

(1)　告訴の受理

平成2年12月27日、被害者赤坂峯雄から8千万円を騙取されたとする告訴状が番町警察署に提出され、これを受理している。

(2)　共同捜査本部の設置

赤坂峯雄の事件相談を端緒として平成2年12月18日和泉橋警察署内に捜査第二課、和泉橋警察署、番町警察署による「未公開株式（サントリー）購入資金名下の詐欺事件」共同捜査本部を設置して捜査を開始した。

(3)　告訴人赤坂峯雄が本件に関係すると思料される荒石修が赤坂に渡したメモ及び荒石の同棲者山口瞳が赤坂に渡したメモに記載された「平沢彰」、更には赤坂が架電したことによって判明した余罪詐欺被害者「村岡誠一」「子鹿隆治」等から事情聴取した結果、本件は荒石修がサントリー未公開株の購入を餌食に大金を騙取した詐欺事件であると認め、荒石修を被疑者として逮捕状の発付を受け指名手配した。

48　サントリー株式購入出資金名下による詐欺事件捜査報告書

当署において警視庁刑事部捜査第二課、当署、番町警察署からなる「サントリー株式購入資金名下による詐欺事件共同捜査本部」を設置して捜査中であるが、左記の被疑者にする逮捕状の請求並びに関係箇所に対する捜索差押許可状の請求をなし、その発付を得て強制捜査をする必要が認められるので次のとおり報告する。

記

1　被疑者の人定
本籍　東京都中野区野方4丁目×番地
住居　東京都港区芝1丁目×番×号　芝ハイツ６０３号室
職業　金融業（新誠商事株式会社　代表取締役）
荒　石　　修
昭和35年5月16日生（30歳）

2　被害者
東京都世田谷区下北沢5丁目×番×号　柿沼方
経営コンサルタント（赤坂総合経理事務所経営）

赤坂峯雄（49歳）

3　捜査の端緒

被害者赤坂峯雄の告訴による。

4　告訴の概要

被告訴人は、有価証券相談及び金融仲介等を目的とする新誠商事株式会社の代表取締役をしていたものであるが、サントリー株式会社の未公開株式購入資金預かり金名下に金員の騙取を企て、平成2年10月上旬から同年11月7日ごろまでの間、渋谷区内日本料理店「蟻」店内において告訴人に数回に亘り「**極秘事項だが来年（平成3年）8月に、洋酒で有名なサントリーが株式を上場する。その未公開株を1株600円から700円で8千万円あれば10万株以上譲渡を受けられる。上場すればニッカウヰスキーが4千円くらいだったからサントリーの初値は必ず5千円以上になる。この話の元は東日本建設の社長の息子の成富謙次さんからのもので間違いない。投資の金を私に預ければ私がその株を買ってあげる。株式公開までその金が凍結の形となるが、凍結しない方法として受領した株券を担保に東日本リースから融資を受け、2割の手数料の形で上乗せしてもらうので返済も可能だし、その上に儲かるし、もちろん株券の名義はあなたの名義ですから8千万円資金を準備してくれ。1泊2日で東日本が2割の手数料を支払うのだから株式購入資金として8千万円預からせてくれ**」等と申し向け、その旨誤信した告訴人から同年11月7日右赤坂総合経理事務所において、右サントリー株式会社未公開株券購入資金預かり名下に預かり証と引き替えに現金8千万円の交付を受けてこれを騙取したものである。

（赤坂峯雄の告訴状参照）

5　告訴人からの事情聴取

(1)　告訴人赤坂峯雄は、昭和55年ごろから「**千代田区永田町3丁目○番○号　ビラ永田町321号室**」

において、木室昭子（56歳）と2人で「**赤坂総合経理事務所**」の名称で、金融の仲介等を業としているが、法人登録はしていない。

平成元年8月ごろ事務員の木室に栗林親範から「**いい株がありますから買いませんか**」と電話があり初めて栗林の名前を知った。投資顧問業をしたいと思っていたので、栗林に電話するようになり、仕手株や金融の仲介をするようになる。

平成元年9月、経理事務所と同じ所在地に「**株式会社　株式情報研究会**」を設立する。栗林親範から「**知り合いに金融や不動産の仲介をしている人がいます。紹介します**」と言われ、平成2年1月上旬ごろ麹町の喫茶店「神戸ベル」で初めて荒石を紹介され「**株式会社新誠商事　代表取締役荒石修**」という名刺を貰う。

その後、荒石は「**光村印刷、大都魚類、鹿児島銀行**」等の話をしていた。

(2)　サントリー株の件で荒石から電話があったのは「**平成2年10月1日午後1時15分ごろ**」でした。この時、荒石は「**平成3年8月の予定でサントリー株を100％保有している寿屋が一部に直接上場する。リクルートと同様に上場するには大物政治家や大蔵省OBにかなり献金したり、取引所に根回しをするために大金が必要なので、その資金調達のために株式を分散するということです。私と特殊な関係の人からの情報なんです。1株600円から700円ということです**」等と話していた。
その後、一度荒石から電話があり10月4日に会うことになり、10月4日午後5時半ごろ荒石が私の事務所に訪ねて来て「**渋谷区道玄坂1丁目にある日本料理店『蟻』**」に荒石と二人で行った。この席で荒石は「**サントリーの話は、東日本建設社長の息子、成富謙次さん**」からきた話です。私の知人の姉が成富一族に嫁いでいる関係で、私の知人は株で損をするので成富さんに相談したところ「**サントリーの未公開株を手に入れてやるので資金を調達しなさい。株はもう辞めなさい。サント**

リーは一部へいきなり上場する。これまで、いきなり一部へ上場したのはNTTと三菱自動車だけだし、サントリーは食品業界の中でも格式が違うから面白い話になるよ」と言われ、私も協力しているんですよ。国際興業とか藤田観光が東日本リースや東日本建設との件で事件になっていますが、これはみんな成富謙次さんが関係しているんですよ。私は、成富さんの関係で私の知人と「サントリーの小会社の役員になる予定」なんです。私は金がないから買えないが、赤坂さんもこの株買われたらどうですか。成富さんから「5億円の枠を貰ったのです」。ニッカの初値は４４５０円でしたから、サントリーはもっと高くつきますよ。５千円は間違いないですよ。未公開株は儲かりますよ。株券は関係者以外が買うとインサイダー問題になった時困るので、上場するまで私の名義にします。

知人と港区白銀台の成富謙次の自宅に遊びに行って、ここで「10億円が入っているという段ボール箱」を見たり、ヨットやクルーザー、ゴルフの話を聞いて、成富さんは、我々と住む世界が違いますよ。等と話していた。この料理屋を2時間くらいで出て、「銀座8丁目のクラブ『宵待草』」に行き午後11時ごろ別れた。この日の飲食代金は2軒とも荒石がカードで支払いました。

そして、翌日の「10月5日午前10時50分ごろ」荒石から事務所に電話があり、「成富さんに相談してサントリーの専務に確認しました。上場予定の場合は譲渡制限は緩やかになるそうです。サントリーの専務が寿屋から責任を持って株券を持って来ます。成富さんに頼んで株を買った後、株券は東日本リースに担保に入れて融資を受けることになりました。買値の2倍は融資してくれると思います。上場すれば６００円か７００円の株が5千円くらいになるわけですから、それで東日本リースも承諾したんですよ。私と私の知り合いは、サントリーの子会社の役員になることで、この未公開株を貰えるので、いわば身売りみたいなものです。この話は、サントリーと成富さん以外は知らない話なんです。この話は非常に大きな組織がやっていますから、私達がその中に組み込まれたんです。そんな関係で私達は、この話を知ったんですが、この話は極秘にやっています」。

(3)
私の知人とか私達という人物は「姉が成富一族に嫁にいった知人」のことですが、荒石は最後までこの知人の名前を言わなかった。私は「資金繰りがつかないので買えませんよ」と断った。

そして、電話帳に書いてあるように「10月11日」に荒石から電話があり、「10月18日、19日の両日、軽井沢のパブリックゴルフ場のホテルで第1回の取引があるんですが、資金はありませんか。今回は、東日本リースからの融資は無利子でよく、1泊2日で2割の手数料を乗せた分の融資となります。18日にサントリーから現金と引き換えに受け取った株券は翌日の19日に東日本リースから元金に2割の手数料を乗せた分を融資してもらえるんです。資金枠として、私の分として5億を予定しているんです」等と連絡してきました。しかし、この時は資金がなかったので荒石の話を断ったのです。

そして、電話帳にも書いてある通り「10月23日午後0時10分ごろ」荒石から電話があり、「先日の件は軽井沢で実行して終了しましたよ。実行したのは3億で予定額より少なかったので、もう一度やることにしています。実行した人達は大変喜んでいましたので赤坂さんもやったらどうですか」と何時もより弾んだ声で連絡がありました。この時、私が「ほう、実行されたことは見事ですね。おめでとう。よかったね。どうして、3億になったんですか」と興味を示した言い方で聞くと、荒石が「今回は2割の報酬しか払わなかったんですけど『現金と引き替えに小切手をくれ』と言う人や『分からないようについて行くから尾行させてくれ』とか『相手に直接会わせてくれ』という人がいたので、今回はそういう人は断りました。1泊2日で2割の報酬で済む人だけに参加して貰いました。私を信用してくれる人だけを選んだので3億になったのです。相手には、金を預かった時、私の住民票と印鑑証明を渡しましたよ。軽井沢に行った当日の18日、現金と引き換えに株券を貰い、翌日東京に帰ってきて、今回は東日本リースの予定を変更して東日本建設で現金化したんですよ」と言ったので、「今回、参加した人は株券はどうなるの」と尋ねると、荒石は「今回は、1泊2日の2割の報酬で終わったんで株券は私のものです。8月に上場したら売却するんです。約20億円くらいの利益になります。赤坂さん、この金使って即金屋をやればいいじゃないですか。会社が集めた金で政治献金もやるんです」と言ったので電話帳に要点だけメモしました。この時、急ぎの電話が入ったので木室と代わりました。木室の話では「私もサントリーの株を買わないかと勧められたが『金がないから』と断った」ということでした。

荒石の話に興味を持ったことから、10月24日午後2時過ぎに荒石から電話が入り「例の件ですけど会ってくれませんか。そっちへ行きますから」と言ったので、私も「受け渡しをしたのであれば、その時の状況を聞いてみたい」と思っていたので、「この日（10月24日）午後4時30分過ぎごろ」私の事務所の近くにある「千代田区永田町1丁目の喫茶店『ルノワール』」で荒石と会いました。この喫茶店に行った理由は、「荒石の話を木室に聞かれたくない」ということでした。荒石は「18日は、成富謙次さんと私と私の知人の3人で2台の車で軽井沢に行った。当日は、軽井沢のコテージのあるホテルに集まった。その時、1グループ4人くらいずついて10組くらい来ていた。用意された部屋に通され夕方5時ごろ現金を持って部屋で待っていたらサントリーの役員が一人来て、『今晩ミーティングをやりますから、また連絡しますけど集まって下さいね』と言われたんです。そして、1時間くらい過ぎたころ、専務と思われる人が来て『今からやりましょう』と言われホテルの1室に通され、名刺交換するわけでもなく『こんにちは』という挨拶だけでした。部屋の中にはテーブルがあってサントリーの人と向かいあって座り、そのうちの一人が私に『荒石君のこ

(4)

とは成富君から聞いている。あなた方は若いので当社も期待している。あなたのことは悪いけど調べさせてもらった。今回の件に関しても将来を見越して頑張ってくれませんか。将来は何になりたいかね』と言われました。ここで雑談をしながら受け渡しは終わりました。グループ毎に受け渡しをやったらしく、自分達も1グループとして受け渡しは終わりました。19日は、朝打ち合わせをやった後、私と成富さんが東日本リースへ株券を持って行って現金化する予定だったのですが、成富さんが会員とゴルフをやることになって東日本リースに行けなくなったんですよ。東日本リースへは、成富さんが直接行けないと現金化するのに手続きがあって、1日で間に合わないことから成富さんが東日本建設へ電話を入れ、成富さんから『あなたが東日本建設の経理へ行って担当者から株券と引き換えに現金を貰って下さい。話はつけてあるから、パスポートを持って行きなさい』と言われ、私が東日本建設へ行ってお金を即金で貰ってきたんですよ。お金を出してもらった人には、1泊2割の報酬を払いましたよ。赤坂さんもサントリー株を買いませんか、まだ、枠が空いていると思いますよ」等と受け渡しの状況を細かく説明したので荒石の話をすっかり信用して「サントリー未公開株を買おう」と決め、荒石に「私も金策してみます」と返事したのです。

その後、サントリー未公開株の購入資金を作るため「世田谷区岡本4丁目○番○号　株式会社岡本地所　専務取締役鶴田辰郎（53歳くらい）」「文京区春日1丁目○番○号　株式会社春日観光　社長大河内俊治（48歳くらい）」に金策を相談しました。

そして、平成2年10月26日、荒石から電話があり、「まだ、枠が空いていました。次回は、10月末を予定しています」と言うので「月末はどこでも資金繰りで忙しいよ。月が明けてからどうですか」と言うと、荒石は「それでは、11月中旬ごろになるように相談してみますよ」と返事しました。

その後、荒石から電話があり「株券の受け渡しは、11月7日に決定しました。渋谷の『蟻』で会い

ませんか」と誘われた。

渋谷の「蟻」で荒石は、「**この一連の取引は極秘に進めているためあまり口外していませんが、最近情報が漏れているので心配になってきました。サントリーの件は今回で終わりになりますが、子会社のファーストキッチンも上場が近いので、それも同じようにやれるし、今後もお付き合いして頂きたいので宜しくお願いします。私は、年明けにはサントリーの子会社の役員に移るようになると思いますので、私の会社を赤坂さんに吸収してやってもらえませんか。このことは、サントリーと成富さんにも話してあります**」と言ったので、私は「**荒石の会社を引き継いでやってもいいな**」と思ったので「**分かりました**」と返事をし、この日は1時間くらいで荒石と別れました。

その後、11月2日午後1時20分ごろ荒石から電話があり、「11月7日、8日」に決定しました。「**7日の昼ごろに現金を預かって、あくる日午後3時に返却する**」という方針で先方と決定しました。8日は現地で打ち合わせするんです。

資金の方はどうですかと聞くので、私は、荒石に「**5日の月曜日には返事します**」と答えました。

そして、11月5日㈪午後4時ごろ、荒石から電話があり「**今、小伝馬町にいます**」と言うので、金策の話も煮詰まってきた事から荒石と接触してサントリー未公開株のことについてその後の状況を知りたかったので、荒石に「**事務所へ来たら。その辺の焼き鳥屋ででも一杯やろうよ**」と言うと、荒石は「**直ぐ行きますから**」と返事して、午後5時ごろ私の事務所に来たのです。

その日の午後6時ごろから、荒石と私と木室の3人で事務所近くの焼き鳥屋で2時間近く飲みました。この時、荒石は「**これから自信を持って仕事をやりますよ。世の中自分の思い通りになりますよ。今、いくら金使っても直ぐ返せます**」等と普段と違って随分大きな話をしていました。

そして、翌11月6日午後6時30分ごろ、渋谷の「蟻」で荒石と会うと荒石は、「**資金はどのくらい**

(5)

できましたか」と聞いたので、私は荒石に「**8千万円都合つきましたよ。全部借入なので完全に実行して下さいよ。1株600円だとすると10万株以上買えますね**」と念を押すと、荒石は「**確実に出来ますよ。現金は午前11時半に赤坂さんの事務所に取りに行きます。今回は、1泊2日で2割の手数料でいいですね。赤坂さんだけ倍額融資というわけにもいかないものですから。株券は、上場後に名義変更して赤坂さんのものになりますから儲けて下さい。株券の受け渡しは前回と同じく軽井沢のホテルですが、今回は、成富さんがゴルフを中止して私と一緒に東京に帰って来て現金化の手続きをしてくれることになりましたよ。これで、安心、このうえもないですよ。8日は午後4時ごろには、赤坂さんの事務所に戻れますので合計9600万円を持って来ればよいですね。その時は、おいしい酒を飲みましょう。途中で連絡を入れますよ**」と言っていました。

来客が帰って行ってしばらくした、11月7日午前11時半丁度に荒石が私の事務所に来ました。この時荒石の服装は「**黒地に薄い縦縞の背広にネクタイ姿**」でした。荒石は、事務所の入り口で「**現金を貰いに来ました**」と言いながら事務所に入って来たので、「**8千万円を荒石に確認させた方がいいだろう。木室に手伝ってもらおう**」と思い、荒石を木室が使っている部屋へ通し、荒石に対して「**8千万円ありますから**」と言って、木室に手伝わせながら荒石に現金を確認させたのです。

8千万円は全て1千万円ずつの束になっており、荒石が持参したバッグが小さかったので、私が出張の際に使っていた「**赤茶色、横45㎝くらい、高さ40㎝くらいのボストンバッグ**」に入れて渡しました。現金を確認した後、荒石は「**金のやりとりについても書類は残さない**」と言っていたのですが、私は「**万一、荒石が事故にでも遭い金をなくすような事があったら困る**」と思い、予め預かり証の内容を書いて準備していた書類に「**住所と名前を書いてくれ**」と頼んだのです。荒石は「**分かりました**」と答えて住所と名前を書いた後、私が印鑑を押してくれるように頼むと、「**印鑑は全部**

らったのです。

組織に取られているので指印でいいですか」と言うので、私が朱肉を出して荒石に指印を押してもらったのです。

荒石は、預かり証に名前等を書き終えると背広の内ポケットから白封筒を取り出して、「**万一、私の身に何か起きた場合は、この書類で追及して下さい。私が帰って来なかった場合は開けて下さい。完全に解決できます。組織の最高幹部まで届きますのでお願いします。私のアパートに山口という女性がいます。何かあったら、この女にノートを預けておきますからそれを見て下さい**」と言ったのです。この時、私は荒石に「**そんなことになったら困る**」と思って、荒石に「**それは冗談でしょう。困りますよ。それじゃ**」と言いました。すると、荒石は「**そうならないように頑張ります**」と言ったので、私は「**そんなことにならないように祈っています。取り敢えず受け取っておきます**」と答えて封筒を受け取ったのです。この時、荒石は「**これも置いていきます**」と言って荒石の印鑑証明と住民票をくれたのです。そして、荒石は「**取引自体安全で問題ないですよ。前回同様に進むと思います。今回は、特に成富さんがゴルフをやらないで一緒に帰ってくるので現金化は問題ありませんよ。特に安心です**」と言いました。その後、私が荒石に「**それはよかったね。今日の予定はどうなっているの**」と聞くと、荒石は「**これから東京駅で一人と待ち合わせをしていて、その後、小伝馬町で一人と会った後、白銀台へ行くんです。A級ライセンス所持者が運転するんで車で3時間あれば行きますよ。夕方5時ごろには充分着きますよ。あくる日は、現金化に1時間みても午後4時にはここに着きますよ。その時は、盛大にやりましょう。その為に一生懸命やります**」と言っておりました。

(6)

荒石に金を渡した翌日（11月8日）午前9時ごろ事務所に着いて、荒石が現金を持って戻って来るのを待っていました。しかし、荒石は、予定の午後4時を過ぎても戻って来なかったのです。そこで、私は「**荒石が事故にでもあったのかな**」と思い心配になり、前日荒石から「**万一、私の身に何か起きたらこの書類で追及して下さい**」と言って渡された封筒を開けてみました。中には1枚のメモが入っており、「**平沢彰　世田谷区在住　TEL　705-4809**」と書いてあったので電話しましたが、誰も出ませんでした。そこで、荒石の事務所に電話しましたが、ここも誰も出ませんでした。

午後5時半（11月8日）ごろになり、居ても立ってもいられず、丁度仕事で来ていた「**吉岡さん（私の友人）、田岡さん（吉岡さんの友人）**」の3人で荒石のアパートに行って山口という女性から「**荒石が話していたノート**」を預かりました。ノートを見ると「**11月3日の欄**」までしか書いてなく、最後の方を見ると「**平沢彰の名前**」が随所に書いてありました。そこで、私は「**この平沢が荒石のことについて何か知っている**」と思い、再度、荒石のアパートから平沢に電話したのですが、誰も出ませんでした。

山口という女性に荒石のことについて色々聞いたら、山口という女性は「**荒石は7日の午前11時に車が迎えに来て『軽井沢まで仕事で行って来る。サントリーの株の取引がある。帰りは明日の午後5時ごろになると思う』と言い残して出かけたまま帰って来ていません。11月7日午後6時ごろ、荒石から『今、軽井沢に着いた』と電話がありました。今日は帰って来るということだったので、私も仕事を休んで待っているのです**」等の説明を受けました。更に、山口さんに「**前回の10月18日、19日はサントリー株の取引は実行したんですか**」と尋ねると、山口さんは「**その時は、実行していません。会社の人で野口さんという人がお金を調達出来ずに中止になったということで、荒石は野口さんのことを電話で怒っていました**」と答えました。この時、私は山口さんからこの話を聞いて「**荒石に完全に騙された**」と思いました。山口の話を聞いた後、事務所に戻り、11月8日の夜から翌9日の朝にかけて木室と二人で片っ端から電話を掛けました。その結果「**株式会社ユニバーサルプラニング　社長村岡誠一**」「**代議士秘書　子鹿隆治**」の二人が私と同じように荒石に騙されていることが分かりました。

11月9日は、午前中に平沢と連絡が取れ、午後6時に私の事務所に来るようになったので、村岡さんと子鹿さんにも連絡を取って私の事務所に来てもらうことにしました。

その後、私は一人で荒石のアパートに行きました。アパートには、昨日と同じく山口さんが一人でおり、私が山口さんに「**何か連絡ありませんでした**」と尋ねると、「**今日（11月9日）午前10時ごろ軽井沢プリンスホテルから電話があり『11月12日から15日まで予約してあるから来てもらいたい』と言ってきた**」と答えるので、山口さんに軽井沢プリンスホテルに確認させたところ、山口さんの名で予約してありました。そして、山口さん立ち会いのもとで荒石の持ち物を探したところ、「**荒石のパスポート、印鑑登録カード、預金通帳の入った鞄**」等があったので「**荒石に外国へでも逃げられたら大変だ**」と思って、これらの物を預かったのです。前日、預かったノート類は、一部コピーした後山口さんに返しました。

その後、私は、平沢が夕方事務所に来ることになっていたので荒石のアパートを出て事務所に戻りました。

平沢は、11月9日午後6時ごろ「**ホンダ・レジェンド　濃紺色　ナンバー2742号**」で一人で来ました。平沢が来たころは、村岡さんも子鹿さんも来ておりました。

私は、それまで荒石を血眼で捜しており、荒石の話の内容から「**この平沢は、荒石の共犯だ**」と思っていたので、平沢はそのように思っている私達の態度を見て、「**何事かと思ってびっくりした様子**」でした。私が、最初に平沢に「**荒石さん知っていますか**」と切り出しました。すると平沢は

「知っています。荒石さんが神戸リッチメイクにいたころから荒石さんから指導を受けて株を買っていました。荒石さんは神戸リッチメイク当時の私の担当者です」と答えるので、私は更に、「実は、荒石が私達の金4億5千万円を持ち逃げしているんですけど、その中に重要な鍵を握る人だということで置いて行った封筒を開けたところ、あなたの名前が出てきましたが、これに間違いありませんか？」と言ってメモ類を見せたのです。平沢はメモ類を見ながら「A級ライセンスは持っていません。姉は結婚していますが宗富家には嫁いでいません。成富は知っています」と言うので、私が「成富さんとはどういう関係ですか」と尋ねると、平沢は「成富謙次という人を知っています。徳田という女性が成富さんの友達で、この女性を知っていたことから知り合い、2〜3回酒を飲んだり遊びに行ったことがあります。荒石とは電話だけで、今まで会ったことはありませんし、荒石と一緒に謙次さんの家に行ったことはありません」と言葉を選びながら慎重に答えました。更にメモ紙の内容について「北海道出身というのは間違いありません。2万坪の土地は持っていません。西武シドニー館の仕事はやっています」と言いました。私は、平沢に「私達は、荒石にサントリーの未公開株を買ってやると言われて騙されたんだが、荒石の説明によるとサントリー株のことについては、あなたが重要な人物ということですが、どういうことですか」等と聞きました。すると、平沢は「サントリーの株の話は荒石から聞いたことがありますが、私は、以前、船株で荒石から損をさせられ揉めたんで荒石のこと信用していないんです。ですから荒石からサントリーが上場するという話を聞いた時も『あっそう』と返事しただけで詳しく知らないんですよ。私は重要人物なんかじゃありませんよ」等と答えたのです。

次に免許証や車のことについて聞くと平沢は「A級ライセンスは持っていません。以前、車のナンバーを盗まれましたが、しばらくして車の屋根にのっていたことがありました」等と意味の分からないことを言っておりました。

私は、平沢の態度や話し方を聞いて「**平沢は荒石が言うようにサントリー株の事に関しては重要人物でないな。荒石は嘘を言っているな**」と思いました。

11月10日(土)も私は「**荒石から山口に何か連絡が入るのではないか**」と思って荒石のアパートに泊まり込みました。この日、私は夜になると疲れで応接間のソファーで眠ってしまいました。朝になり、私は「**事務所に帰って今後の打ち合わせをしよう**」と思い玄関まで行くと、玄関に置いてあった私の鞄の上に「**サンチェーンの買い物袋**」が置いてありました。この時、私は「**何だろう、昨夜はなかったのに**」と思って、中を覗くと「**世田谷信用金庫の帯封のついた100万円束3束、山口さん宛の手紙1枚、荒石の印鑑証明書、委任状が各1枚**」が入っていました。この時、私は、この帯封を見て私が、鶴田社長から借りた3千万円についていた帯封と同じ物だったので「**これは荒石に騙し取られた金だ。荒石が来たんだ。荒石とこの女はグルだ。この女に金を渡すわけにはいかない**」と思って、この金を仕舞いこみ手紙を読みました。手紙には、

瞳へ
とりあえず、無事なので安心して下さい。全ては会った時に話すので、今は言う通りにして下さい。まず、新誠商事の事務所を移転するという理由にして、解約の手続きをしてもらいたい。事務所の荷物、書類等は後々残っていると問題になるものが多いので全部ゴミ扱いにして速やかに処理する。一人では大変な作業なので、お金はいくらかかってもよいから、1日で終わらせて下さい。それから、瞳もマンションにいると大変な事件に巻き込まれかねないので、早急に引っ越した方がいいだろう。住民票は、今のままにしておけば移転先は誰にも分からないは

ず。事務所と同様に僕の私物はあるゆる物全て、エンピツ1本のこさず処分してもらいたい。こういった処分を何から何までしてくれる業者に頼んだ方がいいだろう。兎に角、この二つのことを直ぐに実行すること。

11月12日から15日までの間軽井沢プリンスホテルを予約しておくので以上のことが済み次第、ホテルで待機して連絡を待って下さい。本当に迷惑をかけて済まない……今は、これしか言うことが出来ない。何をしたのか大体想像はつくだろうが、周りはまだ自分のことを真剣に捜してはいないはず。たぶん香港かどこかに行くことになるだろう。兎に角、会いに来てほしい。

北軽井沢の別荘にて　修

と書いてあったので、「**今ここで山口に見せたら一緒に逃げられてしまう。金も使われてしまう**」と思い手紙も持ち帰ったのです。この時の現金は、後日山口さんに説明して荒石を捜す費用として使いました。

帯封は1枚しかありませんが、他の2枚はなくしてしまいました。また、この時、手紙を読んでから玄関ドアについている郵便受けを見たところ鍵の束も入っていました。

11月12日から11月15日までの間、山口さん、私、吉岡さん、田岡さんの4人で軽井沢のプリンスホテルに泊まり込みで荒石からの連絡を待っておりました。この間、私は山口さんに「**玄関内に300万円投げ込まれていたことや手紙が入っていた事**」について話したのです。山口さんには荒石から届いた手紙を渡しましたが、この手紙は私が荒石の手紙の「**お金はいくらかかってもよい**」と書かれていた部分だけを除いてワープロで打ち直したのです。その理由は「**山口さんに自分（赤坂）の金を勝手に使われては困る**」と思ったからです。山口さんにお金の話をしますと「**何の金か**

思い当たる節はないし、荒石から３００万円もらえる予定はない」との返事で３００万円は私が使うことで納得してもらいました。この間、東京に残って荒石を捜している村岡さん、子鹿さんと連絡を取り合って荒石から山口さんのアパートへ手紙が届いていることが分かりました。

また、軽井沢にいる間に子鹿さんからの連絡で「荒石が11月20日成田から香港までの航空券を予約している」ことが分かったので、私一人が東京に戻り、子鹿さん、村岡さんの３人で成田空港へ行ったのですが、結局、荒石は現れませんでした。

6

私が12月５日サントリー本社の法務課長の岩本さんに電話で確認したところ、「上場予定は全くない。新誠商事も荒石修も知らない。東日本リース、東日本建設、成富謙次の間で株の売買の話をしたことはありません。平成２年10月18日と11月７日に軽井沢のホテルでサントリーの未公開株を売買した事実はありません。当社の専務も軽井沢へは行っておりません」との回答であった。

私が、平成２年12月９日、平沢さんの紹介で成富謙次さんに直接会って話を聞いたところ、「荒石修という人は全く知らないし、新誠商事という会社も知らない。サントリーの未公開株の話も聞いた事が無い。平沢彰は、自分（成富謙次）が勤めていた岡地商事という商品取引会社の客だった」との回答でした。

木室さんが電話で「東日本建設株式会社　成富斉《ひとし》」に聞いたところ、「サントリーの未公開株式売買の話はなく、新誠商事や荒石修は知らない」との回答であった。

7

村岡さんが東日本リースの経理課長代理に会って話を聞いたところ、「サントリー株の売買の話は全く知らない。サントリー株を担保に荒石修や新誠商事に融資する話もない」との回答でした。11月27日に荒石の事務所に行ったら「机が４個と応接セットが１組残っており、書類や帳簿は一切ありませんでした。事務所の家主である髙橋さんに聞いても荒石の所在は分かりませんでした。髙橋さんには事務所の

転出費用として100万円が支払われており、帯封を見せてもらったところ、荒石に騙し取られた世田谷信用金庫池尻支店のものと同種類でした」旨を届け出た。

（赤坂峯雄の供述調書2通参照）

8　被害者の借入先（原資）の捜査

被害者は、本件原資について「**株式会社岡本地所社長鶴田信行から3千万円**」「**株式会社春日観光社長大河内俊治から5千万円**」をそれぞれ借り受けたと供述し、右両名から裏付けを取ったところ、被害者の供述が裏付けられた。

（大河内俊治、鶴田信行の供述調書、世田谷信用金庫池尻支店回答書、竹下康夫作成出資事実確認捜査報告書参照）

9　サントリー株式会社の捜査

被疑者は、被害者に対し「**サントリーが来年（平成3年）8月に一部上場する**」などと供述していることから、裏付けのため「**サントリー株式会社東京支社　総務部長戸田昭（52歳）**」から事情聴取したところ「**サントリーの株式上場予定は全くない。新誠商事、荒石修も知らない。東日本建設、東日本リース、成富謙次とも取引はない**」とのことであった。

（戸田昭の供述調書、サントリー持株会規則、サントリー株式会社の商業登記簿謄本参照）

10　成富謙次の捜査

被疑者は、「**サントリーの話は成富謙次から出た話だ。成富謙次に言われ東日本建設で株式を担保に金を借りた**」などと供述していることから、この裏付けのため「**成富謙次（46歳）**」から事情聴取したところ、「**荒石修は知らない。サントリーが上場するという話も聞いたことがない。サントリーの株を取引したこともない**」とのことであった。

（成富謙次の供述調書参照）

11　東日本建設の捜査

被疑者は被害者に対し「**10月（平成2年）19日、東日本建設の経理でサントリーの株券担保に融資を受けた**」などと供述していることからこの裏付けのため「**東日本建設株式会社　事業管理部部長村上泰夫（52歳）**」から事情聴取したところ、「**荒石修は知らないし、サントリーの株式を担保に融資した事実はなく、サントリーとも取引はない**」ということであった。

（村上泰夫の供述調書参照）

12　東日本リースの捜査

被疑者は被害者に対し「**サントリーから買った株券は東日本リースで株券担保で融資を受けることになっている**」などと供述していることからこの裏付けのため「**東日本リース株式会社　総務部総務課長代理女部田宗一（32歳）**」から事情聴取したところ、「**当社はサントリーとは全く関係なく、サントリーの株券を担保融資した事実もない。荒石修とも取引はない**」との回答であった。

未公開株（サントリー）購入出資金名下詐欺事件

平成３年１月21日　捜二、和泉橋、番町

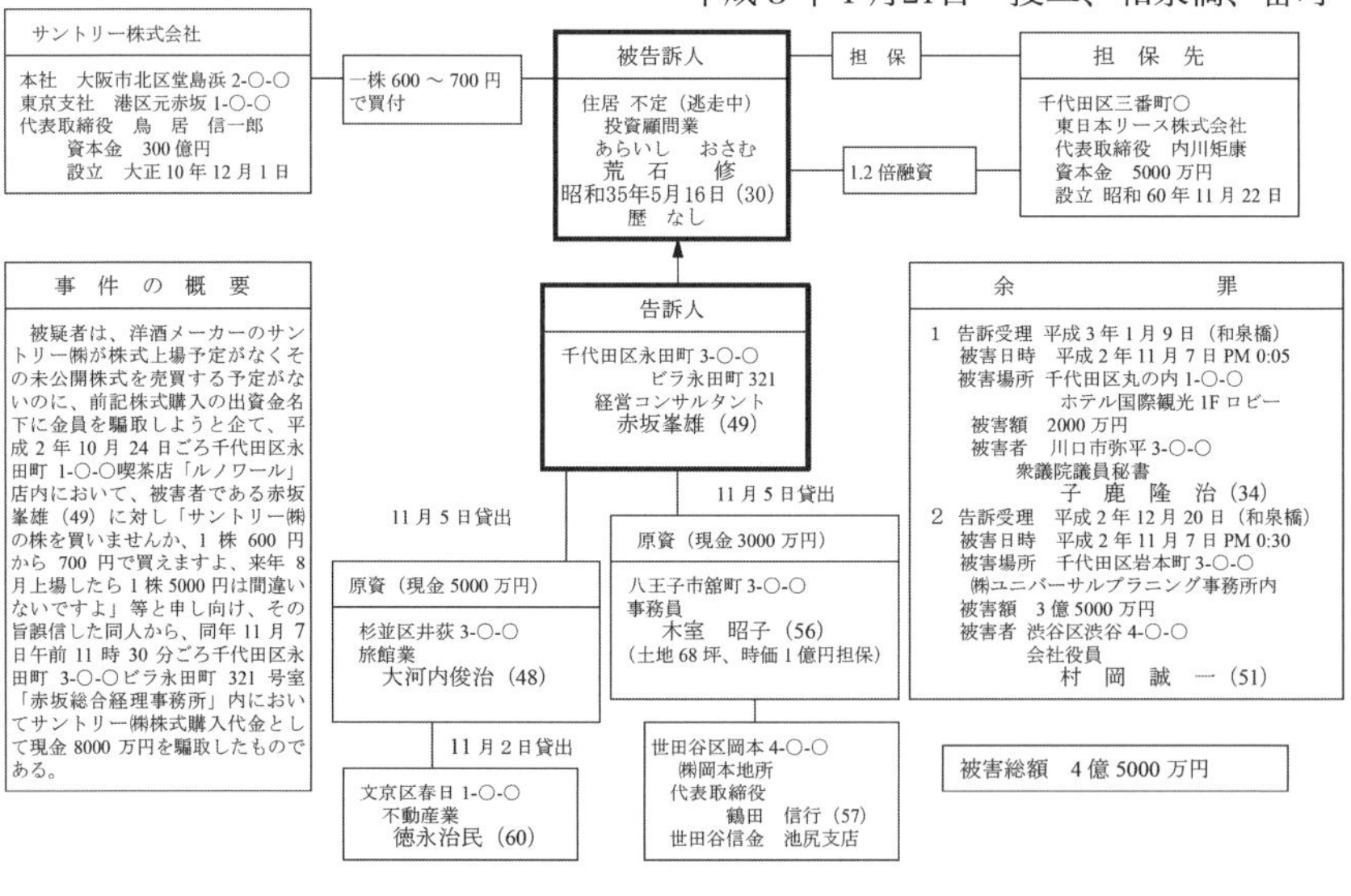

（女部田宗一の供述調書参照）

13　平沢彰の捜査

被疑者は被害者から現金8千万円を騙取する際、被害者に対し白い封筒を渡し「**万一、私の身に何か起きた場合は、この書類で追及して下さい。完全に解決できます。組織の最高幹部まで届きますのでお願いします**」等と供述していることから、この裏付けのため「**平沢彰（39歳）**」から事情聴取したところ「**荒石は投資顧問会社に居た時から平沢の担当で電話でやりとりしているが面識はない。荒石のことを信用しておらず、サントリーの未公開株の話も荒石から聞いたことがあるが内容は詳しく知らない**」との回答であった。

（平沢彰の供述調書参照）

14　強制捜査の必要性

以上の捜査経過のとおり、被疑者が本件犯行を犯した嫌疑が認められ、かつ犯行後逃走しており、多額の余罪も発覚し、帳簿、伝票、日記帳、手帳、メモ類等を差し押さえる必要が認められることから被疑者に対する逮捕状、関係箇所に対する捜索差押状の請求をなし、その発付を得て強制捜査をする必要が認められる。

49　村岡誠一の供述調書

1　私は、東京都千代田区岩本町3丁目○番○号岡本ビル2階で、株式会社ユニバーサルプラニング

昭和60年4月13日　設立

資本金　300万円

業務　1　不動産売買、売買の仲介代理、賃貸の仲介代理

2　木造、重軽量鉄筋コンクリート造りの建設設計施工

3　衣料品、スポーツ用品の輸入販売

4　小型船舶の輸入販売

役員は私の他、

取締役　北川芳裕

取締役　村岡光江

取締役　北川美津子

監査役　岩永誠也

従業員　男5名　女3名　計8名

年商　125億円

他1社の代表取締役社長です。両社で年商130億円くらいあります。

2

私が荒石修を知った経緯は、こうです。私は昭和62年ごろから、会社の財テクや個人的な興味から株式投資を始めました。当初は、日興證券本店、東京証券恵比寿支店に取引口座を設けて株式の現物取引をしておりました。

昭和63年3月下旬ごろ購読していた株式新聞の広告欄に株式情報を提供する「神戸リッチメイク株式会社」の広告を見て、〈一つくらいこういう情報会社の株式情報も参考にしてみようか〉という気持ちから入会金20万円を支払って会員になったのです。この投資顧問会社は「**本社：神戸市中央区浜辺通4－**

〇ー〇」「東京支社：東京都中央区日本橋蛎殻町3ー〇ー〇」があって、当時、東京支店マネージャーをしていたのが「**荒石修**」だったのです。荒石と知り合った直後、株式情報として教えてもらった繊維関係の会社「セーレン」など2～3の株式を日興證券を通じて売買し、それなりの利益をあげたこともありました。

3

その後も、同じように荒石から教えられた株式情報で、昭和63年7月19日から同年9月8日にかけて4回に亘って東京都競馬、日本トムソンと1万株ずつ買ったのです。この東京都競馬、日本トムソン株を買うに当たっては、自己資本の一部を、荒石から紹介された証券金融業「大貴」の営業社員「**野口三喜夫（32歳くらい）**」を通じて同社から買った株券を担保に融資を受けたりしていたのです。

そして、野口には、私が所有していた「日興證券投資信託証券」を償還日までの間運用させてくれと言われて預けたりしていたのです。大貴を通じて買った東京都競馬、日本トムソンの株を私の都合で昭和63年9月ごろ売却しようとしたら、〈これらの株は荒石と野口に無断で売却されている〉ことが分かりました。私が二人を厳しく追及すると、「**兎に角、警察沙汰にだけはしないでくれ。預かった證券は必ず返還する。株券も売却を希望する時、株券があるものとして計算して返済する**」ということで、東京都競馬、日本トムソンの株券や日興證券の投資信託證券を借用した事実、返済方法、返済期日などを明確にさせるため「**東京都世田谷区松原1ー〇ー〇ー404　野口三喜夫、連帯保証人　東京都豊島区雑司ヶ谷3ー〇ー〇　305　荒石修**」連名の昭和63年10月24日付の借用書を差し出させ、その返済を確約させたのです。

荒石や野口に借用書を入れさせ私の株券や證券の返済を迫っていたところ、野口から投資信託で金を借りていた分として、

昭和63年11月18日から平成元年3月8日までの間に5回に亘って500万円、株券の現物として

平成元年2月10日　東京都競馬　２０００株
平成元年6月7日　東京都競馬　１０００株
平成元年9月7日　東京都競馬　２０００株

その他現金で

平成2年2月1日　１００万円
平成2年4月13日　50万円
平成2年5月8日　１００万円

と途切れ途切れで返済してくれていたのです。

4

野口と荒石がどのような話になっていたか分かりませんが、平成2年6月初旬ごろ荒石から〈今月から毎月１００万円ずつ返済していく〉という電話があって、平成2年6月26日から平成2年9月4日までの間に50万円3回、30万円1回の合計１８０万円が私の取引銀行の口座に振り込まれております。

荒石から10月も入金があって当然と思っていた平成2年10月22日午後2時ごろ、新誠商事の荒石に電話を入れました。すると荒石は「返済が遅れて申し訳ない。近々まとまった金が入るので遅れている分も返済できる」と謝ったあと、さも他人には聞かせたくないような口調で「実は、社長にいい話がある。今度、内密で新規未公開株の売出しの話がある。ある会社で系列会社の社員に売り出されるんだが、その資金を出してもらえれば36時間以内には2割増しで出した資金を戻してあげられる。社長の方で資金が用意できたり、社長との借金など諸処の問題もいっぺんに解決できるので是非資金を出してもらえませんか」といかにも資金を出せば、2日もしないで2割の利益が上がるからこの話に乗らないかという相談とも誘いともつかない話を切り出してきたのです。

私は、この荒石の話を聞いて「**株を買う資金を出してやるだけで、2日もしないうちに2割の利益が出**

るならこんなうまい話はない。未公開株式の売出しということは株を買った人は値上がりして儲かるが、その資金が必要なんだな。金を出して2日もしないで2割も利益が上がるなら会社の資金繰りにもなる。荒石や野口に対するこれまでの貸金も返済されれば金を出してやってもいいな」と思ったのです。ただ、荒石が詳しいことはまた後で電話をくれるということだったので、金を出すとか一口乗るとか具体的な話まではしませんでした。

荒石から未公開株の話を聞いたその日だったと思いますが、専務取締役北川芳裕に荒石から電話で聞いた内容のあらまし「未公開株の売出しがあって、その資金を出してやれば、翌日には出した資金の2割増しで返済される話があるが、どこか資金を出せるところに心当たりがあったら探してみてくれ」と話したのです。

北川専務は、私が株の取引などで荒石や野口と付き合いがあるのを知っていて、その荒石からの話だと言うと、「そんなうまい話があるの。出した資金が翌日2割ついて戻るなら、出せる人がいるかも知れませんから当たってみる」と返事しておりました。

そして、次の日、平成2年10月23日午後3時ごろ、荒石から会社に電話があり、「社長、昨日話した未公開株式の取引が10月下旬か11月上旬になる。はっきりした日取りは、まだ決まっていないが、この話は間違いない話だから安心して下さい。ところで、社長の方はどのくらいの資金が用意できますか。多ければ多いほど利益になりますよ」と言ってきたのです。この時、私は、荒石に「36時間で金が戻って来るなら、うちで3億から5億くらい用意できるが、本当に36時間で2割増しで戻るのか」と強く念を押したのです。すると、荒石は「社長、私に任せて下さい。絶対に36時間以内に2割増しで金は戻ります。こんないい話、他の人に持ちかけてもいいけど、社長にはこれまで迷惑を掛けているので是非儲けてもらいたいんですよ。この未公開株の話は組織でやっているので、どのくらいの資金が準備できるかを返事しなければならない。10月26日までに社長の方でどのくらい用意できるか連絡して下さい。その時までには取引の日もはっきりすると思います」等と言っておりました。私は、荒石の電話で自信に満ちた口調から「この話は本当だな。2日で2割利益が上がれば会社もおおいに助かる」と思ったのです。このあと、10月24日ごろ、北川専務も「資金を出せば2割増しで戻るという儲け話」をしたらしく、その北川専務から「2億から4億なら出せる人がいる」と聞かされたので、10月26日午後3時ごろ荒石の事務所に電話を入れて、「うちの方としては2億から4億くらい用意できそうだ」と回答しました。

5

その後、3日くらいした、10月29日午後3時ごろ、荒石が一人で私の会社にやって来たのです。荒石は、社長室で他人に聞かれないような小声で「社長、取引の日が決まりました。取引は11月8日です。実は未公開株の銘柄はサントリーなんです。この取引は絶対に内密にして下さい。サントリーのことも取引後のことも絶対に口外しないで下さい。サントリーの上場予定は来年の8月ですが、その間は東日本建設の息子成富謙次が社長をしている東日本リースで社長個人が資金を用意して2割増しで買い取ってくれるのです。私も今度サントリーの系列の会社で出向社員として勤めることになって、その関係で分けてもらえるのです。1株1000円くらいで分けてもらえるが、ニッカの株が2000円か2500円くらいだったので、サントリーなら3000円から5000円くらいになるのは間違いない。このサントリーの未公開株の取引は10月18日にも第1回の取引が軽井沢のゴルフ場のクラブハウスを借り切って行われ、私も現場に行ったが出資者は2割増しで現金が戻って喜んでいました。現場には、サントリーの専務や東日本リースの成富社長らも来ていて資金として集めて出資者に戻す金がいくつもの段ボール箱に詰まっていましたよ。ダンボール箱には、日本洋菓子組合のエッフェル塔が印刷されていた。重ねて言いますけど、このことは絶対に口外しないで下さいよ。他に漏れると、この前の政財界を巻き込んだリクルート事件のような大問題になってしまう。私もこの取引については末端の一員にしか過ぎないので詳細の内部事情は知らされていないし、知っている部分も教えるわけにはいかないが、私を信じて下さい」等と縷縷説明したのです。

私は、この荒石の説明を聞いた時、サントリーが株式を上場しないのはウイスキーの製造工程など企業秘密があってこれを外部に出さないことや、大資本でありその必要性がないという理由だと記憶していたので、荒石に「何でサントリーが株を公開するのか」と尋ねたのです。すると、荒石は「前回の取引の説明では、サントリーが世界的に有名なベルリッツ外語学校を買収することになった。また、山梨のワイン工場を新設拡充することや、アメリカのビール会社を買収する話も決定しており、これらの資金が必要で公開になる」等と説明した。

そして、荒石から11月1日午後3時ごろ会社の私に電話が入り、「未公開株の取引が11月8日に決定しました」と知らせてきた。その日、会社にいた北川専務に資金を出せる人が見つかったかどうか確認したのです。その時、北川専務は名前まで明かしませんでしたが、金を出せる人が見つかったと言って「2億円出せる人が1人、4千万円出せる人が2人、あと1千万円は私が何とかする」と説明し「合計2億9千万円」用意出来ると返事しました。

その後、11月5日午後1時ごろ、荒石が私の会社に来て「11月8日午後0時半に取引することになったが、最終的には資金は何億くらい用意できますか。手形や小切手では後で追及されるので必ず現金にして下さい。私が11月7日午後0時半に社長の会社に現金を受け取りに来ます。そして、そのまま山梨に向かい取引を行い、11月8日午後4時までに山梨中央銀行の日本橋にある支店で現金を受け取り、社長の会社に出資金の2割増しとこれまで迷惑を掛けている分として、取り敢えず、1千万円をプラスして持参します。その時は、社長、会社に居て下さいよ」等と言っておりました。この時、私は荒石が手形や小切手ではなく必ず現金にして下さいと言っているのは、秘密に行われる取引であり、後で資料として残るものは一切駄目なんだなと思ったのです。

また、この時、私が荒石に「私の方は3億円用意できる」と返事したのですが、荒石は「10億円くらいまで割り当てがあるので多ければ多いほど利益が上がる。兎に角、この取引が外部に絶対漏れないようにして下さい。取引自体は全く問題ないが、自分は全くの枝の枝という末端ですから秘密が漏れた場合、自分の責任として身に何が起こるか分からない。それだけが心配なのです」等といかにも大きな組織でこの取引が進められているようなことも説明しておりました。

6

荒石に3億5千万円を騙し取られた状況について話します。荒石が平成2年11月7日午前11時ごろ私の会社に「金の用意は出来ましたか。時間は午後0時半でいいですか」と電話で聞いてきたので、「金は3億5千万用意できることになったが、時間は午後1時ごろになってしまう」と答えたのです。荒石に用意出来る金額や時間が変更になったのは、「北川専務が資金集めをした先方の人で2億円出す予定だった人が6千万円に変更になったことを前日の11月6日に聞かされ、実際に会社に1億5千万円しか準備できていなかったのです。そこで、これまで荒石に言っていた金額3億円より大幅に減額になることから、その埋め合わせとして会社の取り引き上の受取手形（融資の返済）約束手形㈲パシフィックエンタープライズ　代表取締役徳永忠敏『金額：2億円。支払期日：平成2年11月5日。支払場所：三井銀行渋谷支店』が11月7日に現金化されることになっていたので、この2億円を荒石の未公開株の資金に回すことにし、手形を持ち込んでいた〈住友銀行人形町支店〉に11月7日現金で2億円払い戻すことを伝えておき、その金の準備が午後1時ごろになる」と言われていたからです。

荒石は1人で11月7日午後0時30分ごろ会社にやってきました。この時、荒石の服装は「紺色っぽい背広上下姿」だったので3億5千万円もの金は車でなければ、1人では持ち運び出来ないと思って「今日は何で来たのか」と聞きました。すると、荒石は「乗用車で来ましたが、社長は運転手と顔を合わせない方がいいですよ。秘密保持の上からもよくないから車は少し離れた所に停めてきました」と言っておりました。この時、私は「成程、未公開株という極秘の取引でもあり、随分、気を遣っているんだな。ここまで気を遣っているなら、荒石に金を出してやっても間違いなく行われるだろう。明日（11月8日）の午後4時までには、出資する3億5千万円に2割増した金と、これまで荒石や野口に迷惑を掛けられた分の1千万円がプラスされて戻ってくることは間違いない」と確信したのです。

そこで、この日、現金化される予定の2億円を受領するため荒石と一緒に会社を出て400mくらい離れた所にある〈住友銀行人形町支店〉に歩いて行ったのです。銀行に着いて1階の応接室に荒石と2人で案内されて、銀行の担当者から「銀行備え付けの厚い布製のバッグに詰められた現金2億円」を受領し、2人でバッグの把手を持って会社に帰ったのです。荒石と2人で金の入ったバッグをぶら下げて会社まで来るのに腕が痛くなるくらいでしたから重さとしては30kg以上はあったように感じました。

私の会社から銀行への行き帰りに歩きながら荒石が、「私も12月からサントリーの系列会社に勤めることになっている。今度のサントリーの未公開株の取引は、山梨県選出の金丸代議士絡みで行われているんだ。また、同じような未公開株の取引では、出光や自動車のヤナセも計画されている」等と話しておりました。

私は、この荒石の話を聞いて「荒石がサントリーの未公開株を手に入れられるのは、系列会社に入社するからなのかな。金丸絡みということは、サントリーの工場が山梨にあることなどが関係しているのかな。出光やヤナセだったらこれから先株式公開もありうるな」と荒石の言葉が一つ一つもっともに思われ荒石を信用したのです。

銀行からの帰り道で会社の近くに来たとき、荒石が反対側の方に顔を向けて「あそこのホンダがそうだ」と言って教えてくれたので、その方向を見ると「紺色か濃紺とグレーが混じり合ったような色の乗

用車」が停車しているのが見えたのです。荒石が「**社長は運転手と顔を合わせない方がいい**」と言っていたこともあって、チラッと見ただけで、車の中に人が乗っていたかまでは確認しておりません。荒石と2人で社長室に戻ると、前日まで北川専務が資金集めした1億5千万円と銀行から持ち帰った2億円を一緒にした「**合計3億5千万円**」を一旦社長室の床に置きました。北川専務が資金集めした「**1億5千万円は、全部帯封のついた1千万円束**」になっており、大型の紙袋（縦45㎝くらい、横35㎝くらい、幅12㎝くらい）3袋に分けて入れてありました。

また、銀行から持ち帰った「**2億円は1億円（1千万円束10束）ずつビニールシートがかけられた**」ものでした。そこで、この現金3億5千万円を持ち運びよくするために、会社にあった同じくらいの大きさの手提げ紙袋2袋を出してあげたのです。すると、荒石が1千万円束を確認した後、それぞれの紙袋に案分するように1千万円束を詰め替えて手提げ紙袋5袋にしたのです。

そして、その場で荒石は「**3億5千万円の預かり証**」を書いて、荒石名義の住民票と印鑑登録証明証を一緒に置いてから、私の机の上のメモ用紙に「**平沢彰　705－4809　世田谷区等々力**」とメモ書きし、「**社長、明日午後4時までには、この資金に2割増した金と、これまで迷惑を掛けてきた借金返済分1千万円をプラスして持参します。それから、そんなことはないと思いますが、自分に万が一何か起こって帰ってこなかったら、この平沢のところに電話すれば、サントリーや東日本リースの名が外部に出るのを恐れて社長の出資金以上の償いをつけてくれますよ。そんなことには多分ならないから安心して下さい。これから集合場所である白銀台の東日本リースの社長の所に行って山梨に向かいます**」と説明した。

預かり証を書いてから荒石は3回に亘って金の詰まった紙袋を社長室から運んで行きましたが、最初に運んで行く時、「**会社の前まで車を回したら**」と言ったので、その後は会社の前に停めた車に「**金の詰**

まった紙袋を積み込んでいる」のが社長室から見えました。全部積み終えると、荒石が助手席に乗り会社の前から走り去って行ったのです。

この車は、銀行の帰りに見た車でしたが「**ホンダのレジェンド**」のように見えました。ナンバーは社長室から斜め下を見下ろす状態であり後部トランクの突出部分の陰になり「**・749か・759**」が見えただけで、品川とか練馬などの陸運局や記号は見えませんでした。

7

出資金1億5千万円の内訳は、

① 東京都港区六本木3丁目○番○号　株式会社　パシフィック
代表取締役　平山昭男　出資金　4千万円　謝礼　1割

② 東京都渋谷区渋谷3丁目○番○号　渋谷地所株式会社
代表取締役　田崎伸行　出資金　6千万円　謝礼　1割

③ 福岡県久留米市久留米1丁目○番○号　野副工業株式会社
代表取締役　野副隆春　出資金　4千万円　謝礼　1割

④ 東京都千代田区岩本町3丁目○番○号　岡本ビル2階　株式会社　ユニバーサルプラニング
専務取締役　北川芳裕　出資金　1千万円　謝礼　1割

です。

荒石は、約束の4時を過ぎても一向に会社に戻って来ないし、電話1本掛けてこないので「**途中で事故でもあったのか。荒石の身に何かあったのか**」と私、北川専務、平山さんらと不安になりました。そのうち、平山さんはしびれを切らして帰りました。

「**午後5時を過ぎたころ**」荒石が3億5千万の金を持って行く時「**もし、自分が帰って来なかったら、この平沢に電話して下さい**」と言って置いていったメモ書きの「**705—4809**」に電話を掛けたのです。すると、平沢彰という人が直接電話に出たので「**荒石修の所在やサントリーの未公開株の取引で今日金を持って来ることになっている**」等の事情を話したのです。すると、平沢は「**いま、木室という女の人からも同じような電話が入りましたが、私は何も聞いていない。荒石修という男は知っているがサントリー未公開株がどうのこうのいう話は、私は知らないし関係ない**」と言われました。

この時、平沢に同じ内容の電話をしてきた木室という人の連絡先を聞き、平沢との電話が終わった直後に電話したのです。その電話の先は「**赤坂事務所**」ということで木室という女性が出ました。そこで、私が、荒石修とのかかわり、サントリー未公開株の取引のあらましなどを説明したところ、木室は「**うちの方は赤坂峯雄という者が同じようにサントリーの未公開株の話で荒石に8千万円の金を渡したが、今日の午後4時に帰って来ることになっているのに全く連絡がない。赤坂が帰ったら連絡させます**」と言ってくれたのです。その後、赤坂という人から電話があり、夜遅くなっても会おうということになり、午後9時ごろ「**千代田区永田町3丁目○番○号　ビラ永田町321号室　赤坂総合経理事務所**」に行き、初めて赤坂峯雄に会った。お互いの初対面の挨拶もそこそこにサントリー未公開株の取引の話を確認し合ったのです。その結果、赤坂も「**来年8月に上場される予定のサントリー未公開株を600円から700円で買える。買った未公開株は、東日本建設社長の息子が経営している東日本リースに持ち込んで、買った資金の2割増しで融資が受けられる。株が上場されれば、5000円以上になるので大きな利益になりますよ**」等と言葉巧みに言われて8千万円騙し取られていること。また、赤坂が調べたところ「**衆議院議員大泉清一郎の私設秘書子鹿隆治**」という人も2千万円騙し取られていること等が分かった。

8

赤坂さんは、この日（11月8日）、荒石が約束の午後4時過ぎても帰ってこず、荒石から渡された封書の中に書かれた「平沢彰」に電話しても電話に出ず又新誠商事に電話しても出なかったことから赤坂さんの事務所に来ていた池田さん、伊達さんの3人で午後5時30分ごろ、荒石が女と同棲している「東京都港区芝1丁目○番○号　芝ハイツ603号室」に行き荒石の女と称する「山口瞳」に会って荒石の所在について聞いたところ「荒石は、11月7日午前11時に車が迎えに来て『軽井沢まで行って来る』と言って出かけました。サントリーの株の取引で帰りは明日の5時ごろになると言って出かけたが、未だ帰って来ない。7日夕方6時ごろ荒石から『今、軽井沢に着いた』と電話があったきり何の連絡もない」と説明したとのことでした。

この時、赤坂もサントリーの未公開株の取引は10月18日に第1回目の取引が行われていたということを聞いていたらしく、山口にその事実を尋ねたところ「その時は実行していません。会社の人で野口さんという人が資金が出来ずに中止になりました。荒石は、電話で野口さんを怒っていました」と答えたので、赤坂さんは「荒石に完全に騙されているのが分かった」と言っておりました。

私、赤坂さん、子鹿さんの3人は荒石を捜し出すため、お互いに連絡を取り合うことにしたのです。

そして、その手始めとして「11月9日午後6時ごろ」、赤坂さんの事務所に、荒石が話していたサントリーの未公開株の取引について全てを知っているという「平沢彰」を呼んで3人で荒石修のこと、サントリー未公開株のことなどを細かく聞いたのです。その時平沢は「荒石修のことは知っている。3年くらい前、荒石が神戸リッチメイクという会社にいた当時、客の私を担当していた。サントリーの未公開株の話は、10月下旬ごろ荒石から暫くぶりに電話があって聞かされた。しかし、荒石には以前株で大損させられていたりしたことがあって、その時から信用できず、『ああそう』と適当に聞き流していたので詳しいことは知らない。私は、重要人物なんかじゃないですよ」と言われてしまったのです。

また、荒石が私から3億5千万円を騙し取って持ち運ぶ時、車を使用していたことや赤坂さんに置いていった平沢に関する封書にはA級ライセンスを持っていることなどが記載されていたことから、赤坂さんが平沢に免許や自動車のことを問い質したのです。すると、平沢は「**A級ライセンスなんか持っていない。車はホンダのレジェンドで濃紺色のメタリックでナンバー2724だけど、ついこの間車のナンバーがなくなって盗まれたのかと思っていたら、暫くして屋根の上に置いてあったので変なことがあるもんだなと思っていました**」等と答えておりました。

私達3人は「**この平沢は、荒石が言うようなサントリーの未公開株の取引に関しての重要な人物などではないな。荒石は、平沢のことについても私達に嘘をついている**」と思ったのです。

また、この日(11月9日)、赤坂さんは、平沢が来る前に再度、荒石のマンションに行って山口に荒石から何か連絡が入っていないか尋ねたところ、山口は「**今日(11月9日)午前10時ごろ軽井沢のプリンスホテルの人から電話があり『11月12日から11月15日まで予約してあるから来てもらいたい』と言ってきた**」と言っておりました。

なお、この時、山口立ち会いで荒石の手がかりとなる物を探したところ「**荒石のパスポート、印鑑登録カード、写真、預金通帳の入った鞄**」があったので預かってきたと言っておりました。子鹿さんが、このパスポートと印鑑登録カードを「**荒石を外国に行かせないように手続きする**」と言って預かりました。

赤坂さんの話では、その翌日「**11月10日の夜**」荒石から連絡があるかも知れないということで、赤坂さんが奥さんと一緒に荒石のマンションに泊まり込んで連絡を待ったが、荒石から何の連絡もなかったということでした。

その翌朝、仕事のため荒石のマンションから帰ろうとした時、玄関に「**サンチェーンの買い物袋**」が置かれていて、中には「**世田谷信用金庫池尻支店の帯封のかかった100万円束3束と山口宛の手紙、荒**

石の印鑑証明、委任状等が入っていた」とのことでした。

赤坂さんの話では「**郵便受けから投げ込んだ可能性が強い**」と言っておりました。

その後、赤坂さんは「**11月12日から11月15日まで**」山口を連れて赤坂さんの知人の吉岡さんや田岡さんらと一緒に軽井沢プリンスホテルに行き山口の部屋の隣の部屋に泊まり荒石からの連絡を待ったのですが、荒石からは何の連絡もありませんでした。

一方、私の方も新誠商事に一緒にいた野口三喜夫に連絡を入れて会い、「**荒石がサントリー未公開株で私や赤坂さん、子鹿さんから金を騙し取ったことなどを話したところ、野口も荒石から同じ話を聞かされ10億円出すところであったが、取引場所に立ち会うことを荒石が嫌がっていたのでおかしいと思って取引しなかった**」との説明を受けました。

その野口と荒石の客と称する藤田の３人で11月12日ごろ、荒石の事務所に行ったのですが、事務所には、事務机４個と応接セットがあるだけで事務書類などはほとんどありませんでした。事務所にいる時、旅行会社から荒石宛に電話が掛かってきたので代わって聞いたところ「**11月20日、日航７３１便を荒石修、山口瞳で予約できた。香港のホテルシャングリエを11月20日から11月30日まで予約できた**」ことなどの連絡だったので荒石が香港に逃げる計画をしていることが分かったのです。また、赤坂さんが山口を連れて軽井沢プリンスホテルに行くに際して「**留守中に荒石がマンションに帰って来るかも知れないので時々見張ってくれるように**」ということで山口の承諾を得て私にマンションの鍵を預けて行っていたので、１日に何回かマンションに行って変わった様子がないかどうかを確認していたのです。そんな折、マンションを見に行った時、東京都港区芝１丁目○番○号芝ハイツ６０３荒石修宛で差出人の記載がなく荒石の印鑑で封緘された封書１通が玄関先に配達されていたので、荒石から山口への連絡ではないかと思い封を切ったのです。封書は、私が思ったとおり、荒石から山口に連絡してきたもので、その内容

はワープロ文字で、

瞳へ

連絡が行き違いになってしまって申し訳ない。電話は盗聴されている危険があるので中々直接話し出来ない。この手紙も行き違いになるか知れないが東京と軽井沢に出すことにする。兎に角、事務所とマンションの解約を急いだ方がいい。もうじきタイムリミットが近づいている。それが終わったら、またすぐ軽井沢プリンスの方へ行って連絡を待ってほしい。解約は、15日ごろまでに終わらせてほしい。事務所の連絡先は551－3492（高橋商店）。すでに手紙を書いてわかるようになっている。100万円渡してあるので余ったら受け取るように。旅行会社から連絡があったと思うが、取り敢えず、香港行きはキャンセルしておいて構わない。もし、中々会うことが出来ない場合でもホテルのフロントには必ず電話を入れるので、瞳もメッセージを残しておいてほしい。危険なことに巻き込ませたくないので、言うとおりに行動すること。

修

と印字してありました。

また、私が荒石の事務所に行った時、旅行会社から日航便731便と香港のホテルシャングリエが予約できた等との知らせで、軽井沢プリンスホテルにいた赤坂さんに連絡して子鹿さんと3人で、11月20日午前8時ごろ、成田空港に行き搭乗者をチェックしたのですが、結局、荒石も山口も空港には現れませんでした。

9

11月20日夜、平沢彰から電話が掛かり、11月22日午後7時ごろ品川駅前の喫茶店で会いました。この時、平沢は「**駐車場がなく、近くの野原に車を停めていてナンバープレートが盗まれた。その後、停めてあった車の上に盗まれたナンバープレートが置かれていた**」等のことを話していました。

50 子鹿隆治の供述調書

1　私の資産は、昭和61年に「**埼玉県川口市弥平3丁目○番○号**」に鉄筋コンクリート3階建てのアパートを所有しています。
このアパート建築のため、埼玉銀行川口支店から1億5千万円の融資を受けています。アパート経営による月収が１７０万円くらい、毎月の返済額が１２０万円くらいを差し引くと月収50万円くらいになります。

その他、衆議院議員大泉清一郎の私設秘書として月収25万円くらいがあり、合計すると毎月75万円くらいの月収があります。通常は午前9時に川崎にある事務所に入ります。

2　私が、サントリーの未公開株の話を初めて聞いたのは「**平成2年9月下旬ごろ**」でした。世田谷区在住の「**磯村健一**」と二人でどこかの店で酒を飲んでいる時、磯村の口から「**サントリーの未公開株が買えるんだよな**」という話を聞きました。私と磯村は国士舘大学の同期生で二人共右翼組織に所属していた関係で親友と呼べる友人同士でした。この時、私は多少株を動かした経験があり、磯村の話を多少馬鹿にして「**何言ってんだよ、そんなことあるわけないだろう**」と受け答えしていました。それから、しばらく経った「**10月下旬ごろ**」磯村から川崎事務所に電話があったのです。私が用件を聞くと磯村は「前に話したサントリー株の話なんだけど、自分も金を貸してくれる人を探して株を買おうと思っている。

誰か俺に1億円貸してくれる人いないかな。1億円あればサントリーの未公開株が買えるんだよ。この株の口数の締め切りが今週いっぱいなんだ」と言ってきたのです。この時、私は磯村よりも株の知識があるものとして、その情報について本当かデマか確認してやろうと思い、磯村に「**この話は誰の話なの**」と聞いたのです。すると磯村は「**株や商品の売買を斡旋している新誠商事の荒石という人の話で、会社は新川にあるんだ。レイクの人に紹介してもらって知り合いになったんだ。俺は不動産のことで3〜4回会ったことがあるよ。それから、この件については東日本建設や東日本リースが絡んでいるらしい**」と答えたのです。私は、この話を聞いてもまだ荒石と面識がなかったので、荒石や新誠商事の話を聞いても別に何とも思いませんでしたが、ただ、財界や政界で有名な人ではなかったので「**やっぱり危ない**」という印象は受けたのです。それにまた国際興業事件で有名な「**小谷の事件**」で問題になった「**東日本建設、東日本リース**」がまだ噂もさめない時期に裏で動くのかということも疑問でした。

私が、磯村に「**何故、今まだ話題になっている東日本リースが絡むんだ**」と尋ねると、磯村は「**詳しいことは、俺も分からない。荒石さんの電話番号を教えるから荒石さんに聞いてくれ**」と言って「**荒石の連絡先03−297−×××**」を教えてくれたのです。

3

私が荒石に初めて電話したのは「**平成2年10月12日午後2時ごろ**」でした。私が電話を入れると、荒石本人が出たらしく「**荒石さんはいらっしゃいますか**」と尋ねると、大変落ち着いた調子で「**はい、私です**」と答えたのです。私は、荒石の第一印象として「**落ち着いた人**」という感じを受けました。私は、荒石に「**子鹿と申しますが、実は磯村から聞いたのですが、サントリーの未公開株が購入できるのですか**」と尋ねました。すると、荒石は少しも慌てた様子もなく落ち着いた調子で「**サントリーの株が来年8月公開上場されますが、その前に株を手に入れることが出来ます**」と答えました。そこで、私はこの話の信憑性を図ろうと思って「**何故、荒石さんは手に入るのですか**」と尋ねると、荒石は「**この話**

は、東日本建設と東日本リースからの話で、私は東日本成富との付き合いがあるのです。それにこの話は、サントリーと東日本の間でできた話です。ですから、私は東日本の関係者から『お前の関係者の方で欲しい人がいれば譲ってやるよ』と言われているんです」と答えたので、私が「東日本さんとサントリーの関係はどうですか」と質問すると、荒石は何らためらうこともなく「東日本がサントリーの仕事をしているんですよ」とまた落ち着いた調子で答えたのです。私は、荒石の話を聞いてサントリーも工場を持っていることだし、東日本建設がサントリーの仕事をしている話を聞いても、何ら不思議に思いませんでした。

更に、私は、未公開株の具体的な購入方法について荒石に質問すると、荒石は少しも慌てることなく自信に溢れた声で「株は、私名義で買うことになります」と言うので、私が「何故ですか」と荒石に聞き返すと、荒石は「今回はあくまでサントリーが知っている人間に限られています。私の場合は、東日本関係の子会社の者として株が買えるのです。ですから、本来、子鹿さん達は、東日本ともサントリーとも関係ないのでこの株は買えないのです」と答えたので、私は、荒石の話を聞きながら「あくまでも、荒石を介さなければ、この株の購入は不可能である」と思いました。更に、荒石は落ち着いた口調で「今も話したとおり、この株の取引は、サントリーと東日本との間で行われることです。つまり、サントリーと東日本が深い関係にあり内密に行われるのです。ですから、サントリーや東日本と全く関係のない子鹿さんが直接サントリーや東日本に確認の電話等入れれば、子鹿さんは勿論、子鹿さんにこの話をした私もトカゲの尻尾のように切られてしまいます。この株の購入は出来なくなりますので、絶対にこのようなことはしないで下さい」と警告したのです。私として未公開の株取引については全くの素人であり「株の取引の裏側」が現実にどのように動いているか分からないので、この荒石の「内密な話でサントリーと東日本関係者しか知り得ない話で私が確認すればこの取引が出来なくなる」という話がリアルで、私はこのころから「**この話の信憑性の高さ**」を認識するようになりました。このようなやり取りの中で荒石はこのように内密に話を進め、それもサントリーと東日本の間だけしか取引できないのは「**インサイダー取引がばれたら困るからなんですよ**」と言ったのです。私は、この話を聞いて「**この荒石という人は、株について詳しい人だな**」と思ったのです。私は、この時「**法律で禁止されているインサイダー取引をする**」という自分の後ろめたさと同時に確実に儲かるという話であり、信憑性も法律違反をもしているということから、裏側の話として益々信用したのです。

私は、まさか、荒石が嘘の話をしているとは思わず、荒石の話を信じて「**こういう儲かる話であるなら、自分で資金を出してもよい。是非荒石を介してサントリーの未公開株を買いたい**」という気持ちになったのです。そして、更に「**買った株券はどうなるのだろう**」と思って、荒石に「**金を出しておいて株券が来ないまま公開されるのを待つんですか**」と尋ねました。すると、荒石は「**来年3月まで待って下さい**」と答えたので、私は更に荒石に「**金は出しても来年3月まで株券は来ないんですか**」と聞いたのです。荒石の「**来年3月という期日については、何の根拠で平成3年3月なのか、ということは、この時、荒石に聞いておりません。聞かなかった理由は、我々が知ることが出来ない東日本やサントリーの取り決めがあるのだろう**」と思ったからです。これに対し、荒石は「**実は、他にも来年3月まで待てない人がいるので、その人達には、資金を1日間預ければ翌日20%の利息を付けて返済します。私が、サントリーの株券を東日本リースに担保として持ち込めば1株、額面50円に対して700円を融資してくれることになっているのです。ですから私は、出資者に1日で20%の利息を付けて返済できるのです**」と答えたのです。私は、荒石の「**サントリー未公開株を買う金として荒石に出資すれば1日で20%の利息を貰える**」という話を聞いて、「**荒石は、自分（子鹿）達が出した金でサントリー株を買ってそれで東日本リースから10倍以上の融資を受けられるから1日20%も利息が出せるんだな、それくらい価値がある**

話なんだな。荒石自身も相当に儲かる」と思い、すっかり荒石の話を信用してしまい、「サントリーの未公開株の取引に自分も出資しよう。資金を出して20％の利息を貰おう」と決めたのです。しかし、自分の資金は、当時「2千万円くらい」しかなく、磯村が言っていた1億などとても無かったのですが、「銀行融資を受けて1億円作ってサントリー株の取引のために金を出して20％の利息を貰おう」と思い、荒石に1億円だったら銀行で借りられるかも知れませんが、とサントリー株のために出資する旨を言ったのです。そして、荒石から「これは限られた人の話ですから、お金があったら是非出して下さい。ただ、無理はしないで下さい。金を出してもらえば、1日20％の利息を付けて返しますよ。今日中に判断して下さい」と言われたので、私は融資が受けられる段階で再度電話することにして、荒石に自分の名前と電話番号を教えて電話を切ったのです。この日、電話で話した時間は、40分くらいだったと思います。

電話を切ってから、私はこんなよい話はないと嬉しくなり、その直後に磯村に電話したのです。磯村は、この当時、不動産屋の仲介斡旋業「青山商事」に勤めていたので、会社に電話したのです。電話で磯村に「荒石さんに詳しい話を聞いたよ。この話は、サントリーの未公開株を荒石さん名義で購入し、その株券を来年3月まで待って手にするか、それとも取引に出資して1日20％の利息を貰うかという話なんだ」と説明すると、磯村は、私に「そうだったの、しかし、来年まで待っていられないな。20％貰った方がいいよ。何とか金を都合してくれる人はいないもんかな」と本当に残念そうに言ったのです。そこで、私は前にも話したように自分名義のアパートを持っているので、これを担保に銀行から金を借りられるのではないかというあてがあったことから、磯村に「俺が銀行から融資を受けられるかも知れないから、銀行に話してみるよ。もし借りられるなら、磯村にも口利き料を払うよ」とすっかり有頂天になって話したのです。

4

私は、アパート新築時に融資を受けた埼玉銀行川口支店に電話を入れ、私の担当者である営業の長野さんを呼び出したのです。すると、長野さんが不在だったので再度午後5時ごろ電話を入れ、長野さんに理由は説明しないで「**お金貸してくれる**」と頼むと、長野さんが「**おいくらですか**」と言うので、私が「**1億円**」と言うと、長野さんは急な話で若干戸惑っている様子でした。しかしそのうち、「**子鹿さんでしたら結構です。但し、これまでの分についても、これからの融資の分と合わせて今の金利ということになりますが**」と答え、「**1億円は融資するが、アパート新築時に融資した1億5千万円分の残金も今回融資する1億円と同じ利率で利息を払ってもらう**」と条件をつけてきたのです。私がアパート新築時に融資を受けた時の「**利率6・8%**」だったのに対し、この当時の金利は「**8%**」になっており、私としては「**前の分の利息まで上がったのでは、サントリー株の取引で儲けてもその利息が上がれば元も子もない**」と判断し、融資の申し込みは諦めたのです。

しかし、それでも私は、サントリーの未公開株の話が棄てきれずに、今度は自分が埼玉銀行川口支店に定期預金している「**2千万円**」で何とかならないものかと思い、再度、磯村の会社に電話を入れ、磯村に「**金を借りられなかった。自分の預金2千万円でやろうと思うんだけど**」と言うと、磯村は「**少ないと言われるかも知れない**」と言ったものの、再度、荒石に電話をするように言ってくれたので、私は「**10月12日午後6時過ぎ**」に荒石に再度事務所の人が帰った後で電話を入れたのです。私が事務所の人が帰った後に電話したのは「**私は、荒石の言葉を信用して、サントリー未公開株の件は絶対に秘密で、人に漏れたりすればこの株が買えなくなる**」と思ったからです。私が荒石の事務所に電話すると荒石が出たので「**子鹿ですが、1億円用意するはずでしたが借入がうまくいかなくて。私の手持ちの2千万円でお願いしたいと思いますが、どうですか**」と伺うと、荒石は「**1千万円以下ではないので大丈夫です。株は買えます。今晩のうちに先方のサントリーへ電話して、株を買い取る予約をしておきます。株の受**

け渡しの実行日は『10月18日』です」と言ってくれたのです。この時は、金の受け渡しの具体的な時間や場所は言わず、電話を切っております。このように私は平成2年10月12日、荒石から「**平成2年10月18日にサントリー未公開株の取引に出資すれば1日で20％の利息をつけて返済する**」等と説明を受けました。この日が10月12日であったと言えるのは、荒石や埼玉銀行川口支店に電話したのが「**10月前半の翌日が土曜で休みの日**」ですから、そのように言えるのです。この日をカレンダーで確認すると「**10月12日金曜日**」だったのを記憶しているからです。

その後、荒石から電話があったのは「**昨年（平成2年）10月15日月曜日**」だったと思います。私が、川崎の事務所にいる時、荒石から電話があり「**未公開株の取引は変わりません。前日までに現金を用意して下さい。当日の午前11時までに事務所に持って来て下さい**」と落ち着いた態度で、本当に極秘事項を話すような口調で言うので、私も思わず緊張したのです。

その後、私は「**この取引には、荒石と面識があり、荒石の事務所の所在地を知っている磯村に一緒に行ってもらおう**」と思い、磯村に「**サントリーの未公開株の件で取引の日程が決まった。10月18日午前11時までに荒石さんの会社に持って行かなければならないんだよ。俺は、荒石さんと面識がないから一緒に行ってくれないか**」と頼むと、磯村も気持ちよく承知してくれたのです。

そして、私は、10月16日ごろ2千万円を準備するため埼玉銀行川口支店に電話で定期を解約し10月18日午前9時ごろ引き出しに行くことを申し入れました。10月18日は、午前9時ごろ埼玉銀行川口支店で定期2千万を解約し、自宅から持ってきたボストンバッグに入れ、ＪＲ川口駅から京浜東北線で東京駅に向かい、午前10時30分に磯村と待ち合わせ場所の東京駅八重洲口のホテル国際観光の前で磯村と落ち合ったのです。午前11時までに間に合わないと思って東京駅の公衆電話から荒石に電話しました。すると、荒石は特に済まなそうな態度も見せないで「**大変申し訳ないんですが、子鹿さんの分は今回八**

ンパになり次回に株の受け渡しをすることになりました。次回は1週間くらい後になりますが、また電話します」と言ったのです。この時、荒石が「**子鹿さんの分は、今回ハンパになり**」という言葉の意味は「**子鹿さんは出資額が少ないからあぶれた**」という意味に取れました。そこで、私は荒石に「**分かりました**」と返事して電話を切りました。

そこで、私は、東京駅八重洲口にあった太陽神戸三井銀行八重洲支店に持って行き2千万円を預金したのです。

翌日の平成2年10月19日午後2時ごろ荒石から私に「**実は、昨日のお詫びを兼ねて是非お会いしたいのですが**」という電話が掛かってきたのです。そして「**同日午後6時半**」に八重洲のホテル国際観光のロビーで会うことになりました。そして、磯村にも来てもらって、ホテル国際観光のロビーで私達3人は落ち合い、荒石の案内で八重洲地下街にある喫茶店「ラシーヌ」に場所を移したのです。この喫茶店で奥の席に荒石が整理口側に私と磯村が座りお互いに名刺交換をしたのです。この時、荒石は私の名刺を見て驚いた様子で「**政界の人は困りますよ**」と言い出したのですが、私は、この時、荒石が「**政界の人は困る**」と言った意味が直ぐに判りました。それは「**リクルート事件で、国会議員が未公開株を譲受、それが賄賂になる等問題になったからだと思ったのです**」。そこで、私は「**これでサントリーの未公開株の件が駄目になったら困る**」と思い、荒石に「**これは、私個人でやるんです。先生とは関係ありませんから**」と言ったのです。そうしたところ、荒石は少し考えたようなそぶりをした後で「**判りました。但し、何があっても子鹿さんの名前は出さないで下さい。全て磯村さんを通しての話にして下さい**」と、荒石は私が予想したとおりに「リクルート事件を意識した」話をしてきたのです。私は、磯村とは親友ですので、磯村に仲介してもらうことは何ら心配なかったので、「**結構です**」と答えたのです。すると、荒石は具体的なことについて、私に「**お金を受け取り時に契約書を交わします。そ**

の時、私の履歴書、戸籍謄本、印鑑証明も全部付けます。但し、契約書も磯村さんの名前で行います」と提案してきたのです。私は、荒石の説明を聞いて、この荒石という男は非常にさばけていて、このような取引になれているという印象を受けました。そしてさすが大きな取引だけあって契約書にも色々と証明するものを付けるのだな、と思うと同時に、この契約書の重みを感じ、「**これだけのものがあれば、荒石は責任逃れは出来ない。このサントリー未公開株の取引は絶対にある**」と荒石のこれまでの話を信用した上で「**実際の取引上の荒石個人の責任**」についても間違いないと確信したのです。

私は、前日、つまり平成2年10月18日に行われたサントリーの未公開株の取引がどのように行われたのかが知りたくて、荒石に「**昨日は、どうだったのですか**」と尋ねたのです。すると、荒石は、その状況について「**昨日は、午後1時に東日本の関係者と集合して、軽井沢のホテルに行きました。そして関係者が集合すると別のホテルに移動しました。その夜、そのホテルに泊まったのですが、その夜皆でミーティングをやりました。ミーティングでは翌日の段取りを決め、皆をグループに分けたのです。その夜は、それで終わりで、今日はサントリーから鳥居さんが来てグループ毎に面接をしました。皆の履歴書を見ながら来ていた人を確認していましたが、その時、鳥居さんは『荒石君のことは成富君から聞いて知っている』と言って、私のことを既に知っておりました。それで、今日1回目の株の受け渡しがあり、これから会社に戻って資金を出してくれた人達に株券を配るんですよ**」と話してくれたのです。私は、「**サントリーの鳥居さんが自分のことを知っていた。これから会社に帰って株券を配る**」等の荒石の話が、具体的で、臨場感に溢れる表現だったのですっかり荒石を信用したのです。そして、私は「**2千万円の融資で400万円の利息**」が現実的なものとして浮かんできたのです。

そこで、私は、その時の状況が詳しく知りたくて「**一体どのくらいの人が集まったんですか**」と尋ねると、荒石は「**1グループ10名くらいで4グループ来ており全部で40名くらい来ていました**」と答え、次に**「どんな人が集まったのですか」**と尋ねると、**「『お互い名刺交換はしなくていい』と言われたので詳しくは判りませんが、今回は個人投資家が中心ですよ。次回は、団体が対象のようです。立正佼成会さんもやるようです」**と答え、更に、私が**「どのくらいの金が動いたのですか」**と尋ねると、**「総額で150億円くらいの金が動きました」**と答えたのです。

私は、このような話を聞いていて**「何でサントリーが株を公開するのか」**と荒石に尋ねました。すると荒石は、**「それは、サントリーがスペインの葡萄園の土地を買うみたいです。その他、ファーストキッチン、英会話学校のジオス等を買収するようです」**と具体的に、サントリーが株を公開し、その資金の運用先まで説明してくれたのです。私は、以前に株の情報として**「サントリーは、自分の株は公開しないくせに、他社の株を買い漁っている」**という話を聞いたことがあり、この荒石の説明が私の記憶と一致しているので、荒石の説明で納得したのです。

荒石は、更に**「2回目の受け渡しは、来週になりそうです。但し、この株の売買が漏れたら、直ぐ私や子鹿さんは切られてしまい株を買えなくなります」**と念を押したのです。このようにして喫茶店で3人で話した時間は30〜40分くらいだったと思います。喫茶店のコーヒー代3名分は荒石が支払っております。

それからしばらく経って、平成2年10月下旬ごろ、荒石から川崎の事務所に**「2回目の取引は11月の中旬になります。また、連絡します」**という簡単な電話がありました。

そして、平成2年11月1日ごろの多分午前中に荒石から川崎の事務所に**「11月7日にサントリー株の受け渡しが決まりましたので11月6日までに資金を用意して下さい。11月7日の打ち合わせもしたいので、11月5日に会いましょう」**と電話が掛かり、**「11月5日午前10時ごろ前回の喫茶店『ラシーヌ』」**で会ったのです。荒石は、特別変わった様子もなく、ただ、今回は周りに気を遣い、私と挨拶した後は、常に

5

小声で、側を人が通ると話を止めるという警戒ぶりでした。そして、荒石は周りに気を遣いながら小声で「**明後日午後1時ごろ皆で集まって株の受け渡しをするため軽井沢のホテルに向けて出発します。それまでに2千万円を用意して下さい。1泊2日で20％の利息を付けます**」と約束したのです。

それから、荒石がやはり小声で「**受け渡し場所は何処にしますか**」と聞いてきたので、私が「**受け渡し日時、11月7日午後0時　ホテル　国際観光のロビー**」と提案し、受け渡し日時、場所が決まったのです。更に、荒石は若干私の方へ乗り出すようにして小声で「**この後もまだ、まだこの手の話はあります。次はヤナセです**」と言ったのです。喫茶店には15分くらい居たと思います。

私は、荒石との待ち合わせが、11月7日午後0時だったことから「**そんなに早く行って、現金2千万円を用意しても危ないだけだから、ギリギリになって銀行からお金を下ろせばいい**」と考え、私が太陽神戸三井銀行八重洲支店に着いたのが、平成2年11月7日午前11時50分ごろだったと思います。銀行に着くと前日連絡していたのでスムーズにいき、店頭で「**1万円札を1千枚ずつ束にし十字に太陽神戸三井銀行の帯封がされた現金2千万円**」を受け取ったのです。この時、銀行では銀行の封筒の上に現金2千万円を差し出したので、前回と同じ黒色革製ボストンバッグ（縦25cmくらい、横40cmくらい、高さ25cmくらい）に入れて待ち合わせ場所に向かいました。私は、待ち合わせ場所である「**ホテル国際観光ロビー**」に一人で行きました。私がロビーに着いたのは5分くらい遅れて「**11月7日午後0時5分ごろ**」でした。すると、荒石は既に来ておりました。私は、荒石に近づき「**遅くなってすみません**」と遅れた詫びを入れ、そして、荒石に向かって左側に座ったのです。その時、私は左手に持っていた現金2千万円入りのボストンバッグを私の左足元つまり、私と荒石の間の足元に置きました。荒石は、私に「**出発が午後1時だから大丈夫ですよ**」と私の詫びに答えてから「**今日は車で行くのですが、検問がうるさいので『この金は何だ』と言われたら困るんですよ。私は、不動産売買の手付金だと言って誤魔化**

すつもりです。そのため子鹿さんの名札は外しておきますね」と言いながら、ボストンバッグの名札を取り外し、私に手渡したのです。荒石が「**不動産の手付金と言って誤魔化す**」と言った点について、私は「**未公開株の売買はインサイダー取引になるので、これが警察にバレると捕まってしまい、全てがパーになってしまうのだな**」と思い、黙って頷いたのです。この時、荒石の表情は緊張しており、私に話す言葉も小声で「**いかにも今から勝負する**」といった感じでした。そして、荒石は「**明日午後4時までには連絡します。その後1時間くらいで子鹿さんに会います**」と言うので、荒石を信用して「**2千万円入ったボストンバッグ**」を渡したのです。その後、荒石は足元に置いていたボストンバッグを持ち、この場で別れたのです。私は荒石がホテルを出て行くのを見ながらトイレに行ったのです。

この時、本来であれば、荒石が話していた「**履歴書、戸籍謄本、印鑑証明**」を貰わなければならなかったのですが、これらの書類は貰っておりません。その理由は、私が「**小便がしたくてたまらなかった**」ので、荒石に現金2千万円入りのボストンバッグを手渡すとトイレに駆け込んでしまったからです。私がこの日、荒石と一緒にいた時間は5～6分くらいで、荒石の服装は「**紺色背広上下**」でした。

6

私は、次の日（平成2年11月8日）、通常どおり午前9時に川崎の事務所に出勤しました。荒石からの連絡を待っておりましたが、約束の午後4時を過ぎても連絡がありませんでした。私は、5分くらい経って「**もしかすると、帰って来て連絡するのを忘れているかも知れない**」と思って荒石の事務所に電話を入れました。しかし、荒石の事務所は、留守番電話になっており帰ってきた様子はありませんでした。そのうち午後4時15分くらいになると、事故にでも遭ったのではないのだろうかと心配になり5～6回電話したのですが、いずれも留守番電話でした。そこで、この件で唯一相談できる磯村に相談すると「**道路が混んで遅れているんだろう**」という返事でした。午後4時30分ごろになっても何の連絡もないので「**事故にでも遭ったのか、インサイダー取引で警察に捕まったのか、荒石の身に何かが起こった**

のではないか」等不安になり、磯村に電話して「**荒石を磯村に紹介したレイクの人に荒石の住所を教えてもらおう**」と思いました。午後7時ごろから磯村と合流して京橋の日本料理店「八千代」で食事をしながら磯村が「**レイクの人に荒石の住所を聞く**」と約束してくれました。

その翌日（11月9日）は、通常どおり川崎の事務所に出勤しましたが、荒石からは何の連絡もありませんでした。そして、午前9時30分ごろ事務所に電話が入り、電話の相手は「**荒石に8千万円を持ち逃げされた赤坂峯雄という被害者**」でした。電話で連絡を取り合って、その日午後4時30分ごろ千代田区永田町にある赤坂さんの事務所に行きました。事務所には吉岡さんという人が1人でおられました。私が「**どんな状況ですか**」と尋ねると、「**徹夜で捜しているんですよ**」と荒石の居場所が判らず困っている様子でした。そうしているうちに、赤坂さんと赤坂さんの友達の伊達という方が、2人で大変困ったような感じで帰って来ました。

私は挨拶もそこそこに赤坂さんと「**荒石に騙された状況**」についてお互いに確認した後、これまで赤坂さんが荒石を捜した状況について説明を受けたのです。そして、午後8時ごろになって「**千代田区岩本町3丁目○番○号　株式会社ユニバーサルプラニング　社長村岡誠一**」さんも来られ、「**荒石のサントリー未公開株の件を持ちかけられ現金3億5千万円を騙し取られた**」ということでした。

このようにして、荒石に大金を騙し取られた3名が集まり、色々相談した結果、荒石が「**平沢彰**」のメモを残していることや「**山口瞳**」がいることが判りました。

51　野口三喜夫の供述調書

1　私は、福島県郡山市で育ち、昭和59年3月に地元の私立高校を卒業と同時に埼玉県にあったネジ販売の会社に勤めましたが、先輩社員との折り合いが悪く3週間くらいで辞めました。
その後、当時千代田区人形町にあった「**投資顧問会社アイオイリサーチ**」に入社しました。この会社で荒石修と知り合いになりました。しかしアイオイリサーチの社長が詐欺事件を起こし会社が倒産したので、証券会社「鶴証」に入社しましたが、この会社も直ぐに倒産してしまいました。

その後、色々なアルバイトを経て、アイオイリサーチにいた当時の先輩に誘われて、昭和62年ごろ「**株式会社大貴（證券会社）**」に入社し、荒石から「**株式会社ユニバーサルプラニング　社長村岡誠一**」を紹介されました。昭和63年ごろ村岡社長から預かった「**現金、株券、債権、２５００万円相当**」で他の銘柄の株を買いましたが、大損をして責任を取り会社を辞めました。平成元年4月ごろ荒石から「**新誠商事という会社をやっている、役員にならないか**」と誘われ新誠商事に入社しました。新誠商事の業務内容は、金銭貸付、有価証券売買及び保有などになっていますが、実際は投資顧問業のようなことをやっていました。入社した当時、私の他に2人役員がいました。

入社して直ぐ日本スピンドル株で2億円の負債を抱えました。平成2年1月ごろ荒石が全然仕事に協力しなくなり会社を辞めたくなり、平成2年4月ごろ新誠商事を辞めフリーの投資顧問業をしています。

2　平成2年10月初旬ごろ、荒石からいい話があると持ちかけられました。荒石の話では「**サントリーが上場するらしい。そこで、この未公開株を東日本リースが買い、その東日本建設の社長の息子である成富謙次がその一部を分けてくれると言い、未公開株は５００円で分けてもらえて、それを成富謙次が翌日**

2倍の1000円で引き取ってくれる」というものでした。その2〜3日後に荒石から「**サントリーの未公開株の取引は10月16日〜10月19日までのいずれかの日になるだろう**」という内容の電話が入りました。その後、荒石に「**10億円用意できる**」と回答しました。出資者は「**兵庫県神戸市中央区花隅町　寺脇弘明（26歳）**」に連絡を取り、決めました。寺脇は、以前神戸リッチメイクに勤めていた経緯があり、荒石とも知り合いですが、2人は折り合いが悪かったのです。寺脇から「**10億円出した翌日に必ずお金が返ってくる保証がない。山梨の方で取引をやることが疑わしい。荒石と折り合いが悪かった**」等の理由で断りの電話がきたので、平成2年10月中旬ごろキャンセルの電話を入れました。

そして、同年10月20日過ぎごろ、荒石から「**キャンセル料を払ってくれ**」と電話が掛かってきましたが「**今は、お金がない、払えない**」と応えて電話を切りました。

その後、荒石の事務所に電話すると、荒石は「**この前の件は延びた。次の機会にやる。日にちは決まっていない。また電話する**」ということでした。

平成2年10月末か11月初旬、荒石から電話がきて「**サントリーだけではなくもう1社ある**」と言ってきましたが「**お金が作れない**」と言って断りました。

平成2年11月3日、荒石から電話があり「**7日にやる**」と言ってきましたが「**お金もなくお金を回してくれる客もいない**」ので断りました。

平成2年11月5日、荒石から電話で「**7日に実行するからその日までに会えないか**」と言ってきましたが、断りました。この日、同じような事を言い何回も電話が掛かりましたが、そのうち「**新誠商事の役員を引くから印鑑証明を揃えてくれ**」という話に変わったため、役員を外して「**赤坂峯雄とやるんじゃないか**」と思いました。「**赤坂は千代田区永田町で株式情報研究会という会社をやっていて、新誠商事に電話が掛かってきたり、2人は待ち合わせたり**」していました。

平成2年11月6日午後8時ごろ、荒石から最後の電話が掛かり「**明日、実行するがお金出せないか**」と言ってきましたが断り、「**じゃあ取引後また会おう**」と言って最後の電話は切れました。この時、荒石は「**3億円くらい集まる**」と言っていました。

平成2年11月7日、1日中家の中にいてテレビで株の相場を見ていました。また、兜町にある平成投資顧問に勤める栗原令次と電話で株情報のやり取りをしていました。

平成2年11月8日の昼ごろ、栗原が自宅に来て一緒に昼食をとりました。この日、一緒に住んでいる平野弘子と飛行機で旅行に行き、この日は、福岡の西鉄グランドホテルに泊まりました。9日午前0時前後、旅行先で山口瞳から携帯電話に電話が掛かって来ました。山口とはこの時、初めて話をしましたが、荒石と同居している女性で銀座のクラブ「ヴィーナス」のホステスをやっていると聞いていました。電話の内容は「**荒石がいない。知りませんか**」ということでしたが、「**知らない**」と答えました。

「**9日、大分の温泉に泊まりました**」。以前、アイオイリサーチで一緒だった「**山中大輔**」から「**荒石を知らないか、荒石と一緒じゃないのか**」と電話が掛かってきました。旅行の途中でしたが、心配になり村岡社長に電話すると、「**俺は荒石に3億5千万円騙し取られた、他にも騙された人がいてトータルで4億5千万円は騙し取られた**」と話していました。10日、長崎プリンスホテルに泊まりました。11日午後9時ごろ福岡へ行き相撲の九州場所を見て、その日のうちに福岡発最終便で東京に帰りました。

12日昼ごろ、鶴田社長、藤田と3人で新誠事務所に行きました。藤田は荒石のお客で疑いを晴らすために来ていました。新誠事務所は、机が置いてあるだけで何もありませんでした。

知っている範囲で、荒石のお客さん、飲み屋関係と色々電話しましたが全く所在が掴めませんでした。

更に野口三喜夫は、平成8年12月28日に青山警察署で平沢彰のことについて事情聴取を受けた際に、「**平沢彰は全く面識がない男ですが、先日、刑事さんから平沢彰を知らないかと尋ねられ、自宅にある**

資料を捜したところ、平沢彰と荒石修の関係を示す資料が見つかりました。私が青山警察署に提出した名簿は、荒石修が昭和62年ごろから昭和63年ごろまで働いていた『神戸リッチメイク東京支社』という投資顧問会社の名簿の写しです。この会員名簿は、荒石が神戸リッチメイクを辞めて新誠商事を設立した時に持ってきたもので、その後、私が新誠商事に入社した際に荒石から貰ったものです。この会員番号の366番の欄に『平沢彰　渋谷区上原1－○－○　ロイヤルマンション502　485－×××』と記載があるのが分かったのです。この会員名簿の欄を見ると、『3／10　15　6／9　15』と記載されていますが、これは『3月10日に15万円、6月9日に15万円』を顧問料として支払っているという意味です。平沢の場合は、3月10日に15万円、6月9日に15万円を支払っているので3カ月会員だったと思います。したがって、6カ月間は会員としての情報を得ていると思います。会員番号366番は、他の会員の番号等から判断して昭和63年3月10日ごろに入会したということに間違いありません。この名簿はノートに手書きになっているので、荒石が15万円を2回直接受け取っている筈です」と供述している。

52　山口瞳の供述調書

1　平成2年5月ごろ上京し、知人の紹介で銀座のクラブ「ヴィーナス」で働くようになり、店の客として出入りしていた荒石修と知り合う。入店して間もなく、荒石と関係を持ち、荒石が付き合っていた女性と別れたと聞き、同年7月ごろから山口のマンション（大家は山崎さん）で同棲生活を始めた。

本日は、私が昨年11月7日まで同居しておりました荒石修さんのことについて、色々とお話を伺いたいとのことですからお話しします。

2

荒石修さんについては、荒石さんと言って話します。それでは、荒石さんから、昨年（平成2年）10月中旬ごろ**「サントリーの未公開株の購入の話で儲け話がある」**等と聞いた状況から話します。

私が、荒石さんから株の関係の話を聞いたのは、この時が初めてでした。荒石さんは私と同居するようになってからは、株の話はしませんでした。そんな事で、私が具体的に株の話を聞いたのは、この時が初めてでした。日時については、荒石さんがいなくなった11月7日から1カ月くらい前だったと思いますから**「10月初旬から中旬ごろ」**のいずれかの日であったと思います。荒石さんのその時の話は**「これは大事な話だから。これは絶対に漏らしてはいけない。山口は人に言わないだろうけど、もし、この話を人に漏らしたら駄目になるから言わないでくれ。実は、サントリーの株の件で儲け話がある。東日本リースでお金を集めて未公開株を買ってくれるんだ。近々、軽井沢の別荘に行って来る。この仕事が旨くいったら大きな金になる。最初は大阪に住んで、そのうち海外に住むようになる。玉の輿だ。結婚しようよ」**等と話していました。私は、この時、この話を聞いて**「おいしい話だね」**と言ったのです。その理由は**「どうして、荒石さんの所に、そんな大きなチャンスがくるのかな」**と思っていたからです。私は、今まで株をやったことはありませんが、未公開株と聞いて**「リクルート事件のような感じで、かなり儲けられ、倍になるのかな」**くらいに思っていました。私は、株を買ったこともなく、新聞の株式欄の見方も判りません。

3

その後、荒石さんは株の話はしませんでしたが、荒石さんの友達の**「野口さん」**から電話が来て、荒石さんが話していた未公開株の話がキャンセルになったのです。この時の状況について話します。

この日付につきましては、荒石さんが未公開株の話をしてから**「1週間くらい過ぎたころ」**でした。時間は、私が店から帰っていたので**「午前0時過ぎ」**であったと思います。この時、荒石さんは電話口で

4

「**お前に任せていたのに2千万円でどうするんだ**」等と怒っていました。荒石さんは電話を置いて、しばらく考え込んでいました。

この時、私は心配になり「**どうしたの**」と聞くと、荒石さんは「**野口は信用できない**」と話しておりました。さらに、私が「**お金が集まらなかったらどうするの**」と聞くと、「**しょうがない、兎に角、行くしかない**」と話しておりました。

野口さんについては、ヴィーナスで一度だけ会ったことがあり、荒石さんの話では、会社で一緒に仕事をしている人だと話しておりました。私は、この時「**行くしかない**」と言っておりましたが、結局、軽井沢には行きませんでした。荒石さんは「**本人は凄くチャンスと話していたから残念だろうな**」と思ったのです。それ以降、私は仕事に行ったりしてよく判りませんが、荒石さんは仕事の関係で外で人と会っていたようです。私の店、ヴィーナスの仕事は、夜8時からですが午後2時ごろから色々準備したり、美容院に行ったりしますから、荒石さんの仕事までいちいち見ておりませんでした。

それでは、11月7日の前日までの状況について話します。11月3日の土曜日は休みで、荒石さんと2人で東京体育館にアメリカのプロバスケットの試合を観に行きました。そして、荒石さんがいなくなった前日の「**11月6日**」ですが、私は、いつものように午前9時ごろに起きました。起きた時、荒石さんは、既に仕事に出かけておりました。そして、いつものように店に行き、帰ったのは、午前0時を過ぎていたので、結局「**11月7日午前0時過ぎ**」でした。部屋に入ると荒石さんが「**茶色のボストンバッグ**」の中に「**荒石さん名義の印鑑証明書、住民票やその他の紙類**」等を入れておりました。私は、この時「**仕事で出張でもするのかな**」と思って、1泊できる分くらいの下着類をボストンバッグに入れたのです。

私は、この時、荒石さんから「**軽井沢へ行くから**」と聞き「**やはり仕事で行くんだな**」と思ったのです。この時、荒石さんは「**もし何かあったら、このノートを赤坂先生の所に持って行ってほしい。ここに**

住所と電話が書いてある」と言って、「黒表紙のスケジュール帳」のようなノートを差し出したのです。私は「何かあったらとはどういうこと」と聞くと「もしかしたら帰って来れなくなるかも知れない」と話していました。私は心配になり「軽井沢へ行くのを止める？」と言うと、荒石さんは「大丈夫、大丈夫」と言っておりました。この時、私は荒石さんの話を聞いて「前から、他人に今回の話は言ってはいけない」と言っていたし、また、未公開の株の事はリクルート事件もあったので「何か悪いことでもしているんじゃないだろうか」と思っていたのです。

5

それでは、11月7日のことについて話します。この日は、午前9時ごろに起きました。そして、2人でコーヒーを飲み「午前10時半ごろ」荒石さんが、「11時にこの下で待ち合わせをしている。軽井沢に車で行ってくる」等と話してきましたので、「仕事の関係でマンションの下で人と待ち合わせているんだな。サントリーに未公開株を買いに行くのかな」と思いました。

何故このように思ったのかと言いますと、10月中旬ごろにサントリーの未公開株の件で儲け話がある等話しており、更に前回は「野口さんという人がお金ができなくて中止となった」と話しておりましたので「お金の都合がついて取引するようになったのだろう」と思ったのです。荒石さんは、今までに仕事の関係或いは遊びに行く時などでも、私のマンションの前で待ち合わせをしたことはありません。また、今まで仕事や遊びで部屋まで迎えに来た人もいません。荒石さんは「11時チョット前」に出掛けて行きました。この時、前日、準備しておいた「茶色のボストンバッグ1個」を提げて出ていきました。この時の荒石さんの服装は「紺色背広上下、細いラインの入ったもの。白色に水色ラインの入ったワイシャツ、エンジ色と紺色のネクタイ。茶色短靴」でした。この時に荒石さんを見たのが最後で、現在まで会っておりません。私は、荒石さんが出掛けた後、何時ものように美容院に行ったりして店に行く準備をしておりました。そして、一番忙しい「午後6時ごろ」、荒石さんから電話が掛かってきました。電

6

話の内容は「**今、着いたから、また電話する**」という簡単なものでした。電話の状況からしてかなり急いでいるような感じを受けました。また「**今、軽井沢に着いたんだな**」と思い、それ以上の詳しい話はしませんでした。

11月7日に荒石さんがいなくなり、翌11月8日から色々な人が荒石さんを捜しに来られたり、また、私も一緒に軽井沢まで行ったりしました。荒石さんがいなくなった翌11月8日は昼間、何時ものように店に出る準備をしておりました。夕方になって「**赤坂さんという男の人、吉岡さんという男の人、田岡さんという男の人**」の3人が来られたのです。赤坂さんは開口一番「**荒石さんから連絡はありませんか。まだ帰って来ていませんか**」と尋ねてきました。この時、私は「**あっ、この人が荒石さんが言っていた赤坂先生かな**」と思って、「**荒石は7日の朝11時に車が迎えに来て、出掛けました。サントリーの株の取引があって軽井沢に行きました**」と答えたのです。そして、預かっていたノートを渡しました。赤坂さんは、さらに「**10月18日、19日のサントリーの株の取引は実行したのですか**」と聞いてきましたので、実際私が知っている範囲では取引をしておりませんでしたし、荒石さんもそのような話をしておりませんでしたので「**実行はしておりません。会社の人で野口という人がお金がなく、中止になったみたいですよ。それで、荒石は、野口さんのことを怒っていました**」と話しました。この日、私は、荒石さんのことが心配でお店を休みました。そして、色々調べて電話したのです。電話した人は「**野口さん、山田さん**」の二人です。山田さんは一度会ったことがあり、荒石さんと一緒に仕事をしていた人です。山田さんは「**何か大きな仕事をするとは言っていたが、俺には何も連絡はない。全く分からない**」と話しておりました。

野口さんは九州に旅行中とかで「**取引じゃないの、知らないよ**」と話しておりました。翌「**11月9日昼ごろ**」軽井沢プリンスホテルのフロントから「**荒石瞳さんですか、11月12日から15日までの間予約して**

7

ありますからお待ちしています」と連絡がありました。これを聞いて「荒石さんに何かあったんだろうか」と思ったのです。「本人は軽井沢に行って来ると言っていたのに、その後所在が分からなくなっているし、赤坂さん達は荒石さんを捜しに来るし、本当にどうしたのだろう」と思ったからです。この日の夜、赤坂さんが来られたので、昼間、軽井沢プリンスホテルから電話があったことを伝えました。また、この時、部屋に置いてあった荒石さん名義の「パスポート、印鑑登録カード、写真、預金通帳」等を預けました。これについては一部を後で受け取り、既に警察に提出してあります。その後「11月10日の夜」は、赤坂さんと赤坂さんの奥さんが来られ、荒石から連絡があるかも知れないということで、私のマンションに泊まり込まれたのです。私も、その日は土曜日であり、お店は休みでした。この日も翌朝起きるまで荒石さんからの連絡はありませんでした。朝8時ごろ、赤坂さんは仕事があるとのことで出て行かれ、再度、午前10時ごろ戻ってこられたのです。この時、「手紙が挟んでありましたよ」と手紙を渡してくれました。この手紙の内容は「会社も部屋も解約して軽井沢のホテルで連絡を待つように」というものでした。只今刑事さんに手紙を見せてもらいました。この手紙は、11月11日朝方、赤坂さんに見せてもらった手紙に間違いありません。この時は「私に対してえらく堅苦しく書いたもの」と思い、荒石さんが本当に出したのかなと疑いました。この手紙が挟んであった日は、日曜でお店は休みでした。そして、赤坂さんから「1人じゃ大変だから、私の事務所の近くにあるダイヤモンドホテルに来ればいい」と言われ、私はこの晩はダイヤモンドホテルに泊まったのです。

翌11月12日朝10時ごろ、私と赤坂さん、吉岡さん、田岡さんの4人で赤坂さんの乗用車で軽井沢に向かったのです。軽井沢のホテルに着いたのは、午後3時ごろでした。軽井沢プリンスホテルでは「予約が入っている」ということで、直ぐに部屋に案内してくれました。ホテルの部屋にいる時、赤坂さんから「村岡さんが山口さんの所へ行って、お金を300万円見つけた」と聞いたのです。私は「何のお金

か分からない。荒石さんからも300万円もの金を貰える予定はない」と伝えました。この時の村岡さんについては、今回やはり赤坂さんと同じく、荒石さんにお金を騙し取られた人で、一度、赤坂さんと私のマンションに来られた人です。結局、軽井沢プリンスホテルに居たのは「**11月12日から11月15日まで**」でした。この間、荒石さんからの電話は1回もありませんでした。

ただ、一度だけ、無言電話がありましたが、誰であったかは分かりません。この無言電話は、軽井沢プリンスホテルに行って2〜3日後だったと思います。また、荒石さんからのメッセージが届きました。これは11月13日付で内容は「**荒石さんは東京にいる。山崎さんの所へ電話をお願いします**」と書いてありました。この時、私は、このメッセージの内容を見て、どうして大家さんの所へ連絡しなければいけないのかなと思ったのです。しかし、赤坂さん達に「**取り敢えず掛けてみなさい**」と言われ、私のマンションの大家さんに連絡しました。大家さんは「**荒石さんから連絡があって、家賃を郵便受けの中に入れてあるので伝えてくれと言ってきた**」と話しておりました。その時は、大家さんに変に疑われたくなかったので「**ああ、そうですか**」と言って電話を切りました。

手紙は、最初11月11日に来て、その後ホテルに来たり、或いは軽井沢から帰って来た時来たりしておりました。赤坂さんから渡されたものを入れ、全部で4通でした。しかし、ただ、どの文面も事務所とマンションを解約して、自分の私物は全部処分してくれ、等の内容でした。私は、4通の手紙全部を見ましたが、私に対して他人行儀の文面だし、誰かが荒石さんの名前をかたって送ってきたものと思い、全く信用しておりません。また、荒石さんはワープロを持っていないし、使っているのを見たことがありません。

その後、現在まで、赤坂さん、村岡さん、子鹿さんらと連絡を取り合い荒石さんを捜しております。

正直言って、私は、荒石さんが人を騙してお金を取る人だとは思っていません。私は4カ月くらい一緒にいて、荒石さんは私のことを大事にしてくれましたし、一度だって私に嘘を言ったことがありません。だから、私は、荒石さんを信じているのです。

53 平沢彰の供述調書

1
私は、昭和61年から「**世田谷区等々力8丁目○番○号グリーンテラス等々力202号室**」に居住し、「**妻：典子（35歳）、長男：尋（2歳）**」の3人で暮らし、仕事は「**渋谷区南平台2丁目○番　株式会社　メガヘルツ**」にデザイナーとして働いております。「**北海道紋別市で教員をしていた父：平沢貞夫、母：途**」の長男として生まれ、「**北海道旭川西高等学校**」卒業後「**フランスのパリにあるパリ国立美術大学**」に入学し、昭和55年12月に帰国し、56年9月18日結婚しました。

2
私には「**姉：阿部定子**」がおります。姉は6年程前に早稲田大学の大学院生であった「**阿部彬**」と結婚し、現在新宿区中井で子供3人と暮らしております。「**夫の阿部彬**」は色々な大学の非常勤講師として哲学を教えております。姉の定子も又夫の彬も今回の事件に出てきた成富一族とは全く関係ありません。

3
私は、車とバイクを持っております。車は「**登録番号：第品川33む2724号。ホンダ・レジェンド・ツードドア。色は黒に近い灰色でメタリック塗装、昭和63年式**」で主に子供の迎えに使っております。バイクは3台ありますが、主に「**第1品川×××号。ヤマハDT200R黄色**」を仕事や遊びに使っております。車については私達夫婦が使う以外、他人に貸したことはありません。

4
私が「**荒石修**」を知ったのは、昭和63年2月ごろで、当時、私は株をやっており「**神戸リッチメイク**」という投資顧問会社から誘われて会員になったのです。その時、色々情報をくれる担当者が荒石修だったのです。この荒石とは、電話のやり取りのみで、今まで会ったことはありません。また、私は会員と言ってもいわゆる電話会員というもので、電話でのやり取りだけで株の売買をする会員です。

昭和63年夏ごろ荒石が独立すると言うので、私も荒石に誘われて独立後もいくつかの株を買ったのですが、いずれも損をさせられたのです。買った株は船株でジャパンラインとカメラのミノルタですが、買値の半分以下になって大損をさせられたのです。この時、荒石は「**損をした場合は入会金は返しますよ**」等と言っていたのですが、それ以降約束は守られていません。

私は、このことがあってから、この荒石という男を全く信用しなくなり、その後、株の売買はやっておりません。荒石が独立した時の会社名は「**新誠商事㈱**」と言っていました。荒石に損をさせられてから、荒石から連絡はなく、しばらく過ぎた「**平成2年10月上旬**」、荒石から電話があり「**最近どうですか**」等と言ってきたのです。私は気のない返事で「**やる気ないですよ**」等と応対したのですが、気持ちとしては、「**今ごろ、何の用だ**」という気持ちでした。というのも、ジャパンラインの件で全く信用しなくなっていたので、そのような気持ちになっていたのです。

5

荒石は、この時「**あるルートで未公開株が手に入るから自由になる資金があったら私が代行して買ってあげる。未上場だから上場したら相当高くなるはずだから、今持っている株全部処分してこれに投資したらどうですか**」等と話したのです。私は、荒石が未上場の株と言ったので、何だろうと思って「**どこですか**」と聞いてみたところ「**お酒関係です**」というので、私はお酒関係と言われたので、ひょっとして「**サントリーかな**」と思ったのです。しかし、私としては買う気はないし、また、このようなことは「**インサイダー取引**」ではないかと思い、「**自由になる資金もない。自分の株は、全部塩漬けになっているから、インサイダーのようなことをして後ろに手が回ることはしたくない。はっきり言って、あんたの言うことはあんまり当てにはならない**」と言ったのです。荒石は「**後で後悔しますよ**」と言いましたが、私は「**いいですよ**」と言って自分から電話を切ってしまいました。これ以降、荒石から10月中に2回電話があったのですが、未公開株の話は出ませんでした。
未公開株の銘柄がサントリーであると判ったのは、この事件のことで「**平成2年11月9日に赤坂峯雄さんの永田町の事務所**」に呼び出され、赤坂さんから聞いて初めて判ったのです。私は、荒石から未公開株（サントリー）を買わないかと誘いを受けましたが、この話に乗って未公開株を買ったことも、また荒石と一緒になって動いたこともありません。

6

次に荒石が話したという「**成富謙次さん**」のことですが、結論から言って、成富謙次さんのことは知っております。「**昭和62年12月ごろ**」と思いますが、私が仕事上の付き合いがあった「**徳田八重（30歳）**」の紹介で知り合ったのです。徳田とは、昭和61年当時、私が手懸けた仕事の会社の宣伝部の方で一緒に飲みに行った時に紹介されたのです。徳田さんが言うには「**謙次さんは東日本建設に関係ある人**」とも言っておりました。私は、以前、荒石との電話のやり取りで荒石に「**誰か大きな株を動かしている人いませんか、いたら紹介して下さい**」と言われ、成富謙次さんのことや成富さんを紹介してくれた徳田さんのことも話しております。東日本リースという会社の名前は知っておりますが、特に仕事をしていると言ったことはありません。

7

次に私の行動についてですが、私は現在「**デパートの業態開発**」という仕事をしておりますが、この業態開発とは「**新しい考え方を売場に導入して全く新しい販売形態等を開発する**」仕事で、平成2年7月ごろから手懸けております。昨年10月と言えば大変忙しい時期で、お尋ねの「**平成2年10月18日及び19日**」は午前中自宅でデパート関係の仕事をやっておりました。午後は1時30分ごろから3時ごろまで「**高校時代の友人山中太郎（33歳）**」と2人でデニーズレストラン駒沢公園通り店で食事をしておりました。食事後は自宅に帰っております。19日は午前中自宅に居ました。午後は西部シード館に行き、その後、東急ハンズで買い物をしております。

さらに、平成2年11月7日～8日は、自宅に居て「靴の業界誌『フットウエアープレス』」という月刊誌の表紙のイラストを制作しておりました。なお、7日も8日も姉の定子から「姉の子供の七五三のお祝い」のことで電話が入っておりました。

10月18～19日は東京におり、軽井沢には行っていません。このことは、私がいつも持ち歩いている電子手帳（カシオ製）に記憶させていますので間違いありません。この電子手帳は、平成2年1月、新宿サクライで買ったもので、それ以降の仕事や私事を記憶させているものです。

8

只今見せてもらった手紙の内容で、
(1)　名前、住所、電話番号は間違いありません。
(2)　妻、子供一人は間違いないですが、A級ライセンスはありません。但し、日本自動車連盟（JAF）発行の国内B級ライセンス（これは2時間くらいの講習で誰でも取れるものです。平成2年6月取得）は持っております。
(3)　姉は宗富家の成富家へ嫁いでいるということですが、このような事実は全くありません。先程、話したとおり、姉は、阿部彬に嫁いでいます。
(4)　北海道出身、西武シード館の改修工事に携わっているとのことですが、出身地はそのとおりですが、西武シード館の改装工事ではなく業態開発の内容の仕事です。
(5)　富良野に2万坪の土地所有という点は全く出鱈目です。
いずれにしても、この手紙のことは赤坂さんに見せられて、初めて知ったもので、それまで全く知らず、ましてや私が書いたものではありません。
9 私の車のナンバーが盗まれた時の状況について話します。
平成2年10月29日か30日か31日に駒沢通りと六本木通りがぶつかる所の丁字路で交通検問を受けたとき、警察官に車の前部ナンバープレートがないのを発見され初めて気付いたのです。私が10月28日、自宅駐車場で洗車しワックスをかけた時にはあったのです。ないのに気付いてから警察官になくなったことを届けるように言われたのですが、直ぐに届けずなるべく乗らないようにしていたところ、平成2年11月20日ごろ、無くなったナンバープレート「第品川33む２７２４号」が自分の車の屋根の上に置いてあったのです。なお、届出は11月9日昼ごろ、玉川警察署深沢派出所に遺失届の形で出しております。

54 成富謙次の供述要旨

1 成富謙次は港区白銀台5丁目○番○－４０４号の賃貸マンションに妻子と居住している。昭和62年12月から不動産の仲介会社「**港区赤坂9丁目○番○号パシフィック乃木坂801号　株式会社日本都市計画**」の代表取締役として現在に至っている。
成富謙次は、東日本建設の社長の息子ではない。成富謙次は同じ家系に属しているが、東日本建設とも東日本グループ（同系関連会社）とも関係がない。「**東日本建設の会長成富斉《ひとし》、社長成富章《あきら》**」は親戚で東日本建設社長章とは従兄弟同士、会長の斉は叔父（実父繁の弟）という間柄である。

成富謙次は、青山学院大学卒業後、日立製作所の子会社日製産業に1年働いた後「**商品取引会社　富士商品岡地商事、岡地株式会社**」の営業マンとしての関係で、東日本グループとは畑が違い東日本建設の社員には顧客は一人もいない。

成富謙次は、サントリー株式会社そのものは知っているが、サントリー株を取引したこともなく、〈サントリー株式会社で、来年8月に上場する話〉は全く、聞いたこともない。ゴルフは、打ち放しの練習場でやることがあるが、軽井沢でやったことはない。クルーザー等は持っていない。釣りはたまにやるが、行くときは何時も乗合船を利用する。

成富謙次の妻には西武シード館を手懸けている室内装飾業の弟はいない。自宅のマンションは、賃貸で、億のつく金などありません。

2　荒石修については、珍しい名字です。今まで顧客として取引があれば覚えているが、全く記憶にない名前です。荒石修のパスポートの写真を見せてもらいましたが、全く見たことのない男です。投資顧問会社神戸リッチメイク、新誠商事株式会社についても今まで取引はない。

3　平沢彰について、商品取引会社岡地株式会社に勤めていた当時の昭和60年ごろ平沢彰が顧客になる。平沢は2千万円の保証金を積んで成富が担当して乾繭《かんけん》の商品相場をする。僅か半年くらいで2300万円の損をしたので、保証金が足りなくなり、成富が不足分300万円を穴埋めしてやった。この件に関して平沢は「気にしないで下さい」と言っていたが、その後、一時連絡がつかなくなった。最近になって、また、たまに電話してくるようになった。取引当時、平沢は、高級外車（スポーツカー等）の輸入の仕事をし、玉川大学の美術講師をしたとも聞いた。自宅は、世田谷の方で電話は705－4809番だった。
赤坂が成富謙次を訪問する直前に平沢から「話したいことがある」と電話があったが、お互いの都合で会えず、話の内容は分からなかった。赤坂が訪問した後、平沢から電話があり、成富が話したところ、平沢は「やっぱりあんたん所に行ったかね」と言っていたが、その後は連絡がない。

55 生活のレベルが急変した

吉永芙美子（38歳）は、会社組織ではなく、フリーのデザイナーとして会社などから商品開発に関するデザインを請け負い、生活している。

彼女の息子剛が、平成2年4月1日から自宅近くの世田谷区立深沢保育園に入園し、同じ「うさぎさん組」に尋ちゃんも一緒で、小さいながらも仲良しだったので、朝と帰りに送迎に来るお母さんの平沢典子さんと知り合いになりました。典子さんが来ない時には夫の彰さんが来ておりました。

典子さんはアパレル関係の仕事をし、彰さんはデザインの仕事をしていると聞いて、ますます親近感を持って年賀状を交換するなどの交際を続けてきました。当時、典子さんも働いていたし、子供も有名な私立幼稚園ではなく、区立保育園に通っていたので、生活レベルは私と同じくらいかと思っていました。

年が明け、平成3年になっても典子さんとの交際は続いていました。典子さんから「3月に引っ越すから、今度は家に遊びに来て」と誘われました。平成3年3月以降、子供と一緒に遊びに行くようになった深沢2丁目のマンションは「クリスティ深沢」という3階建てのワンフロアに1世帯しか住んでいない高級マンションでした。家賃も1カ月50万円と聞いています。

平沢さん一家は、クリスティ深沢に転居してから生活程度も一変し、自動車もホンダ・レジェンドからポルシェ、エンジ色のホンダ・アコード、オートバイ、そして典子さんも外車のアルファ・ロメオの赤色を運転するようになったのです。そのころ、典子さんは二人目の真理ちゃんを身ごもっていました。

平成6年に入り、今度は深沢のマンションから神奈川県葉山の高級住宅街に素晴らしい家を新築し引っ越したのです。この家も何度か誘いを受けて遊びに行ったことがあります。この家も保育園で知り合ったころに比べ、格段の生活の変わりぶりに驚くのを超えて、「大したものだ」と開いた口が塞がりませんでした。仕事で相当頑張ったんだと唯々感心するばかりでした。

56 何かやばいことに関わっていないか

阿部彬（41歳）は、女性問題が原因で平成7年11月13日に妻定子と調停離婚後一人暮らしで大学の非常勤講師を務めている。長女、長男、次女は元妻の定子と駒沢のマンションで暮らしている。

元妻定子と知り合ったきっかけは、昭和49年にお互いに早稲田大学文学部哲学科に入学し、同級生だったことから大学3年の時から交際するようになりました。昭和51年7月には弟の平沢彰を紹介されました。昭和52年、彰がフランスへ行く際には、定子と羽田まで見送りに行き、そこで、後に彰の妻となった典子さんを紹介されました。

昭和53年3月、大学卒業後は早稲田大学院に進み、定子は一橋ゼミナールに勤務しております。当時、彰は私達の住居に**「フランスから一時帰国した時」「フランスで脊髄に菌が入り、極度の不眠状態が続きドイツで入院治療したが治らず、強い薬の副作用で耳が聞こえなくなり帰国した時」「昭和56年に典子と結婚したころまでは」**頻繁に遊びに来ておりました。

しかし、昭和57年から博士論文でバイトが忙しくなり、彰との共通の時間が取れなくなったことから土曜日に遊びに来る程度の付き合いになっています。

私は、そのころ、彰について**「観察眼は鋭い」「デッサン能力は分からないが色彩能力はある」「オーバーに話している面もあるが、それが男としての魅力でもある」**という目で見ております。

昭和59年6月21日、私は定子と結婚し、子供は1男2女と生まれており、平成7年11月に離婚するまで新宿区中井1丁目○番○号ハイムイノセに住んでいました。ここにも彰は典子を連れて遊びに来ておりました。

彰が御厨と知り合った平成2年9月ごろ「御厨は信用できるのか」と尋ね、心配していた矢先、「**平成3年から急に羽振りが良くなり、世田谷区深沢の高級マンションに住むようになり、その変貌ぶりに驚いて、何かやばいことに関わっているんじゃないか**」と心配していたのです。

平成3年11月ごろ自宅で長女、長男の七五三をやった時、「**雰囲気や態度が変わった。今までの剽軽で親しみやすい彰じゃない**」と感じ、会話の中でも「**金のない奴は相手にしない**」というそぶりが見られたのです。しかし、平成5年ごろには元の顔付きに戻っています。平成3年暮れ、彰の長女の出産で典子さんがいない時の午後6時か7時ごろ、山手線恵比寿駅で彰と待ち合わせ、彰が運転するポルシェに乗せてもらい箱根のホテルにもなっているような店でフランス料理を奢ってもらいました。この時、ポルシェについて尋ねると、「**会社名義で使用している車だ**」と言っておりました。

その後は、お祝い事がある時に会うくらいで、平成6年11月12日から泊まりがけで彰方の七五三に葉山に行ったのが最後であると記憶しております。

定子が彰から貰ったワープロは、私が貰ったわけではないので何時持ってきたかははっきりしませんが、平成3年秋か平成4年始めごろ、当時、私達が住んでいた中井のマンションの仕事場の床面に裸のまま置かれた〈黒っぽいナショナル製ワープロ1台〉があったのを記憶しております。当時、私は昭和62年に買った〈NECの文豪〉を使っていました。定子が貰ったワープロを操作してみましたが、〈液晶画面が小さい上機種もナショナル製のため操作しづらく、少しキーボードをいじった〉程度でした。

57 僕、ひと一人殺したことがある

鹿島百合子（31歳）は、昭和63年に株式会社アクアスタジオに入社し、平成5年5月まで広報担当として、平成6年5月ごろまで外部スタッフとして勤務していた。

御厨社長から、平沢彰を**「彼は営業力があるので補佐役をやってもらう」**と紹介され、一時マネージメントとしての仕事に従事しておりました。平沢の勤務状況は、私の知る限りでは、出勤時間がまちまちであり、たまにミーティングに出席するが、特に自分の意見を言うわけではなく、また、居ても何をするわけでもないという感じでした。このような理由から古くからいた社員とは合わなくて社内がギクシャクしておりました。このような雰囲気の中、平沢は任された仕事について社長から詰められると、口先だけで言い逃れて、汚く立ち回り、その結果、古くて真面目に働いている社員が社長に怒られるような場面もありました。

平成3年3月ごろから同年12月ごろの間だったと思います。仕事が遅くなって夜10時ごろ、平沢に「途中だから送ってやる」と言われて、渋谷区南平台のアクアスタジオから平沢のホンダ・ワゴン車で世田谷区弦巻の友達の所へ送ってもらっている途中、平沢が大げさな表現をしたことから、私がその表現に対して「何を言っているんですか」という意味のことを言い返しました。すると、平沢がボソボソと低い声で**「こう見えても僕はひと一人殺しているんですよ」**と言ったので、私自身、あまりにも意外な言葉に驚いてしまい「平沢さん嘘でしょう、冗談言わないでよ」と言いながら、平沢の顔を見たところ、車内が暗いうえに**「顔付き、目付きが異様に不気味」**だったので一瞬「怖い、何てこと言うのだろう」と思いましたが、平沢が**「冗談ですよ」**と言ったことから、内心、冗談だったのか良かったと思いホッとした記憶があります。

しかし、平沢の言った言葉が何となく頭に残って、二人の会話がぎこちなくなり、弦巻の友達の所に着くまで間合いが途切れて非常に長く感じたのを忘れることが出来ません。

翌日だったかは定かでありませんが、後日、当時同僚だった藤津美佳さんに平沢が私を送る車の中で「こう見えても僕はひと一人殺しているんですよ」と冗談みたいに言っていたけど、と話したことがあります。今年1月か2月初めの夕方、退職後あまり連絡を取り合っていなかった美佳さんから私宅に電話が入り、挨拶して直ぐに平沢の話になり、「テレビ見たでしょう」から始まり、「あなたが話していたこと、今思えば冗談じゃなかったのね」との話題になりました。

58
1年間でオートバイ4台を売ったラリースト

鞍手旭（50歳）は、昭和52年から「**世田谷区等々力5丁目**」において、オートバイの修理、販売業会社である「**株式会社鞍手モータース**」を経営しておりましたが「**毎年暮れから翌年正月にかけて開催されている『パリ・ダカールラリー』出場に専念したい為**」に平成6年1月にこの会社を畳んでしまったのです。

会社を畳んでからは、10年前から出場している「**パリ・ダカールラリー**」の経験を生かし、全国各地の「**いすゞ自動車販売系列**」で開かれる「**イベントにラリーで使った車を持ち込み出演したり研修会で講演したり**」するという仕事内容の俗に「**ラリースト**」と呼ばれる仕事をしております。

本日は、私が株式会社鞍手モータースを経営していた「**昭和63年ごろから平成2年ごろまで**」私の所に出入りしていた男で「**昨年、証券会社社員を殺し、多額の現金を奪ったうえ、死体を山中に埋めた犯人**」として、現在警察に捕まっている「**平沢彰**」について「**この平沢と私の関係や付き合い状況**」等についてお尋ねですので、これからお話しします。

この平沢は、私の会社から平成元年中に4台のオートバイを購入していますので、この件は資料を基にお話しします。

この平沢が私の所に初めて来たのは「**昭和63年ごろ**」だったように記憶しています。

このころ、私は「**パリ・ダカールラリーに出場するため夢中**」で、本業のオートバイの修理、販売の方は、当時の従業員であった「**天瀬隆明君任せ**」だったのです。この平沢は「**飛び込みの客**」で最初、私の所に来た当時は「**私がパリ・ダカールラリーに出場している**」ということは知らなかったと思います。また、平沢が最初に来た時は色まではっきり記憶がありませんが、「**ホンダ・レジェンド**」に乗って来ていました。それ以来、平沢は「**日中頻繁に来る**」ようになったのです。私自身古い考えかも知りませんが、「**昼間、プラプラしている者はロクなことはしていないと思い、このような男は嫌いだった**」のです。そして、ある日、あまりにも日中プラプラして私の所へ来るので「**何の仕事をしているのか**」と尋ねると、平沢は「**ゴルチエの婦人服の日本人向けのデザインをしている**」と答えたのです。私もレースの関係で何回となくパリに行っているので「**ゴルチエは派手で水商売女が着るような服だ**」ということは知っていました。また、この時だったか記憶は定かでありませんが、「**フランスで車のルノーのデザインをしていた**」ということも言っていました。

このようにして平沢が私の所へ出入りしていたのですが、基本的に私は「**昼間、プラプラしている者は嫌いだった**」のであまり話はせず、主に天瀬君が応対していたのです。そして、年が明け「**平成元年になって**」、平沢はオートバイを先ず1台購入してくれたのです。手元にある「**お買い上げカード**」を見ると「**平成元年2月18日　ホンダXLR250　バハ　赤色　48万7200円**」となっており、代金の支払いは「**2月18日：現金30万円、2月22日：現金18万7200円**」とそれぞれ支払っており、またこの時は「**アライ製ヘルメット（白）：2万2400円、ゴーグル（眼鏡用、白）：3300円**」をサービスとして付けています。

また、この前後ごろから平沢は、私の所へ「**赤ん坊を連れて来るようになった**」のです。

オートバイを購入してもらった以上、このように「**昼間、プラプラしている平沢を嫌いだ**」とは言っていられないので、時々は話し相手になっていたのです。

そんな中、ある時平沢は、私がパリの事は知らないと思ってか「**ゴルチエの店は床も鏡張りだ**」と絶対ありえないような馬鹿げた話をしたので、私はますます嫌いになり「**この男は一体何者なんだろう**」と疑いの目で見るようになったのです。

その後も頻繁に出入りしているうちに平沢は「**ゴルチエは辞めた**」「**今度はコーディネーターの仕事で年間1千万円入る**」等と言ったのです。この時、私は何処の会社でコーディネーターをやっているということまで聞いていませんが「**大きな話ばかりする男だな**」と思っていたのです。

平沢はその年に「**7月1日　ヤマハ　XT600　テレネ　青色　66万8870円**」を購入し、代金は「**7月1日：現金64万円、7月3日：残り現金2万8870円**」をそれぞれ払っております。

更にそれから2カ月後の「**9月15日　ホンダ　XLR250　バハ　赤色　46万8320円**」を購入し、代金は「**9月18日：現金46万8320円**」を一括払いしています。

それから1週間後に「**9月22日　ヤマハ　DT200R　白と赤のツートン　41万4500円**」を購入し、代金は「**10月11日：現金41万4500円**」を一括払いしております。

このように平沢は2カ月くらいの間にたて続けに「**3台ものオートバイを購入**」し、その代金の支払いも「**全て現金払い**」ということで、私には「**異常としか思えなかった**」のです。しかし、会社として見れば「**とても良い客であった**」のは間違いありません。

このように平沢がオートバイを購入してくれたこともあり「**平成元年9月ごろ**」、私共、鞍手モータースの企画で「**私共に出入りしている常連客同士で山中湖へ1泊ツーリング**」へ行ったのです。この時のメンバーは会社側が「**私と天瀬君の二人**」、他の常連客は「**平沢他4人の常連客**」の合計7人でした。私と天瀬君、常連客の3

人は仕事を終えてから夕方出発し、朝から行っていた平沢ら4人と宿泊場所の「**山中湖バンガロー**」で合流したのです。このバンガローは、確か常連客の「**椎葉が予約した**」と記憶しております。また、この時、バーベキューをやったのですが、平沢が「**北海道のジンギスカンを持って来て皆にふるまっていたこと**」を覚えています。この時は、皆和気藹々で楽しく、話題はやはり「**オートバイの事が多かった**」と記憶しております。

ところが楽しかったのはその日だけで、次の日は一瞬にして「**嫌な思い出だけのツーリングになってしまった**」のです。それというのも、次の日は「**富士山の精進湖口から登り林道を走る**」ということで朝9時ごろにバンガローを出発したのです。

ところが林道はデコボコ道であった為「**私の前を走っていた者が転倒してしまった**」ので、私は直ぐストップしたのです。この時、私は当然私の後を走っていた者らもストップするものだと思っていたのです。

そう思っていた瞬間、「**私の右横の土手を平沢が思いきりエンジンをふかし昇った**」かと思ったその時、「**私の右脇腹に激痛が走った**」のです。この時、私はあまりの痛さに息が止まりそうになったのです。そして、その原因は、「**平沢が格好をつけて、追い越しできないくらいの狭い林道だったので土手を昇って私を追い越そうとし、その際、平沢のオートバイのハンドルの左グリップが私の右脇腹に当たったためだった**」のです。私は、その場で平沢を「**ロクな運転もできないくせに**」と思いきりどやしつけてやりたい気持ちだったのですが、「**あまりの痛さ**」とみんながいる手前どやしつけなかったのです。平沢からは「**大丈夫ですか**」と声をかけられたような気がしますが、私自身「**頭にも来ていた**」ので、その言葉は耳に入っていませんでした。

この後、直ぐツーリングを中止して帰ることにしたのです。また、この時、天瀬君か誰かが「**救急車を呼びに行って来る**」と言っていたのですが、私は、痛さを我慢して自力でオートバイを運転して、天瀬君か誰かと2～3人で家に帰ったのです。そして、自宅近くにあった鈴木病院へ行き診てもらったところ、「**肋骨3本骨折**」していたのです。

このような事があってから私は平沢に対し「**全くいい感情は持てなくなった**」のです。また、平沢自身もそれ以降「**来づらくなった**」のか、以前みたいに頻繁に出入りしなくなったのです。たまに来ても平沢は「**申し訳ありませんでした**」と謝りの言葉ひとつも言えず、私は「**なんて非常識な男だ**」と思っていたのです。そして平沢は、私の所へ出入りするのが「**月に一度くらいから半年に一度くらい**」に段々少なくなり遠ざかっていくようになったのです。私としては、平沢が「**私に怪我を負わせた**」ことは勿論のこと「**もうオートバイは飽きたのだろう**」と思っていたのです。

ところが、その後、私が「**パリ・ダカールラリーに出場する為の準備に追われていた**」ころの「**平成2年夏ごろ**」だったと思いますが、平沢から「**パリ・ダカールラリーのチームに入れてほしい**」と申し入れてきたのです。そこで、私は平沢に対して「**パリ・ダカールラリーというのはチームワークが必要だ。強い精神力が必要だ。車造りの為時間が必要で仕事をしている暇が無い。運転も修理もナビもできないといけない**」等と心構えについて言うと、平沢は「**そんな大変なことはしたくない。ただ、運転だけしたい。兎に角、金は出す。俺にスポンサーが金を出すんだから連れて行ってほしい**」と言って、「**パリ・ダカールラリーの厳しさというものに対する考えも甘く全く話にならなかった**」のです。そこで、私は「**フランス語も話せるんだったら、スポンサーもいることだし、自分でやればいいじゃないか**」と半分嫌味みたいに言ってやったのです。すると、平沢は「**じゃあいいや**」と、ふて腐れた態度で帰って行ってしまったのです。

また、この時、私が「**平沢のチーム参加を断った**」理由はもう一つの訳があったのです。それは、平沢が言った「**スポンサーがいる**」ということです。我々のように世界的に有名なレースに出場する者は「**多額の経費がかかる**」ので「**多くのスポンサーが必要**」で正直のところスポンサーはいくつでも欲しいのです。

ところが、そこへ目を付け「**おいしい話を持って我々に近づいて来る者がいる**」のです。そこで、我々は、スポンサーが欲しいので、こういう者と会う度に「**いくらかでも多く援助してもらうために飲食の接待等をする**」

のです。しかし、この連中の中には「**ただ、自分の売名行為だけの者。飲食が目的の者**」がほとんどで結果的には「**何も出来ないし、しない者**」ばかりで騙す方が多かったのです。ですから、私は「**平沢もそのくちの方で、自分の売名行為が目的だ**」と思いチーム参加を断ったのです。

一昨年、つまり、平成７年のパリ・ダカールラリーに出場する準備をしていた「**10月か11月ごろ**」、いきなり、平沢から自宅へ電話があり「**韓国の家電メーカーがパリ・ダカールラリーのメインスポンサーになりたいと言っている。紹介する**」等と言ってきました。しかし、この10月、11月というのは毎年既に「**車は船積みされ、日本にはない時期**」なので、私は「**もう今年は遅い。来年の話だったらいいけど、ところで何という会社だ**」と言うと、平沢は「**今は言えない**」と答え、今一つ曖昧な返事だったので、私は「**何だかこれも嘘の感じがする。私に近づく口実かも知れない**」と思ったのです。でも、現実にこの時期は「**車は本当に日本になく**」、平沢の言った「**メインスポンサー**」というと「**車に貼る宣伝ステッカーの貼る位置も違ってくる**」し、更に「**その変更手続も困難である**」こともあった為、平沢の話は断ったのです。

以上、お話ししたとおり、平沢は「**日中プラプラして得体の知れない男である**」という点からしても「**信用できない男**」と思っていたので、今回このようにテレビニュースで平沢の犯した大罪を知り、「**やっぱりそういう男だったのか**」と思うと同時に「**パリ・ダカールラリーのチームに入れなくて良かった**」と思っています。

59
貸していた現金２５０万円を１割増しで返してもらった

星野智之（45歳）は、生まれた時から東京都大田区西糀谷に両親と住んでいたが、平成５年に結婚してからは妻路子（37歳）と同じ敷地内の別棟で暮らしている。平成元年10月からは自宅兼事務所で空調関係の仕事を始め、平成4年10月に有限会社星野住宅設備を設立し現在に至っている。星野は、昨年12月に強盗殺人・死体遺棄で逮捕されている平沢彰との交友関係、バイク・ツーリング関係、金銭関係、仕事の請負関係等について話した。

私が昭和60年4月ごろライダーズサロン「風靡」の店長をやっていた時、いつも客として来ていたのが、近くの靴関係の会社「ナイスインターナショナル」のオーナーをしている平沢彰だったのです。私と同じく「オートバイが好きでツーリングが趣味」ということからバイクが縁で付き合いが始まりました。このライダーズサロンには、当時、展示用にと板橋区成増にある久保モーターサイクルから、その店で働いていた堀内という男が運んできた「カワサキ400R　GPZ、レース用バイク2台」が店内に飾ってありました。そのころ、店に仕事で出入りしていた金ちゃんこと金本巌に私と平沢が、バイクの良さ、ツーリングの面白さを教え、自動二輪免許を取らせ、昭和60年7月ごろから私、平沢、金本の3人で、週2回から3回の割合で、午後8時か9時に東名高速道路の用賀近くのマクドナルドで待ち合わせ、翌日時間に余裕がある時は午前5時か6時ごろまで、時間に余裕が無いときは午前1時か2時ごろまで主に箱根方面にツーリングに行っていました。

翌日時間に余裕がある場合は、①用賀ランプから東名高速道路・御殿場ランプ・長尾峠・箱根峠・箱根ターンパークか箱根新道・小田原厚木道路・東名高速道路を経て用賀ランプを出てマクドナルド前路上で別れて帰宅するコース。②用賀ランプから東名高速道路・御殿場ランプ・長尾峠・十国峠・伊豆スカイライン・西伊豆経由一周・伊豆スカイライン又は東伊豆経由一周・伊豆スカイライン・十国峠・長尾峠・御殿場ランプ・東名高速道路を経て用賀ランプを出てマクドナルド前路上で別れて帰宅するコース。翌日、仕事の関係で時間に余裕がない場合は、③用賀ランプから東名高速道路・御殿場ランプ・河口湖・中央自動車道を経て高井戸ランプを出て環八で別れ帰宅するコースの3コースがほとんどです。

私たちが3人でツーリングする時、平沢が乗っていたバイクは、

○平成３年ごろ深沢のマンションにいるころは、カワサキＺＺＲ１１００
○平成元年ごろは、ヤマハＴＺＲ２５０
○昭和61年７月ごろは、ヤマハＲＦＺＲ４００
○昭和60年後半は、スズキγ《ガンマ》２５０

等で性能が良く、平沢自身道に詳しく又よく飛ばすので、ついていくのが精一杯でした。私ら３人は、当時のナイスインターナショナルの社員２人や菊地という女性とも一緒に先程話したコースを数回ツーリングに行ったことがあります。

バイクの他に平沢が乗り回していた車は、
○昭和60～61年ごろナイスインターナショナルの時は、ホンダ・シビックシャトル　塗色ガンメタリック、ポルシェ９１１カレラ　塗色ブルーメタリック
○昭和63年ごろは、ホンダ・レジェンド　塗色ガンメタリック
○平成３年ごろは、ホンダ・シビック　塗色ガンメタリック、ポルシェ９１１ターボ　塗色黒色、アルファ・ロメオ　塗色赤、ホンダ・アコードステーションワゴン　塗色エンジ

等でした。

金銭関係は、平成2年9月、平沢から「キャンピングカーを企画、立案している。お客に売れたが入金が1月になってしまう。その間ちょっと金が足りないので『２５０万円貸してくれ』」と頼まれました。私は、当時両親と一緒に住んでいた家の応接間に置いていた自分の据え付け金庫内にあった手持ちの現金４００万円くらいの

うち から250万円を取り出して、平沢に直接貸しました。平沢に貸した250万円は「1月にならなければ返ってこないもの」だと思っていたところ、その年の11月中旬、平沢から電話で「早く現金化できたから借りた250万円を返したい」と言ってきました。その後、平沢は私の家の近くまで来たのですが道に迷ってしまい、私が呑川新橋まで迎えに行き会い、平沢が乗って来たホンダ・レジェンドクーペ2ドア、塗色ガンメタリックの中で平沢から「借りた250万円と利子として25万円入っています。調べて下さい」と言われ、返してもらいました。私は、当時平沢を信用していたので、その場で渡された「返済金の入った茶色の紙袋の中を確認することなく」持ち帰りました。自宅に戻り、パチンコ屋で景品等を入れてくれるような茶色の紙袋の中を見ると「白地に薄いピンク色と薄い水色の縦棒の模様入りの封筒」の中に、平沢が言うとおり帯封付きであったかどうかは今となっては思い出せませんが、使用済みの1万円札275枚、貸した金より25万円多く入っていました。この時、私は「25万円は利子としてくれたのだろう」と思って250万円を据え付け金庫に納めました。

平成5年9月ごろ、平沢が小田急線下北沢駅近くに化粧品雑貨店「ラベンダー」を開店する際に、私に店内の空調関係の仕事を発注してきて、私は見積書を出して工事を請け負いました。その際、平沢から空調工事に加えて、電気工事、店内の内装、塗装の工事等を追加され、10月28日の開店に間に合わせました。ところが代金支払いの段になって私が平沢に合計金額360万5000円（消費税込み）を請求したところ、葉山にある平沢の家を設計した設計士が平沢から頼まれたらしく「空調工事の代金はいいんだけど、電気工事と内装工事の代金は高すぎる」とクレームをつけてきて1週間くらい揉めました。結局、私の方が工事代金を引くということで折り合いがつき、360万5000円を319万9279円に割り引いて決着しました。私は、この工事代金の支払いで揉めたことから、昭和60年ごろから家族ぐるみの付き合いをしていた平沢との関係が「何となく気まずくなり」、それ以降どちらからも連絡しなくなり音信不通の状態になりました。私は「昨年11月、平沢が狂言誘拐事件を起こし、12月に強盗殺人事件の犯人として逮捕された」こと等をテレビ、新聞等で知って驚きました。

私が見た感じでは、平沢は、
○気が小さい男
○薄情なところがあり、思いやりに欠けるところがある男
○表裏の顔がある男
○無表情の中に一瞬相手を見据える目付き、ゾクッとする目付きをする時がある男
等と感じています。

60 山林に正体不明の物を地中に埋めに行った

宗像辰巳（39歳）は、平成3年2月7日に平沢彰に誘われて、山梨県北巨摩郡須玉町の県有林内に正体不明の物（平沢は受信器と言っていた）を地中に埋めに行っている。

平沢と知り合ったのは約15年前、アトリエ「サブ」で働いている時に、誰か忘れたが、ファッション用の靴を作ってくれる人を紹介してもらったところ、メビウスの平沢を紹介されたのが交際の始まりでした。その後は、多い時で月に5～6回、少ない時には年1回会ったり電話したりする付き合いで、プライベートな付き合いはほとんどなく、仕事の情報仲間と考えていました。私が平沢と北巨摩郡に行ったのは、高速道路領収書、レンタカー貸渡証があり、平成3年2月7日に間違いありません。出発したのは午前8時か9時ごろで、私が平沢のマンションまで迎えに行きました。この話を持ちかけられたのは2月5日ごろで、平沢から「今、ＮＴＴの仕事を

している。衛星からの電波を受ける受信器を山に埋める仕事がある。ギャラは10万円でどうか」と言ってきたので簡単そうな仕事だったので引き受けることにしました。

平沢に「4WDの車を借りて来てほしい」と頼まれたので、トヨタレンタリース渋谷営業所でタウンエースを借りました。車両は貸渡証から「練馬56　わ4912」に間違いありません。7日の朝迎えに行くと、平沢は東急ハンズのシールテープが貼られた真新しいスコップ2本と軍手を用意して待っていました。また、受信器だというプラスチックケースに入った物を持っていました。運転は、平沢がやり、中央高速を使って須玉インターで降り、国道141号線沿いに30〜40分走った辺りで谷間に向かって傾斜している斜面（道路から5〜7メートル）辺りに直径60〜70㎝、深さ80㎝くらいの穴（自分の腰の高さ）を掘りました。平沢が、「休んでいいよ、受信器をセットするから」と言うので、その場から離れて休み、少し経ってから現場に戻ると既に穴は9割程度埋まっており、残りを2人で埋めて地固めして帰りました。平沢のマンション前で10万円を受け取り、スコップ2本、受信器が入っていたプラスチックケースも貰いました。

後日、特別捜査本部で宗像の案内で現場を確認し捜索したが何も発見できなかった。平沢が強奪金を埋め一時的に隠匿していたと推測される。

61　平沢彰からサントリーの未公開株の話を持ちかけられた

芹沢重人（38歳）は、平成2年10月ごろ、平沢彰からサントリーの未公開株の話を持ちかけられている。

私は、自宅において衣類、装飾品の卸売業を営んでいます。平成2年10月初めごろ、当時の私の妻（梶原澄子）、宗像辰巳、平沢彰の4人で中目黒の「越後」という居酒屋で酒を飲んだ時平沢を知りました。宗像は飲み仲間で、宗像が平沢を連れて来ました。それから2週間くらいして、当時、宗像が経営していた衣類、装飾品の店である「チープショップ」に平沢が来たからと呼び出されて話をしました。その時、「企業名は言えないが関西で店頭公開していない一番大きな会社がある。その会社の未公開株が手に入るが闇取引をする。インサイダーだけど、その会社の副社長が出て来る。山梨のゴルフ場を借りきって1日だけその日をめがけてやる。1口2億円で信用の出来る人を探してくれ。その相手は、君の直接の知り合いでなければならない。信用できる人間にターゲットを絞って1口2億円の現金を預かってくれ。その人間は連れて行けないが、自分と2人だけで日付が決まっているから行こう。そこで株券を準備している」等の話を平沢から聞きました。宗像は、平沢の話を完全に信用しましたが、私が株に全く興味がなかったことと知り合いに2億円出す人間もいなかったことから誰にも声をかけずにいました。平沢が会社名を言わなかったことから知人等に聞いたところ「サントリーじゃないの」と言われたため、平沢と3回目に会った時「その会社はサントリーでないのか?」と聞いたところ、「そうだ、ターゲットを絞った相手に未公開株を買えば公開されれば10倍くらいの金になる」と言っていました。

その後1週間くらいして平沢が会社に来て「1人行くことが決まったから芹沢君はあわてなくていいよ」と言った後「自宅のゴミ袋がなくなるんだよね。不思議だからゴミ袋にガムテープを貼ったらやはりそのゴミ袋だけなくなっていた。どうしてだろうね」と笑いながら話しておりました。

平成2年の暮れか平成3年の初めごろ、私が会社の資金繰りに困っていた時、借用書を交わさないで平沢から300万円（帯封付き）2~3カ月の約束で借り受けました。その後1年くらいして300万円の借金を請求され330万円を返しました。

62 芹沢はインサイダーの話を他言して平沢に怒られた

梶原澄子（37歳）は、芹沢の元妻である。芹沢重人が平沢彰からサントリーの話を持ちかけられていることを間違いなく聞いている。

平沢とは、平成2年9月の終わりか10月の初めごろ、中目黒の居酒屋「越後」で芹沢、宗像辰巳、平沢の3人が飲んでいる席に行った時に芹沢から平沢を紹介されました。それから1カ月しない間に平沢から芹沢が、

○関西系の会社が一部上場する。
○人に話して金づるを見つければマージンを出す。
○取引の日はゴルフ場で取引をする。

等の話をされたことを聞いております。芹沢は、事務所に来る人に平沢から聞いた話を他人に話した件で平沢から怒られました。何度か芹沢から平沢の話を聞かされたことから、気になって聞くと、芹沢は「インサイダー取引って言うんだよな」というので私が「インサイダーってよくないんでしょう。警察に捕まっちゃうから大変よ」と忠告したことを覚えています。その後、平沢から芹沢によく電話が掛かってくるので、芹沢に「何で何度も電話が掛かってくるのか」と聞いて、芹沢が平沢から３００万円を借りていたことを知りました。その後、平沢から利子をつけて３３０万円くらいを返済するように催促されていたので、芹沢に早く返した方がいいと言いました。

63
ずっと騙していたんだネ

諏訪淑子（41歳）は、多摩美術大学を卒業した年の昭和53年秋ごろに大学時代の同級生から「**フランスに留学している面白い人がいる**」と言って平沢彰を紹介された。

平沢とは、その日からたて続けに1週間くらい会い、そのうちに「**フランスへ来ないか**」と言われ、その理由を聞くと「**結婚の申し込み**」というように答えたのです。

平沢は、その後直ぐにフランスに戻り、フランスから手紙が届き、その返事をフランスへ出しています。当時、平沢がフランスに居たことは間違いありません。

そして、26歳になった昭和56年の5月か6月ごろ平沢から「**日本に帰って来た**」と電話があり、会いました。これまでの間、平沢は一時帰国しており、その時も私達は会っていました。この一時帰国の時、私達は肉体関係を持ちました。平沢から日本へ一時帰って来たという電話をもらった昭和56年からは「**結婚を前提として付き合い始めた**」のです。ところが付き合っているうちに「**平沢は平気で約束は破るし考えは幼稚だった**」ので嫌気がさしてしまいました。この約束を破ったというのは「**一時帰国で限られた時間でしか会えない**」と思っている私に、「**友達に誘われているため会えない**」等と取ってつけたような嘘を平気でついていたのです。この時は2回程しか会っておらず、嫌気がさして別れました。

それ以降はお互いに連絡はせず6〜7年経った、確か当時住んでいた「**目黒区青葉台のマンションを売りに出したころ**」の「**昭和63年春ごろ**」だったと思いますが、当時、晴海の展示会場で開かれた「**革や生地の展示会**」に行った際に平沢とばったり会ったのです。その時は、お互いに久しぶりに会ったものの連れがいたので、たいした話もせず連絡先を教え合って別れました。

それから暫くしてどちらからともなく、仕事の事等で連絡を取り合うようになり、そのうちにまた親しくなりました。それというのも、そのころの平沢は以前の平沢とは「**全く違っていて、私には良き相談相手だった**」ので必然的に平沢に身も心も許してしまったのです。勿論、このころ、平沢は「**指輪を準備しなくては**」等と言ってあたかも「**私と結婚する**」という意思表示をしていたので、当然、私は「**平沢はまだ独身だ**」と思っていたのです。

それ以降、平沢は会社を経営し、私はスリップノットという会社に勤めていました。当時、私は弦巻のマンションに一人で住んでいたので、そこに平沢も泊まりに来るようになったのです。しかし、平沢は、土曜、日曜は決まって来ないので不思議に思って「**土曜、日曜は何しているの**」と聞いたことがあります。平沢は「**土曜、日曜は移動日だから来れない**」と答えていました。その後の「**平成5年10月29日**」に平沢に相談に乗ってもらい「**世田谷区下北沢2丁目○番○号　ラベンダー事業部**」という化粧品雑貨販売会社をオープンしたのです。

ところが、確か平成6年11月ごろになって、「**ラベンダーの営業のことでどうしても至急平沢に連絡しなければならない**」ことがあった為、当時、平沢が勤めていたアクアスタジオのトクガワという女事務員に「**平沢の連絡先を教えてほしい**」と言って電話番号を聞き、その電話番号に電話した時いきなり「**男の子**」が出たので、私はびっくりしてしまったのです。そこで、私は、変だなと思いながら「**お父さんいますか**」と言うと直ぐ「**平沢が電話に出た**」のです。そこで、私はラベンダーの話等はせず「**ずっと騙していたんだネ**」と言うと平沢は慌てて「**そっちへ行くから**」と電話を切り、私の部屋に来たのです。そこで、平沢は色々と言い訳をして、子供については「**近所の子供だ**」、また奥さんとは別居中だと言い逃れましたが、結果的に「**平沢は、私と再度付き合うようになったころは既に結婚し子供もいた**」ことが判ったのです。

その後、私は、平沢とは顔を合わすのも嫌だったのですが、当時、ラベンダーの経営も不振だったので再建の為には二人で「**神戸の三宮**」へ物件を見るため日帰りで行ったりはしています。しかし、騙されていたことが判ってからというものは、これまで1回たりとも肉体関係はもっていません。そして、結果的には、その翌年の**「平成7年6月末日」**でラベンダーを閉鎖し、5カ月後の**「平成7年11月」**に長野県の現住居へ転居したのです。その後、昨年つまり**「平成8年6月」**になり青山警察署の刑事さんから**「平沢が多額の詐欺事件にかかわっている」**と聞かされてびっくりしたのです。更にその年の**「11月ごろ」**にはテレビのニュース等で**「平沢の狂言誘拐事件」**を知り驚愕し、今度は刑事さんから**「平沢は人を殺して多額の現金を奪っている」**と聞き、唖然とするしかなかったのです。

このことがあってから私の生活はすっかり乱れ、**「本年1月3日」**からは報道関係者から逃れるため友人に頼んで**「板橋区内にマンションを借りてもらい1カ月くらい身を潜め」**、その後、再度現住居に戻ったのです。

このようなわけで、私は平沢と知り合ってからというものは、彼の言うことやること**「全て嘘である」**ということが判り、今は**「私の人生って一体何だったんだろう」**という悔しさでいっぱいです。

長野に住むようになってから今まで平沢とは会ってもいないし連絡も取っていないように話しましたが、実は**「昨年6月」**刑事さんが来て帰った後直ぐに平沢に電話しております。その会話は、当時、平沢も警察から事情聴取を受けているということだったので**「私を騙し続けていたということを警察に話したのか」**ということを確認したかったのです。これは**「女として私の一面に触れてほしくなかった」**からです。

それでは、私と平沢の金銭的なことについて説明します。その前に、私が開設している銀行口座等について簡単にお話しします。

1　住友銀行渋谷支店代官山出張所　普通口座
　これは昭和59年ごろ当時、会社が代官山にあり、生活口座として使っておりました。

2　第一勧業銀行自由が丘支店　普通口座

これは、昭和63年8月にマンションを売却するに際し、マンション購入業者から銀行を指定されたので開設し、マンション売買にだけ使用したものです。

3　山一証券渋谷支店

これは、昭和62年に利率の良い中国ファンドというものに100万円を積んだものです。

4　住友信託銀行渋谷支店　普通口座

これは、昭和63年ごろと思いますが、直ぐに解約したと思います。

5　東京銀行渋谷支店

これは、昭和62年に山一証券から指定されたものです。

6　さくら銀行桜新町支店　普通口座

これは、昭和63年にマンションを売却した後、この近くの弦巻に住んでいたので生活口座として使っておりました。

その他私名義で「**松本信用金庫穂高支店**」「**八十二銀行穂高支店**」の2口座がありますが、これは両親が作ってくれたものなのであまりよく分かりません。また現住居地に転居して生活口座のため「**八十二銀行豊科支店**」を開設しています。

私と平沢の金銭的なことについては、平沢と晴海の展示会場で再会した「**昭和63年春ごろ**」からで、そのころ「**目黒区青葉台のマンションを売りに出していた**」のです。当然このことを平沢も知っておりました。マンションの売買契約は「**昭和63年8月6日**」にしたと記憶しております。また金額については「**3880万円**」で売れたことに間違い有りません。

マンションの売買契約が昭和63年8月6日なのに第一勧業銀行自由が丘支店には昭和63年8月1日に

３４００万円入金されているが、何故日にちが違うのか、又残り４８０万円はどうしたのかとのお尋ねですが、私の記憶では、昭和63年8月1日に相手側と契約書を交わすことで全て書類が出来ていました。しかし、この時、相手側が実印を忘れてきたということで仲介の三井不動産の人が後から責任を持つということで、お金が先に入ったと思います。

また、４８０万円については仲介した不動産屋への支払い、その後住むマンションの準備として現金で貰っております。この３４００万円は直ぐに出金し別の銀行に入れておりますが、その理由等については定かではありません。

この前後ごろ、当然、平沢は「**マンションが売れ３４００万円入った**」ことは知っていたので、私に「**余分の金があったら儲けてやる**」と言っていたのです。このころは、先程も話したように「**平沢をすっかり信用していた**」ので何の疑いもなく平沢に言われた「**平成証券の私名義の口座**」に「**2千万円と1千万円の合計3千万円**」を振り込んだのです。只今刑事さんから見せてもらった表を見ると「**昭和63年8月5日：2千万円、昭和63年8月6日：1千万円**」となっており、出金先はこの表を見ると「**昭和63年8月4日：住友銀行渋谷支店1千万円、昭和63年8月5日：第一勧業銀行自由が丘支店１４００万円、昭和63年8月5日：山一証券渋谷支店５００万円**」がそれぞれ引き出されており、それに自分の手持ち現金「**１００万円**」をプラスしてそれぞれ振り込んでいると考えられます。

この件に関して、平沢から途中経過として2回くらい「**順調に儲かっている**」からと聞いております。

そして、その後の「**平成元年から平成４年まで**」その金はそのままになっており、私も特に催促等はしておりません。

ただ、この間変わったことと言えば「**平成３年春ごろ**」だったと思いますが「**平沢がポルシェで私の所へ来た**」ので、どうしたのか聞くと最初平沢は「**買った**」と答えたので、私が「**何考えているのよ**」と強く言うと、平沢は「**アメリカのオジが儲けて何か欲しい物はないかと聞かれたので買ってもらった**」と言って話をかわしてしまったのです。それまで、平沢は、決してこのような派手なことはしませんでしたし、金遣いも荒くありませんでした。

ところが、平成4年になって時期は定かではありませんが、平沢は「**株の方はどうなるか判らないので、取り敢えず元金だけでも返しておくから**」と言って「**3千万円ぴったり**」キャッシュで返してきたのです。この金については直ぐに銀行に入れず、暫く私の手元に置いていたと記憶しております。

この表を見ると「**平成4年11月13日：山一證券渋谷支店の口座に3500万円**」入金されていますが、このうちの3千万円は平沢が返してよこしたお金に間違いありません。残り500万円については記憶は定かではありませんが、当時私の手元にあったお金か他の銀行から引き出したお金を合わせて「**3500万円**」にして入金したとしか考えられません。

その後、この平沢から返してもらった3千万円については「**平沢を社長**」として「**平成5年にオープン**」した化粧品雑貨販売の店である「**ラベンダー事業本部の開店資金の一部**」にしたのです。この店をオープンするに際しては、他の銀行から引き出したお金と合わせて「**合計5800万円**」を全て私が出資しております。平沢が、店の開店資金としては一銭も出していないことは間違いありません。

ラベンダーの経営については、私は経営能力がないのであくまでも「**出資者でオーナー**」ということで、平沢には「**社長として前面に立ってもらう**」という約束で、決して共同出資で共同経営ではなかったのです。

また、お金の件については、正直なところ「**意外と無頓着な方**」で「**相手を信用した場合は全てを任せてしまう**」という性格ですので、本日、お話をする際に見せてもらった表が正しいと思っています。

私が平沢と一緒に車で旅行した場所は「**北海道の旭川、伊豆、八ヶ岳（泉郷の貸し別荘）**」の3カ所です。そのうちの伊豆と八ヶ岳の貸し別荘に平沢の車で行ったことについて話します。伊豆に旅行に行った年月日については「**平成2年か3年ごろ**」でした。1泊だったので月日はよく覚えておりません。

この時は、平沢から夜、突然電話があり「**これから伊豆へ行こう**」と誘ってきたのです。私は、毎日仕事が遅くて疲れていたので、あまり気乗りしなかったのですが、平沢と会う機会もそんなに無いことから行くことにしたのです。行った場所は「**静岡県伊東市大室高原○ー○○○　伊豆高原プラザホテル**」です。この時も車で、夜出かけて行きました。私達がホテルに到着した時には既にホテルの食事は終了していたので、外に食事に行くことにしたのです。平沢は「**友人との付き合いで会員になったので勿体ないから利用した**」と言い訳をしていました。この時は、ホテルとレストラン以外は立ち寄っていません。

次に八ヶ岳に平沢の車で行ったことについて話します。行った年月日は「**平成2年か3年の夏ごろ**」だったと思います。何故かと言いますと東京を出るとき薄着で行ったのですが、別荘に着いた時は、寒かった記憶があるからです。場所は「**山梨県北巨摩郡大泉村谷戸並木上○○○番地　八ヶ岳泉郷貸し別荘**」です。この日は、夕方東京を出発し何処にも寄らず別荘の管理棟に行き、貸し別荘の鍵を受領して別荘に入る前に敷地内のレストランで食事をした後、別荘に宿泊して帰りました。泊まった別荘はログハウスで1階に暖炉があり2階に寝室がある建物でした。

この他に平沢と行動を共にしたのは真夜中のドライブをしたくらいです。行き先については、伊豆、箱根方面が多かったと記憶しております。伊豆や箱根に行く時は、平沢は「**高速道路は混んでいるから**」と言って第三京浜を走っていました。周りは暗いし、風景も見えない状態でしたので、どの道をどのように走っていたかは分かりません。箱根街道のくねくね道を走っていて気分が悪くなったこともありました。

64 2台のワープロの謎

1 阿部定子の供述

平沢彰の実姉阿部定子は、

狂言誘拐事件の最中の10月27日ごろの午前1時ごろ彰から「携帯電話、ワープロ、現金200万円を持って駒八通りを歩け」と指示されドコモの携帯電話、平成3年ごろ彰に貰ったワープロ、現金200万円、着替えの下着等を持って、自宅を出て自宅近くの神戸屋というパン屋の前から駒八通りを歩いていたら、彰が運転する車が私の前に現れ停車しました。私は、彰の車に乗りこみ駒沢競技場近くのアイソトープ研究所前に停まった車の中で、私が自宅から持ってきたものを彰に渡しました。

旨を供述した。

2 本間律子の供述

本間律子は、

11月13日、狂言誘拐事件がテレビで報道され、平沢彰と一緒に御厨啓三に相談するため同人宅に向かう途中、目黒川付近でタクシーを降車し、平沢がホテルで踏みつけて壊したワープロ2台を目黒川に投棄した旨を供述した。

3 投棄場所の確認

本間律子の供述により、11月17日、投棄場所付近の目黒川を捜索して「**ワープロ　1台　三洋製　SWP－NS35　製造番号1661O391　灰色**」を発見した。

4 目黒川清掃事実の確認

もう1台のワープロが未発見のため、目黒川清掃事実について、平成8年12月9日、目黒区役所土木課に照会した結果、同区役所から委託を受けた「**神奈川県川崎市多摩区宿川原6丁目○番○号　株式会社キョーエー**」という清掃会社が同年11月22日に清掃を担当したことが判明した。同清掃会社に、目黒川の担当者によるワープロ発見の有無について調査を依頼したところ「**アルバイト従業員　等々力巌**」が川底から「蓋がついていない古い型のワープロ1台」を発見し、ゴミ袋に入れて積載車に積み込んで会社まで搬送していることが判明した。

同社の責任者から事情聴取した結果、２日後の11月24日に産業廃棄物処理会社である「**埼玉県新座市大和田2丁目○番　株式会社金龍土木工業所新座営業所**」に搬送され、ワープロ等の機械類は不燃物に分別し、敷地内でブルドーザーで粉々に砕いてから「**栃木県芳賀郡二宮町大字水戸部○番○号　株式会社ジャパンアクセス**」に搬送され土中に埋められていることを確認した。

5 結論

平沢彰が有印私文書偽造・同行使罪で逮捕された時に靴底に隠し持っていたB５判大の白紙にワープロ様の文字で「拝啓、真犯人様　毎日優雅に暮らしている殺人者よ」と書き出したメモの印字、和泉橋事件で荒石修失踪後、同人名義で当時同棲していた内妻山口瞳にワープロ文字の手紙3通（平成2年11月14日付富士吉田局消印、同月20日付高崎局消印、同月24日付石和局消印）が郵送されており、その文書を作成可能なワードプロセッサーの機種について照会したところ、松下電器産業株式会社から、いずれも「松下製　FW－U－S55Ai」にほぼ間違いない旨の回答がなされている。実姉、元義兄、本間律子の供述から投棄したものは、該ワードプロセッサーと認められる。

65　取調べを逃れるための出場拒否

「未公開株式（サントリー）購入資金名下の詐欺事件」の手口は、平成8年12月27日に起訴になった平沢彰を被告人とする「証券会社社員強盗殺人・死体遺棄事件」と酷似していることから、荒石修もこれと同様に殺害されたうえ、いずれかの土中に埋没されている可能性がたかく、その立証のため裏付け捜査を推進した。

1 余罪に対する容疑性

余罪であるサントリー株に絡む荒石修（当時30歳）殺害の事実については、取調べにあたって、被告人の方から「取調べは任意ですよね」と牽制する言動はあったが、一応、取調べに応じていたことから、

○荒石は、顧客赤坂峯雄からの集金時、「何かあったらこれを読んでくれ」と言って被告人の人定事項を記載したメモを手渡している。

○被告人は、事件前、交友者芹沢重人に対し、サントリーの未公開株の話を持ちかけている。

○事件翌日（平成2年11月8日）以降、被告人には原資不明の多額使途金がある。
○平成8年11月14日に被告人を有印私文書偽造・同行使事件で逮捕した際、同人が靴の中に隠し持っていたワープロ打ち文書の文字は荒石の内妻山口瞳宛に郵送していた手紙の印字文字と一致している。
○上記山口瞳に送られたワープロ打ちの手紙は荒石名義になっているが、同女は、文面から「荒石さん以外のもの」と供述している。
○山口瞳の日記帳の11月1日欄に「何時だったかは思い出せないけど修さん夜仕事で人に会いに行きました。多分平沢さんだったと思います。自転車に乗って行ったので青山じゃなかったかな」とメモしてある。
○荒石が住んでいたマンションの大家夫婦（山崎）は、当時、被告人と思料される人物を4回目撃している。
○荒石が現金を騙取する際に乗っていた車が、被告人使用の車と酷似し、且つ、同車を翌月（平成2年12月）中旬に売却している事実。

等について追及したところ、平成9年4月12日になって、殺害の事実は否認しながらも**「山口への工作事実を暗に認め」「荒石は殺されているかも知れない」**と、荒石の失踪に関わりがある旨を自供した。

しかし、仔細については**「これ以上話すと自分が疑われる」**と取調べを渋っている状況であった。

2 取調べ（出場）の拒否

4月15日、午後6時10分から同8時15分までの間、担当の徳田弁護士と接見した被告人は、翌16日、取調べのため出場させようとしたところ**「出場を拒否する」**と申し立て、頑として取調べに応じない姿勢を示した。

そのため、13時45分、14時20分、16時13分、18時00分にわたり出場を要請して看守担当者に説得を依頼したが、全く応じない状況であった。

3 そして、平沢彰は、東京地方裁判所へ移管願いを出した。

警視庁本部内代用監獄から東京拘置所への移管願い

警視庁本部留置管理課内
平　沢　　彰

私は、起訴されてから130日間以上、警視庁本部内の代用監獄内に留置されています。これ以上この場所に留置されることも、警察の取調べに応じる考えもありませんので早急に東京拘置所へ移管して頂きたいのです。

すでに公訴されている事柄について、否認を取り消し認めるようにと刑事から一方的に説得されたり、身に憶えの無い事件について、頭ごなしに決めつけながら、認めるように厳しく言われるような取調べは受けたくありません。また、黙秘すると「人殺しに黙秘権はない」などと言われ権利を侵害されたり、取調べを拒否すると留置管理課の責任者が「室に閉じ籠もっていないで、取調べに応じたほうがいい」などと口説きに来ることも、裁判所の身柄拘束になっている私に対しては警察側の取るべき行為として許されざることと考えます。

警察及び検察側の捜査の思惑と利便性のみによって長期間代用監獄に留置する考え方が明白であります。取調べに応じるのが被告人の義務と断言する警察の主張は正しいのでしょうか。法的に正しい処理と指導をお願い申し上げます。

平成9年5月12日

被告人　平　沢　　彰　　指印

東京地方裁判所裁判官　田中光殿

余談ではあるが、強盗殺人罪は死刑または無期懲役である。被害金額の多寡ではなく、人を二人以上殺すと死刑に処すという不文律がある。警察としては、巨額詐欺犯人の汚名をきせられた上、殺害されている仏を身内に返し成仏させる使命がある。話は前後するが、本件も、検察は死刑を求刑したが、東京地裁で、平成14年5月8日、事実については検察側の主張が全面的に認められた。しかし「**殺害された被害者が一人である**」「**前科、前歴がない**」「**被告人に残された家族がいる**」点を考慮して、被告人が真摯に謝罪と更正の道を模索しはじめることも全くないわけでもないとし、極刑を避け、無期懲役とした。

66 動機の解明捜査

1 派手な生活を維持するために

当時、平沢はナイスインターナショナルを設立し、対外的に見栄を張り、高級外車やオートバイを何台も購入し乗り回していたが、生活資金も底をつき、株取引の利益も全く見込めなかったことから、それまで虚飾で固めた生活を維持するため多額の現金が必要になった。

2 平沢の派手な生活状況

平沢は、昭和60年4月26日、株式会社アポロに勤めていた当時、知り合いになったパンダ商事社長の出資を受けて株式会社ナイスインターナショナルを設立して代表取締役となる。会社設立後、パンダ商事の出資金の一部を流用しポルシェやオートバイ数台、妻にも外車等を購入し派手な生活を始める。

3 経済状態の逼迫

■会社の経営状態の悪化

昭和62年8月ごろ、会社の経営が行き詰まり、このころから手っ取り早く資金を得ることが出来る株取引に興味を持ち始め、平沢の父親、姉、愛人の諏訪淑子、大信販、オリエントファイナンス等から融資を受け株や商品先物取引に手を出し、先物取引では1カ月で2700万円の損失を出してしまう。

このような状況から先物取引をやめ株取引に専念する。昭和63年3月10日、投資顧問会社「神戸リッチメイク」の会員となり、入会金15万円を振り込む。この時の担当者が本件被害者荒石修であった。

■株取引の損失

平沢は、平成2年2月当時、1億1300万円相当の株を購入しているが、この原資は、諏訪淑子から3千万円、ナイスインターナショナルの資金流用分4300万円、大信販2300万円、それまで株で儲けた5960万円の自己資金である。

平成2年8月からは株価の暴落が続き、購入した株を処分すれば相当な損失となることから処分できずにいた。当時、平沢が所持していた株を仮に売却したとすると、諏訪淑子や大信販に返済した場合に残る金は、平成2年9月3日当時は3千万円残るが、10月1日当時は借入金の返済が約670万円不足する。したがって、犯行直前の株の価値は全くなく、自己資金の5960万円も手元には殆ど残らない状態になり、預貯金も100万円程度しかなく、キャッシュサービスで借入する等、底をつくようになった。

4 金の出所に関する平沢の嘘（弁解）

平沢は、「昭和62年8月代々木にあった『……トラスト』という商品先物取引の会社で「大豆」「小豆」「乾繭」「金銀」等の先物取引を始め、2年くらいの間に3億円くらいを儲けた。その時の担当者が『長田』という人だった。そのころ仕手筋の宮川という男に金を預けて8千万円くらい儲け、これを元手に東京製綱株の仕手戦で2億数千万円儲けた」と弁解している。

■「……トラスト」の存在

全商品先物取引業者を把握する財団法人日本商品取引協会の昭和57年度から同63年度の商品取引名簿に登録されている「トラスト……」または「……トラスト」という会社については株式会社アサヒトラストが存在することが判明したが、同社は平成2年4月に丸静商事から社名変更したもので、平沢との取引はないことが判明した。

■長田某の存在

財団法人全国諸品取引所連合会に登録された商品先物取引外交員について照会した結果、「長田」で〝おさだ〟と読む者はいないが、〝ながた〟と読む者は3名いる、旨の回答が得られた。同3名から聴取した結果、平沢との取引や接点がないことが判明した。

■宮川某の存在

平沢は「仕手筋の『宮川』という男に金を預けて8千万円を儲け、これを元手に東京製綱の仕手戦で2億数千万円儲けた」と述べていることから、商品先物取引外交員登録名簿に登録されている「宮川」姓の人物7名について捜査した結果、平沢との取引や接点はないことが判明した。東京製綱絡みの仕手戦については、昭和62年

10月19日に新谷誠が中心になって開始し、約1千億円を投資したが、資金提供者と不仲になって失敗している。この間、平沢が仕手戦に参加した形跡はない。また、宮川、長田なる人物の関与も認められない。

67 事前準備

1
平成2年11月7日、荒石修の騙取金集金活動に同行していた者の使用車両が平沢のものと類似している。

⑴ 村岡誠一の供述
平成2年11月7日、荒石が金を取りに来た時、事務所（2階）の窓から下を見ると、黒っぽいホンダ・レジェンドが停まっていた。そのナンバーは **「・749」又は「・759」** のように見えた。

＊平沢ナンバープレートを取り換えている可能性？　所有のホンダ・レジェンドは「品川33む2724」である。

⑵
犯行当日、荒石が乗って来た車両が停まっているのを目撃した村岡に対して、不自然な弁解をしている。

平成2年11月9日、赤坂峯雄の事務所に呼んだ時、平沢から車のナンバーを聞いたところ、7日に目撃したナンバーと違っていた。

11月20日、平沢から電話が来て、11月22日午後7時ごろ平沢と品川駅前の喫茶店で会った。この時、平沢は「**駐車場がなく、近くの野原に車を停めていてナンバープレートが盗まれた。その後、停めてあった車の上に盗まれた車のナンバープレートが置かれていた**」と弁解している。

68 犯行日時

荒石修の元内妻山口瞳から平成9年4月25日再聴取した結果、

荒石修は、株取引の仕事をしており、株取引が始まる午前9時に間に合うように出掛けていた。当時、荒石から「サントリーの株取引がある」という話を聞いていた。

荒石は、失踪する少し前くらいから、夜遅くまで書き物をしていた。失踪前夜の平成2年11月6日、荒石は私に対し「もしかしたら帰れなくなるかも知れない。そうしたらこれを赤坂先生に渡してほしい」と言ってノートを差し出したので預かった。また、荒石から「1泊くらいの下着を用意してくれ」と頼まれ準備した。

当日（平成2年11月7日）午前11時に、荒石は「マンションの下まで迎えに来てもらう。帰りは明日の5時くらいになると思う」と言って午前11時少し前に出掛けた。自分は6階のエレベーター前まで見送ったが、迎えに来た人も車も見ていない。

その日の午後6時ごろ、荒石から電話があり、「今、着いたから、また電話する」と言って直ぐに切れた。公衆電話からだったと思う。間違いなく荒石の声だった。その後は、電話も留守番メッセージも入っていなかった。

と供述した。したがって、犯行日時は、「平成2年11月7日午後6時から翌8日の間」と思料される。

69 荒石が、事件後知人と会おうとしていた形跡

1 証券外務員の供述

平成9年3月10日、平成2年当時、廣田證券の外務員山田修二（43歳）から聴取した結果、

平成2年11月9日、荒石修と株取引の話で喫茶店で会う約束をしていたが、その日から現在まで音信がない。

と供述した。

2 居酒屋経営者（平成2年当時麻雀店経営）の供述

平成9年3月11日、中島順子から聴取した結果、

平成2年10月中旬か終わりごろ、荒石修から電話が入り「サントリーの未公開株が手に入りますので誰か購入する人を紹介して下さい。サントリーが近々上場されるが、社長派と反対派に分かれている状態で、ど

ちらかを助けるため株を買う必要がある。株券は東日本建設が預かるということになっている」と言われたが、知らないと言って断る。

この日の帰り道、新宿駅近くで荒石と酒を飲んでいる時、荒石から「2～3日して軽井沢まで現金を持って行きます。そこで、サントリーの株を買い、株券は東日本建設の金庫に入れる。一緒に軽井沢に行くのはデザイナーで顧客である。そのデザイナーの姉は東日本建設の重役の所に嫁にいった関係でサントリーの情報がきた」という話を聞いた。

平成2年11月初めごろ、荒石から「サントリー株の取引がうまくいったら連絡する」と言われているが、その日以降現在まで荒石から音信がない。


と供述した。

70　犯行場所及び遺棄場所

1 村岡誠一の供述

平成2年11月7日のサントリー株取引（架空話）が行われる場所について、荒石から「**集合場所の白銀台の東日本リースの社長の所に行って、それから山梨に向かう。山梨で取引を行い、11月8日午後4時までに山梨中央銀行日本橋支店で現金を受け取って社長（村岡）の会社へ持って来る。平成2年10月18日のサントリー株の第1回取引（架空話）は、軽井沢ゴルフ場のクラブハウスを借り切って行われた**」と聞いている。

2 野口三喜夫の供述

平成2年10月18日のサントリー株の第1回取引（架空話）に関して、荒石から「**サントリーの未公開株の取引は10月16～19日までのいずれかの日になるだろう**」という内容の電話が入る。寺脇から「**山梨で取引をやることが疑わしい**」と断りの電話。

3 赤坂峯雄の供述

平成2年10月18日サントリー株第1回取引（架空話）に関して、荒石から「**軽井沢のパブリックゴルフ場のホテル（軽井沢のホテルにあるコテージ）で、午後5時ごろ取引が行われた**」と聞いているが、平成2年11月7日についても「**前回と同じく軽井沢のホテルで行われる**」と聞いている。

4 子鹿隆治の供述

平成2年10月18日サントリー株の第1回取引（架空）に関して、荒石から「**午後1時に集合し、軽井沢のホテルへ行った。関係者が集合した後、別のホテルへ移動した**」と聞いているが、平成2年11月7日の取引についても「**午後1時に集合して、出発する**」「**取引は軽井沢で行われる**」と聞いている。

71 生存工作

1 荒石の名で山口瞳宛に手紙を投函し荒石が生存しているように装う

(1) 平沢が荒石の名を偽り手紙を作成した事実

荒石が同居していた山口瞳宛に「**①平成2年11月14日：富士吉田消印**」「**②平成2年11月20日：高崎消印**」「**③平成2年11月24日：石和消印**」でワープロで書かれた手紙が送られてきたが、山口は「**この手紙は絶対に荒石さんが書いたものではない。家にワープロはなかった。小まめにメモを取る人だったので『おかしいな』と思った。文面も他人行儀で『瞳』という呼び方も違う**」と話している。

(2) 手紙相互間の鑑定

手紙3通並びに被告人を有印私文書偽造・同行使罪で逮捕した際に靴底に隠し持っていたB5判大の白紙にワープロ様の文字で「拝啓、真犯人様　毎日優雅に暮らしている殺人者よ」と書き出したメモの印字は、いずれも「**松下製　FW－U－S55Ai**」で平成2年10月から平成4年12月まで販売していたものであることが判明した（松下電器産業パーソナルコンピューター事業部回答）。狂言誘拐事件中に同種パソコンとサンヨーのパソコン2台のパソコンを持ち歩き目黒川に投棄している。

2 山口宅に手紙、現金300万円、印鑑、委任状、鍵束を置き荒石の生存を装う

(1)

平成2年11月10日又は11日、山口瞳のマンション玄関内にサンチェーンの買い物袋を置く。中には「**世田谷信**

用金庫の帯封のついた100万円束3束。山口宛の手紙1通。荒石の印鑑証明1通」が入っていた。玄関の郵便受けには「**山口方の鍵の束**」が入っていた。

⑵ 平沢彰自身の自認

平成9年4月12日、山岡取調官に対し「**山口瞳の家に現金や鍵を持って行ったのは私です**」と本件犯行をほのめかす供述をしている。

⑶ 山口のマンションの大家山崎隆三が、平沢に酷似した男を目撃している

山口とは面識があるが荒石とは面識がない。マンション1階を仕事場にしており、事件前後に、1階フロアーで2回「**年齢30歳代前半くらい、身長175〜180cmくらい、やせ型、短髪で坊主に近い、眼鏡をかけていたかどうかは不明、うっすらと口髭、黒色ロングコートを着た男**」を目撃しており、妻も夫と同じ時期に「**平沢に酷似した男を目撃している。男は、眼鏡をかけており、黒色のロングコートを着て、登山用の底の高い紐靴を履いて、背筋をピンと伸ばし、兵隊のような歩き方をする男だった。また、平成2年11月ごろ、荒石と名乗る男から『マンションの引っ越し費用等のお金を送ったので、瞳さんに伝えてほしい』と電話連絡を受け、このことを山口に伝えている**」。

3 荒石名で軽井沢プリンスホテルの部屋を予約し、山口に来るように電話を入れる

平沢が荒石を偽り軽井沢プリンスホテルの部屋を予約した事実。

平成2年11月9日昼ごろ、山口瞳宛に電話で「**軽井沢プリンスホテルです。荒石瞳様名で11月12日から15日ま**

での間予約がしてありますからお待ちしています」と連絡が入る。

しかし、軽井沢プリンスホテルでは、そのような連絡はしないこととなっており、当時の担当者の記憶でも該当事実はないことが判明した。

4 軽井沢プリンスホテルに宿泊している山口宛に、荒石と名乗って伝言を入れる

平沢が荒石の名を偽り軽井沢プリンスホテルに山口宛に伝言を入れた事実。

平成2年11月13日午前11時32分ごろ、荒石を名乗る者が軽井沢プリンスホテル1236号室に宿泊している山口瞳宛に「**荒石本人は東京にいる。マンションの解約手続きをしてほしい。新聞受けの中にお金と手紙が入っている**」旨を伝言する。

5 荒石の事務所の大家に、電話で荒石の名を名乗り、解約手続きを申し入れ、翌日、大家の家の郵便受けに現金100万円を置く

荒石の名を偽り荒石が事務所を借りている大家に電話で解約手続きの申し込みをした事実。

平成2年11月14日、荒石の事務所の大家が自宅に居たところ、電話があり、男の声で妻高橋アツ子に対し「**今、軽井沢のプリンスホテルに居て、そちらに行けないが、明日現金を送るので部屋の解約手続きをしてもらいたい。山口という女がそちらに行くから**」と言って電話を切った。電話の声は低い落ち着いた感じで、冷たい感じの声であった。

次の日（平成2年11月15日）、妻から話を聞いた夫正衛が1階の郵便受けを見に行ったところ、「**茶封筒入りの現金100万円（帯封つき）**」が入れられているのを発見する。

72　平沢彰の犯人性

1 荒石からサントリー未公開株取引の勧誘を受けた関係者の供述

(1)　赤坂峯雄の供述

平成2年11月7日午前11時30分ごろ、荒石が赤坂の事務所を訪れ現金を受領した際、背広の内ポケットから白封筒を取り出し、**「万一、私の身に何か起きた場合は、この書類で追及して下さい。私が帰って来なかった場合は開けて下さい。完全に解決できます。組織の最高幹部まで届きますのでお願いします。私のアパートに山口という女性がいます。何かあったら、この女にノートを預けておきますからそれを見て下さい」**と言い残して別れた。翌日午後4時を過ぎても荒石が戻って来ないので心配になり、荒石から預かった封筒を開けたところ、中には**「平沢彰　世田谷区等々力在住　TEL　705－××××」**と記載してあった。

(2)　村岡誠一の供述

平成2年11月7日午後1時過ぎ、荒石が村岡の事務所を訪れ現金を受領した際、村岡の机上のメモ用紙に**「平沢彰　705－××××　世田谷区等々力」**とメモ書きして渡した。そして、荒石は村岡に対し**「自分に万が一何か起こって帰ってこなかったら、この平沢のところに電話すれば、サントリーや東日本リースの名が外部に出るのを恐れて社長の出資金以上の償いをつけてくれますよ」**と言い残して現金を受領した。

2 荒石が残したダイアリーに平沢が記載されている事実

⑴ 山口瞳の供述

荒石が失踪する前日、つまり、平成2年11月6日の夜、荒石は私に対して「**もし何かあったら、このノートを赤坂先生の所に持って行ってほしい**」と言って、スケジュール帳のような黒色ノート（ダイアリー）を手渡した。

⑵ 荒石のダイアリーの記載内容

○平成2年9月19日㈬、26日㈬の欄
　平沢
○平成2年9月27日㈭の欄
　平沢　→　サントリー
○平成2年10月1日㈪の欄
　平沢　サントリー新規上場の件
○平成2年10月3日㈬の欄
　平沢　下に2本線
○平成2年10月8日㈪の欄
　サントリー新規上場の件
　顧客対策　　野口2億
　平沢　木・金曜日に段取り
○平成2年10月11日㈭の欄
　平沢に会談内容（赤字）

保証人及び書類の件（赤字）
無担保融資の件
○平成２年10月25日㈭の欄
平沢氏チェック（赤字）
村岡氏に最終チェック
赤坂氏会談
○平成２年11月１日㈭の欄
平沢　９時ベルコモンズ　会談内容の草稿
○平成２年11月２日㈮の欄
日曜日に平沢氏と当日のスケジュール調整のち村岡、子鹿、赤坂氏に当日のスケジュールを打診
必要書類の確認
融資条件の際の段取り（以上赤字）
午前中、平沢氏にＴＥＬ
火曜日アポ
子鹿、赤坂、村岡氏に最終確認
内容の把握と念押し
スケジュール決定し火曜日平沢氏と最終案
○平成２年11月３日㈯の欄
写真を忘れないでとる（赤字でメモして囲む）
融資はどこで受けられるか、平沢氏に最終確認

等と、平沢が関係している内容の記載がある。

⑶　山口瞳の日記の記載内容

○平成２年10月15日㈪の欄

野口さんよりＴＥＬ

〝今週でうまくいくかどうか決まる〟って　大変だけど頑張って下さい！　BuTタイホされたらイヤだからネ

fight

○平成２年10月17日㈬の欄

多分この日軽井沢へ

○平成２年10月27日㈯の欄

お昼過ぎまで寝てて　三幸園でDinnerして荒石さん人に会いに行って11:30から魚貝へ……で　家でおはなししたんだよね　これからの事、仕事本決まりみたいで、そーしたら荒石さんサラリーマンでしょいろんな縁談があるだろうし　あたしみたいなのがくっついてもいいのかなー考えたら、〝山口がいいんだよ〟と言ってくれて思わず涙がこぼれました　ありがとう　修くんっ！

○平成２年11月１日㈭の欄

10月10日に思い出して、何時だったかは思い出せないけど修さん夜仕事で人に会いに行きました。多分平沢さんだったと思います。自転車に乗って行ったので青山じゃなかったかなー？　それで12時前帰ってきてタクシーで六本木まで行った。

○11月５日㈪

修さんCut　山口も前髪を少しCut
これから〝荒石さん〟じゃなくて〝修さん〟って呼ぶことになりました。But、出会ってからずーっと荒石さんて呼んでいたからくせになっているみたい　気をつけなくては（荒石は11月7日の為に散髪？）

等と記載され荒石と平沢の関係が窺われる。

3 秘密の暴露

平成8年9月、捜査二課の取調べの時、軽井沢のホテル、成田からの搭乗予約等真犯人でしか知り得ない、所謂、秘密の暴露を細かく供述している。

73　被害者の死亡事実

1 海外渡航事実

荒石修が海外へ出国している事実がないこと。

法務省入国管理局登録課に照会した結果、「**平成2年11月7日から平成9年1月22日まで渡航事実はない**」との回答を得た。

また、国際部旅券課に照会した結果、「**パスポートの発行事実もない**」との回答を得た。

2 荒石修の病気死亡確認

・病院調査

荒石が土地鑑を有すると思料される埼玉県川越市、東京都内の総合病院等218カ所に対して平成2年11月7日以降の取り扱いの有無について調査したが、取り扱いの事実はなかった。

・東京消庁救急隊の取り扱い

東京消庁防救急隊全ての全てに対し取り扱いの有無を捜査したが、取り扱いの事実はなかった。

・身元不明捜査

平成2年11月7日以降の身元不明者について全国の警察に対し、身元不明照会を実施したが、現在まで該当するものはなかった。

3 肉親関係

・肉親に対する接触の有無

荒石修の実父英夫から聴取した結果、平成2年10月中旬ごろ実家である川越に父親名義の印鑑証明書、納税証明書、住民票を取りに来たのが最後で、現在まで音信がないことを確認した。

4 日常生活上の痕跡

・銀行取引関係

荒石は、取引銀行であるさくら銀行新川支店他3銀行に現在2万6060円の残高があるが、平成2年11月7

日以降、入出金事実がない。

■クレジット・信販関係

荒石は、アメリカンエキスプレス他5社で取引していたが、平成2年11月7日以降現在まで全く取引がない。

その他、信販会社25社に対して取引事実について捜査したが、取引の事実がない。

■出入り店舗

荒石は、渋谷区道玄坂に所在する日本料理店「蟻」他47店舗に客として出入りしていたが、平成2年11月7日以降現在まで、これらの店への出入り事実がない。特に日本料理店「蟻」においては、店主後藤義男に40万円の現金を預けており、残金約20万円を残したままにしている。

5 生命保険関係

■保険金目的失踪の有無

平成元年11月1日付で朝日生命保険相互会社で死亡時2００万円の生命保険に加入し、受取人を妹としており、保険金目当て等意図的に自らの行方をくらませる理由がない。

6 被害者の失踪当時の服装等

■平成9年4月25日付内妻山口瞳の供述によれば

荒石は当時30歳、身長176cm、左手に3cmの火傷痕の特徴がある。

平成2年11月7日、荒石が山口のマンションを出て行く時の服装は、「**紺色背広上下、細いラインの入ったも**

の。白色に水色ラインの入ったワイシャツ、エンジ色と紺色のネクタイ。茶色短靴」で所持品は「茶色ボストンバッグ（ペッペ・スパダチーニ製、ジャングル模様、ビニールコーティング〈50×30×30㎝の大きさ〉」を持っていた。

74　強奪金

1 使途状況

(1) 借入金の返済

平成２年11月から平成４年11月までの間の借入金等返済合計は「３４６８万２２３２円」である。

〈内訳〉

○返済年月日　平成２年11月中旬ごろ
　借入金内容　星野智之から平成２年９月ごろキャンピングカー費用と称して２５０万円及びその利息25万円

○返済年月日　平成４年11月13日ごろ
　借入金内容　諏訪淑子から昭和63年８月５日～６日に株購入運用金として平成証券五反田支店に同人名義の口座を開設させ振込入金させた３千万円

○返済年月日　平成２年12月28日に50万円、平成３年２月13日に43万２２３２円、住友クレジットローンで平成２年８月３日及び同年９月21日に50万円ずつ合計で１００万円を借入

(2) マンションの賃貸料等

平成2年11月から平成7年9月までの間のマンションの賃貸料等は「2026万533円」である。

(3) 車両の購入

平成2年11月から平成7年12月までの車両購入合計額は「3838万6805円」である。

〈内訳〉

○購入日　平成2年12月14日
車　両　ホンダ・シビック
名　義　平沢典子
価　格　185万158円
○購入日　平成3年3月20日
車　両　アルファ・ロメオ
名　義　平沢典子
価　額　538万6470円
○購入日　平成3年3月28日
車　両　ポルシェ・ターボ
名　義　平沢彰
価　額　1976万3350円
○購入日　平成3年7月30日

車　両　ホンダ・アコードインスパイア
名　義　平沢貞夫
価　額　３１９万６６２０円
○購入日　平成３年11月７日
車　両　ホンダ・アコード（ホンダオブアメリカ）
名　義　平沢彰
価　額　３１７万４５６７円
○購入日　平成６年３月25日
車　両　ホンダ・ホライゾン
名　義　平沢彰
価　額　２２３万円
○購入日　平成７年３月31日
車　両　マツダ・ユーノス
名　義　平沢彰
価　額　２７８万５６４０円

⑷　オートバイの購入
平成２年11月から平成７年３月までの間のオートバイ購入額合計は「158万3450円」である。

〈内訳〉

○購入日　平成3年3月31日
車　両　ZZR1100
価　額　108万3450円
○購入日　平成3年ごろ
車　両　XLR250
価　額　約50万円

(5) 車両の維持費
平成3年5月から平成7年5月ごろまでの間の車両維持費は「292万5043円」である。

(6) 実家に対する土地購入、家屋新築
平成3年5月からの旭川の実家の土地購入・家屋新築資金は「3940万円」である。

(7) 株購入資金借入金の返済
平成4年3月6日にアプラス融資資金の「2596万369円」を返済する。

(8) 自宅土地購入資金
平成4年11月24日、自宅土地購入金の「6946万6578円」を支払う。

⑼　自宅家屋新築金
平成5年4月13日から平成6年8月26日までの間の自宅家屋新築金は「6138万4000円」である。

⑽　明治生命借入金繰上返済
平成6年6月20日及び平成6年7月21日に「2880万円」を返済している。

⑾　自宅植木購入
平成7年夏ごろ「約25万円」で自宅の植木を購入している。

⑿　住宅金融公庫借入金の繰上返済
平成7年12月4日及び平成8年1月4日に「496万8339円」を繰上返済している。

⒀　株購入
平成4年2月26日から平成7月16日までの間の株購入資金は「9197万4044円」であった。

⒁　JT株購入
平成6年8月19日及び同年9月30日に「6千万円」で購入した。

⒂　株保証金振替金
平成6年11月9日に「3万3410円」で、株取引における保証金を平成証券に振り替えた。

⒃　株売買損金

平成2年11月から小鳥遊事件までの間において、株売買損金は「**1億2328万9048円**」であった。

⒄　公共料金等の支払い

平成2年11月から平成8年1月までの公共料金等支払い合計額は「**2622万1027円**」であった。

⒅　その他の出金

平成2年末から平成8年2月5日までの間における旅行、友人等に対する貸付金、買物等の合計金額は「**900万1355円**」であった。

2 収入状況

⑴　給与所得

平成2年11月7日以降平成8年2月5日までの平沢彰及び妻典子の給与所得合計は「**1857万3246円**」であった。

⑵　その他の収入金については

○ホンダ・レジェンドの売却

　165万円

○自宅土地購入、家屋新築に対する借入金

　7604万4820円

○自宅（平沢貞夫）からの自宅購入資金
1千万円
○友人からの貸付金の返済
115万円
○JT株購入の還付金
86万8千円
○株売却金
1億5219万5358円

がある。

3 結論

平成2年11月7日荒石事件後、平成8年2月5日小鳥遊事件までの間に平沢彰は**総合計4億7868万8568円**を使途していると認められる。

⑴　理由

①平成2年11月7日荒石事件後、平成8年2月5日小鳥遊事件までの使途並びに収入関係

車両の購入、借入金の返済、家賃の支払い、葉山の自宅購入代金、預貯金の入金、その他家族旅行等の使途金は**3億2452万5174円**である。

②収入関係

平沢彰本人のアクアスタジオ等からの収入、株式、預貯金等からの出金等の収入が**7779万1593円**

である。

③上記、使途金額、収入額は、平成6年8月25日、自宅建築のため住宅金融公庫から借入し、手数料を差し引かれた**2604万4820円（借入金額は2640万円）**を差し引くと、実質的な、使途、収入額は、**使途金額2億9848万0344円、収入金額4679万6773円**となる。

平成11月7日、荒石殺害後、平成8年2月5日小鳥遊事件までの実質的な収入は、4679万6773円で、平沢家族は食費等を除く生活費が毎月約50万円かかっており、これに食費や目に見えない出費等を合わせれば、年間で700万〜800万円はかかるものと認められる。

そうすれば、平成2年11月から平成8年2月までの約5年間の生活費は、**最低3千万円から4千万円**はかかる計算になり、この生活費が4千万円必要であったとすれば、残りは約680万円にしかならず、この間に使った2億9800万円の説明がつかず、この金は荒石を殺害して強奪した4億5千万円の一部と認められる。

⑵ 株の取引の再開

平成2年2月末日以降、株式の取引はやめていたが、平成4年2月26日から平成証券渋谷支店（担当小鳥遊）で取引を再開し、平成4年2月26日〜平成8年1月5日まで**1億5370万8044円**を現金で入金し株式を購入している。平成4年度は平沢彰はアクアスタジオ等からの収入はなく、妻典子もナガタ産業を退職している。よって、この株式の購入金額は強奪金の一部と認められる。

⑶ 平沢彰の両親への原資不明金の振り込み及び入金

両親である平沢貞夫、途の取引のある旭川周辺12行の銀行口座を解明したところ、荒石事件後小鳥遊事件までの間に、原資不明な振り込み及び入金が**合計7344万4513円**ある。特に目を引くのは、荒石事件後平成3年旭川の実家の土地購入、家屋の新築、平成4年11月に宅土地の購入と翌年4月からの自宅新築費用である。これらの土地購入並びに建築費用は**合計4191万1300円**であるが、この支払いは住宅金融公庫から借入した1千万円と途の口座から支払われた221万6300円の合計は1221万6300円は原資が判明しているが、残りの2969万5000円については、平成3年5月8日、ナイスインターナショナル名義で、札幌銀行旭川支店の橋本真雄の口座に振り込まれた1100万円をはじめ、**平成3年5月22日、700万円が旭川信用金庫北星支店、同日500万円が北洋銀行旭川支店**の平沢貞夫名義の普通口座に振り込まれた原資不明な金が支払いに充てられている。この間の貞夫及び途の年収は、**貞夫が平均約500万〜600万円（平成6年以降は不明）、途が約300万〜400万円（平成4年以降は不明）**である。これら入金されている現金は二人の年収以外の金であり、この現金の原資は不明であることから、平沢彰が、荒石から強奪した金の一部を貞夫及び途名義の口座に振り込んだり、渡した金を途が入金して実家の土地購入並びに建築費用、更に老後の資金としていたものと認められる。また途は、各口座の入出金を頻繁に行っていることから、原資不明の使途金が一部ダブッていることも考えられる。

荒石事件前の平沢彰の資産状況一覧表

犯行前の資産（資料１）				
年　月　日	内　容	資　産	負　債	備　考
昭和63年１月22日	実姉阿部定子借入金		1,740,000円	銀行口座
１月29日	同上		940,000円	同上
２月３日	同上		2,260,000円	同上
２月９日	実父平沢貞夫借入金		5,000,000円	同上
３月８日	実母平沢途借入金		80,000円	同上
４月25日	実姉阿部定子借入金		675,000円	同上
８月５日～６日	諏訪淑子借入金		30,000,000円	諏訪淑子供述、平成証券株購入資金
平成元年12月11日現在	アプラスからの借入金残高		23,254,514円	アプラス裏付け
平成２年８月３日	住友クレジット借入金		500,000円	住友クレジット裏付け
平成２年９月頃	星野智之から借入金		2,500,000円	星野智之供述
９月21日	住友クレジットゴールドローン		500,000円	住友クレジット裏付け
平成２年10月末現在	家族預貯金合計残高	975,715円		平沢彰第一勧銀カードローン借入残高884,349円（11月１日現在）
平成２年11月６日	住友クレジット負債		200,000円	
平成２年２月末現在	手持株式（購入時価）	＊113,001,563円		株取引、流動資産のため参入せず
平成２年11月１日現在	手持株式時価額	65,306,000円		
	合　計	66,281,715円	67,649,514円	

商品先物取引損金（資料２）			
取引期間	項　目	損　金	備　考
昭和62年11月～12月まで	先物（岡地）損金	27,409,000円	担当者　成富謙次
昭和63年１月～10月まで	先物（富士商品）損金	2,296,980円	現　フジフューチャーズ株式会社
合　計		29,705,980円	

株取引状況（資料３）			
取引期間	購入金	売却金	備　考
昭和62年度	20,944,906円	4,201,491円	野村證券、大東証券

昭和63年度	121,579,249円	71,372,556円	妻典子名義　5,147,670円 諏訪淑子名義　27,969,190円
平成元年～荒石事件	35,847,592円	21,202,306円	大東証券、平成証券（小鳥遊優）
合　計	178,371,747円	96,776,397円	株式売買差額金（損金） 81,595,350円
持出株式合計（購入価額）		＊113,001,563円	平成２年１月から株価が下がっている
平成２年11月１日現在	手持株式時価	65,306,000円	平成２年１月４日当時の株価合計 98,356,000円 平成２年10月１日当時の株価合計 46,490,000円 平成２年11月１日当時の株価合計 65,306,000円
平成２年11月５日現在	手持株式時価	65,835,000円	この時点で売却した場合の株価

被疑者平沢彰の昭和61年末までの収支状況一覧表

年　月　日	使途内容	支出金額	収入金額	備　考
昭和56年２月～	友貿易から給料		約1,500,000	月15万円×10カ月
同上	洋服生地図案のアルバイト		約1,500,000	被疑者供述
昭和56年末～57年春	モードバンクからの給料		約1,250,000	同上 月25万円×５カ月
昭和57年春	メビウス開店資金	約2,000,000		被疑者供述
昭和57年春～58年秋	メビウスからの給料（１年半くらい）		約6,300,000	同上 月35万円×18カ月
同上	コムト灰皿デザイン料		約500,000	被疑者供述
昭和57年頃	ホンダ・アコード購入	約700,000		同上
昭和58年頃	オートバイ購入（CBR400）	約650,000		同上
同上	シビックシャトル購入	約1,500,000		同上
昭和59～60年中旬	アポロからの給料（１年半くらい）		約4,500,000	同上　月25万円×18カ月（SUDカンパニー）
同上	コムト婦人服販売マージン		約2,700,000	同上 月15万円×18カ月
同上	同上ダイレクトメール代		約2,000,000	同上　約２年間分
同上	パルのダイレクトメール代		約1,500,000	同上 年間50万円×１年半
昭和59年４月４日	関興パークハイツ契約	576,960		契約先裏付け

～60年12月30日	家賃、駐車場代（８カ月）	約792,000		家賃73,000円 駐車代26,000円
昭和59～平成元年	月刊誌表紙のデザイン料		約3,600,000	50,000円×72カ月
昭和60年度中	㈲ゼンシンデザイン料		3,600,000	銀行口座　月刊誌表紙デザイン料
同上	妻典子給料		1,726,281	銀行口座　㈱ナガタ産業
昭和60年４月	ナイスインターナショナル出資金	約2,000,000		被疑者供述
昭和60年４月	ナイスインターナショナル開店費	約2,000,000		同上
昭和60年度中	ナイスインターナショナルの給与		約4,000,000	被疑者供述 月50万円×８カ月
同上	同上賞与		約2,000,000	同上 100万円×２回分
同上	原宿美容院のデザイン料		約1,000,000	同上
同上	原宿Ｔシャツのデザイン料		約600,000	同上
同上	シビックシャトル売却金		約800,000	同上
同上	サバンナRX7購入金	約800,000		同上
同上	オートバイ購入金（FZR1000）	約1,300,000		同上
同上	同上（RGB250）	600,000		同上
昭和60年６月10日	ポルシェ19SC購入金	約7,500,000		同上
昭和60年12月26日	グリーンテラス等々力契約	784,320		契約先裏付け、敷金、礼金など
～61年12月26日	家賃、管理費	1,176,000		同上　月156,000×12
同上	駐車料	792,000		銀行口座 月３万円×２×12
昭和61年度中	ナイスインターナショナルの給与		約6,000,000	被疑者供述 月50万円×12カ月分
同上	同上賞与		約2,000,000	被疑者供述 100万円×２回分
同上	妻典子給与		2,165,055	銀行口座　㈱ナガタ産業
昭和61年４月頃	堀内隆治貸付金	8,000,000		堀内隆治供述
同上	ポルシェの自動車税	81,500		地方税裏付け

昭和61年７月26日	堀内隆治返還金		1,000,000	住友/青山口座振込
昭和61年頃	フランス旅行費用	不明		被疑者及び妻典子供述
昭和61年７月10日	ヤマハZR400購入	910,000		購入先裏付け
昭和61年11月６日	ヤマハSR50購入	195,000		購入先裏付け
昭和61年末現在	年間預金入金額	1,922,642		家族全員の口座
	合　計	約34,280,422	約50,241,336	

被疑者平沢彰の昭和62年度の収支状況一覧表

年　月　日	使途内容	支出金額	収入金額	備　考
昭和62年１～12月	グリーンテラス等々力家賃	1,872,000		月156,000円×12
昭和62年９月まで	駐車料	540,000		月60,000×９
昭和62年度中	ナイスインターナショナル給与		約2,000,000	50万円×４カ月
同上	妻典子給与		2,498,867	銀行口座　㈱ナガタ産業
昭和62年２月27日	妻典子　アウトビアンキージュニア購入金	約1,950,000		購入先裏付け
昭和62年頃	オートバイ売却		約300,000	被疑者供述　ヤマハFZR400
昭和62年３月30日	オートバイ購入	35,590		盗難で保険で購入(ヤマハYSR50)
昭和62年４月７日	同上	560,000		購入先裏付け　ホンダNSR250
昭和62年４月頃	ポルシェ自動車税	81,500		地方税裏付け
昭和62年９月17日	株購入金（野村證券）	9,600,000		野村證券裏付け
昭和62年９月25日	株購入金（野村證券）	1,000,000		野村證券裏付け
昭和62年９月28日	同上	444,905		同上
昭和62年10月６日	同上	2,500,000		同上
昭和62年10月19日	堀内隆治返還金		7,000,000	東京三菱/代々木上原口座振込
昭和62年10月20日	株購入金（野村證券）	2,800,000		野村證券裏付け
昭和62年10月21日	同上	1,100,000		同上
昭和62年11月５日	東京工芸約束手形借入金		10,000,000	住友/青山口座振込
昭和62年11月６日	上原哲嗣から入金		5,000,000	東京三菱/代々木上原口座振込
昭和62年11月７日	岡地商品先物取引購入金	5,000,000		取引先裏付け
昭和62年11月９日	同上	10,000,000		同上

昭和62年11月７日	株購入金（野村證券）	800,000		野村證券裏付け堀内隆治（甲府商工信金）
昭和62年11月26日	岡地商品先物取引購入金	12,000,000		取引先裏付け
同上	株購入（野村證券）	1,000,000		野村證券裏付け
昭和62年11月28日	岡地商品先物取引出金		3,000,000	取引先裏付け
昭和62年12月７日	岡地商品先物取引購入金	3,000,000		同上
昭和62年12月８日	株購入金（野村證券）	900,000		野村證券裏付け
同上	岡地商品先物取引証拠金入金	409,000		取引先裏付け
昭和62年12月11日	株売却金（野村證券）		3,712,235	野村證券裏付け
同上	株売却金（大東証券）		489,256	大東証券裏付け
昭和62年12月18日	株購入金（大東証券）	1,569,242		大東証券裏付け
同上	同上	30,576		同上
昭和62年12月26日	グリーンテラス等々力契約更新	328,000		契約先裏付け
昭和62年12月28日	東山経済研究所投資顧問料	1,500,000		投資顧問会社裏付け
昭和62年頃	ポルシェ119SC売却		約4,500,000	被疑者供述　車歴では昭和63年１月９日
同上	オートバイ売却		約400,000	被疑者供述　FZR1000
昭和62年末現在	年間預貯金出金額		2,015,004	家族全員の口座
	現金合計	37,276,090	36,713,871	
	株取引合計	21,744,723	4,201,491	

被疑者平沢彰の昭和63年度の収支状況一覧表

年　月　日	使途内容	支出金額	収入金額	備　考
～昭和63年12月まで	家賃、管理費	2,016,000		168,000×12
昭和63年中	妻典子給与		2,171,955	㈱ナガタ産業
昭和63年１月12日	株購入金出金（大東証券）		1,316,253	大東証券裏付け
同上	株購入金（野村證券）	30,576		野村證券裏付け
同上	株購入金出金		584,588	同上
昭和63年１月13日	株購入金（平成証券）	700,000		平成証券裏付け
昭和63年１月13日	富士商品先物取引購入金	100,000		取引先裏付け
昭和63年１月18日	東京工芸借入金の一部返済	5,000,000		住友/青山当座交換落ち

昭和63年１月19日	株売却金（大東証券）		810,521	大東証券裏付け
昭和63年１月22日	姉阿部定子から口座入金		1,740,000	銀行口座裏付け
昭和63年１月25日	株売却金（平成証券）		284,212	平成証券裏付け
同上	株購入金（大東証券）	1,598,636		大東証券裏付け
昭和63年１月27日	株購入金（大東証券）	3,274,664		大東証券裏付け
昭和63年１月29日	姉阿部定子から口座入金		940,000	銀行口座裏付け
昭和63年２月１日	株売却金（大東証券）		5,649,180	大東証券裏付け
昭和63年２月２日	株購入金（大東証券）	935,088		同上
同上	株売却金（大東証券）		8,565,150	同上
同上	株購入融資返済分（オリコ）	9,150,000		オリコ裏付け
昭和63年２月３日	姉阿部定子借入金		2,260,000	銀行裏付け
昭和63年２月４日	株購入金（大東証券）	3,160,000		大東証券裏付け
同上	株購入融資返済分（オリコ）	1,330,000		オリコ裏付け
同上	株購入金出金（平成証券）		198,888	平成証券裏付け
昭和63年２月８日	株購入金（大東証券）	2,100,760		大東証券裏付け（妻典子名義）
昭和63年２月９日	実父平沢貞夫から口座入金		5,000,000	銀行裏付け
同上	株購入金（大東証券）	753,940		大東証券裏付け
昭和63年２月10日	富士商品先物購入金	100,000		取引先裏付け
昭和63年２月15日	東京工芸借入金の一部返済	5,000,000		住友/青山当座落ち
昭和63年２月26日	株売却金（大東証券）		5,278,335	大東証券裏付け
昭和63年２月29日	株購入金（大東証券）	1,569,740		同上
昭和63年２～３月	上原哲嗣返還金	5,030,000		現金手渡し（利息30,000円）
昭和63年３月４日	株売却金（大東証券）		2,317,499	大東証券裏付け
昭和63年３月７日	株購入金（大東証券）	2,835,900		同上
昭和63年３月８日	実母平沢途から口座入金		80,000	銀行口座裏付け
昭和63年３月10日	神戸リッチメイク入会金	300,000		投資顧問会社　６月９日まで
昭和63年３月11日	株売却金（大東証券）		2,330,654	大東証券裏付け
同上	富士商品先物取引購入金	336,525		取引先裏付け
昭和63年３月18日	株売却（大東証券）		3,290,720	大東証券裏付け
同上	株購入金（大東証券）	1,635,170		同上

同上	株購入融資利息返済分（オリコ）	8,698,387		オリコ裏付け
昭和63年３月31日	株購入金（大東証券）	657,800		大東証券裏付け（妻典子名義）
昭和63年４月７日	株売却（平成証券）		903,900	平成証券裏付け
昭和63年４月14日	株購入金（大東証券）	1,980,764		大東証券裏付け
昭和63年４月18日	株売却（大東証券）		4,064,655	同上
同上	同上		7,339,848	同上
昭和63年４月20日	株購入金（大東証券）	680,600		大東証券裏付け
昭和63年４月21日	同上	2,563,070		同上
昭和63年４月25日	姉阿部定子から借入金		675,000	銀行口座裏付け
昭和63年４月26日	株購入金（大東証券）	2,384,657		大東証券裏付け
昭和63年５月頃	アウトビャンキ自動車税	29,500		地方税裏付け
昭和63年５月７日	ホンダ・レジェンド購入	3,020,000		購入先裏付け　残金1,390,080円月賦払い
昭和63年５月12日	株売却金（大東証券）		1,217,577	大東証券裏付け
昭和63年５月16日	株購入金（大東証券）	1,588,265		同上
昭和63年５月18日	株売却（大東証券）		3,814,584	同上
同上	株購入融資利息返済分	6,762,559		オリコ裏付け
昭和63年５月24日	株購入金（平成証券）	1,918,836		平成証券裏付け
昭和63年５月31日	株売却金（大東証券）		3,014,608	大東証券裏付け
同上	富士商品先物取引証拠金	400,000		取引先裏付け
昭和63年６月６日	株売却金（大東証券）		490,982	大東証券裏付け
昭和63年６月14日	株購入金（大東証券）	1,422,125		同上
昭和63年６月24日	株売却金（大東証券）		1,720,705	同上
同上	同上		6,222,280	同上
同上	株購入金融資返済分	5,895,931		大信販（アプラス）裏付け
昭和63年６月28日	富士商品先物取引証拠金	300,000		取引先裏付け
昭和63年７月５日	富士商品先物取引証拠金	500,000		取引先裏付け
昭和63年７月13日	株購入金（大東証券）	798,105		大東証券裏付け
昭和63年７月14日	株売却金（大東証券）		1,547,704	同上
昭和63年７月15日	株購入金（大東証券）	701,900		同上
同上	富士商品先物取引証拠金	300,000		取引先裏付け
昭和63年７月19日	株売却金（大東証券）		420,856	大東証券裏付け
昭和63年７月20日	株購入金（大東証券）	908,019		同上
同上	同上	1,434,691		同上
同上	富士商品先物取引証拠金	500,000		取引先裏付け

昭和63年７月21日	株購入金（平成証券）	914,848		平成証券裏付け
昭和63年７月22日	富士商品先物取引証拠金	500,000		取引先裏付け
昭和63年７月25日	同上	300,000		同上
昭和63年７月26日	株購入金（平成証券）	991,760		平成証券裏付け
昭和63年８月３日	富士商品先物取引証拠金	193,860		取引先裏付け
昭和63年８月５日	諏訪淑子から株購入資金借用	20,000,000		諏訪淑子名義口座開設、平成証券裏付け
昭和63年８月６日	同上	10,000,000		同上
昭和63年８月９日	株購入金（平成証券）	7,568,750		諏訪淑子名義　平成証券裏付け
同上	同上	5,553,750		同上
昭和63年８月10日	同上	4,091,450		同上
昭和63年８月10日	株購入金（平成証券）	2,163,400		諏訪淑子名義、平成証券裏付け
同上	同上	2,486,600		同上
昭和63年８月12日	株購入金出金		4,000	同上
同上	株購入金（平成証券）	789,360		同上
同上	同上	3,758,480		同上
昭和63年８月16日	同上	1,557,400		同上
昭和63年８月18日	株購入金出金（平成証券）		2,206,810	同上
昭和63年８月19日	株購入金（平成証券）	2,026,810		平成証券裏付け
昭和63年８月24日	株購入金出金（平成証券）		2,026,810	同上
昭和63年８月26日	株購入金（平成証券）	500,000		同上
昭和63年10月頃	アウトビアンキージュニア売却		約1,200,000	車歴昭和63年10月19日　名義変更
昭和63年10月24日	株売却金（平成証券）		1,569,451	平成証券裏付け
昭和63年10月27日	同上		484,417	同上
同上	株購入資金融資利息分	208,585		オリコ裏付け
昭和63年11月15日	株購入金（平成証券）	12,102,720		平成証券裏付け
昭和63年12月５日	同上	920,353		同上
昭和63年12月20日	同上	3,062,270		同上
昭和63年12月22日	株売却金（平成証券）		2,661,073	同上
昭和63年12月23日	株購入金（平成証券）	2,341,160		同上
昭和63年12月26日	株売却金（平成証券）		3,247,150	平成証券裏付け
同上	株購入金（平成証券）	3,071,370		同上
昭和63年頃	オートバイ購入	約800,000		被疑者供述　ヤマハ600

同上	同上	約600,970		同上　ヤマハ200
昭和63年末	年間預貯金入金額	1,900,000		家族全員の口座
	現金合計	27,226,855	17,066,955	
	株取引額合計	121,579,249	73,588,140	
	株取引累計額合計	143,323,972	77,789,631	

被疑者平沢彰の平成元年から荒石事件までの収支一覧表

年　月　日	使途内容	支出金額	収入金額	備　考
平成元年度中	妻典子給与		2,316,716	㈱ナガタ産業
平成元年頃	オートバイ購入金	約700,000		被疑者供述　CR500
平成元年１～12月まで	グリーンテラス等々力	2,016,000		家賃、管理費168,000×12
昭和64年１月４日	株購入金出金（平成証券）		20,000	平成証券裏付け
平成元年１月12日	日本証券専門学校入会金	250,000		契約先裏付け
平成元年１月18日	株購入金出金（平成証券）		5,112,393	平成証券裏付け
同上	株購入融資金返済（オリコ）	12,580,000		オリコ裏付け
同上	株売却金（平成証券）		1,106,953	平成証券裏付け
平成元年１月26日	株購入金（平成証券）	1,472,302		平成証券裏付け
平成元年１月27日	日本証券学校成功報酬	135,000		契約先裏付け
平成元年１月28日	株購入金（平成証券）	261,785		平成証券裏付け
平成元年１月30日	株購入金（平成証券）	691,360		同上
平成元年２月13日	同上		497,383	同上
平成元年２月18日	オートバイ購入金	487,200		購入先裏付け　XLR250
平成元年２月22日	富士商品先物取引出金		103,880	取引先裏付け
平成元年２月27日	株売却金（平成証券）		1,202,000	平成証券裏付け
平成元年２月28日	株購入金（大東証券）	1,022,000		大東証券裏付け
同上	株購入金（平成証券）	5,100,375		平成証券裏付け
平成元年３月28日	株売却金（大東証券）		1,022,000	大東証券裏付け
平成元年３月30日	株購入金（平成証券）	1,500,000		平成証券裏付け
平成元年４月13日	同上	4,022,044		同上
平成元年４月26日	同上	984,013		同上
平成元年５月頃	ホンダ・レジェンド自動車税	51,000		地方税裏付け
平成元年５月10日	実父平沢貞夫の車両購入	1,988,370		購入先裏付け　ホンダ・アコード

平成元年５月26日	株売却金（平成証券）		891,557	平成証券購入
平成元年５月29日	株購入金（平成証券）	430,000		同上
平成元年６月２日	株売却金（大東証券）		1,158,068	大東証券裏付け
平成元年６月15日	株売却金（平成証券）		2,449,457	平成証券裏付け
平成元年７月１日	オートバイ購入金	660,870		購入先裏付け　XT600
平成元年７月３日	株売却金（大東証券）		1,895,005	大東証券裏付け
同上	株購入資金融資返済金	4,548,071		オリコ裏付け
平成元年７月11日	株売却金（平成証券）		408,613	平成証券裏付け
同上	株購入金（平成証券）	430,000		同上
平成元年９月１日	株売却金（平成証券）		2,185,748	同上
平成元年９月13日	株購入金（平成証券）	2,805,642		同上
平成元年９月15日	オートバイ購入	468,320		購入先裏付け　XLR250
平成元年９月22日	同上	414,500		購入先裏付け　DT200R
平成元年12月27日	株売却金（平成証券）		1,236,289	平成証券裏付け
同上	株売却金（大東証券）		895,695	大東証券裏付け
平成元年12月26日	グリーンテラス等々力更新	346,000		契約先裏付け　敷金
～平成２年10月まで	家賃、管理費、消費税	1,823,100		同上
平成元年度末	年間預貯金出金額		830,751	家族全員の口座
平成２年度中	メガヘルツ給与		約1,500,000	被疑者供述
同上	妻典子給与		2,435,472	㈱ナガタ産業
平成２年頃	オートバイ売却		300,000	被疑者供述　YAMAHA600
同上	同上		300,000	同上　CR500
平成２年１月25日	株売却金（平成証券）		1,121,145	平成証券裏付け
平成２年２月頃	ホンダ・レジェンド自動車税	51,000		地方税裏付け
平成２年８月３日	住友クレジット借入		500,000	住友クレジット裏付け　ゴールドローン
平成２年９月頃	星野智之借入金		2,500,000	星野智之供述　キャンピングカー費用
平成２年９月21日	住友クレジット借入		500,000	住友クレジット裏付け
平成２年11月６日	同上		200,000	同上
平成２年11月７日	和泉橋署　荒石修事件発生	—	—	被害額　４億5000万円
	現金合計	9,391,360	11,486,819	

	株取引合計	35,847,592	21,202,306	
	株取引累計額合計	178,371,747	96,776,397	

荒石事件後の被疑者平沢彰の使途状況一覧表

年　月　日	使途内容	支出金額	収入金額	備　考
平成２年11月７日	荒石修から強奪金			４億5000万円
平成２年11月中旬頃	星野智之へ返還金	2,750,000		星野智之の供述（利息250,000円）
平成２年11～３月３日	グリーンテラス等々力家賃	911,550		182,310円×５カ月
平成２年11月８日	実母途へ	500,000		銀行口座
平成２年11月19日	同上	2,100,000		同上
平成２年11月28日	同上	800,000		同上
平成２年12月14日	ホンダ・シビック購入（妻典子名義）	1,850,158		購入先裏付け・申し込み平成２年12月29日
同日	ホンダ・レジェンド売却		1,650,000	売却先裏付け
平成２年12月28日	住友クレジット繰上返済	500,000		住友クレジット裏付け
平成２年12月末現在	年間預貯金入金額	5,579,395		家族全員分の口座
平成２年末か３年初	芹沢重人貸付金	3,000,000		芹沢の供述
平成３年１～12月まで	妻典子給与		1,799,630	㈱ナガタ産業
平成３年１～12月まで	㈲ゼンシンからデザイン料		1,191,600	月刊誌（フットウエアープレス）表紙
平成３年４月～平成７年５月	アクアスタジオからの給与		15,006,979	アクアスタジオ給与所得裏付け
平成３年３月３日	クリスティ深沢契約（家賃55万円）	5,318,383		礼金、敷金及び１年分の家賃の内30万円を前納
～平成４年12月まで	家賃	8,500,000		(25万円×12カ月＋55万円×10カ月)
平成３年２月７日	宗像辰巳・レンタカー代	150,000		山梨県下穴掘り礼金
平成３年２月13日	住友クレジット繰上返済	432,232		住友クレジット裏付け
平成３年３月頃	絨毯購入	800,000		姉阿部定子供述
同上	カメラ購入	800,000		同上
平成３年３月20日	アルファ・ロメオ手付金	1,000,000		購入先裏付け
平成３年３月28日	ポルシェ購入	19,763,350		同上

同上	ポルシェ修理費など	1,536,063		同上
平成３年３月29日	実母平沢途へ	4,200,000		銀行口座
平成３年３月31日	オートバイ購入手付金	40,000		購入先裏付け
平成３年４月10日	アルファ・ロメオ残金支払い	4,386,470		購入先裏付け
平成３年５月頃	ポルシェ自動車税	58,000		地方税裏付け
同上	シビック　自動車税	34,500		同上
平成３年春頃	実家新築貸付金	10,000,000		実母途供述　帯封100万円束10束
平成３年５月８日	橋本真雄の口座に振り込み	11,000,000		実質は実家の土地購入資金（ナイスインターナショナル口座から振り込み）
平成３年６月21日	オートバイ購入残金	1,043,450		購入先裏付け
平成３年７月30日	実父貞夫の車購入	3,196,620		購入先裏付け
平成３年11月７日	ホンダオブアメリカ購入	3,174,567		ホンダクリオ裏付け、申し込み平成３年５月23日
平成３年11月８日	ホンダ・シビック売却		1,100,000	ホンダクリオ裏付け
平成３年12月１日	駐車場契約	25,000		契約先裏付け
～平成４年11月30日	駐車料金	275,000		25,000円×11カ月
平成３年12月中旬	北海道旅行（諏訪淑子）	不明		諏訪淑子供述
平成３年頃	オートバイ購入	500,000		被疑者供述　XLR250
平成３年末か４年初め	芹沢返還金		3,300,000	芹沢供述
同上	成富謙次に現金を渡す	約1,000,000		成富謙次供述
平成３年年末現在	年間預貯金入金額	14,599,489		家族全員分の口座
平成４年２月26日	株購入金（平成証券）	500,000		平成証券裏付け
平成４年２月28日	同上	9,685,161		同上
平成４年３月５日	同上	18,664,382		同上
平成４年３月６日	アプラス融資利息返済	25,960,369		アプラス裏付け、アプラス取引終了
平成４年３月30日	株購入金（平成証券）	2,060		平成証券裏付け
平成４年４月15日	株購入金（平成証券）	8,829,980		平成証券裏付け
平成４年５月頃	ポルシェ自動車税	58,000		地方税裏付け
同上	アルファ・ロメオ自動車税	39,500		同上
同上	ホンダオブアメリカ自動車税	45,000		同上

平成４年５月21日	株購入金（平成証券）	16,701,151		平成証券裏付け
平成４年５月26日	同上	11,493,266		同上
平成４年６月15日	同上	12,959,116		同上
平成４年６月19日	同上	12,139,478		同上
平成４年７月16日	同上	1,000,000		同上
平成４年９月30日	株売却出金（平成証券）		1,312,813	同上
平成４年10月２日	株購入金（平成証券）	1,400,000		同上
平成４年11月13日	諏訪淑子に返還金	30,000,000		諏訪淑子供述、銀行口座
平成４年11月16日	株売却金（平成証券）		10,326,252	平成証券裏付け
平成４年11月20日	株購入金（平成証券）	300,000		同上
平成４年11月24日	土地購入（借入金残金支払い）	19,466,578		明治生命借入金50,000,000円
平成４年12月８日	株購入出金（平成証券）		4,000,000	平成証券裏付け
平成４年12月10日	同上		869,626	同上
平成４年12月24〜29日	北海道旅行（御厨啓三）	104,400		御厨啓三供述、航空料金のみ
平成４年年度末	年間預貯金入金額	10,199,063		家族全員分の口座
平成５年１月７日	葉山シーサイドテラス賃貸契約	1,209,600		契約先裏付け
〜６年５月31日	家賃	3,520,000		22万円×16カ月
平成５年３月９日	株売却出金（平成証券）		1,467,442	平成証券裏付け
平成５年３月中旬	山中太郎貸付金	1,500,000		山中太郎供述
平成５年４月９日	株売却出金（平成証券）		1,000,000	平成証券裏付け
平成５年４月13日	家屋新築基本設計振込	1,000,000		設計業者裏付け
同上	家屋新築設計料振込	1,133,000		設計業者裏付け、銀行口座
平成５年４月28日	株売却出金（平成証券）		1,751,077	平成証券裏付け
平成５年５月頃	ポルシェ自動車税	58,000		地方税裏付け
同上	アルファ・ロメオ自動車税	39,500		同上
同上	ホンダオブアメリカ自動車税	45,000		同上
平成５年６月29日	株売却出金（平成証券）		6,747,595	平成証券裏付け
平成５年８月31日	家屋新築支払金振込	9,000,000		建築業者裏付け、銀行口座
平成５年11月22日	株売却出金（平成証券）		293,109	平成証券裏付け
平成５年11月26日	同上		4,984,054	同上
平成５年12月27日	家屋新築支払金振込	23,000,000		建築業者裏付け、銀行口座

平成５年年度末	年間預貯金出金額		24,294,688	家族全員分の口座
平成６年２月24日	株売却出金（平成証券）		370,930	平成証券裏付け
平成６年３月２日	同上		673,397	同上
平成６年３月10日	株売却出金（平成証券）		524,929	平成証券裏付け
平成６年３月16日	同上		1,823,562	同上
平成６年３月25日	ホンダ・ホライゾン購入	2,230,000		購入先裏付け
～７年11月９日	車検、整備費など	391,980		同上
平成６年４月７日	株売却出金（平成証券）		1,679,121	平成証券裏付け
平成６年４月20日	同上		1,025,111	同上
平成６年５月頃	ポルシェ　自動車税	58,000		地方税裏付け
同上	アルファ・ロメオ　自動車税	39,500		同上
同上	ホンダオブアメリカ自動車税	45,000		同上
平成６年６月頃	鵜池雷太と北海道旅行	104,000		航空券のみ（往復52,000円×２）
平成６年６月６日	家屋新築設計料支払い	1,133,000		設計業者裏付け、銀行口座
平成６年６月20日	明治生命借入金繰上返済	10,000,000		ローン返済裏付け
平成６年７月１日	株売却出金（平成証券）		2,000,000	平成証券裏付け
平成６年７月18日	同上		10,000,000	同上
平成６年７月21日	明治生命借入金繰上返済	18,800,000		ローン返済裏付け
平成６年７月28日	株売却出金（平成証券）		20,000,000	平成証券裏付け
平成６年８月４日	同上		300,000	同上
平成６年８月19日	JT株購入	19,000,000		銀行口座
平成６年８月25日	住宅金融公庫借入金		26,044,820	借入金2640万円（手数料差引）
平成６年８月25日	家屋新築支払い金振込	25,500,000		建築業者確認
平成６年８月26日	家屋新築設計管理費	618,000		設計業者裏付け、銀行口座
平成６年９月30日	株売却出金（平成証券）		41,475,229	平成証券裏付け
同上	JT株購入	41,000,000		銀行口座
平成６年11月１日	株売却出金（平成証券）		2,000,000	平成証券裏付け
同上	JT株売却出金（10株）		10,766,103	同上
平成６年11月２日	投資顧問料	240,000		ヤマダ投資顧問㈱
平成６年11月４日	ハイム吉田家賃、敷金など	300,000		契約先裏付け 75,000円×（１＋３）
平成６年11月８日	JT株売却（５株）		5,277,991	平成証券裏付け
平成６年11月９日	株購入金（平成証券）	33,410		同上
平成６年12月６日	JT株売却（25株）		23,544,638	同上

平成6年12月26日	株売却出金（平成証券）		5,000,000	同上
平成6年年末現在	年間預貯金出金額		2,253,876	家族全員分の口座
平成7年2月21日	山中太郎返還金		100,000	銀行口座
～7年12月29日	同上		1,050,000	3回分（3月20日、6月16日、12月19日）
平成7年3月31日	マツダ・ユーノス	2,785,640		購入先裏付け
平成7年4月5日	長男の小学校入学祝い	30,000		山遊亭金太郎（本名佐藤敏弘）
平成7年4月16日	眼鏡購入	48,000		購入先裏付け
平成7年5月頃	ポルシェ自動車税	58,000		地方税裏付け
同上	アルファ・ロメオ自動車税	39,500		同上
平成7年5月頃	ホンダ・ホライゾン自動車税	45,000		地方税裏付け
同上	マツダ・ユーノス自動車税	34,500		同上
平成7年6月6日	北海道旅行（本間律子）	15,202		本間律子供述（旭川グランドホテル）
平成7年6月7日	同上	26,780		屈斜路湖プリンスホテル
平成7年6月8日	同上	13,853		旭川グランドホテル
平成7年6月9日	同上	——		東川町のロッジ宿泊（会議メンバー支払い）
平成7年6月10日	同上	19,121		旭川グランドホテル
平成7年6月11日	同上	——		余市町アリスファーム宿泊（代金は宿泊所負担）
平成7年6月12日	帰京（往復航空料金）	104,400		往復52,000円×2
平成7年夏頃	自宅植木代金	約250,000		㈲サカイオフィス裏付け
平成7年7月13日	北海道日帰り旅行（本間律子）	104,400		航空券のみ（2名往復）
平成7年8月7日	株売却出金（平成証券）		3,000,000	平成証券裏付け
平成7年8月頃	本間律子の洋服購入	100,000		代官山（マルセランス）
平成7年8月25～27日	石垣島旅行（本間律子）	265,000		JTB渋谷店で旅行クーポン航空券購入
平成7年9月12日	株売却出金（平成証券）		2,000,000	平成証券裏付け
同上	同上		8,660,006	同上
平成7年9月21～22日	沖縄旅行（本間律子）	247,000		JTB渋谷店で旅行クーポン航空券購入
平成7年10月12～15日	北海道旅行（本間律子）	227,000		同上

平成７年10月31日	アクアスタジオ貸付	2,300,000		社長秘書徳川直子供述
平成７年11月２〜４日	家族で宮崎旅行	245,000		JTB渋谷店で旅行クーポン航空券購入
平成７年11月９〜10日	伊豆１泊旅行（本間律子）	67,334		東府屋旅館裏付け
平成７年11月24〜25日	家族２泊旅行	34,200		ホテルEXDエクシード電話聴取
平成７年12月４日	株売却出金（平成証券）		13,585,718	平成証券裏付け
同上	住宅金融公庫繰上返済	1,999,947		住宅金融公庫返済
平成７年12月14日	ビーンズ二子玉川契約	501,000		明友不動産裏付け
平成７年12月22日	株売却出金（平成証券）		4,303,260	平成証券裏付け
平成７年12月30日	酒田市本間律子送り届け	13,180		ビジネスホテル「アルファワン酒田」
同上	フェリー運賃（青森〜函館）	32,400		16,200円の往復
平成７年11月３日〜平成８年２月１日	レシート、領収書など	209,685		押収したレシート、領収書などの裏付け
平成７年10〜12月	本間律子の生活費	600,000		200,000円×３
平成７年年度末	年間預貯金入金額	15,478,513		家族全員分の口座
平成８年１月４日	住宅金融公庫繰上返済	2,968,392		住宅金融公庫返済
平成８年１月５日	株売却出金（平成証券）		1,022,127	平成証券裏付け
	現金合計	478,232,768	269,575,683	
	株取引合計	153,648,004	183,124,084	
	株取引累計額合計	332,019,751	279,900,481	

75 窃盗事件の送付

窃盗（自動販売機荒らし）被疑事件に関する捜査結果報告書

みだしの被疑事件について捜査した結果は、次のとおりであるから報告する。

記

1 捜査の端緒
共犯者堀内隆治の自供による。

2 被疑者の本籍、住居、職業、氏名、年齢
甲 本籍 神奈川県三浦郡葉山町下山口×××番地
住居 神奈川県三浦郡葉山町下山口×××番地の×
職業 無職（起訴勾留中）
平 沢 彰
昭和32年4月26日生（40歳）

乙 本籍 山梨県南都留郡富士河口湖町大嵐×××番地×
住居 山梨県南都留郡富士河口湖町勝山××××番地×
職業 保険代理業
堀 内 隆 治

昭和33年4月20日生（39歳）

3　捜査の経過

平成8年12月6日、右平沢彰を強盗殺人・死体遺棄被疑者として通常逮捕後の捜査により**「平沢とのツーリング仲間」**として浮上した右堀内の取調べを実施した際、堀内は**「私は、これまで平沢に騙されて利用されていたことに気付きました。前回の取調べの時に話しませんでしたが、実は平沢の誘いに乗って私は、平沢と二人で自動販売機から釣り銭を盗んでおります。平沢とのことを洗いざらいに正直に話します」**と申し立て、本件窃盗事件について、次のとおり自供したものである。

(1)　平沢とは、昭和60年ごろ知り合い、それ以降ツーリング仲間として付き合っていましたが、昭和63年秋ごろ、平沢が夫婦で暮らしていた世田谷区等々力のマンションに遊びに行きました。この時、平沢から**自動販売機から釣り銭を窃取する方法が載った1冊の本**を見せられました。その本は**無線雑誌『アクションバンド』**だったと記憶しております。そして、平沢が何ページかを開いて**「これだよ、本当にできるかな」**と真剣な顔で言ってきたのです。このような話をするうちに、平沢は**「堀内君とは親友だ。固い絆で結ばれている」**というような言葉を随所にちりばめて、ついには**「君をリッチにさせよう」**と殺し文句を繰り返してきたのです。私がその本を受け取って、そのページを見たところ、**自動販売機の図**があり、更に、説明文には、**液体は電気を通す性質がある。徐々に流し込んでいくと中のコンピューターが誤作動を起こす。それによって、釣り銭が返却口から出てくる。でも水ではそれ程通電しないので、ある液体であれば可能だ。ヒント　その液は泡が出ます。**等と記載してありました。私が本を読み終えると平沢は、**「これが解明できたら試してみよう」**と真剣な顔付きで言うので、私は、**平沢は本気で釣り銭を盗む気だ**と思いました。この時、私は悪い事だとは判っていたのですが、**平沢とは親しい間柄で兄貴のように慕っていた**ので断るわけにもいかず、「じゃあ、解明してみます」と答えたのです。

平成元年2月ごろの夜、私達二人ともそれぞれ自分の車を運転し、御殿場で待ち合わせた後、箱根スカイライン、芦ノ湖スカイライン等を走行し、その途中にあった芦ノ湖料金所近く、十国峠近くのドライブイン、乙女峠ドライブインで前もって準備しておいたペットボトルに洗濯用洗剤と水を入れた水溶液を作り、その水溶液をジュース等の自動販売機のコイン投入口に流し込み釣り銭を盗みました。この時、三カ所のうち最初の芦ノ湖料金所近くでは失敗しましたが、他の十国峠近くのドライブインでは現金２５０円くらい、乙女峠ドライブインでは現金１８０円くらいをそれぞれ成功し釣り銭を盗み取りました。

(2)

更に、堀内は、平沢から前記釣り銭を窃取する方法が載っている本を見せられた時、やはり平沢から、フランスのコインの外周を削ったもの、本物の５００円玉を絶縁加工したもの、本物の５００円玉の外周を削ったもの、本物の５００円玉を削り厚さを薄くしたものを見せられたうえ、「これも試してみたい」と、同じように「コインを使って釣り銭を盗む」と言われた。そして、洗剤の水溶液を使って釣り銭を盗んでから1カ月くらい経った平成元年3月ごろの夜、やはりお互いの車で行き、中央高速相模湖インター近くで待ち合わせ、中央高速で八王子インターに行き、そこで降りて国道16号線の左側に車を停め、近くにあったジュース等の自動販売機に前記のコイン、５００円玉を順次入れた後、返却レバーを回したところ、最初の3回は本物の５００円玉が出て来た。しかし最後の本物の５００円玉を削り厚さを薄くしたものは失敗し、結果的に本物の５００円玉3個、合計１５００円を盗んだ。この１５００円については、平沢が持ち帰り、最初、各ドライブインで盗んだ合計４３０円くらいは堀内が持ち帰った。

平沢は、このころ電話で「山奥に小屋を建てて電気を引っ張って、お土産屋なんかで売っている

『記念メダル』を作る機械を買って、その機械を改造して５００円玉を盗む偽硬貨を偽造したい」

と話しておりました。

既に話しておりますが、私は、昭和61年4月ごろ、赤坂でゲーム喫茶を始め3週間くらいで運転資金が底をついて廃業しております。この時、従業員に支払う給料を平沢に借りようと思いましたが、偶々平沢がイタリア出張中だったため、その夜等々力のマンションに行って平沢の奥さんから広告紙に包み棒状になった「５００円玉で10万円くらい」を借りております。この時は何とも思いませんでしたが、一般の家庭に５００円玉が２００個くらいあること事態が不自然で、平沢はこの当時から５００円玉を狙った自動販売機荒らしをしていたのではないかと疑っております。

旨を自供した。

(3)　引き当たり捜査の実施結果、右堀内の自供に基づき**釣り銭を窃取したジュース等の自動販売機の設置場所**を同人の案内と指示により、**平成9年5月18日**引き当たり捜査を実施して確認した結果、
①芦ノ湖スカイライン料金所近くは、神奈川県足柄下郡箱根町箱根〇〇番地　藤田観光株式会社　芦ノ湖スカイライン管理事務所前
②十国峠ドライブインは、静岡県伊東市宇佐美亀石〇〇〇番地　静岡県道路公社伊豆事務所スカイポート亀石横
③乙女峠ドライブインは、神奈川県足柄下郡箱根町仙石原字杓子山〇〇〇－〇〇〇　現　ドライブイン乙女、元　お土産屋おとめ横
④八王子インター近くは、東京都八王子市左入町〇〇〇番地　門倉久衛方先
であることを、それぞれ確認するに至った。

(4)　被害届出等の確認

右堀内の自供並びに引き当たり捜査実施結果で判明した

①芦ノ湖スカイライン管理事務所前に設置されていた自動販売機を管理している、神奈川県足柄下郡箱根町字畑引山○○○－○、星野商店経営者、星野健一50歳に被害事実の有無について確認したところ、**「平成元年当時、自動販売機を壊され釣り銭を盗まれたことは頻繁にあった」**と申し立てたので同所を管轄する**神奈川県警察小田原警察署刑事課**に被害届の有無について確認した結果、**右同所における既遂、未遂ともに被害届の事実はなく**被疑者らの犯行を特定するに至らなかった。

②スカイポート亀石横に設置されていた自動販売機を管理していた静岡県道路公社伊豆事務所所長、杉本博50歳に被害事実の有無について確認したところ、**「平成元年ごろは古い建物で、当時夜間に自動販売機荒らしが頻繁に発生し交番に届け出ている」**と申し立てた。

そこで、同所を管轄する**静岡県警察伊東警察署刑事課**に被害届出の有無について確認したところ、同課備え付けの**被害受理簿の受理番号394号で、平成2年2月13日午後4時ごろから翌14日午前8時30分ごろまでの間、現金2千円くらいの被害届が受理され、受理簿欄外には洗剤使用と記載がある。**しかし、事件が古いため被害届の原本が処分されていて、本件は、被疑者らの犯行と思料されるが、特定には至らなかった。

③ドライブインの元お土産屋おとめ横に設置されていた自動販売機を当時管理していた、神奈川県足柄下郡箱根町仙石原○○○、元お土産屋おとめ経営者、勝股友義66歳に被害事実の有無について確認したところ、**「確かにそのような被害があった。警察に届けている」**と申し立てた。そこで、同所を管轄する**神奈川県警小田原警察署刑事課**において被害届の有無について確認したところ、同課備え付けの**被害受理簿の受理番号351号で、平成元年2月20日午後5時30分から翌21日午前9時ごろまでの間に現金3千円くらいの被害届が受理**されているが、被害届が古く時効になって被害

届の原本は処分されており、被疑者らの犯行であると特定には至らなかった。
④東京都八王子市左入町○○○番地門倉久衛方先に設置されていた自動販売機の当時の管理者であった、無職、門倉久衛77歳に被害事実の有無について確認したところ、**「平成元年ごろ確か盗難事件も多く、外国のお金が入っていたこともあった。でも、警察に届けていない。外国のお金もどこへやったか判らない」**と申し立てた。しかし、念の為、同所を管轄する警視庁八王子警察署刑事課に被害届の有無について確認したところ、**被害届出の事実はない**との回答で、被疑者らの犯行であるという裏付けもなく特定に至らなかった。

(5)　被疑者らの取調べ結果

①平沢彰の供述内容

本件自動販売機荒らしについて取調べをしたところ平沢は、**「堀内が専門誌を持って来て『やってみましょう』と言った。用意してきたのは、全部堀内君ですよ。でも一緒にやっております。10円玉で1200円くらいあったが、全部堀内君が持って行った。僕は1円も持って来ていない。堀内君は金に困っていたので僕の所に金を借りに来ていたこともあった。僕が、こうなれば堀内君みたいに言う人がいるんですよ。僕に言われてやったと言いやすいんじゃないですか」**等と、**堀内と二人で自動販売機荒らしをした事実を認める供述**をしているものの、**「犯行計画等は全て堀内である」**と自己の責任逃れをするばかりで、供述調書作成にも応じない状況である。

②堀内隆治の供述内容

本件自動販売機荒らしについては、前記同人の自供内容のとおり。

「平沢から本を見せられたり、変造若しくは偽造した外国貨幣や500円玉を見せられたりして、自動販売機から釣り銭を盗む計画をし犯行に及んだ」等と供述し**犯行を素直に認め**、更には**犯行場**

所も進んで案内し、また動機についても**「当時、確かに金には困っていたが、平沢とは親しい間柄で、計画を打ち明けられたとき、平沢は、『堀内君とは親友だ。固い結束がある』**というような話を随所にちりばめて話し、ついには**『君をリッチにさせてやるよ』**という殺し文句まで言われ、**本件を断るわけにもいかず犯行に及んだ」**旨を供述し、供述内容も具体的で信憑性があり、改悛の情が認められた。

(6)　被疑者の特定

堀内の供述並びに引き当たり、更には平沢の供述により、**本件の自動販売機荒らしは明らかである**が、裏付け捜査をした結果、**被疑者らの犯行方法と類似する洗剤使用による被害はあるが、被害金額が供述と一致せず。**また、その他の犯行場所においても**被害事実は認められるが被害金額が供述と一致せず。**その上、被疑者らが供述した**平成元年2月、3月当時の事件は、既に公訴の時効になっていることから被害届の原本が処分されている**ため、その被害状況が明らかになっていない等の理由から、被疑者らの犯行を特定するには至らなかった。

4　捜査結果

平沢彰並びに堀内隆治の両名に対する窃盗（自動販売機荒らし事件）について自供していることから、被疑者らであることは明らかであるが、既に公訴の時効が成立しているため、別件平沢彰の強盗殺人・死体遺棄事件の関係書類として送付することとした。

76 新盆

梅雨が明けるとくちなしの花が咲くという。小暑を過ぎた7月13日、駿馬刑事課長と黒岩係長は小鳥遊優の両親を長野県下の深山へと案内した。去年、報道ヘリが飛び交った時とは一変し、高山の空気は清々しく静かであった。駿馬刑事課長が植えたくちなしが白い花を咲かせ、落葉松林の木漏れ日に映え甘い香りを漂わせていた。

忠範、美子夫妻は墓前に線香をあげ、ひざまずき、嗚咽しながら息子に語り始めた。

優、誰も知らないこんな山奥の中にずっと一人埋められていて本当に寂しかったでしょうね。優が生まれたころは、私は雄勝町の小学校の教員をしており、父さんも雄勝町の役場に勤めていて、共働きでした。

私が、優を産んだのは、30歳の時で、当時としては高齢出産になると思います。初めての子供で、出産する時は心配でしたが、安産で健康な子を産むことが出来たのです。しかし、私は、出産してから6カ月の育児休暇期間の後、優を父さんの実家に預けて再び教壇に立つようになったのです。

当時私達夫婦は、自分達の家がなく、父さんの実家から少し離れた実家の蔵に寝起きしていました。ですから、早く自分達の家を持つために、共働きの生活を続ける必要があったのです。昭和40年に、私達夫婦が今の家を建てるまでは、昼間の間、鯉の養殖をしている父さんの実家に優を預けていました。

昭和39年11月には、妹の禮子が生まれました。しかし、私達夫婦の経済状態から、禮子を私達夫婦の下で育てるのはむずかしく、父さんの実家に二人を預かってもらうわけにはいきませんでしたから、禮子は小学校4年生になるまで、雄勝町から電車で30分くらい離れた増田町の私の実家に預けることにしたのです。

ですから、仕事が休みの日曜日は私達夫婦は優を連れて増田町の私の実家まで行き、つかの間の家族団らんを楽しんでいました。

そんなとき、優や禮子は、普段甘えられない分、父さんや私に甘えてきて、特に優は父さんの膝の上が、大好きで、いつまでも膝の上から離れようとしませんでしたね。

優が小学校に上がってからも、私達夫婦はずっと共働きの生活を続けていましたが、優は、私達に対して反抗的な態度を取ったり、ひねくれたりすることもありませんでした。優は友達も多く、明るく、優しく正直な子供でした。

禮子と同居するようになった時も、禮子が可哀そうな状況で育ったということを理解して、禮子のことを一生懸命に面倒をみてくれましたね。

優は、地元の雄勝町立横堀小学校に入ったころからスキーをやり始めましたね。そして、雄勝中学校の3年生の時には、スキーで2級を取りましたね。優の中学校でも2級を取れるような子は滅多にいなかったと思っています。

また、中学校の時は夏場は野球もしていたし、あまり勉強が好きな子供ではありませんでしたが、兎に角、運動は大得意な子供でしたね。

小学校の時は、私が帰ってくる夕方ごろまで、横堀小学校のグラウンドで友達と遊んでいて、私が勤めからの帰りに、小学校の側の八百屋さんで買い物をするために、小学校の側を通りかかる時に、

「まさる、帰ってきたよ」

と声をかけると、私が買い物をして家に帰る時間を見計らっていたかのように、

「ただいま」

と言って家に帰ってきていたのが昨日のことのように思えてなりません。

中学校を卒業した後、〝秋田県立増田高等学校〟に進学しましたね。

優は、何の仕事をやりたいというはっきりした希望まではなかったようですが、将来は大学に進学して都会で働きたいという気持ちがあったようで、私達夫婦もその気持ちを大事にしようと思って、普通高校に進学することには反対しませんでした。

特に私は、仙台という都会で生まれ育ったので、優にも、若いうちに広い世の中を見せてやりたいという気持ちでした。

東京の早稲田予備校で一浪した後の昭和56年4月に駒沢大学経済学部に進学しましたね。兎に角、都会の大学に進学できたことを私達夫婦は喜びました。

授業料は私達夫婦が出してやり、また、月々7万～8万円の仕送りはしていましたが、優はトラックの運転手のアルバイトを熱心にやっており、稼いだお金の一部を生活費の一部にあてていたようでしたね。それまで割合寝坊のところがありましたが、運転手のアルバイトをやるようになってから、寝坊することはなくなったようでした。

大学に入学してからは、お盆か正月に帰省してくるだけで、私も年に1～2回あなたのアパートへ行くことがあるくらいで、あまり優と顔を合わせる機会がなくなりましたが、それでも優は2カ月に1回は必ず私達のところに電話をかけてきて、近況を話してくれましたね。

また、優は、大学に入学した後、東京に住んでいる父さんの弟小鳥遊太郎夫婦に色々と面倒をみてもらっていたようでした。

そして、大学を卒業した後の昭和60年4月に平成証券に入社しましたね。証券会社に就職することは、優が自分自身で決めましたね。私達夫婦の考えとしては、都会の会社で働いてくれればそれで十分だと思っていました。

小さいころから、優は親に対する依存心がない方で、何でも自分で決めるというところがありましたが、何でも親に相談して決める子供よりも頼もしいと思っていましたし、優が決めたことにはそれまで間違いはありませんでしたから、私達夫婦も優の決めたことを尊重していたのです。

証券会社に就職した後も、優は仕事の不満を私達夫婦に言ってくることはありませんでした。もともと、だだをこねたり、感情を露骨に表に出す子供ではなかったので、仕事に不満があっても、それを親に見せるようなことはしなかったのだと思います。

優の決めたことに、私達夫婦がただ1回だけ反対したことがありました。

それは美沙子さんとの結婚話でした。

美沙子さんの実家は宗教に熱心で、お母さんが2回離婚したことがあるとかで、複雑な家庭のように思ったので、そんな家庭で育ったお嬢さんと普通の家庭で育った優とうまくいくかどうか不安だったのです。

しかし、優は叔父の小鳥遊太郎さんと一緒に私達の家にやってきて、結局、太郎さんの当人同士の意見を尊重しようという意見に押し切られて、結婚を認めたのです。

平成元年9月に、優は美沙子さんと目黒の八芳園で結婚式を挙げたのですが、美沙子さんの母親は結婚式にも披露宴にも出席されませんでした。

私達夫婦も結婚式の日に美沙子さんに会ったのが初めてでしたが、二人とも幸せそうでうまくやっていけるのではないかと思ったのです。

美沙子さん自身は普通の人でしたが、父さんが結婚前に、美沙子さんの実家に挨拶に行った時に、美沙子さんのお母さんに家の門も開けてもらえないということがあったのです。

ただ、そのことで私達夫婦が美沙子さんにつらくあたったということはありませんでした。結婚後も美沙子さんは働いていましたが、私も自分で職をもって働いていたので、美沙子さんが働きに行くことには反対しませんでした。

なお、優は結婚した次の年に鶴見にマンションを買いました。ローンを組んで買ったようですが、私は優がマンションのローンの支払いがきついなどという愚痴を言っているのを聞いたことはありませんでしたね。

今回、優がいなくなるまで、優が美沙子さんと別居していることは全く知りませんでした。ただ、何となく優と美沙子さんとの関係がおかしいのではないかと思わせることがありました。

平成6年5月ごろ、私が優の家に遊びに行った時に、美沙子さんがいなかったので、優に聞いたら、アメリカに遊びに行っていると言いましたね。

その後、平成7年2月に小鳥遊太郎さんの葬儀があった時に、優と美沙子さんが一緒に参列したのですが、その時、美沙子さんは私にろくに挨拶もしないで、そそくさと帰ってしまうということがありました。

また、平成7年9月か10月ごろ、私が優の家に遊びに行った時にも、美沙子さんがいなかったので、そのことについて尋ねると、美沙子さんはお姉さんのところに看病に行っていると答えましたね。

また、優のところには春には野菜を、秋には米などを送っており、その後いつも美沙子さんから御礼の電話があったのですが、平成7年の春ごろからは、そういった電話がこなかったのです。

ただ、そういうことがあっても、私は、もし別居しているというならば、優や美沙子さん自身から、そういった話があるものと思っていたので、まさか別居までしているとは思わなかったのです。

検事さんから二人が平成6年11月ごろから別居しているという話を聞きましたが、私は優が今回行方不明になるまでそのことに気がつかなかったのです。

おそらく優は、私達夫婦の反対を押し切って結婚したのに、別居してしまったのではみっともないと思って言い出せなかったのだと思います。

なお、優は平成6年正月ごろから、

「仕事が忙しい」

などと言って、秋田に帰省してくることはありませんでしたが、今思うとそのころから優は、美沙子さんと不仲になっていたのではないかと思います。

去年、つまり平成7年12月上旬ごろ、私が正月には帰ってくるのだろうかと思って優に電話したのです。

優は、

「正月には帰れないけど、2月の末には、そっちへ帰れる」

と間違いなく言いましたね。

その後、父さんは、2月18日の小鳥遊太郎の一周忌のことで優に電話していたようですが、私は、平成8年1月下旬ごろまで、優には電話をしませんでしたね。

その1月下旬ごろ、私達夫婦が家にいたときに、午後4時ごろでしたが、いきなり優から電話があって、

「母さん。今、会社にいるんだけど、職が決まったよ」

と言いましたね。

その時の優の声は、本当にはつらつとしていて、明るく希望に満ちた感じでした。優から今まで給料の不満を聞いたことはありませんでしたが、不景気な世の中なので、平成証券も給料がよくなくて、平成を辞めて、それよりもよい勤務条件の会社で働けることが決まったのだと思ったのです。

私は、その時優の明るい声で、本当に条件のよい会社に転職できることになったと思ったので、普通だったら、親として聞きそうな、

「誰の紹介なのか」

とか、

「どこの会社に行くのか」

とか、

「何の仕事をするの」

ということも聞くことを忘れ、

「よかった。おめでとう」

と言いましたね。

さらに優は、

「20日まで会社で残務整理なんだ。今度アメリカにゆくかもしれない」

と声を弾ませていましたが、

「詳しいことは後で話すから、お父さんと代わって」

と言うので、父さんと電話を代わったのです。

なお、その時の電話でも優は美沙子さんと別れたことは私には話していませんね。

電話を代わった後、父さんは、その年の2月18日に予定されていた小鳥遊太郎さんの一周忌のことを話しており、電話が終わった後、優が私達夫婦に代わって、間違いなく一周忌に行ってくれることになったと教えてくれたのです。

それが、私が優と話した最後の電話だったのですね。

優がいなくなったのを聞いたのは、2月7日の夕方のことです。いきなり、父さんのところに平成証券の倉持さんから電話があり、2月5日から優が行方不明になってしまったので、警察に捜索願いを出してほしいと言われたということだったのです。

更に話を聞いてみると、優がお客さんから預かった何億もの金を持ち逃げしているというのです。私達夫婦は一体何が起こったのか、全く見当がつきませんでした。

本当にびっくりしてしまい、頭が真っ白になってしまいました。

優からは、金に困っているなどという話は全く聞いたことはなかったし、億単位の金が必要なことが優にあるとは思いませんでしたし、何よりも優がお客さんのお金を持ち逃げするような子ではないと思ったからです。私は、優がいなくなったという2月5日の次の日の6日の朝方見た夢のことを思い出し、優の身に何かあったのではないかと思いました。夢ですのではっきり覚えているわけではないのですが、その夢は、

「沢山のお金をめぐって二人くらいの人が言い争っている」

というようなもので、その夢を見た時に私は思わず眼がさめてしまったのです。

夢で眼がさめたという体験は、それまで一度しかなく、それは昭和58年に私の父が亡くなった時のことだったのです。私は、その夢のことを思い出して、優の身に何かあったのではないかと胸騒ぎがしたのです。

その後、父さんは地元の交番のお巡りさんに相談し、2月9日の日に湯沢警察署に正式に捜索願いを出したのです。

父さんは、2月14日の日に上京し、平成証券の本社の方とかと対応にあたったのです。私達夫婦は、平成証券の方に優の携帯電話の番号を教えてもらい、その後、私は何度かその電話に電話をしたのですが、いつも留守番電話につながってしまうのです。私は、留守番電話に、

「優、優。元気だか。出て来て話をしなさい。元気なのか」

と吹き込んだのです。しかし、優から電話がかかってくることはありませんでした。

ただ、私の家の電話に優がいなくなった後、私が受けた電話で2回無言電話があったのです。私が優がいなくなった後の出来事を書いているノートを見てみると、2月16日と2月28日の日に電話があったことになっています。

2月16日の日には、何か女の人がガヤガヤと話す声が聞こえていました。私が、

「優、生きているのか、死んでいるのか。人は大なり小なり人に言えないこともある。でも話さねばならないこともあるんだよ。出て来なさい」

と言うと、電話の相手は私の話を聞いているようで、私の話が終わると、すぐに電話を切ったのです。その後、2月28日の電話は、背景に何の音も聞こえず、私が受話器を取るとその途端に切られてしまったのです。

こんな無言電話があったので、私は優がまだ生きているかも知れないと思ったのです。しかし、その後2月中旬ごろ、妹の禮子が知り合いの伝を頼って、九州の占い師の所へ、優の下着を送って占ってもらったところ、

「優は、暗い所で、物も食べられない、水も飲めない場所にいる」

と言われたというのです。

私は、その話を聞いて、私が2月6日に見た夢を思い出し、また不安になったのです。私は、優がどこかの悪い奴らに監禁されて、殺されそうになっているのではないかと思ったのです。

ですから、私は、それ以降、優の携帯電話に、

「悪者のみなさん心を改めて出て来て下さい」

とか、

「罪もない者を騙して、暗いところにおいて殺すようなことをすると殺人罪になるよ」

などという言葉を吹き込んだのです。

結局、優からは何の音沙汰もなく、今年の夏ごろには、優がやっぱり死んでいるかも知れないと思うようになったのです。それでも、何とか優に生きていてほしいという気持ちで、優の携帯電話の留守電に、

「どうしていますか。元気にしていますか。ちゃんと食事をしていますか」

などと1週間に1回は言葉を吹き込んでいたのです。しかし、優からは何の連絡もありませんでした。

平沢彰という男が優を殺したということですが、私は優からその男の名前を聞いたことがありません。今回、遺体が見つかったことで、半ばあきらめていたとはいえ、私は悲しくて体の力がぬけてしまい、しばらくは床に

伏せてしまいました。

優の遺体が見つかったことは不幸中の幸いだと思いますが、もし、刑事さんが見つけて下さらなかったら、そのまま優がずっと山の中に埋められていたかと思うと優のことが可哀そうでなりません。

優は、就職してから、

「いつか、お父さんやお母さんをこっちで暮らせるようにしてあげるよ」

と言ってくれておりましたね。私達夫婦も雪深い秋田を離れて優夫婦や孫に囲まれて幸せな老後を送ろうと思っていたのです。

また、私達夫婦もようやく僅かな蓄えが出来て、そのお金で優夫婦や禮子夫婦と一緒に旅行にでも行こうと思っていたのです。

そんな私達夫婦のささやかな幸せを奪った平沢彰という男は絶対に許すことが出来ません。

私の家に無言電話をかけてきたというのもその平沢彰が、優が生きているように芝居をうったことが分かりましたが、家族に希望を持たせるようなことをして、私達の心をもて遊んでいたかと思うと、本当にはらわたが煮えくりかえる思いです。

優は、まだ死ぬにはあまりにも早すぎて、まだ限りない未来があったと思います。「職が決まったよ」と私に電話をかけてきた時の優の明るい声を思い出すと本当に今でも涙がでます。

そんな優を詐欺の犯人に仕立てあげて、殺したかと思うと悔しくてたまりません。

平成証券の本社の方にも、優が犯人でないかと疑われてしまい、私達夫婦は絶望の淵にたたされたのです。

青山警察署の刑事さんが、優が犯人であるはずはないという私達夫婦の話を信じて下さり、私達のことを励まして下さらなかったら、私達夫婦はどうなっていたか分かりません。

平沢は死刑になっても、優は帰って来ません。優や私達家族の受けた苦しみを平沢にも味わわせて下さい。

平沢は絶対に死刑にして下さい。

忠範も妻の横にひざまずき、語り始めた。

優、お前は、子供のころは、私の膝の上が大好きで、一旦、膝の上に乗せるといつまでも膝の上から離れようとしなかったね。優は特に勉強ができる子ではありませんでしたが、スポーツマンで、中学3年の時にはスキーで2級をとったこともありましたね。

検事さんから、優が平成6年11月ごろから美沙子さんと別居していたという話を聞きましたが、優は平成6年の正月ごろから、仕事が忙しいなどと言って、秋田の家に帰ってくることがなかったので、今思うと、そのころから優は美沙子さんとうまくいっていなかったのではないかと思っています。

優は、結婚した次の年の平成2年だったと思いますが、マンションを買いましたね。マンションの頭金を援助するように頼まれたりすることもなかったし、マンションのローンが月々幾らなのかということも知りませんでした。また、そのローンを支払うのが大変だなどと愚痴を言うのも聞いたことがありませんでした。

1月中旬ごろでしたが、夜、優から電話があって、

「おばさんから連絡があったかも知れないけど、おじさんの一周忌はどうする」

と2月18日に予定されていた小鳥遊太郎の一周忌に私が出席するかどうか聞いてきたね。私は、そのころ体の調子が悪かったので、秋田から東京まで行くのは大変だと思って、優にそのことを頼むと、優は、

「いいよ」

と快く引き受けてくれましたね。

その二、三日後、優に確認するために、もう一度、その件で、優の家に電話をかけて、

「おじさんの件たのむよ」

と言うと、この時も、優は快く、

「いいよ」

と言ってくれましたね。

昨年1月下旬ごろの夕方、優は家に電話してきたね。最初、母さんが出て、私に、

「会社からみたいだけど、職代わるんだって」

と言いながら、受話器を渡してくれました。優は、元気に、本当にはつらつとして、

「職代わるよ」

と転職の話をしてきたね。私は、優から、証券会社を辞めるとか、別の仕事をしたいとかいう話を聞いたことがなかったので、少しびっくりして、

「どこへ代わるんだ」

と聞いたら、優は、

「大阪の方だ。詳しいことは、落ち着いてから、後で連絡するから」

と言っていたね。いきなり、大阪などという親戚もいないような土地に行くというので、少し驚きましたが、優の声は希望に満ちたような声で、私は不安には思いませんでした。その後、

「おじさんの一周忌のことだけど、やっぱりお前出てくれるのか」

と言うと、優は、

「いいよ、任せておけよ」

と言って電話を切ったよね。これが、優と交わした最後の話だったね。

優がいなくなったのを知ったのは、昨年2月7日の夕方のことでした。私の家に、平成証券の支店部長をして

いた倉持さんから電話があり、優が行方不明になってしまったので、兎に角、警察に捜索願いを出してほしいと言われたのです。その時、倉持さんは詳しい話はされずに、ただ捜索願いを出してほしいと言われるだけだったのです。

私達夫婦は、突然のことで、びっくりしてしまい、優の身に一体何が起こったのかも分からなかったのです。取り敢えず、優の家に電話を掛けたのですが、電話はつながらなかったのです。

次の日の8日の朝、近くの交番に捜索願いを出すにあたって、お巡りさんから、行方不明になった時の状況を詳しく知りたいと言われ、倉持さんに電話すると倉持さんは、優がお客様から何億円もの現金を預かったまま、いなくなっているということだったのです。倉持さんは、優がお客さんから預かった金を持ち逃げしたように思われているような口ぶりでしたが、私としては、優が、そんな大それたことができるとはどうしても思えなかったのです。

ひょっとしたら、優が何かの事件に巻き込まれて、どこかに閉じ込められていたり、殺されてしまったのではないかという不安がよぎっていたのです。その後、取り敢えず、私は地元の交番のお巡りさんに優がいなくなった事情を説明し、捜索願いを出したのです。また、そのころから、私の家に無言電話がかかってくるようになりました。私も、二、三回その無言電話に出て、

「もしもし、もしもし」

と声をかけると、相手は無言で電話を切ってしまうのです。

そして、昨年2月14日に上京し、平成証券の倉持さんに会って、優がお客さんから預かった4億1900万円を持ったまま いなくなっているということを聞いたのです。また、青山署の刑事さんにも、優が失踪したことについて相談したのです。

私は、優の携帯電話に何度も連絡したのですが、いつも留守番電話に繋がってしまいました。母さんは、留守

番電話に、いろいろなメッセージを入れたようですが、私は、

「優、優」

と呼びかけの言葉を入れていたのですが、しばらくしてから、優を事件に巻き込んだ犯人が、ひょっとしたら、こちらの様子を探っているかも知れないと思って、留守番電話に、呼びかけの電話を入れないようにしていたのです。しかし、優からの電話は一切なかったのです。万が一、優がお客さんから金を騙し取って逃げたとしても、私の所には、一言くらい、謝罪の電話を掛けてくるはずだと思っていました。

母さんの夢見が悪く、全く優から電話がなかったので、優は誰かに殺されてしまっているのではないかという気持ちが強くなったのです。

私達夫婦は、禮子の友達の伝で、九州の占い師に優の居場所を占ってもらって、

「暗いところで、物も食べられない、水も飲めない場所にいる」

と言われて、絶望的になったり、その後で、その占い師に生きているかもしれないという話を聞かされて、また希望を持ったりして、まさに一喜一憂をしておりました。私も、普段でしたら占いなどはあてにしないのですが、本当に優がどんな状態でいるのかと思うと、そんな占いにもすがる気持ちだったのです。

平沢彰という男が優を殺したということですが、私は優からその男の名前を聞いたことがありません。半ばあきらめていたとはいえ、優の遺体が見つかって本人だと確認されたことで、私は生きていく希望もなくしてしまい、しばらくは、夜も眠れず、ご飯も喉をとおりませんでした。母さんはしばらく床に伏せてしまいました。

優が、誰も知らない山の中にずっと埋められていたのかと思うと優のことが可哀そうでなりません。

私は、優に孫ができるのを楽しみにしておりました。そんな私の希望を奪った平沢という男は絶対に許すことができません。

どんな親でもそうだと思いますが、自分で我が子の葬儀を出すことほどつらいことはないのです。

○優を詐欺の犯人に仕立てあげて、お金を預かった人の憎しみを全て優に向けるようにしてから優を殺し、大金を奪い贅沢三昧の生活を満喫した平沢彰とその家族、両親、姉
○平沢の真犯人としての弱みにつけ込み弁護料と称して法外な誘拐指南料をせしめた悪徳弁護士
○東京で事件が発覚するや秋田県湯沢警察に捜索願いを出し事件を隠蔽し、2億と1億の被害者と密かに示談を交わし、優の遺体が発見されると、優の死亡保険金まで請求する民事訴訟を起こした証券会社

「お前ら三者は、死肉に群がるハイエナに過ぎない」と絶叫し泣き沈んだ。

完

あとがき

私は、38年間警視庁に奉職し、その間、約28年間を刑事専務としての第一線の捜査を体験しました。

本書は、平成8年に従事した巨額強盗殺人事件の全貌です。犯罪史上希にみる残忍、非道かつ陰湿な手口です。

主人公を「平沢彰」としたのは、悪名高き凶悪犯の氏と名を借用したからです。被害者は、東北地方にある名字を使って小鳥遊優にしました。他の登場人物も全て仮名としました。

もう一人の被害者荒石修は、巨額詐欺犯人の汚名をきせられ何処かで一人寂しく白骨となり永眠しているのは間違いありません。年が明けた平成9年1月から約3カ月間、武田警部以下30名の捜索班を編成して荒石を必死で捜しました。捜索班は、長野県軽井沢警察署の道場に寝泊まりし、酷寒の山中で土木作業員に身を窶して検土杖とスコップを手にして山肌が変わる程に掘り返しました。また、検土杖が足りなくて東京ガスからも多数お借りする等して民間の方々からも大変なご協力を賜りました。

雨水を過ぎたころ骨片を発見し、特別捜査本部が一瞬緊張しましたが、それも、つかの間、動物の骨片だとの鑑定結果が出て落胆しました。

農民は長い間丹誠をこめて稲等の作物を育てます。しかし、収穫を前にして、昨年（平成30年）のような地震、台風、豪雨などの予期せぬ出来事で不作に終わることもあります。どんなに頑張っても、その努力がむくわれるとは限りません。それでも、農民は「苦しい体験」を糧としてこつこつと頑張ります。

刑事は、すべての捜査を成功に導くためにひたすら努力を続けます。しかし、どれだけ真剣に努力しても捜査が失敗に終わることもあります。そういうとき、この農民の真摯な姿を思い出し、失敗の過程で得た貴重な体験を次ぎの捜査に生かす「じみ」な努力を続けているのです。

私が、小鳥遊優の母美子さんと対面したのは長野山中に案内した時が初めてでした。彼女は、最愛の息子が殺害された悲しさ、悔しさ、そして絶望感におそわれ床に伏し、警察での事情聴取が出来ませんでした。後日、東京地検で検察官に述懐されたことを語り調に直したのが、墓前での祈りです。

ハイエナは、私の怒りを込めた心情です。

本書を上梓するあたり、東京図書出版のスタッフにご指導、ご協力をいただきましたことに厚く御礼申し上げます。

杵峰　孫八（きみね　まごはち）

昭和42年３月、警視庁巡査拝命。昭和52年３月、盗犯捜査係長を命免。その後約28年間、強行犯捜査、暴力犯捜査、外国人犯罪捜査等刑事警察の第一線の捜査に従事。平成16年３月定年退職。

ハイエナ

2019年３月22日　初版第１刷発行

著　者　杵峰孫八
発行者　中田典昭
発行所　東京図書出版
発売元　株式会社 リフレ出版
〒113-0021　東京都文京区本駒込 3-10-4
電話（03）3823-9171　FAX 0120-41-8080
印　刷　株式会社 ブレイン

ISBN978-4-86641-202-3 C0093
Printed in Japan 2019

ご意見、ご感想をお寄せ下さい。

［宛先］〒113-0021　東京都文京区本駒込 3-10-4
東京図書出版